U0143232

名 家 通 识 讲 座 书 系

鲁迅作品
十五讲

□ 钱理群 著

北京大学出版社
PEKING UNIVERSITY PRESS

图书在版编目（CIP）数据

鲁迅作品十五讲/钱理群著 . —北京：北京大学出版社，2003.9
（名家通识讲座书系）
ISBN 978－7－301－06477－1

Ⅰ.①鲁…　Ⅱ.①钱…　Ⅲ.①鲁迅著作—文学研究—高等学校—教材
Ⅳ.①I210.97

中国版本图书馆 CIP 数据核字（2003）第 070230 号

书　　　名	鲁迅作品十五讲	
著作责任者	钱理群　著	
责 任 编 辑	张凤珠	
标 准 书 号	ISBN 978－7－301－06477－1	
出 版 发 行	北京大学出版社	
地　　　址	北京市海淀区成府路 205 号　100871	
网　　　址	http://www.pup.cn　　新浪微博：@北京大学出版社	
电 子 邮 箱	编辑部 wsz@pup.cn　　总编室 zpup@pup.cn	
电　　　话	邮购部 62752015　发行部 62750672　编辑部 62756467	
印 刷 者	三河市北燕印装有限公司	
经 销 者	新华书店	

965 毫米 × 1300 毫米　16 开本　22.75 印张　273 千字
2003 年 9 月第 1 版　2024 年 1 月第 24 次印刷

定　　　价　　69.00 元

"名家通识讲座书系"总序

本书系编审委员会

"名家通识讲座书系"是由北京大学发起，全国十多所重点大学和一些科研单位协作编写的一套大型多学科普及读物。全套书系计划出版100种，涵盖文、史、哲、艺术、社会科学、自然科学等各个主要学科领域，第一、二批近50种将在2004年内出齐。北京大学校长许智宏院士出任这套书系的编审委员会主任，北大中文系主任温儒敏教授任执行主编，来自全国一大批各学科领域的权威专家主持各书的撰写。到目前为止，这是同类普及性读物和教材中学科覆盖面最广、规模最大、编撰阵容最强的丛书之一。

本书系的定位是"通识"，是高品位的学科普及读物，能够满足社会上各类读者获取知识与提高素养的要求，同时也是配合高校推进素质教育而设计的讲座类书系，可以作为大学本科生通识课（通选课）的教材和课外读物。

素质教育正在成为当今大学教育和社会公民教育的趋势。为培养学生健全的人格，拓展与完善学生的知识结构，造就更多有创新潜能的复合型人才，目前全国许多大学都在调整课程，推行学分制改革，改变本科教学以往比较单纯的专业培养模式。多数大学的本科教学计划中，都已经规定和设计了通识课（通选课）的内容和学分比例，要求学生在完成本专业课程之外，选修一定比例的外专业课程，包括供全校选修的通识课（通选课）。但是，从调查的情况看，许多学校虽然在努力建设通识课，也还存在一些困难和问题：主要是缺少统一的规划，到底应当有哪些基本的通识课，可能通盘考虑不够；课程不正规，往往因人设课；课量不足，学生缺少选择的空间；更普遍的问题是，很少有真正适合通识课教学的教材，有时只好用专业课教材替代，影响了教学效果。一般来说，综合性大学这方面情况稍好，其他普通的大学，特别是理、工、医、农类学校因为相对缺少这方面的教学资源，加上很少有可供选择的教材，开设通识课的困难就更大。

这些年来，各地也陆续出版过一些面向素质教育的丛书或教材，但无论数量还是质量，都还远远不能满足需要。到底应当如何建设好通识课，使之能真正纳入正常的教学系统，并达到较好的教学效果？这是许多学校师生普遍关心的问题。从 2000 年开始，由北大中文系主任温儒敏教授发起，联合了本校和一些兄弟院校的老师，经过广泛的调查，并征求许多院校通识课主讲教师的意见，提出要策划一套大型的多学科的青年普及读物，同时又是大学素质教育通识课系列教材。这项建议得到北京大学校长许智宏院士的支持，并由他牵头，组成了一个在学术界和教育界都有相当影响力的编审委员会，实际上也就是有效地联合了许多重点大学，协力同心来做成这套大型的书系。北京大学出版社历来以出版高质量的大学教科书闻名，由北大出版社承担这样一套多学科的大型书系的出版任务，也顺理成章。

编写出版这套书的目标是明确的，那就是：充分整合和利用全国各相关学科的教学资源，通过本书系的编写、出版和推广，将素质教育的理念贯彻到通识课知识体系和教学方式中，使这一类课程的学科搭配结构更合理，更正规，更具有系统性和开放性，从而也更方便全国各大学设计和安排这一类课程。

2001 年年底，本书系的第一批课题确定。选题的确定，主要是考虑大学生素质教育和知识结构的需要，也参考了一些重点大学的相关课程安排。课题的酝酿和作者的聘请反复征求过各学科专家以及教育部各学科教学指导委员会的意见，并直接得到许多大学和科研机构的支持。第一批选题的作者当中，有一部分就是由各大学推荐的，他们已经在所属学校成功地开设过相关的通识课程。令人感动的是，虽然受聘的作者大都是各学科领域的顶尖学者，不少还是学科带头人，科研与教学工作本来就很忙，但多数作者还是非常乐于接受聘请，宁可先放下其他工作，也要挤时间保证这套书的完成。学者们如此关心和积极参与素质教育之大业，应当对他们表示崇高的敬意。

本书系的内容设计充分照顾到社会上一般青年读者的阅读选择，适合自学；同时又能满足大学通识课教学的需要。每一种书都有一定的知识系统，有相对独立的学科范围和专业性，但又不同于专业教科书，不是专业课的压缩或简化。重要的是能适合本专业之外的一般大学生和读者，深入浅出地传授相关学科的知识，扩展学术的胸襟和眼光，进而增进学生的人格素养。本书系每一种选题都在努力做到入乎其内，出乎其外，把学问真正做活了，并能加以普及，因此对这套书作者的要求很高。我们所邀请的大都是那些真正有学术建树，有良好的教学经验，又能将学问深入浅出地传达出来的重量级学者，是请"大家"来讲"通识"，所以命名为"名家通识讲座书系"。其意图就是精选名校名牌课程，实现大学教学资源共享，让更多的学子能够通过这套书，亲炙名家名师课堂。

本书系由不同的作者撰写，这些作者有不同的治学风格，但又都有共同的追求，既注意知识的相对稳定性，重点突出，通俗易懂，又能适当接触学科前沿，引发跨学科的思考和学习的兴趣。

本书系大都采用学术讲座的风格，有意保留讲课的口气和生动的文风，有"讲"的现场感，比较亲切、有趣。

本书系的拟想读者主要是青年，适合社会上一般读者作为提高文化素养的普及性读物；如果用作大学通识课教材，教员上课时可以参照其框架和基本内容，再加补充发挥；或者预先指定学生阅读某些章节，上课时组织学生讨论；也可以把本书系作为参考教材。

本书系每一本都是"十五讲"，主要是要求在较少的篇幅内讲清楚某一学科领域的通识，而选为教材，十五讲又正好讲一个学期，符合一般通识课的课时要求。同时这也有意形成一种系列出版物的鲜明特色，一个图书品牌。

我们希望这套书的出版既能满足社会上读者的需要，又能够有效地促进全国各大学的素质教育和通识课的建设，从而联合更多学界同仁，一起来努力营造一项宏大的文化教育工程。

前　言

打开这本书，就会产生一个问题：为什么在今天仍然要提倡读鲁迅作品？

我在一篇文章里这样谈到我的理解与思考——

前不久我和一位年轻朋友谈起每一个民族都有自己的一些大师级的思想家、文学家，他们的思想与文学具有一种原创性，后人可以不断地向其反归、回省，不断地得到新的启示，激发出新的思考与创造。这是一个民族精神的源泉，应该渗透到民族每一个生命个体的心灵深处，这对民族精神建设是至关重要的。我立刻想到了鲁迅。在我看来，鲁迅正是这样的一位具有原创性的现代思想家和文学家。他的思考的最大特点是，始终立足于中国的土地，从中国的现实问题出发；而对问题的开掘，又能够探测到历史和人性的深处与隐蔽处。因此，他的思想与文学就既有极强的现实性，又具有超越性和超前性；而且绝不是某种外来思想或传统思想的搬弄，而是真正的"中国的与现代的"，并且创造了自己独特的话语体系。他对中国的社会结构，中国的历史文化，中国的国民性等的深刻体认与剖析，使他对中国国情的把握，达到了前所未有的深度和高度。鲁迅的思想与文学是"20世纪中国经验"的重要组成部分，是最可宝贵的世纪思想文化遗产。我们今天在现实生活中遇到新的问题，总能够回到他那里，会有意想不到的新的发现，成为新的思考与创造的一个起点。鲁迅当然不会给我们提供解决现实问题的现成答案，他给我们的是思想的启迪；鲁迅当然也有他的局限，我们正是要从他已经达到的，以及他还没有达到的地方出发，去面对我们今天的问题，进行新的思考与创造；鲁迅当然不是唯一的源泉，在我们民族的古代与现代究竟有哪些具有原创性，因而具有源泉意义的思想家、文学家，是需要研究与讨论的。在我看来，要使这样的可以作为民族精神源泉的思想与文学在民族心灵深处扎下根来，就必须从中、小学，大学教育抓起。我们可以设想，每一个中国人在他接受教育阶段，就对包括鲁迅在内的民族大师的思想与文学有一个基本了解，奠定一个深厚的精神底子，以后，他无论学什么专业，从事什么工作，都会受益无穷。(《"于我心有戚戚焉"——读王景山先生〈鲁迅五书心读〉》)

在某种意义上，可以说鲁迅的作品是应该终生阅读的。本书所起的是一个"导读"的作用，即引导年轻朋友去读鲁迅作品。每一讲都会对鲁迅的某篇或某几篇作品做详细的文本分析，同时引发开去，谈鲁迅思想与文学某一方面的问题，并连带一批作品；而每一讲后面，都开列"阅读篇目"，便于读者自学。只要读者因了本书的介绍，对鲁迅作品产生了兴趣，自己去读原著，并有了自己的思考，我就算完成了任务。读者打开鲁迅原著之日，即是本书"寿终正寝"之时，这也可以叫"过河拆桥"——这是本书的作者对读者的唯一期待。

目 录

第一讲

从《兔和猫》读起

鲁迅一生著述极多，人民文学出版社 1981 年版《鲁迅全集》就收入三百九十九万字[1]，但仍有遗漏，加上近几十年陆续新发现的佚文，总量当更大。这皇皇数百万字的文字，该从何读起？应该说，这也并无定法，不同的人自会选择不同的切入口。从文体上说，一般都先从小说读起，这不仅是因为鲁迅是以《狂人日记》这篇小说参加"五四"新文化运动，引起世人注目，也是以"中国现代小说第一人"奠定自己在中国现代文学史上的历史地位的；还因为小说比较感性，鲁迅写小说又是把自己"烧"进去的，读鲁迅小说可以帮助我们比较容易地进入他的文学世界和精神世界。《呐喊》是

---

[1] 见李文兵《新版〈鲁迅全集〉有什么特点？》，收《鲁迅研究百题》，29 页，湖南人民出版社，1981 年版。本书鲁迅作品引文依照《鲁迅全集》人民文学出版社 2005 年版。

鲁迅第一部小说集，其中《狂人日记》《药》《故乡》《阿Q正传》都是他的代表作，自然应该是阅读的重点。但这些作品都已选入中学语文课本，同学们早就读过，并且都很熟悉了；今天我们再读鲁迅小说，就得换一个角度。因此，我想向大家介绍一篇《呐喊》中最不引人注目，甚至连它是不是小说也遭到学术界某些朋友质疑的作品：《兔和猫》。——我们就从这里读起吧。

一

打开书，我们就与"似乎离娘并不久"的这"一对白兔"相遇了。——刚踏入"鲁迅的世界"，首先遇到的竟然是小动物，这本身就很有意思。

但，鲁迅却提醒我们："虽然是异类，也可以看出他们的天真烂熳来。"——它们也是和我们一样的可爱的生命。

你看，它们"竖直了小小的通红的长耳朵，动着鼻子，眼睛里颇现些惊疑的神色，大约究竟觉得人地生疏，没有在老家时候的安心了"。——读到这里，你的心微微一动，它唤起了你并不遥远的记忆：那一天，你离开"老家"，来到"人地生疏"的异地（比如你现在所在的大学），是不是也有过短暂的"惊疑"？鲁迅笔下的动物世界与你竟是这样相近。

而且他们还会保护自己："这小院子里有一株野桑树，桑子落地，他们最爱吃，便连喂他们的波菜也不吃了。乌鸦喜鹊想要下来时，他们便躬着身子用后脚在地上使劲的一弹，耸的一声直跳上来，像飞起了一团雪，鸦鹊吓得赶紧走，这样的几回，再也不敢近来了。"——你看这段文字："躬着身子……使劲的一弹……耸的一声……直跳上来……飞起了一团雪……"，多么传神，不仅有声有色，更是声情并茂。这是你初次感受鲁迅文字的魅力：和他笔下的动物世界一样，他的文字也是这样的美，这样的生机盎然。

这世界里，自然不能没有同样"天真烂漫"的孩子："孩子们时时捉他们来玩耍；他们很和气，竖起耳朵，动着鼻子，驯良的站在小手的圈子里，但一有空，却也就溜开去了。"——想想看，小兔子"驯良的站在小手的圈子里"，多么和谐，多么可爱，你能不发出会心的微笑吗？

而且小兔子也要有自己的"孩子"了！这真是太有趣了！而且他，这个刚出生的小小兔子就在你面前"跳跃"："比他的父母买来的时候还小得远，但也已经能用后脚一弹地，迸跳起来了。"还有呢："孩子们争着告诉我说，还看见一个小兔到洞口来探一探头，但是即刻缩回去了，那该是他的弟弟罢。"——看着，"争着"，说着，喊着，这些孩子是多么的兴奋、多么的开心啊。

你能从这些文字背后，看到那个站在孩子们中间，以欣赏的眼光默默地观察小兔子、小小兔子还有这些孩子的鲁迅吗？你能感觉到此时此刻鲁迅内心的温暖与柔和吗？

可以说，一触及这些幼雏，鲁迅的笔端就会流泻出无尽的柔情与暖意——我们不妨再看看其他作品。

这是《鸭的喜剧》："小鸭也诚然是可爱，遍身松花黄，放在地上，便蹒跚的走，互相招呼，总是在一处。""待到四处蛙鸣的时候，小鸭已经长成，两个白的，两个花的，而且不复咻咻的叫，都是'鸭鸭'的叫了。荷花池也早已容不下他们盘桓了，幸而仲密的住家的地势是很低的，夏雨一降，院子里满积了水，他们便欣欣然，游水，钻水，拍翅子，'鸭鸭'的叫。"但小说里同时出现了"沙漠"的意象，以及高喊"寂寞呀，寂寞呀，在沙漠上似的寂寞呀"的俄国盲诗人爱罗

爱罗先珂的肖像画（位于东京国立近代美术馆藏）

先珂[1]；因此，小说的最后一句是："现在又从夏末交了冬初，而爱罗先珂君还是绝无消息，不知道究竟在那里了。只有四个鸭，却还在沙漠上'鸭鸭'的叫。"——这最后一笔，给你什么感觉？

还有《狗·猫·鼠》里关于"隐鼠"的童年记忆：它"时时跑到人面前来，而且缘腿而上，一直爬到膝髁。给放在饭桌上，便检吃些菜渣，舐舐碗沿；放在我的书桌上，则从容地游行，看见砚台便舐吃了研着的墨汁。这使我非常惊喜了。我听父亲说过的，中国有一种墨猴，只有拇指一般大，全身的毛是漆黑而且发亮的。它睡在笔筒里，一听到磨墨，便跳出来，等着，等到人写完字，套上笔，就舐尽了砚上的余墨，仍旧跳进笔筒里去了。我就极愿意有这样的一个墨猴，可是得不到；问那里有，那里买的呢，谁也不知道"——不经意间又流露出一丝怅惘之情……

于是，你在柔和中读出了冷峻，在春的温暖里感到了秋意。——但我们却由此而开始感悟鲁迅内心世界的复杂和丰富：有人说，鲁迅的深情与柔和是隐藏在荒凉的硬壳下的；这"深情、柔和"与"荒凉"是互为表里，又相互渗透的。

这样，在"兔"的故事里，又出现了"猫"："可恶的是一匹大黑猫，

[1] 爱罗先珂（1890—1952），无政府主义者，作家、翻译家、语言学家、诗人，鲁迅的好友，用世界语和日语写作。

常在矮墙上恶狠狠的看"。不仅看，而且真的下毒手，将两个兔子活活地吃了！

这确是惊心动魄的一笔——这是鲁迅式的"无辜的生命被吞噬"主题的突然闪现。

但生活照样进行：幸存的七个很小的兔在善良的人们的精心照料下，终于长大，"白兔的家族更繁荣；大家也又都高兴了"，曾经有过的灾难被忘却了。

这在鲁迅看来或许是更为悲凉的。

但鲁迅却没有也不能遗忘——多年以后，鲁迅还在《记念刘和珍君》里这样写道："忘却的救主快要降临了罢，我正有写一点东西的必要了。"他的写作正是对遗忘的拒绝。

于是，就有了这一段鲁迅式的文字——

夜半在灯下坐着想，那两条小性命，竟是人不知鬼不觉的早在不知什么时候丧失了，生物史上不着一些痕迹，并 S 也不叫一声。我于是记起旧事来，先前我住在会馆里，清早起身，只见大槐树下一片散乱的鸽子毛，这明明是膏于鹰吻的了，上午长班（按，指会馆里的仆人）来一打扫，便什么都不见，谁知道曾有一个生命断送在这里呢？我又曾路过西四牌楼，看见一匹小狗被马车轧得快死，待回来时，什么也不见了，搬掉了罢，过往行人憧憧的走着，谁知道曾有一个生命断送在这里呢？夏夜，窗外面，常听到苍蝇的悠长的吱吱的叫声，这一定是给蝇虎咬住了，然而我向来无所容心于其间，而别人并且不听到……

假使造物也可以责备，那么，我以为他实在将生命造得太滥，毁得太滥了。

这是《兔和猫》这篇小说最具震撼力之处。我们说这是鲁迅式的文字，是因为对小动物表示爱怜之情的文字所见多多，但这样提到"生命"的高度，特别是这样反身于己，痛苦地自责，却是绝少见到的。

"（造物）实在将生命造得太滥，毁得太滥了"，鲁迅这沉重的叹息；"谁知道曾有一个生命断送在这里呢？……谁知道曾有一个生命断送在这里呢？"鲁迅的一再追问，不仅显示了"生命"在他思想中非同一般的分量与地位，更是向每一个人，首先是他自己，也包括我们每一个读者的人性、良知的拷问。我曾经这样写下我的反省："每次读到这段文字，总要受到一种灵魂的冲击，以至于流泪。不只是感动，更是痛苦的自责。我常常感到自己的感情世界太为日常生活的琐细的烦恼所纠缠左右，显得过分的敏感，而沉湎于鲁迅所说的个人'有限哀愁'里；与此同时，却是人类同情心的减弱，对人世间人（不要说生物界）的普遍痛苦的麻木，这是一种精神世界平庸化的倾向"，我为之感到羞愧（见《心灵的探寻》第十二章）。——同学，你也听到、注意到那"苍蝇的悠长的，吱吱的叫声"，那生命的挣扎之声了吗？

小说结尾是意味深长的："造物太胡闹，我不能不反抗他了，虽然也许是倒是帮他的忙。……那黑猫是不能久在矮墙上高视阔步的了，我决定的想，于是又不由的一瞥那藏在书箱里的一瓶氰酸钾。"——这里出现的是典型的鲁迅式的"复仇"主题。这对于鲁迅是顺理成章的。我们将在下文再做分析。

二

同学们大概已经意识到，这篇《兔和猫》，看似简单，也没有什么复杂的情节，但我们却可以从中触摸到鲁迅思想、情感与文学的某些重要方面。

如前所说，"生命"正是鲁迅的一个基本概念；有的研究者认为鲁迅的哲学就是一种"生命哲学"。对生命的关爱，确实是鲁迅思想的一个亮点，一个底色。

这是一个博大的感情世界。这包含了两个方面的内容。一方面，鲁迅的"生命"是一个"大生命"的概念。它不仅超越了自我生命的狭窄范围，甚至超越了国家、民族、人类的范围，升华到了自我心灵与宇宙万物（生物、非生物）的契合——这在我们刚读过的《兔和猫》《鸭的喜剧》里有最鲜明的描述。另一方面，他所提倡并身体力行的"生命之爱"是一种"推己而及人（和万物），推人（和万物）而及己"的博爱。鲁迅说，"博大的诗人"必定有"感得全人间世，而同时又领会天国之极乐和地狱之大苦恼的精神"[1]，所有的(人世间的、宇宙万物的)生命，他们的欢乐与痛苦，都与自己息息相关；鲁迅还引述爱罗先珂的话，强调"看见别个捉去被杀的事，在我，是比自己被杀更苦恼"[2]。他为自己对同是生命的苍蝇的挣扎声，竟然听而不闻，"无所容心于其间"，而痛苦地自责，就是因为从自己对其他生命存在及其死亡的麻木中，感到了自身基本感应力与同情心的丧失，从而产生了自我生命的危机感——我还是一个真正的生命吗？

鲁迅对小兔子以及小狗、苍蝇这些小动物即所谓幼雏的格外关爱，对它们无辜的死亡感到格外的痛心，还因为他所倡导和身体力行的"生命之爱"，是一种无私的"以幼者为本位"的爱。"五四"时期鲁迅写过一篇《我们现在怎样做父亲》（我们以后还会详加讨论），把这种爱的

---

[1]　《诗歌之敌》，《鲁迅全集》7卷《集外集拾遗》，246页。

[2]　《〈鱼的悲哀〉译者附记》，《鲁迅全集》10卷《译文序跋集》，224页。

无私的牺牲称为"生物学的真理"。他说:"动物界中除了生子数目太多——爱不周到的如鱼类之外,总是挚爱他的幼子,不但绝无利益心情,甚或至于牺牲了自己,让他的将来的生命,去上那发展的长途。"而特别有意思的是,鲁迅认为这样一种出于生命"天性"的牺牲之爱,在人类中,是存在于那些"心思纯白,未曾经过'圣人之徒'作践的人"即普通的农民、下层人民中的;他举例说:"例如一个村妇哺乳婴儿的时候,决不想到自己正在施恩;一个农夫娶妻的时候,也决不以为将要放债。只是有了子女,即天然相爱,愿他生存;更进一步的,便还要愿他比自己更好,就是进化。"在鲁迅看来,"这离绝了交换关系利害关系的爱,便是人伦的索子,便是所谓'纲'","所以觉醒的人,此后应将这天性的爱,更加扩张,更加醇化;用无我的爱,自己牺牲于后起新人"。鲁迅自己就是这么做的,他说他的历史使命就是"自己背着因袭的重担,肩住了黑暗的闸门,放他们(按:指'自己的孩子'即年轻的一代)到宽阔光明的地方去;此后幸福的度日,合理的做人"——鲁迅因此把自己定位为"历史的中间物",终其一生,都是"肩住了黑暗的闸门",为后来者开路的。今天我们想到鲁迅,首先浮现出来的就是这样一个形象。

值得注意的是,鲁迅一直念念不忘存在于普通农人中的这种出于"天性的爱"。在离开这个世界之前,他还写文章赞扬同情、爱护"被侮辱和被损害者"的母亲;他说:"这类母亲,在中国的指甲还未染红的乡下,也常有的,然而人往往嗤笑她,说做母亲的只爱不中用的儿子。但我想,她是也爱中用的儿子的,只因为既然强壮而有能力,她便放了心,去注意'被侮辱的和被损害的'孩子去了。"[1] 在这些地方都可以

---

[1] 《写于深夜里·— 珂勒惠支教授的版画之入中国》,《鲁迅全集》6卷《且介亭杂文末编》,518页。

看出，鲁迅对于生活在中国社会底层的农民、普通民众的亲和感和深切理解，他们彼此之间存在着一种血肉般的联系。在下一讲，我们将对这一点做更深入的讨论；这里想强调的是，鲁迅由此而形成了他的"弱者本位"的观念，这与前面所说的"幼者本位"是相辅相成的。鲁迅曾经高度评价一位德国的女画家凯绥·珂勒惠支，说她是为"被侮辱和被损害的"人们"悲哀，叫喊和战斗的艺术家"[1]，其实这也是鲁迅的自我定位——这构成了鲁迅形象十分重要的另一个侧面。

我们在前面已经发现，当鲁迅呼唤"生命之爱"时，他无法掩饰自己内心的悲凉感：因为他清醒地知道，自己正生活在一个无爱的国家，一个无爱的时代。当他发出那一声"（造物）实在将生命造得太滥，毁得太滥了"的叹息时，他心中想着的正是自己的祖国：中国人太多，生命也太无价值，以致谁也不把人的生命当作一回事，在我们这块土地上，滥杀无辜已经成为生活的常态，

凯绥·珂勒惠支自画像

这是作者从许多版画的肖像中，自己选给中国的一幅，隐然可见她的悲悯，愤怒和慈和。
谁一听到凯绥·珂勒惠支的名姓，就仿佛看见这艺术。这艺术是阴郁的，虽然都在坚决的动弹，集中于强韧的力量，这艺术是统一而单纯的——非常之逼人。（鲁迅《〈凯绥·珂勒惠支版画选集〉序目》）

[1] 《写于深夜里·一　珂勒惠支教授的版画之入中国》，《鲁迅全集》6卷《且介亭杂文末编》，519页。凯绥·珂勒惠支（1867—1945），原名凯绥·施密特，德国表现主义版画家和雕塑家。

人们真正是"无所容心于其间"了。早在 20 世纪初，年轻的鲁迅在日本留学时，就和他的朋友讨论"中国国民性中最缺少的是什么"，结论是：一是"诚"，二是"爱"。关于"诚"的问题，容我们以后再做讨论；而这种全民性的"无爱"状态正是鲁迅深感痛心，并且要竭力反抗的。他大声疾呼："我们还要叫出没有爱的悲哀，叫出无所可爱的悲哀！"[1]一切滥杀无辜的罪行，一切对生命，特别是年轻生命的残害，在鲁迅那里，都会引起最强烈的情感反应；他一生留下的那些喷发着愤怒之火的文字，至今仍烧灼着每一颗良知未失的心——

> 中国只任虎狼侵食，谁也不管。管的只有几个年青的学生，他们本应该安心读书的，而时局漂摇得他们安心不下。假如当局稍有良心，应如何反躬自责，激发一点天良？
> 然而竟将他们虐杀了！

> 实弹打出来的却是青年的血。血不但不掩于墨写的谎语，不醉于墨写的挽歌；威力也压它不住，因为它已经骗不过，打不死了。[2]

> 不是年青的为年老的写记念，而在这三十年中，却使我目睹许多青年的血，层层淤积起来，将我埋得不能呼吸，我只能用这样的笔墨，写几句文章，算是从泥土中挖一个小孔，自己延口残喘，这是怎样的世界呢。[3]

---

[1]　《随感录·四十》，《鲁迅全集》1 卷《热风》，339 页。

[2]　《无花的蔷薇之二》，《鲁迅全集》3 卷《华盖集续编》，279、280 页。

[3]　《为了忘却的记念》，《鲁迅全集》4 卷《南腔北调集》，502 页。

我每当朋友或学生的死，倘不知时日，不知地点，不知死法，总比知道的更悲哀和不安；由此推想那一边，在暗室中毕命于几个屠夫的手里，也一定比当众而死的更寂寞。

…………

……我先前读但丁的《神曲》，到《地狱》篇，就惊异于这作者设想的残酷，但到现在，阅历加多，才知道他还是仁厚的了：他还没有想出一个现在已极平常的惨苦到谁也看不见的地狱来。[1]

现在我们对于《兔和猫》结尾的"复仇"就是可以理解的了：这些大自然与人世间的"黑猫"们，这些任意践踏、毁灭生命，渴饮年轻人的鲜血的杀人者，绝不是鲁迅的私仇，而是民族的公敌、人民的公敌、人类的公敌、大自然的公敌。

我们更应该记住鲁迅的话："真的猛士，敢于直面惨淡的人生，敢于正视淋漓的鲜血。这是怎样的哀痛者和幸福者？"[2]并且反躬自问：你有这样的勇气吗？

由此而形成了鲁迅作品的基本母题："爱"——对每一个生命个体的关爱；"死"——生命无辜的毁灭；以及"反抗"——对来自一切方面的对生命的奴役、残害的绝望的抗争。

鲁迅尤其不能容忍将残害生命合法化、合理化的理论与说教——在中国，这样地鼓吹"杀人有理"，制造"流言"诬蔑死者，为杀人者开脱、辩解的"帮凶"，"从血泊里寻出闲适"[3]，将屠夫的残杀化作哈

---

[1] 《写于深夜里·二 略论暗暗的死》，《鲁迅全集》6卷《且介亭杂文末编》，502—521页。

[2] 《纪念刘和珍君》，《鲁迅全集》3卷《华盖集续编》，290页。

[3] 《病后杂谈·四》，《鲁迅全集》6卷《且介亭杂文》，175页。

珂勒惠支版画作品《织工一揆》之《突击》

工场的铁门早经锁闭，织工们却想用无力的手和可怜的武器，来破坏这铁门，或者是飞进石子去。女人们在助战，用痉挛的手，从地上挖起石块来。孩子哭了，也许是路上睡着的那一个。这是在六幅之中，人认为最好的一幅，有时用这来证明作者的《织工》，艺术达到怎样的高度的。（鲁迅《〈凯绥·珂勒惠支版画选集〉序目》）

哈一笑的"帮忙"与"帮闲"，是绵绵不绝的。鲁迅的愤怒同样是指向这些"伪士"们的，并且不遗余力地与之战斗了一生。

鲁迅特别感到诧异与警惕的，还有将流血、牺牲神圣化的"革命高论"。可以说，鲁迅一生都在舌敝唇焦地向年轻的改革者进行"人的生命价值"的启蒙教育。"三一八"惨案之后，当有人鼓吹"以血的洪流淹死一个敌人，以同胞的尸体填满一个缺陷"时，鲁迅反复讲这样一个"常识"："改革自然常不免于流血，但流血非即等于改革。血的应用，正如金钱一般，吝啬固然是不行的，浪费也大大的失算"；真正的改革者绝"不肯虚掷生命，因为战士的生命是宝贵的"。[1]鲁迅的话说得十分沉重：只有"会觉得死尸的沉重"的民族，"先烈的'死'"才会转化为"后人的'生'"；如果将流过的血在记忆中淡忘，"不再觉得沉重"，先烈的牺牲将会白费。[2]——不难注意到，鲁迅并没有绝对

[1]　《空谈·三》，《鲁迅全集》3卷《华盖集续编》，298页。
[2]　《"死地"》，《鲁迅全集》3卷《华盖集续编》，283页。

地否认包括流血在内的牺牲，他强调人的"生存"并不是"苟活"，因此，为了实现自己的价值理想，有时是免不了要做出某种牺牲，甚至献出生命的；因此，鲁迅说："我们无权去劝诱人做牺牲，也无权阻止人做牺牲。"[1]这里有两条界限：一是不轻谈牺牲，"不肯虚掷生命"；二是即使是不可免的牺牲，也必须是个体生命为了实现自己的价值理想而做出的自觉选择，其本身就是一种生命价值的体现，而绝不能轻信那些自己不牺牲却专门"劝诱"别人牺牲的"革命工头"的谎言，做盲目的无谓牺牲。鲁迅说得好："自己活着的人没有劝别人去死的权利，假使你自己以为死是好的，那末请你自己先去死吧。"[2]对这样的专要别人去死的假革命、伪君子，应该保持必要的警惕。鲁迅还说过这样的话："其实革命是并非教人死而是教人活的。"[3]这话说得真好：朴实无华里大有深意，耐人寻味。"教人活"，这三个字里是蕴含着一切真正的"革命"（改革）的目的、出发点与归宿的。革命必须建立在人道主义的基础之上，也可以说是鲁迅的一个基本命题；在以后的各讲中，我们还会有更深入的展开与讨论。

本讲阅读篇目

《兔和猫》（收《呐喊》）

《鸭的喜剧》（收《呐喊》）

《狗·猫·鼠》（收《朝花夕拾》）

《我们现在怎样做父亲》（收《坟》）

---

[1] 《娜拉走后怎样》，《鲁迅全集》1卷《坟》，170页。

[2] 《关于知识阶级》，《鲁迅全集》8卷《集外集拾遗补编》，229页。

[3] 《上海文艺之一瞥》，《鲁迅全集》4卷《二心集》，304页。

《无花的蔷薇之二》（收《华盖集续编》）

《"死地"》（收《华盖集续编》）

《记念刘和珍君》（收《华盖集续编》）

《空谈》（收《华盖集续编》）

《为了忘却的记念》（收《南腔北调集》）

《写于深夜里》（收《且介亭杂文末编》）

《关于知识阶级》（收《集外集拾遗补编》）

《上海文艺之一瞥》（收《二心集》）

《病后杂谈》（收《且介亭杂文》）

《病后杂谈之余——关于"舒愤懑"》（收《且介亭杂文》）

《诗歌之敌》（收《集外集拾遗》）

鲁迅笔下的两个鬼

——读《无常》《女吊》及其他

一

你知道鲁迅在离开这个世界之前，在关心、谈论什么吗？日本作家鹿地亘夫人池田幸子有这样的回忆——

1936 年 10 月 17 日（也即鲁迅逝世前两天）午后，鲁迅突然来到鹿地亘夫妇在上海的寓所。一见面，就送上一本刚出版的《中流》杂志，并且说："这一次写了《女吊》……"

池田幸子注意到鲁迅说这话时，"把脸孔全部挤成皱纹而笑了"——这灿烂的笑以后就成了一个永恒的记忆。

接着，又有了这样的谈话——

> 我说道："先生，你前个月写了《死》，这

一次写了吊死鬼，下一次还写什么呢？……"

……

鲁迅笑而不答，突然问道：

"日本也有无头的鬼吗？"

鹿地亘回答道："无头鬼没有听到过——脚倒是没有的。"

"中国的鬼也没有脚；似乎无论到那一国的鬼都是没有脚的……"

以后在鲁迅和鹿地亘之间，古今东西的文学中所记的鬼成了话题。《聊斋志异》，《红楼梦》，《雨月物语》，还有别的不听惯的书中的事情，我忘记了。H和我因为没有听见过鬼这种东西被人这样有趣可笑地谈论过，时时发出奇声而笑个不停。

"我回国后在本乡（绍兴）的学校里服务的时候，从学校回家的路是这样弯曲的"，鲁迅以细细的手指沿桌角画了一条半圆的弧线，又说道：

"学校和家各在一端，夜里黑暗而静寂。有一条斜行的近路，是经过坟墓之间的。某天晚上，在学校弄得时间迟了，回家时心里想：走哪一条路呢？我选定了近路。两边草很高，我依正中的小路走去，忽然看见从正对面有白东西毫不做声地走近来了。他渐渐变为矮小向我这边近来，终于成为石头那样不动了。唉呀——我当然不相信鬼类的东西，但也觉得害怕，这里——"他按着干薄的胸部说：

"……跳动起来了。我想：还是回头去呢，或者怎么办呢？但我不管心跳，仍旧向前去了……白东西不动……走近一看，原来是一个人蹲在那里。我怒喝道：'在干什么呀！'踢了他一脚，他就向草中逃走了。到了家里以后，还尽是心跳，那似乎是个小偷。"

"最可怕的是日本的鬼。在日本戏里有的，是叫什么呀？是的，那叫做牡丹灯笼……还有御岩。我在仙台时常花费八分钱去立着看戏。……

中国的鬼，更有奇特之点。……女子常出来。常有与鬼亲昵的男人的故事。这是很真切地表现了当时的小资产阶级的心理的东西。因为是鬼，只在夜里出来；在不必要时就隐灭了，别人不会知道；而且无须给养。我以前想：若有那样的鬼倒是好的。"

他这样说过，便哈哈大笑起来。

在他们热心谈天的时候，风大起来了。鲁迅时时轻声咳嗽着，似乎有痰塞上来。我想用空烟盒以代痰罐，但避免使鲁迅心烦，好多次中止了。

"鬼的时节在日本是夏天，所以在那时候演戏。现在已经是秋天了，鬼要渐渐隐退了罢。……"鹿地亘这样说。

鬼魂是隐退了，却由自杀接替它而成为话题。……

"现在谈吊死罢。这也是女人常做的。在中国，吊死在男子是很少的。据传说，因为死了的鬼魂来把活人哄去，所以有这种自杀。古时王灵官这个人把男吊打死了，所以只剩有很少的了；而女的却没有被打死，所以常常出来带活人去。因此说起吊死鬼，照例是指女子而说的。"

"女人自杀，近来往往吞咽金子等东西。因为金子是重的，停在肠里，引起肠炎。这种自杀，因为不是直接的，而是炎症而来的死，很费时间，所以有的人弄得不愿意死了。医生用使金子和排泄物一同出来的方法来救治。女人等到痛苦停了之后，最先查问的事是：先生，我的戒指呢？……"

我们又大笑了。……[1]

听着这样的谈话，你有什么感觉？

或许会引起你温馨的回忆：你小时候也经常听到大人们在闲谈中就是这么讲鬼、说女人的，说不定你自己就是这样海阔天空地神聊的好手。而这样的聊天在老百姓的日常生活中是常有而不可或缺的，只是各地方叫法不同，如东北地区叫"唠嗑"，四川称"摆龙门阵"，等等。鲁迅作品中对这类"谈闲天"也有过传神的描写——

　　水村的夏夜，摇着大芭蕉扇，在大树下乘凉，是一件极舒服的事。

　　男女都谈些闲天，说些故事。孩子是唱歌的唱歌，猜谜的猜谜。[2]

　　听说今年上海的热，是六十年来所未有的。白天出去混饭，晚上低头回家，屋子里还是热，并且加上蚊子。这时候，只有门外是天堂。因为海边的缘故罢，总有些风，用不着挥扇。虽然彼此有些认识，却不常见面的寓在四近的亭子间或搁楼里的邻人也都坐出来了，他们有的是店员，有的是书局里的校对员，有的是制图工人的好手。大家都已经做得筋疲力尽，叹着苦，但这时总还算有闲的，所以也谈闲天。

---

[1]　池田幸子：《最后一天的鲁迅》，收《鲁迅先生纪念集》"悼文"第 2 集，53—55 页，上海书店复印，1979 年版。

[2]　《自言自语·一·序》，《鲁迅全集》8 卷《集外集拾遗补编》，114 页。

闲天的范围也并不小：谈旱灾，谈求雨，谈吊膀子，谈三寸怪人干，谈洋米，谈裸腿，也谈古文，谈白话，谈大众语。……[1]

当然，也会谈鬼，谈女人，如同鲁迅与日本朋友的神聊一样。在这种场合，鲁迅就像乡下、里弄里谈兴最高、话最多，也最受欢迎的老人，这样的常常成为闲话中心的人物，在中国是处处可见的，你生活的周围就有，普通得很。

鲁迅与人闲谈

但 1936 年 10 月 17 日的这一次闲谈，又似乎有些特别。

谈话是围绕着"死"展开的——我们已经说过，这是鲁迅作品的母题之一；从作者并非无意写到的鲁迅的咳嗽、痰塞，可以感到死神的逼近。我们甚至联想起鲁迅描写过的德国著名女画家珂勒惠支的那幅《妇人为死亡所捕获》的版画："'死'从她本身的阴影中出现，由背后来袭击她，将她缠住，反剪了"。[2] 这么说，鲁迅是在被"死神"缠住、

珂勒惠支版画作品《妇人为死亡所捕获》

"死"从她本身的阴影中出现，由背后来袭击她，将她缠住，反剪了；剩下弱小的孩子，无法叫回他自己的慈爱的母亲。一转眼间，对面就是两界。"死"是世界上最出众的拳师，死亡是现社会最动人的悲剧，而这妇人则是全作品中最伟大的一人。（鲁迅《〈凯绥·珂勒惠支版画选集〉序目》）

[1] 《门外文谈》，《鲁迅全集》6 卷《且介亭杂文》，86 页。

[2] 《〈凯绥·珂勒惠支版画选集〉序目》，《鲁迅全集》6 卷《且介亭杂文末编》，493 页。

反剪的情况下，大谈"古今东西"民间传说中的鬼，并且沉湎于年轻时候在故乡"遇鬼"的回忆中的。这自然是一种豁达，也未尝不是一种反抗。大病中写出《女吊》，竟然引发了他如此灿烂的笑，就是因为这是一次"生命"对"死亡"的胜利。在这个意义上，我们可以说，《女吊》这样的作品是凝结了我们在第一讲中谈到的鲁迅的三大母题的。而鲁迅式的"生命"对"死亡"的"反抗"，竟然与鲁迅对于鬼的民间记忆和家乡童年的记忆如此紧密地联系在一起，这个事实本身，就是意味深长的。

而且我们知道，《女吊》之外，鲁迅还写过一篇关于他家乡民间鬼的传说的散文，这就是写于 1926 年 6 月，收入《朝花夕拾》的《无常》，正是在鲁迅一场大病之后——1925 年 9 月 1 日至 1926 年 1 月鲁迅肺病复发（1923 年鲁迅因兄弟失和也发过一次病），长达四月余；1936 年鲁迅最后病倒时写信给母亲，就提到 1923、1925 年这两次病，以为病根正是当年种下的。[1] 这就是说，鲁迅也是因为面对死亡而沉浸于鬼的民间记忆里，写出《无常》的。更有意思的是，现在许多研究者都认为，正是 1925—1926 年间与 1935—1936 年间，鲁迅的创作出现了两个高峰：鲁迅的《野草》、《朝花夕拾》、《彷徨》（部分）、《故事新编》、《夜记》（未编成集）都写于这两个时期。而《无常》《女吊》正是鲁迅散文的两大极品。这些事实大概很能说明鲁迅的"死亡体验""民间记忆"和他的"文学创作"之间的联系；而"鬼"的描述正是这三者的连结点，《无常》与《女吊》的意义和价值就在于此吧。

---

[1] 参看《360903 致母亲》，《鲁迅全集》14 卷《书信（1936 致外国人士）》，140—141 页。

二

你大概已经迫不及待地想要读这两篇妙文了吧。但是且慢：还要先熟悉一下有关背景材料。

鲁迅在《无常》一开始就介绍说，无常鬼是由人扮演的，是民间戏剧与祭神活动里的一个节目。在鲁迅的故乡绍兴，这样的民间戏剧演出有两类，一是"大戏"，二是"目连戏"，鲁迅说二者的不同在于"前者是专门的戏班子，后者是临时集合的 Amateur（业余演员）"。[1] 所以一般老百姓，特别是小孩，对这样的具有参与性的目连戏是更有兴趣的。传说七月份酆都城鬼门关打开，阎罗大王让小鬼到人间玩玩，所以这戏是演给鬼看的，人去看，用鲁迅的说法，不过是"叨光"。[2] "目连戏"演的是"目连救母"的故事，这是一个佛教传说：目连是佛的大弟子，有大神通，曾入地狱救母，这部戏是讲生死轮回、因果报应的，自然引不起孩子和观众的兴趣。大家注目的是目连戏中的穿插戏。据老艺人说，目连戏是出劝善戏，所以戏班在外演出时，常把耳闻目睹的"恶事"，编进目连戏中，共有一百二三十折之多，多是讽刺社会恶行的讽喻性喜剧，也可以说是传达了老百姓的某些心声吧，因而大受欢迎。据鲁迅介绍说，戏演到"次日的将近天明便是这恶人的收场的时候，'恶贯满盈'，阎王出票来勾摄了，于是乎这活的活无常便在戏台上出现"。[3] 据鲁迅故乡的先贤、明末著名的文学家张岱在其所著《陶庵梦忆》中记载，当年这样的目连戏演出是相当热闹的："……剽轻精悍、

---

[1] 《女吊》，《鲁迅全集》6卷《且介亭杂文末编》附集，638页。

[2] 同上。

[3] 《无常》，《鲁迅全集》2卷《朝花夕拾》，279—280页。

能相扑跌打者三四十人，搬演《目连》，凡三日三夜。"[1] 但鲁迅说，"在我幼小时候可已经不然了，也如大戏一样，始于黄昏，到次日的天明便完结"[2]。

而鲁迅也因此留下了深夜划船到邻近的赵庄看戏的童年回忆，在人们所熟知的《社戏》里，鲁迅这样有声有色地重现了当年的情景——

> ……那航船，就像一条大白鱼背着一群孩子在浪花里蹿，连夜渔的几个老渔父，也停了艇子看着喝采起来。
>
> 两岸的豆麦和河底的水草所发散出来的清香，夹杂在水气中扑面的吹来；月色便朦胧在这水气里。淡黑的起伏的连山，仿佛是踊跃的铁的兽脊似的，都远远地向船尾跑去了，但我还以为船慢。他们换了四回手，渐望见依稀的赵庄，而且似乎听到歌吹了，还有几点火，料想便是戏台，但或者也许是渔火。
>
> 那声音大概是横笛，宛转，悠扬，使我的心也沉静，然而又自失起来，觉得要和他弥散在含着豆麦蕴藻之香的夜气里。
>
> 那火接近了，果然是渔火；……过了那林，船便弯进了叉港，于是赵庄便真在眼前了。
>
> 最惹眼的是屹立在庄外临河的空地上的一座戏台，模胡在远外的月夜中，和空间几乎分不出界限，我疑心画上见过的仙境，就在这里出现了。……[3]

---

[1] 张岱撰，淮茗评注：《陶庵梦忆（插图本）》，107—108 页，中华书局，2008 年版。

[2] 《无常》，《鲁迅全集》2 卷《朝花夕拾》，279 页。

[3] 《社戏》，《鲁迅全集》1 卷《呐喊》，595 页，592—593 页。

读到这里，你或许会恍然有所悟：野外看夜戏的乐趣，或许并不在看戏本身，而在去看戏的过程中，这样一种与大自然——"水草……水气……月色……连山……渔火……"的融合中的"自失"，这样一种对"模胡在远外"的理想的"仙境"的神往、神秘感，使鲁迅从中获得了奇妙无比的生命体验，藏在心灵的深处，构成了盛满光明的生命的底色；我们现在才明白，在第一讲中所说的鲁迅对人和自然的生命的关爱，原来是建立在童年时代就获得的这样刻骨铭心的生命体验基础之上的。鲁迅是如此珍惜和眷恋这童年的、故乡的、民间的体验和记忆，而且越是面对外界的黑暗，以至死亡的威胁，就越要回归到他的生命之根上来，原因即在于此。

鲁迅念念不忘的，还有故乡的迎神赛会。他还专门写了一篇《五猖会》，写下了幼时父亲以"背不出书就不准看会"的惩罚如何剥夺了自己看迎神赛会的乐趣的悲惨记忆。他特别提到了张岱的《陶庵梦忆》里关于明末绍兴的迎神赛会的习俗描绘——

> 他记扮《水浒传》中人物云："……于是分头四出，寻黑矮汉，寻梢长大汉，寻头陀，寻胖大和尚，寻茁壮妇人，寻姣长妇人，寻青面，寻歪头，寻赤须，寻美髯，寻黑大汉，寻赤脸长须。大索城中；无，则之郭，之村，之山僻，之邻府州县。用重价聘之，得三十六人，梁山泊好汉，个个呵活，臻臻至至，人马称娖而行。……"[1]

周氏兄弟——鲁迅与周作人对张岱的这段描述所展现的明代绍兴人

---

[1]　《五猖会》,《鲁迅全集》2卷《朝花夕拾》, 269—270 页。

的精神境界，都表示无限神往。周作人欣赏的是"那种豪放的气象"，"那种走遍天下找寻《水浒传》脚色的气魄"所表现出的生命的"狂"态。[1]鲁迅则说："那时的赛会，真是豪奢极了"，"这样的白描的活古人，谁能不动一看的雅兴呢？"[2]但即使这样，鲁迅幼时记忆中的迎神赛会也依然迷人——

> 然而记得有一回，也亲见过较盛的赛会。开首是一个孩子骑马先来，称为"塘报"；过了许久，"高照"（按：指高挂在长竹竿上的通告）到了，长竹竿揭起一条很长的旗，一个汗流浃背的胖大汉用两手托着；他高兴的时候，就肯将竿头放在头顶或牙齿上，甚而至于鼻尖。……[3]

在这样的场合，无常就会出现了。人们称他为"勾摄生魂的使者"，人的寿命尽了，一到死期，阎罗王就会派他来将人的魂由阳间带入阴间，可以说，他是出入于阴阳两界的。因此，他和人一样，也有家眷，在迎神赛会上就同时出现了"很有些村妇样"的"无常嫂"，而且还有"（戴）小高帽，（穿）小白衣"的"无常少爷"，"大家却叫他阿领（按：周作人解释说：'云是拖油瓶也'[4]），对于他似乎都不很表敬意"。[5]——

---

[1]　周作人：《〈陶庵梦忆〉序》，《周作人自编文集·苦雨斋序跋文》，114—115页，河北教育出版社，2002年版。

[2]　《五猖会》，《鲁迅全集》2卷《朝花夕拾》，269—270页。

[3]　同上书，270页。

[4]　周作人：《关于祭神迎会》，《周作人自编文集·药堂杂文》，114页，河北教育出版社，2002年版。

[5]　《无常》，《鲁迅全集》2卷《朝花夕拾》，282页。

鲁迅说，这是因为"无常是和我们平辈的"，当然就不存在任何敬畏感了。

就这样，我们终于和无常鬼相遇了。

三

请打开《朝花夕拾》里的这篇《无常》，且看鲁迅是如何描述的。

一开始，鲁迅就将迎神赛会中的"神"与"鬼"对照着介绍：据说"神"是"掌握生杀之权的"，而在中国更是"仿佛都有些随意杀人的权柄似的"；而"这些鬼物们，大概都是由粗人和乡下人扮演的"，鬼卒鬼王都是"穿着红红绿绿的衣裳，赤着脚"的，"所以看客对于他们不很敬畏，也不大留心"。[1]——不知不觉间，通常蒙在鬼上面的恐惧与神秘消失了，一下子就与我们读者的距离拉近了。

接着，鲁迅又一再强调："我们——我相信：我和许多人——所最愿意看的，却是活无常"，"人民之与鬼物，惟独与他最为稔熟，也最为亲密"。——请注意这里的几个称谓："粗人""乡下人""人民"，分明是在强调，与作为人民统治者的"神"不同，鬼，尤其是无常鬼，属于下层社会的普通百姓，是"我们""大家"的。

说到这里，鲁迅才着手给无常画像——

　　身上穿的是斩衰凶服，腰间束的是草绳，脚穿草鞋，项挂纸锭；手上是破芭蕉扇，铁索，算盘；肩膀是耸起的，头发却披下来；眉眼的外梢都向下，像一个"八"字。头上一顶长方帽，下大

---

[1]　《无常》，《鲁迅全集》2卷《朝花夕拾》，276页。

顶小，按比例一算，该有二尺来高罢；在正面，就是遗老遗少们所戴瓜皮小帽的缀一粒珠子或一块宝石的地方，直写着四个字道："一见有喜"。有一种本子上，却写的是"你也来了"。

《那怕你，铜墙铁壁》

顺便说一句：在《朝花夕拾》的《后记》里，鲁迅还真的画了一幅题为《那怕你，铜墙铁壁》的无常肖像，和前引描述性文字对照起来看，是很有意思的。应该说，无论文字还是图画都是神形兼备、惟妙惟肖的。而给人留下最深刻印象的，就是这个"鬼"真有些其貌不扬，但在老百姓的日常生活中，却是经常可以遇见的：这是一个"平民化"的鬼。

而且普通平民还真对他有一份特殊的感情。鲁迅问道："人们一见他，为什么就都有些紧张，而且高兴起来呢?"并且这样回答——

> 他们——敝同乡"下等人"——的许多，活着，苦着，被流言，被反噬，因了积久的经验，知道阳间维持"公理"的只有一个会，而且这会的本身就是"遥遥茫茫"，于是乎势不得不发生对于阴间的神往。人是大抵自以为衔些冤抑的；活的"正人君子"们只能骗鸟，若问愚民，他就可以不假思索地回答你：公正的裁判是在阴间!

这段话里引人注目地出现了"正人君子""公理"这些看起来不大协调

的概念。查查有关资料，就可以知道，"正人君子"指的是以《现代评论》杂志为中心的一批大学教授。鲁迅对他们有一个概括性的介绍和评价，说他们"从外国留学回来，自称知识阶级"，以"公理"的执掌者与垄断者自居，"以为中国没有他们就要灭亡的"。[1] 这引起鲁迅的反感，因而展开了激烈的论战。这里自然不可能对这场论战做详尽的讨论，只想指出一点：这场论战构成了鲁迅《朝花夕拾》写作的重要的思想与心理背景，也就是说，鲁迅在沉浸于对家乡童年民间生活的回忆时，心中始终有这批"正人君子"作为"他者"存在着。在我们引述的这段话里，鲁迅显然是将"鄙同乡'下等人'"与"正人君子"相对立的；而尤其有意思的是，当鲁迅谈到"鄙同乡'下等人'""活着，苦着，被流言，被反噬"的命运时，实际上是把他自己摆了进去：他在与现代评论派的论争中，正是深受这些"正人君子"的"流言""反噬"之苦。也就是说，当这些"公理"的垄断者采用种种手段要将鲁迅逐出时，鲁迅就深切地感到自己与"鄙同乡'下等人'"处境与命运的相同，并且与他们一起感受着对于无常鬼的世界的亲切与向往：既然阳间（人世间）的"公理"已经被这些"正人君子"垄断，那么，下等人（以及与他们同命运的鲁迅）只能寄希望于"公正的裁判是在阴间！"于是，又有了下面这番议论——

> 想到生的乐趣，生固然可以留恋；但想到生的苦趣，无常也不一定是恶客。无论贵贱，无论贫富，其时都是"一双空手见阎王"，……无常的手里就拿着大算盘，你摆尽臭架子也无益。

---

[1]　参看《关于知识阶级》，《鲁迅全集》8卷《集外集拾遗补编》，229页。

　　鲁迅在 1936 年去世前写的《死》这篇文章中也说过类似的意思，他说中国人因为"生死久已经被人们随意处置，认为无足轻重，所以自己也（把死）看得随随便便"，并且说自己也是死的"随便党"的一个。而穷人们又大多相信"死后轮回"的观念，死亡反而给他们一个重新投胎、改变现有命运的机会[1]；因此，时刻感受着"生之苦趣"的穷人以及鲁迅这样的知识分子不会将无常鬼视为"恶客"，这是很自然的。——当然，也还有佛教的"人生无常"的观念的影响；所以鲁迅又认为，"无常"鬼的想象正是将来自印度的佛教人生观"具象化"，也算是"中国人的创作"吧。而构成这种死的想象的另一个重要方面，就是在"死亡"面前不分贵贱贫富人人平等，作为这种观念的具象化，"勾摄生魂的使者"无常是不徇私情的，算得上"真正主持公理的脚色"。饱受人间"公理"垄断者的欺压，时时"衔些冤抑"的"鄙乡'下等人'"对这样的阴间及其使者无限神往，就是可以理解的了。

　　做了这么多铺垫以后，无常鬼终于"在戏台上出现了"——但就是出场，也还要有一番铺垫。先是交代时间："夜深"时分；再说看客心情：愈加"起劲"。于是，先看见"他所戴的纸糊的高帽子，本来是挂在台角上的，这时预先拿进去了"；再听见声音："鬼物所爱听的""好像喇叭"似的特别乐器"目连嗐头"吹响起来了——

　　　　在许多人期待着恶人的没落的凝望中，他出来了，服饰比画上还简单，不拿铁索，也不带算盘，就是雪白的一条莽汉，粉面朱唇，眉黑如漆，蹙着，不知道是在笑还是在哭。但他一出台就须打一百零八个嚏，同时也放一百零八个屁，这才自述他的履历。

---

[1]　《死》，《鲁迅全集》6 卷《且介亭杂文末编》附集，631—633 页。

这是全文中最鲜亮的一笔："雪白的一条莽汉，粉面朱唇，眉黑如漆"寥寥几个字，就写尽了无常的威风、妩媚，令人拍案叫绝！"蹙着，不知道是笑还是哭"的表情则直逼他的内心世界（也是对下文的一个铺垫），让观众也"不知道是笑还是哭"，使无常的形象变得丰厚而耐人寻味。至于"一百零八个"嚏和屁，自然是民间文学中惯有的夸饰之词，我们读者也仿佛听见了台下观众的阵阵哄堂大笑……

然后，直接引用无常的一段唱词，这既是戏剧演出的一个高潮，也把全文引向高潮。这位阴间之鬼竟是这样的有人情味：堂房的阿侄突然生病，刚吃下药，而且是本地最有名的郎中开出的药，就"冷汗发出"，"两脚笔直"，无常看阿嫂哭得悲伤，不禁善心大发，放他"还阳半刻"。不料"大王道我是得钱买放"，开了后门，"就将我捆打四十"。阎罗老子居然误解了自己的"人格，——不，鬼格"，无端的惩罚"给了我们的活无常以不可磨灭的冤苦的印象，一提起，就使他更加蹙紧双眉，捏定破芭蕉扇，脸向着地，鸭子浮水似的跳起舞来"，并且决定再也不放走一个——

> 那怕你，铜墙铁壁！
> 那怕你，皇亲国戚！
> ……

这真是神来之笔！看似随和的无常突然翻转出刚毅坚定的一面，诙谐中显示出严峻，这是能给读者以一种震撼的。更可以想见，当在人间，面对"皇亲国戚"肆无忌惮地徇私舞弊而无可奈何的普通老百姓，突然在无常这里看到了抵御腐败、不平等的"铜墙铁壁"，顿会产生一种"若获知音"之感：他的所言所为正表达了底层民众的愿望。鲁迅情不自禁地说："一切鬼魂中，就是他有点人情；我们不变鬼则已，如果要变鬼，自然就只有他可以比较的相亲近。"并且满怀深情地写了这样一段话——

> 我至今还确凿记得，在故乡时候，和"下等人"一同，常常这样高兴地正视过这鬼而人，理而情，可怖而可爱的无常；而且欣赏他脸上的哭或笑，口头的硬语与谐谈……

这是全文的一个"核"：前面所有的描述、议论、铺垫，都最后归结于此。这里，对无常的形象所做的总结、概括，自然把读者对无常的认识提升了一步，让我们关注"鬼"中之"人"，及"鬼"所保留的"理而情"的理想"人性"；而"至今还确凿地记得"这样的强调，则提醒读者注意埋在鲁迅心灵深处的永恒记忆："在故乡时候，和'下等人'一同"怎样与无常鬼同哭同笑……这意味着，鲁迅从童年起，就有了与底层人民和他们的民间想象物融合无间的生命体验，这是他的生命之根，也是他的文学之根。如我们在第一讲中所说，鲁迅在生命的最后时刻，还表示对为"被侮辱的和被损害的"人们"悲哀，叫喊和战斗的艺术家"的尊重与向往[1]，在某种意义上，是可以看作对他的生命的起点的一个回应的。

而《无常》的结尾，却突然发问："莫非入冥做了鬼，倒会增加人气的么？"——这又猛然突现了对充满鬼气的人世间的绝望，由此自然会引发出许多联想与感慨……

---

[1] 《写于深夜里》，《鲁迅全集》6 卷《且介亭杂文末编》，518—519 页。

四

《女吊》一开始就引述明末王思任的话"会稽乃报仇雪耻之乡，非藏垢纳污之地"，并且直接点明：在这一传统熏陶下的"一般的绍兴人，并不像上海的'前进作家'那样憎恶报复，……他们就在戏剧上创造了一个带复仇性的，比别的一切鬼魂更美，更强的鬼魂。这就是'女吊'"——鲁迅如此明确地将"鬼"（女吊）的想象与故乡地方文化传统相联结，这是很有意思的。其实，我们在前面讲到的"无常"，他的以坚毅为内核的豁达、诙谐的性格，以及作为其外在表现的"硬语与谐谈"的语言风格，都打上了绍兴地方文化的鲜明印记，鲁迅因此将其与女吊并称为绍兴"两种有特色的鬼"。而鲁迅对这两个鬼情有独钟，正是显示了他与浙东地方文化的深刻联系[1]：这也是他的生命与文学之根。而同样引人注目的是，在鲁迅关于女吊的叙述背后仍然存在着一个"他者"：这回是"上海的'前进作家'"，1936年的鲁迅正在与之进行激烈的论战，鲁迅称他们是"革命工头""奴隶总管""以鸣鞭为唯一的业绩""损着别人的牙眼，却反对报复，主张宽容"。[2]因此，鲁迅对女吊的回忆，就具有回归自己的"根"，以从中吸取反抗的力量的意义；而如本章开头所说，此文又写在鲁迅生命的最后时刻，就更增添了特殊的分量。

和《无常》一样，鲁迅并不急于让我们与女吊相见，而是竭力先做铺垫，渲染够了，再一睹风采，就会有意想不到的效果。

---

[1] 对这一问题有兴趣的同学可参看《鲁迅与浙东文化》一书（陈方竞著，吉林大学出版社，1998年版）。

[2] 参看《答徐懋庸并关于抗日统一战线问题》，《鲁迅全集》6卷《且介亭杂文末编》，558页；《死》，《鲁迅全集》6卷《且介亭杂文末编》，635页。

先从释名说起，强调"吊死鬼"与"女性"的几乎是先天性的联系——这也正是本章开头引述的鲁迅最后一次聊天的话题，这背后的女性关怀是很明显的。接着又据"吊神"的称呼而强调"其受民众之爱戴"：女吊和无常一样，都是底层人民创造的、寄托了他们的愿望与想象的鬼。

既然是舞台上的鬼，就自然要有观众。有趣的是，"看戏的主体"不是人，是神，还有鬼，"尤其是横死的冤鬼"——顺便说一点：在中国民间传统中，对于"横死的冤鬼"总有特殊的关照；"五四"时期台静农先生写过一篇很有影响的小说《红灯》，就是描写他的安徽家乡每逢阴历七月十五"鬼节"点河灯祭奠冤鬼的习俗的。这背后的意味是发人深思的。

在鲁迅的家乡，就有了演出前的"起殇"仪式——鲁迅特意说明，这不是一般的"召鬼"，而是"专限于横死者"的。"《九歌》中的《国殇》云：'身既死兮神以灵，魂魄毅兮为鬼雄'，当然连战死者在内。明社垂绝，越人起义而死者不少，至清被称为叛贼，我们就这样的一同招待他们的英灵。"[1]——祭奠"叛贼"的"英灵"，这真是非凡之举！因为如鲁迅所说，"中国一向就少有失败的英雄"，"少有敢抚哭叛徒的吊客"，"见胜兆则纷纷聚集，见败兆则纷纷逃亡"。[2]但也如鲁迅所说，老百姓却能够"明黑白，辨是非"[3]，即所谓"人心自有一杆秤"，这些牺牲的起义战士成为"鬼雄"受到浙东民间的礼拜，是自然的：这里的"民气"中一直深藏着反抗、叛逆的火种。

---

[1] 《女吊》,《鲁迅全集》6 卷《且介亭杂文末编》附集，638—639 页。

[2] 《这个与那个·三·最先与最后》,《鲁迅全集》3 卷《华盖集》，152—153 页。

[3] 《"题未定"草之九》,《鲁迅全集》6 卷《且介亭杂文二集》，449 页。

想一想吧，这是怎样一个动人心魄的场景：……在薄暮中，十几匹马，站在台下了……戏子扮演的鬼王，"蓝面鳞纹，手执钢叉"……十几名鬼卒——孩子自愿充当的"义勇鬼"……"一拥上马，疾驰到野外的许多无主孤坟之处，环绕三匝，下马大叫，将钢叉用力的连连掷刺在坟墓上，然后拔叉驰回，上了前台，一同大叫一声，将钢叉一掷，钉在台板上"。[1]——"拥上""疾驰""环绕""大叫""刺""拔""驰回""掷""钉"，这一连串的动作，何等的干净、利落，何等的神勇！

就这样，"种种孤魂厉鬼，已经跟着鬼王和鬼卒，前来和我们一同看戏了"[2]。——这真是一个奇妙的生命体验：超越了时空，跨越了生冥两界，也泯灭了身份的界限，沉浸在一个人鬼相融、古今共存、贵贱不分的"新世界"里。不妨设想一下身处其间的幼年鲁迅（假设还有我们自己），将会有怎样的感受：或者会因为"孤魂厉鬼"在身边游荡而感到沉重，夹杂着几分恐惧、几分神秘，或许相反，有一种微微的暖意掠过心头，说不出的新奇与兴奋……

就在这样一种气氛中，戏开场了，且"徐徐进行"："人事之中，夹以出鬼：火烧鬼，淹死鬼，科场鬼（死在考场里的），虎伤鬼……"这都是民间常遇的灾难而化作了鬼，看客却"不将它当作一回事"，或许这就是鲁迅所说的"对于死的无可奈何，而且随随便便"的"无常"式的态度吧。突然，"台上吹起悲凉的喇叭来，中央的横梁上，原有一团布，也在这时放下，长约戏台高度的五分之二"，"看客们都屏着气"：女吊要出场了！不料，闯出来的却是"不穿衣裤，只有一条犊鼻裤，面施几笔粉墨的男人"，原来是"男吊"。尽管他的表演也颇为出色，尤其

---

[1] 《女吊》，《鲁迅全集》6卷《且介亭杂文末编》附集，639页。

[2] 同上。

是在悬布上钻和挂，而且有七七四十九处之多，是非专门的戏子演不了的；但看客（或许还有我们读者）却沉不住气了：女吊该出场了。

果然，在翘首盼望、急不可耐之中——

> 自然先有悲凉的喇叭；少顷，门幕一掀，她出场了。大红衫子，黑色长背心，长发蓬松，颈挂两条纸锭，垂头，垂手，弯弯曲曲的走一个全台，内行人说，这是走了一个"心"字。

这是期待已久的闪光的瞬间，一个简洁而又鲜明的亮相，你心里不由得叫一声"好"！

鲁迅却不急于再添浓彩，加深印象（没有经验的作者多半会这样做），而是就势把笔荡开，大谈"着红"的意义：从王充《论衡》中的汉朝鬼，到绍兴妇女的习俗，强调"红色较有阳气"，自然为志在"复仇"的"厉鬼"所喜爱，又顺便刺一下认为"鬼魂报仇更不符合科学"的"'前进'的文学家和'战斗'的勇士们"，还突然冒出一句"我真怕你们要变呆鸟"，这都是兴之所至，随意流出的文字，却使文气摇曳而不板滞。而且于不知不觉之间，文章的意蕴也更深厚了。

放得开自然也收得住；笔锋一转，就拉了回来——

> 她将披着的头发向后一抖，人这才看清了脸孔：石灰一样白的圆脸，漆黑的浓眉，乌黑的眼眶，猩红的嘴唇。

这是一幅绝妙的肖像画，有着极强的色彩感：纯白，漆黑，猩红。前面已经说过，红色所内含的"阳气"使绍兴的妇女即使赴死也要着红装；其实中国的农民都是喜欢大红、大黑与纯白的。鲁迅选用这三种色彩来描绘女吊的形象，正是表现了他对中国农民和民间艺术的审美情趣的敏感和近乎直觉的把握；而有人对《呐喊》《彷徨》《故事新编》和《野草》四部作品的色彩做了统计，发现鲁迅用得最多的色彩也恰恰依次是白、黑、红[1]，这大概不是一个巧合：鲁迅与中国民间社会的深刻联系其实是渗透到他的美学趣味中的。如果翻翻有关色彩学的知识，还可以发现，白、黑、红，都属于"基本色"，其最大特点是"它们基本上是互不关联的"，"它们所表现的基本品质是相互排斥的"，"在一幅构图上，这些单纯的色相决不能当作过渡色来用"，"它们可以彼此区别，但它们在一起就引起一些紧张"。[2] 这

画家陶元庆欣赏戏曲后作《大红袍》，许钦文依鲁迅建议用作小说集《故乡》封面，活脱就是女吊，鲁迅喜爱至极。原作已佚。

样的色彩选择，这样独特的配色方法，可能与鲁迅性格、情感、心理等的内在紧张有一定关系，这"形式"背后的"意味"，是很有意思的。同学们如果有兴趣，还可以做进一步的探讨，这里就不深说了吧。

而鲁迅本人在画完了女吊的肖像后，意犹未尽，又对女吊的打扮发了一通议论："比起现在将眼眶染成浅灰色的时式打扮来，可以说是更彻底，更可爱。不过下嘴角应该略略向上，使嘴巴成为三角形：这也不是丑模样。"——同学们可能

---

[1] 钱理群：《心灵的探寻》，284—286 页，北京大学出版社，1999 年版。

[2] 参看 R．阿恩海姆《色彩论》，云南人民出版社，1980 年版。

会感到惊奇，鲁迅对妇女的装饰竟如此注意与有研究；其实，女作家萧红早就有过这样的回忆：有一天，鲁迅突然批评她的"裙子配的颜色不对，……红上衣要配红裙子，不然就是黑裙子，咖啡色的就不行了；这两种颜色放在一起很浑浊"。萧红自然很奇怪："周先生怎么也晓得女人穿衣裳的这些事情呢？"鲁迅回答说："看过书的，关于美学的。"[1]我们或许可以从这些小地方看到鲁迅的美学素养的某一个侧面吧。

我们这样边读边议，扯得可能远了一点；还是跟着鲁迅回到观戏的现场上来吧。你看——

> 她两肩微耸，四顾，倾听，似惊，似喜，似怒，终于发出悲哀的声音，慢慢地唱道：
>
> "奴奴本是杨家女，
>
> 呵呀，苦呀，天哪！……"

这里又给我们读者一个艺术上的惊喜：在鲁迅的形象记忆里，他对演员以精湛的艺术所传达出的女吊的神情，以及内心世界的精妙之处，可谓体察入微，且能用如此简洁的语言表达得如此准确，简直到了出神入化的地步。读这样的文字，真是一种享受！但或许更加触动我们的，还是这位"杨家女"，以及与她同命运的台下看戏的"下等人"的一腔苦情。

……

但鲁迅却没有沉浸在对人间鬼蜮的不幸者的同情与对民间反抗精神

---

[1]　萧红：《回忆鲁迅先生》，收《鲁迅回忆录》"散篇"上册，707—708 页，北京出版社，2000 年版。

的赞扬中，他的语气突然变得严峻起来：谈到了"中国的鬼"的"坏脾气"，而且"虽女吊不免，她有时也单是'讨替代'，忘记了复仇"。鲁迅早就说过，中国人受到了屈辱，不是"向强者反抗"，而往往到更弱者那里去"转移"自己的不幸 [1]，这其实就是"讨替代"，"中国鬼"本属于中国，大概也就沾染上这样的"国民性"了吧。——鲁迅在任何时候、任何问题上都是清醒的：即使对于他如此倾心的故乡民间反抗传统，也毫无美化之意，他一点也不回避这种反抗的有限性。《女吊》最终传达给我们读者的，正是一种历史的悲凉感。

但鲁迅仍把他的愤怒之火喷向现实中的"吸血吃肉的凶手或其帮闲们"——

被压迫者即使没有报复的毒心，也决无被报复的恐惧，只有明明暗暗，吸血吃肉的凶手或其帮闲们，这才赠人以"犯而勿校"或"勿念旧恶"的格言，——我到今年，也愈加看透了这些人面东西的秘密。

这是隐藏在背后的"他者"的突然浮现：鲁迅的一切"返顾"，最终都要回到现实。以此为这篇鬼的回忆作结，正是鲁迅之为鲁迅。

本讲阅读篇目

《无常》（收《朝花夕拾》）

《女吊》（收《且介亭杂文末编》附集）

《〈朝花夕拾〉后记》（收《朝花夕拾》）

---

[1]　《杂忆》,《鲁迅全集》1卷《坟》, 238 页。

《社戏》（收《呐喊》）

《五猖会》（收《朝花夕拾》）

《阿长与〈山海经〉》（收《朝花夕拾》）

《死》（收《且介亭杂文末编》附集）

《我的第一个师父》（收《且介亭杂文末编》附集）

《我的种痘》（收《集外集拾遗补编》）

第三讲

"游戏国"里的看客

——读《示众》《孔乙己》《药》及其他

一

　　1938 年西南联大中文系开设"大一国文"课，并着手编辑《大一国文读本》，经过三番修订，于 1942 年定稿。这本篇幅不大的《读本》在中国现代教育史与文学史上却有着不一般的意义：《读本》选了 15 篇文言文、11 篇语体文（即今天所说的白话文）。这是新文学作品第一次进入大学课堂，成为与古代经典平起平坐的现代经典，这是一个重要的标志：在"五四"新文化运动中诞生的现代文学经过 20 年的努力，终于在中国扎下了根，成为中国文化传统的有机组成部分。我们感兴趣的是，在这批最初确定的现代文学经典中，有两篇鲁迅的作品，一篇是《狂人日记》，另一篇就是《示众》。[1]

---

[1]　参看姚丹《西南联大历史情境中的文学活动》，135—140 页，广西师范大学出版社，2000 年版。

　　选《狂人日记》大概不会有什么争议，今天的中学语文课本也选了这篇中国现代文学的开山之作；选《示众》却显示了编选者的眼光，因为它很容易被忽视，也很少进入各种鲁迅小说的选本，更不用说教材，以致今天的读者对它已经陌生了。忽视的原因大概是它太不像一篇小说了：竟然没有一般小说都会有的故事情节、人物刻画、景物描写、心理描写，也没有主观抒情与议论。小说中所有的人都没有名字，只有对外形特征的简洁勾勒，如"猫脸的人""赤膊的红鼻子胖大汉"之类。这样，老师们或者批评家们要讲"小说是什么"，遇到《示众》就相当麻烦了：它完全不符合文学教科书上关于"小说"的定义。但这"不符合"恰恰是鲁迅的自觉追求。鲁迅在文学创作上，是最强调自由无羁的创造的；他一再声明，他的写作是为了写出自己想要表达的意思，至于采用什么写作方法，只要"对于我的目的，这方法是适宜的"就行了[1]，而从不考虑它是否符合某种既定的规范。比如，鲁迅最喜欢写杂文，有的批评家就出来大加砍削，"说这是作者的堕落的表现，因为既非诗歌小说，又非戏剧，所以不入文艺之林"。鲁迅回答说：他和杂文作者的作文，"没有一个想到'文学概论'的规定，或者希望文学史上的位置的，他以为非这样写不可，他就这样写，因为他只知道这样的写起来，于大家有益"。鲁迅同时断言："杂文这东西，我却恐怕要侵入高尚的文学楼台去的"[2]，没有的东西，我们可以自己创造出来，而只要是真正有价值的创造，终是会得到历史的承认的。鲁迅后来写《故事新编》，也自称他所写的"不足称为'文学概论'之

---

[1]　《我怎么做起小说来》，《鲁迅全集》4卷《南腔北调集》，526页。

[2]　《徐懋庸作〈打杂集〉序》，《鲁迅全集》6卷《且介亭杂文二集》，299—301页。

所谓小说"[1]。那么，我们也可以说，《示众》正是一篇"不足称为'文学概论'之所谓小说"的小说吧。

但这样说，又是有一定的限度的。因为随着小说写作实践的发展，小说理论也在不断发展。像《示众》这样的小说，在打破既定的小说规范的同时，也在创造新的小说范式。其实《示众》对故事情节的忽略，对人物个性化性格刻画的放弃，甚至取消姓名而将小说中的人物"符号化"，这都是有意为之的。引起鲁迅创作冲动的，是人的日常生活中的某些场景与细节，以及他对于这些具体的场景、细节背后所隐藏着的人的存在、人性的存在、人与人的关系的深度追问与抽象思考。这就是说，鲁迅是有自己的把握世界的方式和思维（包括艺术思维）方式的：他对人的生存的现象形态（特别是生活细节）有极强的兴趣和高度敏感——这是一个文学家的素质；但同时，他又具有极强的思考兴趣与思想穿透力，总能达到从现实向思想、从现象到精神、从具象向抽象的提升与飞越——这正是一个思想家的素质；而他又始终保持着极强的形象记忆的能力，因而总能把具象与抽象有机地结合起来，在他的创作中，每一个具象的形象（人物、场景、细节等）都隐含着他对人的生命存在，特别是现代中国人的生存困境的独特发现与理性认识。这样，鲁迅的小说就具有了某种隐喻性，涂上了鲜明的象征色彩。而《示众》正是以强烈的象征性而成为鲁迅小说的代表作之一；1980年代和1990年代出现的中国象征化的先锋小说，如果要追根溯源，是不能忘记《示众》的：它可以说是1920年代的中国实验小说、先锋小说。——至于《示众》的象征意义，我们将在读完全篇以后再做详细讨论。

---

[1]　《〈故事新编〉序言》，《鲁迅全集》2卷《故事新编》，354页。

　　而且《示众》的小说实验是多方面的。1940 年代汪曾祺在谈到短篇小说的写作时，曾这样写道："希望短篇小说能够吸收诗、戏剧、散文一切长处，而仍旧是一个它应当是的东西，一个短篇小说。"[1] 实际上吸收其他文体的长处，而仍然是短篇小说的实验，在鲁迅这里早就开始了。《示众》即是吸纳绘画、摄影，以至电影的手法的一次自觉的尝试——鲁迅曾说他的《故事新编》多是"速写"[2]，《示众》也是可以称为"速写"的，它给人印象最深的就是强烈的画面感，整篇小说都是可以转化为一幅幅街头小景图，或一个个电影镜头的组合的。我们也就试着用这样的方法来解读这篇小说。

　　（街景一）作为首善之区的北京，西城，一条马路。

　　　　火焰焰的太阳。

　　　　许多的狗，都拖出舌头。

　　　　树上的乌老鸦张着嘴喘气。

　　　　远处隐隐有两个铜盏相击的声音，懒懒的，单调的。

　　　　脚步声。车夫默默地前奔。

　　　　"热的包子咧！刚出屉的……。"

　　　　十一二岁的胖孩子，细着眼睛，歪了嘴叫，声音嘶哑，还带着些睡意。

　　　　破旧桌子上，二三十个馒头包子，毫无热气，冷冷地坐着。

---

[1]　汪曾祺：《短篇小说的本质》，《汪曾祺全集》3 卷，29 页，北京师范大学出版社，1998 年版。

[2]　《〈故事新编〉序言》，《鲁迅全集》2 卷《故事新编》，354 页。

【点评】几个细节，几个特写镜头，写尽了京城酷夏的闷热，更隐喻着人的生活的沉闷、懒散、百无聊赖，构成一种生存环境的背景，笼罩全篇，也为下文做铺垫。

注意"远处隐隐有两个铜盏相击的声音"——因此而"忆起酸梅汤，依稀感到凉意"，却使那热气更难以忍受；默默无声中突然出现"懒懒的单调的金属音"，却"使那寂静更其深远"。

馒头包子"毫无热气，冷冷地坐着"，这是神来之笔："热"中之"冷"，意味深长。

有了以上这两笔，作者所要渲染的"闷热"及其背后的意蕴，就显得更加丰厚。

胖孩子像反弹的皮球突然飞跑过去——

（街景二）马路那一边。

电杆旁，一根绳子，巡警（淡黄制服，挂着刀）牵着绳头，绳的那头拴在一个男人（蓝布大衫，白背心，新草帽）臂膊上。

胖孩子仰起脸看男人。

男人看他的脑壳。

围满了大半圈的看客。

秃头的老头子。

赤膊的红鼻子胖大汉。

第二层里从两个脖子间伸出一个脑袋。

秃头弯了腰研究那男人白背心上的文字："嗡，都，哼，八，而……"

白背心研究这发亮的秃头。

胖孩子看见了，也跟着去研究。

光油油的头，耳朵边一片灰白的头发。

【点评】这根绳子非同小可。当年（1925年）小说一发表，就有人指出，《示众》的作者用一条绳，将似乎毫无关系的巡警和白背心联系在一起；实际上"这条绳是全篇主题的象征"："一个人存在着，就是偶然与毫不相干的人相遇，也要发生许多关系，而且常反拨过来影响于自己。"[1]这篇小说正是要讨论中国人的存在方式及其相互关系。

注意：第一次出现"看客"的概念；第一次出现"看"的动作，而且是一面"看别人"，一面"被别人看"——这都将贯穿全篇。

又掷来一个"皮球"——

（街景三）一个小学生向人丛中直钻进去。

雪白的小布帽。一层又一层。

一件不可动摇的东西挡在前面。

抬头看。

蓝裤腰上一座赤条条的很阔的背脊，背脊上汗正在流下来。

顺着裤腰运行，尽头的空处透着一线光明。

一声"什么"，裤腰以下的屁股向右一歪。

空处立刻闭塞，光明不见了。

巡警的刀旁边钻出小学生的头，诧异地四顾。

---

[1] 孙福熙：《我所见于〈示众〉者》，原载1925年5月11日《京报副刊》，收《鲁迅研究学术论著资料汇编》第1集，93页，中国文联出版公司，1985年版。

外面围着一圈人。上首是穿白背心的，对面是一个赤膊的胖小孩，胖小孩背后是一个赤膊的红鼻子的胖大汉。

小学生惊奇而且佩服似的只望着红鼻子。

胖小孩顺着小学生的眼光回头望去。

一个很胖的奶子，奶头四近有几根很长的毫毛。

【点评】"看"之外又有了"钻""挡""塞"，这都能令人联想起人与人的关系。1930年代鲁迅连续写过《推》《踢》《爬和撞》（均收《准风月谈》），可参看。

"很胖的奶子……很长的毫毛"，可谓丑陋不堪，可见厌恶之至——似乎旁边还有一个作者在"看"。

"他，犯了什么事啦？……"

大家愕然回看——

（街景四）一个工人似的粗人低声下气请教秃头。

秃头不作声，单是睁起了眼睛看定他。

他被看得顺下眼光去，过一会再看。

秃头还是睁起了眼睛看定他。

别的人也似乎都睁了眼睛看定他。

他犯了罪似的溜出去了。

一个挟洋伞的长子补了缺。

秃头旋转脸继续看白背心。

背后的人竭力伸长脖子。一个瘦子张大嘴，像一条死鲈鱼。

【点评】连续三个"睁了眼睛看定",写出了这类群体的"看"的威力：所形成的无形的精神压力会使人自己也产生犯罪感,尽管原本是无辜的。"一条死鲈鱼"的比喻显然有感情色彩——又是作者在"看"。

巡警,突然间,将脚一提——
（街景五）大家愕然,赶紧看他的脚。

然而他又放稳了。

大家又看白背心。

长子擎起一只手拼命搔头皮。

秃头觉得背后不太平,双目一锁,回头看。

一只黑手拿着半个大馒头正在塞进一个猫脸的人的嘴里,发出唧咕唧咕的声响。

忽然,暴雷似的一击,横阔的胖大汉向前一踉跄。

同时,从他肩膊上伸出一只胖得不相上下的臂膊,展开五指,拍的一声打在胖孩子脸颊上。

"好快活!你妈的……"胖大汉背后一个弥勒佛似的更圆的胖脸这么说。

胖孩子转身想从胖大汉腿旁钻出。

"什么?"胖大汉又将屁股一歪。

胖小孩像小老鼠落在捕机里,仓皇了一会,突然向小学生奔去,推开他,冲出去了。

小学生返身跟去。

抱小孩的老妈子忙于四顾,头上梳着的喜鹊尾巴似的"苏州俏"碰了车夫的鼻子。

车夫一推，推在孩子身上。

孩子转身嚷着要回去。

老妈子旋转孩子使他正对白背心，指点着说："阿，阿，看呀！多么好看哪！……"

挟洋伞的长子皱眉疾视肩后的死鲈鱼。

秃头仰视电杆上钉着的红牌上四个白字，仿佛很有趣。

胖大汉和巡警一起斜着眼研究。

老妈子的钩刀般的鞋尖。

【点评】看客群开始骚动，"形势似乎总不甚太平了"，彼此关系也紧张起来：又出现了"击""打""跄踉""推""冲""碰""嚷"等，还有"小老鼠落在捕机里"似的"仓皇"感。

然而，老妈子还在指点孩子："阿，阿，看呀！多么好看哪！……"注意关于"看"的词语："四顾""疾视""仰视""斜着眼研究"。"斜着眼研究"（不说"看"，说"研究"，很有意思）什么？"老妈子的钩刀般的脚尖"——客观的呈现中，可以感到讥讽的笑：作者始终在冷眼旁观。

"好！"什么地方忽有几个人同声喝彩，一切头全都回转去——
（街景六）马路对面。

"刚出屉的包子咧！荷阿，热的……。"胖孩子歪着头，瞌睡似的长呼。

车夫们默默地前奔，似乎想赶紧逃出头上的烈日。

相距十多家的路上，一辆洋车停放着，车夫正在爬起来。

圆阵散开，大家错错落落走过去看。

车夫拉了车就走。

大家惘惘然目送他。

起先还知道那一辆是曾经跌倒的车，后来被别的车一混，知不清了。

【点评】看客们总是不断寻找新的刺激。但这回车夫摔倒爬起来就走，没有给他们"看"（赏鉴）的机会，人们终于"惘惘然"了。

（街景七）几只狗伸出了舌头喘气。

胖大汉在槐阴下看那很快地一起一落的狗肚皮。

老妈子抱了孩子从屋檐阴下蹩过去。

胖孩子歪着头，挤细了眼睛，拖长声音，瞌睡地叫喊——

"热的包子咧！荷阿！……刚出屉的……。"

【点评】没有可看的，就看"一起一落的狗肚皮"——人的无聊竟至于此。

以胖小孩"带着睡意"的叫卖开始，又以胖小孩"瞌睡地叫喊"结束，刚才发生的一切不过是一个小插曲，生活又恢复常态：永是那样沉闷、懒散与百无聊赖。

现在我们可以做一点小结：小说中所有的人只有一个动作——"看"；他们之间只有一个关系—— 一面"看别人"，一面"被别人看"，由此而形成一个"看/被看"的模式。鲁迅在《娜拉走后怎样》的演讲里，曾有过一个重要的概括："群众——尤其是中国的，——永远是戏剧的看客。"[1]中国人在生活中不但自己做戏，演给别人看，而且把别人的所作所为都当作戏来看。看戏（看别人）和演戏（被别人看）就成了中国人的基本生存方式，也构成了人与人之间的基本关系——所谓"示众"所隐喻的正是这样一种生存状态：每天每刻，都处在被"众目睽睽"地"看"的境遇中；而自己也在时时"窥视"他人。

《示众》还揭示了人与人关系中的另一方面：总是在互相"堵""挡""塞"着，挤压着他人的生存空间；于是就引起无休止的争斗，"打"着，"冲"着，"撞"着，等等。

这样，没有情节，也没有人物姓名的《示众》，却蕴含着如此深广的寓意，就具有了多方面的生长点，甚至可以把鲁迅《呐喊》《彷徨》《故事新编》里的许多小说都看作《示众》的生发和展开，从而构成一个系列，如《呐喊》里的《狂人日记》《孔乙己》《药》《明天》《头发的故事》《阿Q正传》,《彷徨》里的《祝福》《长明灯》,《故事新编》里的《理水》《铸剑》《采薇》,等等。在这个意义上，我们可以把《示众》看作鲁迅小说的一个"纲"来读。

在细读的过程中，我们除了感到整篇小说丰厚的"象征性"，同时也会感到其细节的生动与丰富，有极强的"具象性"与"可感性"。前引那篇最早的评论文章即举"许多狗都拖出舌头来，连树上的乌老鸦也张着嘴喘气"为例，极力赞扬鲁迅的描写的艺术力量："如铁笔画在岩壁上。"[2]鲁迅曾经盛赞俄国作家安特来夫的小说"使象征印象主义与

---

[1]　《娜拉走后怎样》,《鲁迅全集》1卷《坟》, 170页。

[2]　孙福熙：《我所见于〈示众〉者》, 原载1925年5月11日《京报副刊》, 收《鲁迅研究学术著作资料汇编》第1卷, 94页, 中国文联出版公司, 1985年版。

写实主义相调和"[1]。其实他的《示众》也是这样的作品。我觉得他的这一实验特别是为短篇小说的创作提供了很好的经验。我们知道，短篇小说写作最大的困难之处（也是最有魅力之处）就在于如何在"有限"中表现"无限"。记得当代短篇小说家汪曾祺、林斤澜都说过，要用"减法"去写短篇小说。《示众》连情节、人物性格、景物描写与心理描写都"减"去了，只剩下寥寥几笔，但却腾出空间，关节点做几处细描，让读者铭记不忘，更留下空白，借象征暗示，引起读者联想，用自己的生活经验、生命体验与想象去补充、发挥、再创造，取得"以一当十"的效果。

我曾经说过，鲁迅有两篇小说是代表 20 世纪中国短篇小说艺术最高水平的，其一就是《示众》。

二

其二是《孔乙己》。据说当有人问鲁迅在他所作的短篇小说里，他最喜欢哪一篇时，鲁迅答复说是《孔乙己》。[2]

和《示众》不同：《孔乙己》是有故事的。这就产生了一个问题：由谁来讲这个故事？也就是选择谁做"叙述者"？这是每一个作者在写作时都要认真考虑的。我们不妨设想一下：孔乙己的故事，可以由哪些人来讲？最容易想到的，自然是孔乙己自己讲，作者直接出面讲，或者由咸亨酒店的掌柜、酒客来讲；但出乎意料，作者却选了一个酒店

---

[1] 《〈黯澹的烟霭里〉译者附记》，《鲁迅全集》10 卷《译文序跋集》，201 页。

[2] 孙伏园：《鲁迅先生二三事·〈孔乙己〉》，收《鲁迅回忆录》"专著"上册，83 页，北京出版社，2000 年版。

的"小伙计"（"我"）
来讲故事。——这是为
什么？

这显然与他的追求、
他所要表达的意思有
关系。

那么，我们就先来
看小说中的一段叙述：
孔乙己被丁举人吊起来
拷打，以致被打断了腿，
这自然是一个关键性的
情节，它血淋淋地揭示
了爬上高位的丁举人的
残酷与仍处于社会底层

咸亨酒店 丰子恺绘

的孔乙己的不幸，一般作者都会借此大做文章，从正面进行渲染；但鲁
迅是怎么写的呢——

　　有一天，大约是中秋前的两三天，掌柜正在慢慢的结账，取下
粉板，忽然说，"孔乙己长久没有来了。还欠十九个钱呢！"我才也
觉得他的确长久没有来了。一个喝酒的人说道："他怎么会来？……
他打折了腿了。"掌柜说，"哦！""他总仍旧是偷。这一回，是自己
发昏，竟偷到丁举人家里去了。他家的东西，偷得的么？""后来怎
么样？""怎么样？先写服辩，后来是打，打了大半夜，再打折了
腿。""后来呢？""后来打折了腿了。""打折了怎样呢？""怎样？……
谁晓得？许是死了。"掌柜也不再问，仍然慢慢的算他的账。

连环画中的孔乙己

鲁迅着意通过酒客与掌柜的议论来叙述这个故事，这是为什么呢？这显然不是一个单纯的所谓"侧面描写"的写作技巧，而是表明，鲁迅所关注的不仅是孔乙己横遭迫害的不幸，他更为重视的是人们对孔乙己的不幸的态度和反应。掌柜就像听一个有趣的故事，一再追问："后来怎么样？""后来呢？""打折了怎样呢？"没有半点同情，只是一味追求刺激。酒客呢，轻描淡写地讲着一个与己无关的新闻，还不忘谴责被害者"发昏"，以显示自己的高明；"谁晓得？许是死了"，没有人关心孔乙己的生与死。在这里，掌柜与酒客所扮演的正是《示众》里的"看客"的角色：他们是把"孔乙己被吊起来打折了腿"当作一出"戏"来"看"的。孔乙己的不幸中的血腥味就在这些看客的冷漠的谈论中消解了：这正是鲁迅最感痛心的。

　　这背后仍是一个"看／被看"的模式。鲁迅把他的描写的重心放

在掌柜与酒客如何"看"孔乙己。于是，我们注意到小说始终贯穿一个
"笑"字——

> 只有孔乙己到店，才可以笑几声，所以至今还记得。

> 孔乙己一到店，所有喝酒的人便都看着他笑……

> ……众人也都哄笑起来：店内外充满了快活的空气。

> 孔乙己是这样的使人快活，可是没有他，别人也便这么过。

孔乙己已经失去了一个"人"的独立价值，在人们心目中他是可有可无
的，他的生命的唯一价值，就是成为人们无聊生活中的笑料，甚至他的
不幸也只是成为人们的谈资——这正是鲁迅对孔乙己的悲剧的独特认识
与把握。

因此，在小说的结尾，当我们看到孔乙己"在旁人的说笑声中，坐
着用这手慢慢走去了"时，是不能不感到心灵的震撼的。并且不禁要
想：究竟是谁"杀死"了他？——鲁迅在同时期写的杂文中，正是这样
写道：中国的看客是"无主名无意识的杀人团"。[1]

但鲁迅还要进一步追问：孔乙己是怎样"看"自己的呢？于是，我
们又注意到这一句介绍："孔乙己是站着喝酒而穿长衫的唯一的人。"孔
乙己不肯脱下"长衫"是因为那是一种"身份"的象征，因此，面对酒
客的嘲笑，他争辩说："读书人的事，能算偷么？"并大谈"君子固穷"，

---

[1] 《我之节烈观》，《鲁迅全集》1卷《坟》，129页。

也就是说，他要强调自己是"读书人"，是有身份的人，是国家、社会不可缺少的"君子"。鲁迅于是发现了：孔乙己的自我评价与前述社会大多数人对他的评价，也即孔乙己的实际地位之间，形成了强烈的反差。——在鲁迅看来，这也是孔乙己的悲剧所在。而我们却要问：这样的悲剧难道仅仅属于孔乙己一个人吗？

现在，我们终于明白：鲁迅为什么要选择"小伙计"作为叙述者。小伙计的特殊性在于，他既是酒店的一个在场者，又是一个旁观者；他可以同时把"被看者"（孔乙己）与"看客"（掌柜与酒客）作为观察与描写的对象，可以同时叙述孔乙己的可悲与可笑、掌柜与酒客的残酷与麻木。于是就形成了这样的关系：孔乙己被掌柜、酒客与小伙计（叙述者）看，掌柜、酒客又被小伙计看。

但进一步细读小说，我们又发现了小伙计在叙述故事的过程中，他与孔乙己、掌柜、酒客关系的微妙变化，以及他的角色的相应变化。开始，他确实是一个不相干的旁观者，但随着不断"附和着笑"（这是掌柜允许，甚至鼓励的），他内心的自我感觉与对孔乙己的态度，就逐渐发生了变化，终于出现了小伙计与孔乙己的这场对话：孔乙己既想在孩子面前炫耀一番，以获得些许慰藉，又不无好意地要教小伙计识字；而小伙计呢，开始心里想"讨饭一样的人，也配考我么？便回过脸去，不再理会"，继而"懒懒的答他"，最后"愈不耐烦了，努着嘴走远"。这位天真的小伙计就这样被酒客和掌柜同化，最终成为"看客"中的一个成员。——这也是小伙计自身的悲剧。于是，我们发现：在小伙计的背后，还有一个"隐含作者"在"看"，不仅冷眼"看"看客怎样看孔乙己，而且冷眼"看"小伙计怎样看孔乙己和看客，构成了对小伙计与掌柜、酒客的双重否定与嘲讽。

同时可以发现的，是我们读者自己，在阅读小说的过程中，自身立

场、态度、情感的变化：开始，我们认同于叙述者，对孔乙己的命运采
取有距离的旁观的态度；随着叙述的展开，隐含作者的眼光、情感逐渐
显现、渗透，我们读者就逐渐与叙述者拉开距离，而靠拢、认同隐含
作者，从孔乙己的可笑中发现了内在的悲剧，不但对掌柜、酒客，而且
对小伙计的叙述也持批判、怀疑的态度，引起更深远的思考，甚至自我
反省：我怎样看待生活中他人的不幸？我是不是也像小伙计这样逐渐被
"看客"同化？——这也正是鲁迅的目的。

如果说，《示众》的"看/被看"的模式相对明晰、简略，那么，在《孔
乙己》里，就形成了一个复杂结构：先是孔乙己和掌柜、酒客之间，也
即"小说人物"之间的"看/被看"；再是"叙述者"（小伙计）与小说
人物（孔乙己、掌柜、酒客）之间的"看/被看"；最后是"隐含作者"
与叙述者、小说人物之间的"看/被看"。实际上，"读者"在欣赏作品
的过程中，又形成与隐含作者、叙述者、小说人物之间的"看/被看"。
在这样的多层结构中，同时展现着孔乙己、酒客与掌柜、小伙计三种不
同形态的人生悲喜剧，互相纠结、渗透、影响、撞击。作者、叙述者、
人物与读者处于如此复杂的关系中，就产生了繁复而丰富的情感与美
感。但我们感到惊异的是，全篇的文字却极其简洁，叙述十分舒展，毫
无逼促之感。——鲁迅自己也说，他喜欢这篇小说，就因为它"从容不
迫"。[1] 这样寓"繁复"于"简洁"之中，寓"紧张"于"从容"之中，
确实是一个很高的艺术境界。

我们还想强调一点：《孔乙己》所提供的是"看/被看"模式的一
种类型，其特点是处于"被看"地位的是下层社会的不幸的人，这是鲁

---

[1] 孙伏园：《鲁迅先生二三事·〈孔乙己〉》，收《鲁迅回忆录》"专著"上册，85 页，北
京出版社，2000 年版。

迅最为关注的，他说过他的"取材，多采自病态社会的不幸的人们中，意思是在揭出病苦，引起疗救的注意"[1]，而"看客"现象正是这"病态社会"的一个重要方面，它加深了不幸者的"病苦"，这就自然成为鲁迅表现下层人民不幸命运的小说的重要内容。《孔乙己》之外，还有《祝福》《阿Q正传》诸篇。这里再略说几句。

请读《祝福》里的这段描写：祥林嫂的阿毛不幸被狼吃了，她到处向人倾诉自己的痛苦；人们如何反应呢——

> 有些老女人没有在街头听到她的话，便特意寻来，要听她这一段悲惨的故事。直到她说到呜咽，她们也就一齐流下那停在眼角上的眼泪，叹息一番，满足的去了，一面还纷纷的评论着。

这些乡下老女人"特意寻来"，与《示众》里的胖小孩、胖大汉们赶去看白背心一样，都是"看客"，是在无聊的生活中来寻求刺激的。请注意"故事"这两个字：她们根本不关心祥林嫂的不幸，不去体察一个失去了孩子的母亲内心的痛苦，尽管她们自己也是母亲，但她们已经麻木了，现在需要的是把他人的不幸当作供消遣的"故事"来听。径直说，她们是来"看戏"的：一面将祥林嫂痛苦的叙说、呜咽，都当作演戏来鉴赏；一面自己也演起戏来——"流下那停在眼角上的眼泪"，又"叹息一番"，其实就是表演"同情心"，以获得自我崇高感，终于"满足"地去了——她们本也是不幸的人，也有自己的真实的痛苦，但已在鉴赏他人的痛苦的过程中得到宣泄、转移，以至遗忘，那无聊的生活也就借此维持下去，在"可以哭，可以歌，也如醒，也如醉，若有知，若无知，

---

[1] 《我怎么做起小说来》，《鲁迅全集》4卷《南腔北调集》，526页。

祥林嫂

也欲死，也欲生"[1]的不死不活的状态下苟活偷生。但她们也还在"纷纷的评论"着，要充分地"利用"祥林嫂的不幸，做鲁迅所说的"饭后的谈资"[2]。如果可利用的价值也丧失了呢？于是就有了这样的触目惊心的事实与文字——

……她的悲哀经大家咀嚼赏鉴了许多天，早已成为渣滓，只值得烦厌和唾弃……

这百无聊赖的祥林嫂，被人们弃在尘芥堆中的，看得厌倦了的陈旧的玩物，先前还将形骸露在尘芥里，从活得有趣的人们看来，

[1] 《淡淡的血痕中》，《鲁迅全集》2卷《野草》，226页。

[2] 《记念刘和珍君》，《鲁迅全集》3卷《华盖集续编》，293页。

恐怕要怪讶她何以还要存在，现在总算被无常打扫得干干净净了。

这里有一种真正的残酷。

在《阿Q正传》的结尾，我们又看到了这样一个令人恐怖的"示众"
场面——

> 阿Q被抬上了一辆没有篷的车……前面是一班背着洋炮的兵们
> 和团丁，两旁是许多张着嘴的看客……

> ……他惘惘的向左右看，全跟着马蚁似的人……

> "好！！！"从人丛里，便发出豺狼的嗥叫一般的声音来。

> 阿Q于是再看那些喝采的人们。

> 这刹那中，他的思想又仿佛旋风似的在脑里一回旋了。四年之
> 前，他曾在山脚下遇见一只饿狼，永是不近不远的跟定他，要吃他
> 的肉。……（他）永远记得那狼眼睛，又凶又怯，闪闪的像两颗鬼
> 火，似乎远远的来穿透了他的皮肉。而这回他又看见从来没有见过
> 的更可怕的眼睛了，又钝又锋利，不但已经咀嚼了他的话，并且还
> 要咀嚼他皮肉以外的东西，永是不远不近的跟他走。

> 这些眼睛们似乎连成一气，已经在那里咬他的灵魂。

> "救命，……"

"看/被看"的模式在这里已经转化为"吃/被吃"的模式，而后者正是
前者的实质。

被看客的"眼睛们"咀嚼着灵魂的，岂止是阿Q、祥林嫂、孔乙己，连鲁迅自己，以及我们读者也在内……

"救命！……"

三

在"看/被看"模式的另一种类型里，处于"被看"地位的，是那些"在寂寞里奔驰的猛士"，中国的改革的"前驱"，鲁迅说，他的任务就是为他们"呐喊几声"[1]，自然也在紧张地关注着他们的命运。

《狂人日记》一开头就提出了这样的问题："那赵家的狗，何以看我两眼呢？"

还有那碗蒸鱼，"这鱼的眼睛，白而且硬，张着嘴，同那一伙想吃人的人一样"。

这"白而且硬"的眼睛是无所不在的，"被看"的恐惧更是时时追随着中国的有理想、有追求的志在改革的战士。

于是就有了《药》里的夏瑜的故事。

早在《呐喊》刚出版时，茅盾就以"雁冰"的本名写了篇《读〈呐喊〉》，指出："鲁迅君常是创造'新形式'的先锋；《呐喊》里十多篇小说几乎一篇有一篇的新形式。"[2]——思想家的鲁迅与文学家的鲁迅永远是统一的：在进行人性、国民性的追问的同时，他总要做"写法"上的不同试验。

---

[1]　《〈呐喊〉自序》，《鲁迅全集》1卷《呐喊》，441页。

[2]　雁冰：《读〈呐喊〉》，原载1923年10月8日《时事新报》副刊《学灯》，收《鲁迅研究学术论著资料汇编》第1卷，36页，中国文联出版公司，1985年版。

如果说在《示众》《孔乙己》《祝福》《阿Q正传》与《狂人日记》里，"被看"的对象都处在小说的前台中心位置，《药》里"被看"的夏瑜却隐藏在文字之外，看客占据了一切——这本身就有一种意味。

因此，读《药》就需要有"会看"的眼睛：能够从已经呈现的，看到未呈现的，却又是作者真正属意的东西，并且在自己的想象中完成一个完整的"夏瑜的故事"。

请注意这些文字，并且思考、想象、补充——

（场面一）华老栓刑场上"买药"。

> （华老栓走在去古轩亭口的路上）天气比屋子里冷得多了；老栓倒觉爽快，仿佛一旦变了少年，得了神通，有给人生命的本领似的，跨步格外高远。

——注意"生命"这个概念，这是全篇的中心词：要"给"谁以"生命"？以怎样的"本领"给人以生命？这与华老栓正要做的事有什么关系？我们且带着这些问题关注故事的发展。

> 几个人从他面前过去了。……很像久饿的人见了食物一般，眼里闪出一种攫取的光……只见许多古怪的人，三三两两，鬼似的在那里徘徊……

——你是不是感到"恐惧"？这正是全篇所要传达的一种气氛与感觉……

> 没有多久，又见几个兵，在那边走动；……一阵脚步声响，一

眨眼，已经拥过了一大簇人。那三三两两的人，也忽然合作一堆，潮一般向前赶；将到丁字街口，便突然立住，簇成一个半圆。

老栓也向那边看，却只见一堆人的后背；颈项都伸得很长，仿佛许多鸭，被无形的手捏住了的，向上提着。

——这是我们在《示众》这篇小说里早已熟悉了的，却又是在老栓的眼睛里所看见的。于是，我们可以想象：在这一群"看客"的对面正站着一个人，就像《示众》里那个白背心一样，当众人伸长了颈项"看"他时，他也在"看"众人。（这是老栓所看不见的）再想象一下：他将以怎样的眼光，怀着怎样的心情去"看"？

静了一会，似乎有点声音，便又动摇起来，轰的一声，都向后退；一直散到老栓立着的地方，几乎将他挤倒了。

——发生了什么事情？

"喂！一手交钱，一手交货！"一个浑身黑色的人，站在老栓面前，眼光正像两把刀，刺得老栓缩小了一半。那人一只大手，向他摊着；一只手却撮着一个鲜红的馒头，那红的还是一点一点的往下滴。

——黑色中出现的鲜红宣告一个触目惊心的事实：一个生命被杀害了！请设想：在生命结束的瞬间，那个人会想到什么？

一个同样触目惊心的问题：这刚结束的生命（"那红的还是一点一点的往下滴"）怎么立刻变成了交易的"货"？

电影《药》海报

"这给谁治病的呀？"老栓也似乎听得有人问他，但他并不答应；他的精神，现在只在一个包上，仿佛抱着一个十世单传的婴儿，别的事情，都已置之度外了。他现在要将这包里的新的生命，移植到他家里，收获许多幸福。

——中心词"生命"再度出现：读者很明白，这就是那刚被杀害的生命，现在却被老栓当作"新的生命"，要"移植"到自己家里，从中"收获"许多幸福。这显然是残酷的；但老栓却浑然不觉："别的事情"，例如死者与生者的悲哀，他"已置之度外"，只记着"十世单传"的家族生命将借助这"人血馒头"延续下去。

但真能产生这样的奇迹吗？

（场面二）华小栓"吃药"。

……只有小栓坐在里排的桌前吃饭，大粒的汗，从额上滚下，夹袄也帖住了脊心。两块肩胛骨高高凸出，印成一个阳文的"八"字。老栓见这样子，不免皱一皱展开的眉心。

——事实无情：这是一个正在走向死亡的生命。

……小栓撮起这黑东西，看了一会，似乎拿着自己的性命一般，心里说不出的奇怪。十分小心的拗开了，焦皮里面窜出一道白气，白气散了，是两半个白面的馒头。——不多工夫，已经全在肚里了，却全忘了什么味；面前只剩下一张空盘。他的旁边，一面立着他的父亲，一面立着他的母亲，两人的眼光，都仿佛要在他身里注进什么又要取出什么似的；便禁不住心跳起来，按着胸膛，又是一阵咳嗽。

——读者心里依然明白：这"黑东西"就是那个曾经充满生机、却被杀害了的生命，从中"窜出"的"一道白气"立即消"散"，给你留下的是怎样一种感觉？而小栓却仿佛"拿着自己的性命一般"，这就是前面所说的生命的"移植"，他自己也觉得"奇怪"；但结果"却全忘记了味"，"只剩下一个空盘"：这"空"字又给你什么感觉？旁边立着的父母其实比当事人小栓更为紧张：他们希图借这"人血馒头"往儿子身上"注进"他人的生命，而"取出"（也即前文所说的"收获"）家庭的"幸福"，但儿子的"一阵咳嗽"却暗示着这将是徒劳的。呈现在我们面前的，就是这样三种生命形态——生命的消散、生命的空洞与生命的愚昧，三者都令人恐惧。

（场面三）茶馆议"药"。

茶馆——鲁迅多次发出感慨："时间永是流驶，街市依旧太平，有限的几个生命，在中国是不算什么的，至多，不过供无恶意的闲人以饭后的谈资，或者有恶意的闲人作'流言'的种子。"[1]茶馆、酒店正是

---

[1] 《记念刘和珍君》，《鲁迅全集》3 卷《华盖集续编》，293 页。

饭后闲谈、散布流言的最佳场所；于是，就有了《孔乙己》里的酒店与本篇中的茶馆——这都是最适合表现鲁迅的意思的"典型环境"。

有意思的是，这里的茶客和《示众》里的"看客"一样，都没有名字："花白胡子""驼背五少爷"，还有后面将出现的"二十多岁的人"之类。他们也是"看客"，是"无主名无意识的杀人团"里的成员。——顺便再说一点本篇的"命名"，本篇讲的是两家人的生命的故事，"吃药"的姓"华"，被用来作"药"的姓"夏"，合起来就是"华夏"，显然有寓意，他所要讲的是"中国人的生命的故事"。正如一位研究者所说，"老栓小栓这类名字，显然是北方人的，一点没有江浙的色彩"（"驼背五少爷"与后面的"红眼睛阿义"的绰号则似乎是绍兴一带所常用的），这或许表明，鲁迅要写的"是中国的而不是某一地方的，用到中国的无论哪一部分都可以通"。[1]

突然闯进的这个"满脸横肉的人"打破了茶馆的沉闷，这是康大叔，也就是第一场中杀害那人的生命并将沾满其鲜血的人血馒头卖给华老栓的刽子手。值得注意的是他在人们心目中的地位：华老栓，华大妈，以及"满座的人"都是"笑嘻嘻的"，"恭恭敬敬的听"。

"……那是谁的孩子？究竟是什么事？"花白胡子"低声下气"的一问，问出了这"横肉的人"的一阵大声嚷嚷——

> ……不就是夏四奶奶的儿子么？……这小东西不要命，不要就是了。……夏三爷真是乖角儿，要是他不先告官，连他满门抄斩。现在怎样？银子！——这小东西也真不成东西！关在牢里，还

[1] 孙伏园：《鲁迅先生二三事·〈药〉》，收《鲁迅回忆录》"专著"上册，79—80页，北京出版社，2000年版。

要劝牢头造反。……你要晓得红眼睛阿义是去盘盘底细的，他却和他攀谈了。他说：这大清的天下是我们大家的。你想，这是人话么？……他还要老虎头上搔痒，（阿义）便给他两个嘴巴！……看他神气，是说阿义可怜哩！……

那被杀害的生命，终于从历史的深处走了出来，活生生地站在我们面前。请展开你的想象，将这个"夏家的儿子"的生命故事完整地叙述出来：这年轻的生命怎样在夏四奶奶的抚养下艰难"成长"；他怎样获得"大清的天下是我们大家的"的信念，从而使自己的生命获得了新的意义；他怎样为自己的信念而奋斗，以实现自己的生命价值；他怎样被自己的亲人所出卖；在狱中，他怎样为坚持自己的信念做最后的努力，面对麻木残忍地殴打他的牢头，他为什么连呼"可怜"？他胸中涌动着怎样的情感？在生命的最后一刻，他又想到了什么？——这就与第一个场面联结起来。

和孔乙己被残害的故事一样，这位"夏家的儿子"的生命故事也是通过茶馆里的议论叙述出来的；鲁迅更关注的仍是"听众（看客）"的反应——

"阿呀，那还了得。"坐在后排的一个二十多岁的人，很现出气愤模样。

"义哥是一手好拳棒，这两下，一定够他受用了。"壁角的驼背忽然高兴起来。

花白胡子的人说，"打了这种东西，有什么可怜呢？"

⋯⋯⋯⋯⋯

听着的人的眼光，忽然有些板滞；话也停顿了。⋯⋯

"阿义可怜——疯话，简直是发了疯了。"花白胡子恍然大悟似的说。

"发了疯了。"二十多岁的人也恍然大悟的说。

这"气愤"，这"高兴"，这目光"板滞"，以及最后的"恍然大悟"，也是一种生命形态的呈现：麻木而残忍。但这正是很多中国人的生命常态，包括"二十多岁"的年轻人，它构成了一个"看客"圈。"夏家的儿子"的生命选择一旦落入这样的"圈"里，不但其理想价值在不理解、无反应中消解为无，而且还被视为"疯子"彻底排斥，甚至成为被任意伤害和杀害的"正当理由"。这正是《狂人日记》里的"狂人"的命运，现在落在"夏家的儿子"身上了。

作者忙里偷闲，两处插入小栓的"咳嗽"。这其实并非闲笔，正是提醒读者不要忘记，小栓（特别是他身后的父母）还指望用"夏家儿子"的生命换取自己的生命——这又是一个更麻木、更愚昧也更残酷的生命形态。

这一节的结尾，小栓"拼命咳嗽"的声音，康大叔"包好⋯⋯包好"的嚷嚷，与看客们"疯了"的议论夹杂在一起，也会让敏感的读者感到恐怖与悲哀，不禁要问：究竟是谁疯了？

（场面四）坟场相遇。

"坟场"，这又是一个鲁迅式的"典型环境"。一条人踩出来的路"却成了自然的界限"："路的左边，都埋着死刑和瘐毙的人，右边是穷人的丛冢。"——"在我自己，总仿佛觉得我们人人之间各有一道高墙，将各个分离，使大家的心无从相印"（鲁迅）[1]；现在，连死后的生命也被人为地隔开了。

两个母亲就在这样的坟场相遇，华家的故事与夏家的故事以最后的"埋葬"相联结。

人们自会注意到，相遇中夏家母亲"忽然见华大妈坐在地上看他，便有些踌躇，惨白的脸上，现出些羞愧的颜色；但终于硬着头皮，走到左边的一座坟前，放下了篮子"——尽管我们读者早已明白，她的儿子是为了大众而牺牲，这是一个崇高的生命；但在社会的眼里，她儿子却是一个被处死刑的有罪的犯人，如前文所述，看客们是将他视为"疯了"的。在这样的舆论压力下，连母亲也感到"羞愧"——而她原本是应该为自己的儿子而骄傲的！

这母亲的不理解，特别令人震惊和恐怖。如果说从阅读这篇小说的一开始，你就感受到了一种恐怖的气氛，那么，读到这里，你终于明白：真正令人恐怖的，不仅是一个有价值的生命的被杀害，更在于即使牺牲了生命，其价值也得不到社会的体认，只成为闲人们饭后的谈资，甚至连自己的母亲也不能理解，连自己流淌的鲜血也要被无知的民众利用！

然而却出现了红白花圈。——这或许是绝望中的一点希望吧。但鲁迅在《〈呐喊〉自序》里，却坦诚地说明这是"平空添上"的，这是为了"慰藉那些在寂寞里奔驰的猛士"，自己也"不愿将自以为苦的寂寞，再来传染给也如我那年青时候似的正做着好梦的青年"。[2]这或许就是许广平所说的，尽管鲁迅"自己所感觉的是黑暗居多，而对于青年，却

---

[1]　《俄文译本〈阿Q正传〉序及著者自叙传略》，《鲁迅全集》7卷《集外集》，83页。

[2]　《〈呐喊〉自序》，《鲁迅全集》1卷《呐喊》，441—442页。

处处给与一种不退走，不悲观，不绝望的诱导，自己也仍以悲观作不悲观，以无可为作可为，向前的走去"[1]吧。

鲁迅关注的重心显然在母亲对她儿子坟上出现的红白花圈的反应：她惊异得几乎发狂（作为对比，另一个母亲华大妈却因自己的儿子和别的坟，只开着零星的青白小花，而突然感到"不足和空虚"——那是另一个生命的无价值的死亡），终于发出了"瑜儿，他们都冤枉了你，你还是忘不了，伤心不过，今天特意显点灵，要我知道么？"——这是隐藏在本篇背后的故事的最后一笔：我们到这时才知道他的名字——夏瑜，这显然是从"秋瑾"那里点化而来；我们也终于明白，这里讲的是一个先驱者的命运的故事。而按照他的母亲的理解，这是一个死不瞑目的冤魂；由此而产生了一个母亲的愿望："你如果真在这里，听到我的话，——便教这乌鸦飞上你的坟顶，给我看罢。"这母亲的理解和愿望，都十分地感人。

小说的结束，也是故事的结束，是惊心动魄的——

> 微风早经停息了；枯草支支直立，有如铜丝。一丝发抖的声音，在空气中愈颤愈细，细到没有，周围便都是死一般静。两人站在枯草丛里，仰面看那乌鸦；那乌鸦也在笔直的树枝间，缩着头，铁铸一般站着。

> 他们（两个母亲）走不上二三十步远，忽听得背后"哑——"的一声大叫；两个人都竦然的回过头，只见那乌鸦张开两翅，一挫身，直向着远处的天空，箭也似的飞去了。

---

[1] 《第一集·北京·五》，《鲁迅全集》11卷《两地书》，24页。

我说过，这是"最鲁迅式"的文字。这里有着鲁迅式的"沉默"和"阴冷"——鲁迅自己说，"《药》的收束，也分明的留着安特莱夫（L. Andreev）式的阴冷"[1]，又说："安特列夫的小说，还要写得怕人，我那《药》的末一段，就有些他的影响，比王婆还鬼气。"[2] 更有着鲁迅式的"绝望"：他是连母亲最后一个善良的愿望——儿子的"显灵"也要让它落空的。贯穿全篇的恐惧气氛由此而达到了顶端。前述坟场的花圈与这里的坟场的阴冷，正是鲁迅内心深处的"希望"与"绝望"的艺术的外化，二者互相交织、补充、对错交流，又互相撞击、消解，汇合成了鲁迅式的心灵的大颤动，也让我们每一个读者悚然而思。

的确，"先驱者的命运"的思考几乎贯穿了鲁迅的一生。鲁迅在很多文章里都谈到了先驱者"要救群众，而反被群众所迫害"[3]的悲剧。这恐怕是人类文明史上的一个普遍存在，鲁迅一再地记起耶稣被以色列人杀害的悲剧，在《野草》里的《复仇（其二）》里，就写到了耶稣被钉杀时心中充满了对愚昧的以色列人的"悲悯"和"咒诅"[4]，与夏瑜连声说"可怜"确有相通之处。鲁迅还一次次地写到中国现代史上一再出现的先驱者"枭首陈尸"，只"博得民众暂时的鉴赏"的场面[5]，他还引用南京的民谣"叫人叫不着，自己顶石坟"，以为这是"包括了许

---

[1]　《〈中国新文学大系〉小说二集序》，《鲁迅全集》6卷《且介亭杂文二集》，247页。安特莱夫，鲁迅又译为安特列夫、安德列夫，俄国作家。

[2]　《351116　致萧军、萧红》，《鲁迅全集》13卷《书信（1934—1935）》，584页。王婆，系萧红小说《生死场》中的一个人物，有人认为她身上有股"鬼气"。

[3]　《第一集·北京·四》，《鲁迅全集》11卷《两地书》，20页。

[4]　《复仇（其二）》，《鲁迅全集》2卷《野草》，179页。

[5]　参看《偶成》，《鲁迅全集》4卷《南腔北调集》，600页；《铲共大观》，《鲁迅全集》4卷《三闲集》，106—107页。

多革命者的传记和一部中国革命的历史"。[1]先驱者（夏瑜们）与群众
的关系，本来是一个"启蒙者与被启蒙者，医生与病人，牺牲者与受益
者"的关系，但在中国的现实中，却变成了"被看"与"看"的关系；
应该说，这是鲁迅充满苦涩的一大发现：一旦成为"被看"的对象，启
蒙者的一切崇高理想、真实奋斗全都成了"表演"，变得毫无意义，空
洞、无聊又可笑。而且这样的"被看／看"的关系，还会演变为"被
杀／杀"的关系：《药》所描写的就是这样一个启蒙者（夏瑜）被启蒙
对象（华老栓一家）"活活吃掉"的惨烈的事实。而他的反思、质疑则
是双向的：既批判华老栓们、看客们的愚昧、麻木与残忍，又反省启蒙
者夏瑜们自身的弱点。而我们知道，鲁迅也是一个启蒙主义者，因此，
无论他对夏瑜悲剧命运的发现，还是他对启蒙主义者的反省，最终都是
指向自身的：他的忧愤的格外深广，也正在于此。

　　以上我们通过对《示众》《孔乙己》《药》等作品的细读，对"看客"
现象，"看／被看"模式的两种类型做了详尽的分析，现在可以略做一
点小结。鲁迅的这些小说都有一个共同的主题，即对中国国民性的批
判。鲁迅在他的杂文中有一系列的概括与发挥。他说，中国是一个"文
字游戏国"[2]，这里一个最致命的问题，就是在中国没有真正的坚定的
信仰，"自南北朝以来，凡有文人学士，道士和尚，大抵以'无特操'
为特色的"[3]，对于所想与所说、所写，都"并不真相信，只是说着玩
玩，有趣有趣的"[4]，鲁迅说"玩玩笑笑，寻开心"这几个字"就是开

[1]　《太平歌诀》，《鲁迅全集》4卷《三闲集》，104页。

[2]　《逃名》，《鲁迅全集》6卷《且介亭杂文二集》，409页。

[3]　《吃教》，《鲁迅全集》5卷《准风月谈》，328页。

[4]　《世故三昧》，《鲁迅全集》4卷《南腔北调集》，606—607页。

开中国许多古怪现象的锁的钥匙"[1]。因此，在中国，没有真正的"信"而"从"，只有"怕"与"利用"，最多的是"做戏的虚无党"，所谓"戏场小天地，天地大戏场"是写尽了中国的特点的，这是一个"颇有点做戏气味的民族"。[2]不但自己做戏，也把别人的言说与作为都看作做戏。也就是说，整个中国就是一个"大游戏场，大剧场"，一切真实的思想与话语一旦落入其中，就都变成了供看客鉴赏的"表演"。鲁迅在他的小说中反复描写的"看客"现象，就是一种全民族的"演戏"与"看戏"。这样的全民表演，是一种极其可怕的消解力量：下层人民（祥林嫂、孔乙己们）真实的痛苦，有理想、有追求的改革者、精神界战士（夏瑜们）真诚的努力与崇高的牺牲，都在"被看"的过程中，变成哈哈一笑。正是这全民的狂欢，"以凶人的愚妄的欢呼，将悲惨的弱者的呼号遮掩"，于是"大小无数的人肉的筵宴"得以继续排下去[3]，"人世却也要完结在这些欢迎开心的开心的人们"[4]，这些"看客"们之中。

本讲阅读篇目

《示众》（收《彷徨》）

《孔乙己》（收《呐喊》）

《药》（收《呐喊》）

《狂人日记》（收《呐喊》）

《阿Q正传》（收《呐喊》）

《祝福》（收《彷徨》）

---

[1]　《"寻开心"》，《鲁迅全集》6卷《且介亭杂文二集》，281页。

[2]　《马上支日记》，《鲁迅全集》3卷《华盖集续编》，346、344页。

[3]　《灯下漫笔》，《鲁迅全集》1卷《坟》，229页。

[4]　《帮闲法发隐》，《鲁迅全集》5卷《准风月谈》，290页。

《长明灯》（收《彷徨》）

《理水》（收《故事新编》）

《铸剑》（收《故事新编》）

《采薇》（收《故事新编》）

《复仇》（收《野草》）

《复仇（其二）》（收《野草》）

《淡淡的血痕中》（收《野草》）

《娜拉走后怎样》（收《坟》）

《记念刘和珍君》（收《华盖集续编》）

《马上支日记》（收《华盖集续编》）

《太平歌诀》（收《三闲集》）

《铲共大观》（收《三闲集》）

《宣传与做戏》（收《二心集》）

《世故三昧》（收《南腔北调集》）

《偶成》（收《南腔北调集》）

《现代史》（收《伪自由书》）

《推》（收《准风月谈》）

《"推"的余谈》（收《准风月谈》）

《踢》（收《准风月谈》）

《爬和撞》（收《准风月谈》）

《帮闲法发隐》（收《准风月谈》）

《吃教》（收《准风月谈》）

《"寻开心"》（收《且介亭杂文二集》）

《逃名》（收《且介亭杂文二集》）

"最富鲁迅气氛"的小说

——读《在酒楼上》《孤独者》及其他

1956 年，时在香港办报的曹聚仁到北京访问周作人，一见面就谈起鲁迅的小说。曹聚仁告诉周作人，他最喜欢《在酒楼上》；周作人表示欣然同意，他说，我也认为《在酒楼上》写得最好，这是一篇"最富鲁迅气氛"的小说。[1]

周作人的评价，给我们提供了一个观察鲁迅小说的很好的视角。所谓"气氛"，周作人还有一种说法，叫作"气味"；在《杂拌儿之二序》里，他这样写道，写文章要追求"物外之言，言中之物"，"所谓言与物者何耶，也只是文词与思想罢了，此外似乎还该添上一种气味。气味这个字仿佛有点暖

---

[1] 参见曹聚仁《与周启明先生书——鲁迅逝世二十年纪念》，《北行小语》，生活·读书·新知三联书店，2002 年版。

昧而且神秘,其实不然。气味是很实在的东西,譬如一个人身上有羊膻气,大蒜气,或者说是有点油滑气,也都是大家所能辨别出来的"[1]。因此,我理解所谓"鲁迅气氛",主要是指鲁迅的精神气质在小说里的投射。而谈到鲁迅的精神气质就不能不注意到鲁迅和他的故乡浙东文化与中国历史上的魏晋风骨、魏晋风度的精神联系。这就提示我们:要从鲁迅小说与魏晋文人、魏晋文学与玄学的关系的角度来讨论"鲁迅气氛"的问题。在这方面做了最早的探讨的,是王瑶先生在1950年

《彷徨》封面,陶元庆设计。鲁迅曾说:"《彷徨》的书面实在非常有力,看了使人感动"。

代写的《论鲁迅作品与中国古典文学的历史联系》,他发现了《在酒楼上》《孤独者》和魏晋风度、魏晋风骨的内在联系。王瑶先生说,《在酒楼上》的吕纬甫和《孤独者》的魏连殳的塑造,跟鲁迅对魏晋时代的某些人物的看法有类似之处。他强调吕纬甫性格中的那种颓唐、消沉,他的嗜酒和随遇而安,都类似于刘伶;而魏连殳则具有一种嵇康、阮籍似的孤愤的情感。——现在,我们就沿着王瑶先生开拓的思路,做更具体深入的赏析。

---

[1] 周作人:《杂拌儿之二序》,《周作人自编文集·苦雨斋序跋文》,120页,河北教育出版社,2002年版。

一

我们先来读《在酒楼上》。

这是小说的开头——

　　我从北地向东南旅行，绕道访了我的家乡，就到 S 城。这城离我的故乡不过三十里，坐了小船，小半天可到，我曾在这里的学校里当过一年的教员。深冬雪后，风景凄清，懒散和怀旧的心绪联结起来，我竟暂寓在 S 城的洛思旅馆里了；……窗外只有溃痕斑驳的墙壁，帖着枯死的莓苔；上面是铅色的天，白皑皑的绝无精采，而且微雪又飞舞起来了。……我于是立即锁了房门，出街向那酒楼去。其实也无非想姑且逃避客中的无聊，并不专为买醉。……楼上"空空如也"，任我拣得最好的坐位；可以眺望楼下的废园。……

　　"客人，酒。……"

　　堂倌懒懒的说着，放下杯，筷，酒壶和碗碟，酒到了。我转脸向了板桌，排好器具，斟出酒来。觉得北方固不是我的旧乡，但南来又只能算一个客子，无论那边的干雪怎样纷飞，这里的柔雪又怎样的依恋，于我都没有什么关系了。

从这一段文字里，你看到的是什么呢？微雪、废园、酒和文人，于是依稀回到那个魏晋时代；你还感受到一种懒散、凄清的气氛，以及随之蔓延而来的驱不去的漂泊感，这恐怕正是魏晋时代的气氛，却也是现实鲁迅所感到的。《在酒楼上》所要传达的，就是这样的刻骨铭心的漂泊感。

　　就在这个背景下，在微雪、废园和酒当中，我们的主人公出现了。

我们开始只听到声音："那脚步声比堂倌的要缓得多"，缓缓地、沉沉地走过来——

> 约略料他走完了楼梯的时候，我便害怕似的抬头去看这无干的同伴……但一见也就认识，独有行动却变得格外迂缓，很不像当年敏捷精悍的吕纬甫了。……但当他缓缓的四顾的时候，却对废园忽地闪出我在学校时代常常看见的射人的光来。

这里的沉静、颓唐，忽而显出的"射人的光"，都有一种魏晋风度，让我们想起当年的刘伶。同时我们也可以感到鲁迅自己的一种精神的投影。我们回过头来看周围的景色，刚才有一段有意没有念，就是当"我"去看废园的时候，突然觉得很"惊异"——

> 几株老梅竟斗雪开着满树的繁花，仿佛毫不以深冬为意；倒塌的亭子边还有一株山茶树，从暗绿的密叶里显出十几朵红花来，赫赫的在雪中明得如火，愤怒而且傲慢，如蔑视游人的甘心于远行。

这废园里的"赫赫之火"，很容易使我们想起刚才吕纬甫眼里射出来的光芒，而这"傲慢"、这"愤怒"、这"蔑视"更使我们想起嵇康、阮籍。刘伶原是和嵇康、阮籍相通的；吕纬甫也并不完全是懒散、平庸，还有光彩的一面——就如同在废园里还有株斗雪的老梅。

于是就有了"我"和小说主人公吕纬甫之间的对话。研究《在酒楼上》这篇小说的许多学者，都是把小说中的"我"看作鲁迅，小说主人公吕纬甫则被视为一个被批判、被否定的对象：当年他是一个反抗者，现在他转了一圈回来了，背离了原来的理想，即表现了知识分子的软弱性与不彻底性，等等。
我在过去的有关著作中
大概也是这么看的。但
是在1997年、1998年吧，
我和一批研究生一起重
新读《在酒楼上》，当
时我们定了一条原则，
就是读的时候把原来的

在酒楼上

各种见解都抛开，用我们的艺术直觉去感受、领悟，结果就发现自己阅
读的真实感受和前面那些已成为思维定式的分析之间出现了差距。今天
我也想用这个方法，与大家一起先来"感受"小说。

　　吕纬甫主要是跟"我"讲了两个故事，我们先看第一个故事。小说
中的"我"问他这次到故乡来干什么？他说，其实是为一件"无聊"
的事："曾经有一个小兄弟，三岁上死掉的，就葬在这乡下"，"连他的
模样都记不清楚了"；"今年春天，一个堂兄来了一封信，说他的坟边
已经渐渐的浸了水，不久怕要陷入河里去了，须得赶紧去设法。母亲一
知道就很着急，几乎几夜睡不着"。趁了年假的闲空，"我"才回到南方
来给他迁葬。我们现在就来看看吕纬甫对"迁葬"这件事的叙述——

　　……我当时忽而很高兴，愿意掘一回坟，愿意一见我那曾经和
我很亲睦的小兄弟的骨殖：这些事我生平都没有经历过。到得坟
地，果然，河水只是咬进来，离坟已不到二尺远。可怜的坟，两年
没有培土，也平下去了。我站在雪中，决然的指着他对土工说，"掘
开来！"我实在是一个庸人，我这时觉得我的声音有些希奇，这命
令也是一个在我一生中最为伟大的命令。但土工们却毫不骇怪，就

动手掘下去了。待到掘着圹穴，我便过去看，果然，棺木已经快要烂尽了，只剩下一堆木丝和小木片。我的心颤动着，自去拨开这些，很小心的，要看一看我的小兄弟。然而出乎意外！被褥，衣服，骨骼，什么也没有。我想，这些都消尽了，向来听说最难烂的是头发，也许还有罢。我便伏下去，在该是枕头所在的泥土里仔仔细细的看，也没有。踪影全无！

……其实，这本已可以不必再迁，只要平了土，卖掉棺材，就此完事了的。我去卖棺材虽然有些离奇……我仍然铺好被褥，用棉花裹了些他先前身体所在的地方的泥土，包起来，装在新棺材里，运到我父亲埋着的坟地上，在他坟旁埋掉了。因为外面用砖椁，昨天又忙了我大半天：监工。但这样总算完结了一件事，足够去骗骗我的母亲，使她安心些。

我想我们凭直觉去读这故事，首先会觉得很感人：无论对死去的小兄弟，还是对母亲，都有一种浓浓的亲情。另一方面我们也会为这样一些描写感到诧异：比如，为什么说"掘开来！""这是我一生中最伟大的命令"呢？掘开之后，一再强调"什么也没有""消尽""没有""踪影全无"，这又是为什么呢？这就使我们感觉到在这个充满人情味的故事背后，似乎还隐藏着什么。这个小兄弟的"坟"是有所隐喻的，对于吕纬甫，他的这次掘坟的行动，是对已经逝去的生命的一个追踪，所以在他的感觉中这是"一生中最伟大的命令"；而最后开掘的结果，却是"无"：这正是鲁迅的命题，尽管明知"踪影全无"，他仍然要去开掘；明知是"骗"，也要埋葬。我想可能感动我们的东西，就是这样的对已经逝去的生命的追踪与眷念。鲁迅在他的杂文里，对这个命题也有过类似的表述，在《写在〈坟〉后面》，就有这样一段话——

……这不过是我的生命中的一点陈迹。……我的生命的一部分，就这样地用去了……总之：逝去，逝去，一切一切，和光阴一同早逝去，在逝去，要逝去了。……

……当呼吸还在时，只要是自己的，我有时却也喜欢将陈迹收存起来，明知不值一文，总不能绝无眷念，集杂文而名之曰《坟》，究竟还是一种取巧的掩饰。刘伶喝得酒气熏天，使人荷锸跟在后面，道：死便埋我。虽然自以为放达，其实是只能骗骗极端老实人的。

最后，鲁迅又"拉来"当年陆机悼曹操文来为自己这篇文章"作结"——

嗟大恋之所存，故虽哲而不忘。[1]

结合《写在〈坟〉后面》，再来读《在酒楼上》，我们会再一次体会到鲁迅和魏晋文人的相通，表面的放达，掩饰不住对逝去的生命和已在的生命深情的眷恋。于是，我们也终于明白，吕纬甫其实是鲁迅生命的一部分，或者说，正是在吕纬甫身上，隐藏了鲁迅身上某些我们不大注意的方面，甚至是鲁迅的自我叙述中也常常有意无意遮蔽的方面，这就是他那种浓浓的人情味，他对生命的眷恋之情。这正是我们在鲁迅大部分著作中不大看得到的，吕纬甫这个形象，就具有了某种特殊的意义和价值。

但我们还要注意，吕纬甫的自我陈述是在同"我"的对话中进行的，而"我"正是另外一个鲁迅自我。这就是说，看起来是吕纬甫一个人在讲故事，其实他的叙述，有一个"我"在场，时时刻刻有"我"在看着

---

[1] 《写在〈坟〉后面》，《鲁迅全集》1卷《坟》，298—299、303页。

他，所以在"我"的审视的眼光的压迫下，吕纬甫是用一种有罪心理来
讲这个故事的。因此，在他讲完了给小弟弟埋葬的故事后，接着又说了
这样一番话——

> 阿阿，你这样的看我，你怪我何以和先前太不相同了么？是
> 的，我也还记得我们同到城隍庙里去拔掉神像的胡子的时候，连日
> 议论些改革中国的方法以至于打起来的时候。但我现在就是这样
> 了，敷敷衍衍，模模胡胡。我有时自己也想到，倘若先前的朋友看
> 见我，怕会不认我做朋友了。——然而我现在就是这样。

> 看你的神情，你似乎还有些期望我，——我现在自然麻木得多
> 了，但是有些事也还看得出。这使我很感激，然而也使我很不安：
> 怕我终于辜负了至今还对我怀着好意的老朋友。……

读到这里，我突然想起了鲁迅在《〈穷人〉小引》里说的一段话——

> 凡是人的灵魂的伟大的审问者，同时也一定是伟大的犯人。审
> 问者在堂上举劾着他的恶，犯人在阶下陈述他自己的善；审问者在
> 灵魂中揭发污秽，犯人在所揭发的污秽中阐明那埋葬的光耀。这
> 样，就显示出灵魂的深。[1]

在这场对话中，"我"扮演的正是"伟大的审问者"的角色，吕纬甫作
为一个"伟大的犯人"，一面在"我"的审视下谴责、揭发自己，一面

---

[1]　《〈穷人〉小引》，《鲁迅全集》7卷《集外集》，106页。

却又有意无意地陈述"自己的善","阐明那埋葬的光耀"。而这"伟大的审问者"与"伟大的犯人"都同属于鲁迅：这是他的灵魂的自我审问与自我陈述，正是在这两种声音的相互撞击、纠缠之中，显示出了鲁迅自己以及和他同类的知识分子"灵魂的深"。

我们还可以把讨论再深入一步：这样的自我审问与自我陈述显示了鲁迅这样的知识分子什么样的内在矛盾呢？这就需要对"我"与吕纬甫这两个人物做进一步的分析。前面我们已经讲到，"我"是一个"漂泊者"，仍然怀着年轻时的梦想，还在追寻，因此依然四处奔波，但却苦于找不到精神的归宿："北方固不是我的旧乡，但南来又只能算一个客子。"吕纬甫却有了另一番命运：在现实生活的逼压下，他已不再做梦，回到了现实的日常生活中，成为一个大地的"坚守者"，他关注的、他所能做的，都是家族、邻里生活中琐细的却又不能不做的事情，例如给小弟弟迁葬、为邻居的女儿送去剪绒花之类——顺便说一句，吕纬甫关于迁葬的叙述，我已做了详尽的分析，他关于送剪绒花的叙述，也有很多可咀嚼的东西，同学们可以自去分析——而且不可避免的，还要做出许多妥协，例如仍教"子曰诗云"之类。我们前面已经分析过，他回到日常生活中来，获得了普通人生活中固有的浓浓的人情味，但却仍然不能摆脱"旧日的梦"的蛊惑，为自己"绕了一点小圈子"又"飞回来了"而感到内疚。这是一个双向的困惑产生的双向审视：对于无所归宿的"漂泊者"的"我"，吕纬甫叙述中表露出来的对于生命的眷恋之情，不能不使他为之动心动容；而面对还在做梦的"我"，"坚守者"吕纬甫却看清了自己生活的平庸与"无聊"的这一面，而自惭形秽。这在某种程度上，是表达了鲁迅（及同类知识分子）的内在矛盾的：作为现实的选择与存在，鲁迅无疑是一个"漂泊者"，他也为自己的无所归宿而感到痛苦，因此，他在心灵的深处是怀有对大地的"坚守者"的向往的，但他又警惕着这样的"坚守"可能产生的新的精神危机：这又是一个鲁迅式的往返质疑，因此，小说中的"我"与"吕纬甫"确实都有鲁迅的身影，但他自己是站在"我"与"吕纬甫"之外的。而读者读这篇作品，却会因自己处境的不同而引起不同的反响：如果你现在是一个"坚守者"，你可能会为吕纬甫的自我谴责感到震撼；如果你是个"漂泊者"，小说中"我"的"客子"感就会引起你的共鸣，你也可能对吕纬甫陈述中掩饰不住的普通人生活中的人情味、生命的眷念感顿生某种羡慕之情。读者可以按照自己的个人体验来感受这篇小说，可以有不同的解释，这样，读者也就参与到小说的二重声音的驳难之中。鲁迅将一个大的想象空间、言说空间留给了读者，这是一个开放的文本：这也是鲁迅小说的魅力所在。

二

据胡风回忆，鲁迅当年在谈到《孤独者》这篇小说时，曾直言不讳地对他说："那是写我自己的。"[1]对别的作品鲁迅似乎没有说过这样的话。我们看小说中主人公的这幅肖像——"他是一个短小瘦削的人，长方脸，蓬松的头发和浓黑的须眉占了一脸的小半，只见两眼在黑气里发光"，对照许广平笔下的鲁迅给学生的第一印象——"突然，一个黑影子投进教室里来了。首先惹人注意的便是他那大约有两寸长的头发，粗而且硬，笔挺的竖立着，真当得'怒发冲冠'的一个'冲'字"[2]，是

---

[1]　胡风:《鲁迅先生》,《胡风全集》7卷，65页，湖北人民出版社，1999年版。

[2]　许广平:《欣慰的纪念·鲁迅和青年们》，收《鲁迅回忆录》"专著"上册，344页，北京出版社，1999年版。

不难看出两者的相似的——当然，更重要的还是神似。

现在，我们就来读这篇《孤独者》。

小说开头第一句就很特别——

> 我和魏连殳相识一场，回想起来倒也别致，竟是以送殓始，以送殓终。

这是一个暗示："死亡的轮回"的沉重阴影将笼罩小说人物的命运，以及整篇小说。

小说的叙述也从"送殓"始：魏连殳一直跟他的祖母生活在一起，这个祖母其实不是他亲祖母，是他的父亲的继母。后来祖母死了，他从城里赶来奔丧。他是有名的洋学堂里出来的异端人物，所以村里的人都很紧张：他来了，能否按照我们的传统规矩办事呢？于是提出三个条件：必须穿孝服，必须跪拜，必须请和尚道士。魏连殳来了，大家没想到，他毫不犹豫地很爽气地答应了，而且他装殓祖母的时候，非常地耐心，这些都出乎人们意料。但更奇怪的是，当一切都正常进行，许多女人又哭又拜，他作为孝子却一声没响，大家都在哭，他不哭，这就引起了"惊异和不满"，等到大家哭完了，要走散了——

> 连殳却还坐在草荐上沉思。忽然，他流下泪来了，接着就失声，立刻又变成长嚎，像一匹受伤的狼，当深夜在旷野中嗥叫，惨伤里夹杂着愤怒和悲哀。

根据王瑶先生的提示，很自然地使我们想起了当年的阮籍。据《晋书》记载，阮籍的母亲死的时候，阮籍正在和别人下围棋，他的对手说，你的母亲死了，别下了，赶紧去奔丧吧。但是阮籍说，不行，我们饮酒。既而饮酒二斗，饮完酒后，举声一号，大哭一声，吐血数升，然后说，那些人都是礼俗之士，我要施之以白眼。这个细节跟小说里的魏连殳的表现非常接近，而且更主要的是，鲁迅曾经说过，嵇康、阮籍表面看上去是反礼教的，其实他们是最守礼的。[1]同样地在魏连殳那里，他为什么那么耐心地为祖母去装殓呢？那样放声一哭，说明魏连殳是真正讲礼教的，是孝子，他是真孝，他反对的是礼俗。从这里可以看出，魏连殳和阮籍不仅在行为方式上很接近，更多的是精神上的接近。进一步我们在魏连殳身上看到的，正是鲁迅本人和魏晋文人的相通。魏连殳这个人既体现魏晋文人的精神，同时也体现了鲁迅本人的一些精神实质的东西。这里正好找到了一个契合点。

于是，我们发现，鲁迅在《孤独者》这篇小说里，始终突出的是两种感受，而且都是趋于极端的，一种是极端的异类感，一种是极端的绝望感。可以说，鲁迅是把历史上的魏晋时代的文人与现实生活中他自己的异类感和绝望感在《孤独者》这里淋漓尽致地表现了出来。《孤独者》的主人公魏连殳正是一个异类。小说一开始就说他对人总是爱理不理的，常常喜欢管别人的闲事，所以大家把他像外国人一样看待。而最让人感到异样的是他喜欢发表议论，非常多，而且往往颇奇警。这是典型的魏晋风度，也是典型的鲁迅风度。这样一个异类，与整个社会是绝对地不相容，于是开始有种种流言蜚语，然后校长把他解聘了。有一天，"我"在马路边的书摊上发现一本魏连殳的书，魏连殳嗜书如命，把书拿来卖，就说明他的生活陷于绝境了。果然魏连殳有一天来到了"我"家里，吞吞吐吐，有话又不说，最后临走的时候，说，你能不能给我找

---

[1]　《魏晋风度及文章与药及酒之关系》，《鲁迅全集》3卷《而已集》，535页。

个工作，因为我还要活下去。魏连殳是何等骄傲的一个人，他最后这样乞讨工作，是真被逼到无路可走的地步了。所以小说情节的发展带有很大的残酷性，写整个社会怎样对待一个异端，怎样一步一步地剥夺他的一切，到最后，他生存的可能性都失去了。这是社会、多数对一个异端者的驱逐，一种非常残酷的驱逐。

这种驱逐显然既有魏晋时代的感受，也有鲁迅自己的感受。小说中出现了"我"这个人物，他有个名字叫申飞，这正是鲁迅曾经用过的笔名。我们明显感觉到"我"对魏连殳是非常同情的，非常理解他，然后发现"我"的命运逐渐跟魏连殳的命运差不多了。"我"同情魏连殳，和他来往，为他的工作奔走，这都成了"我"的罪状。于是报纸上开始有文章攻击"我"了，自然是不指名的，措辞很巧妙，一看就是"我"在挑剔学潮，于是"我"只好一动不动，除了上课之外，关起门来，躲着，有时连烟卷的烟钻出窗隙去，"我"也怕犯了"挑剔学潮"的嫌疑。这个描写显然带有象征性，概括了很多人的境遇。我们也不难从中听到鲁迅的声音，"挑剔学潮"，"躲起来"，这都是鲁迅的境遇。于是我们发现，原来叙事者"我"也是指向鲁迅自己，或者说他也是鲁迅的一部分。当然叙事者"我"和魏连殳不完全一样，他更沉稳，善于用自嘲的方式来化解对外部世界的痛苦感受，也善于掩饰自己的情绪。所以他在讲述魏连殳的故事的时候，有意控制自己的情感，把对魏连殳的同情收敛在自己感情的最深处、最隐蔽处，偶然闪现一点，更多地是用一种客观的打量、一种平静的讲述来讲。但是这一切，这样一种自嘲的方式，这样一种控制自己的情感、掩饰自己的写作，正是鲁迅的另一面，也是鲁迅的叙事策略。所以我们可以看到，在这里，小说中的"我"和魏连殳，即小说叙述者和主人公，都是"我"的不同侧面，或者说是"我"内心的两个不同声音。

于是小说展开了魏连殳和"我"之间的对话，这种对话其实是鲁迅内心深处的两个"我"的对话。小说的特别之处就在于叙述的故事中，插入了"我"和魏连殳的三次对话、三次辩论。每一次讨论，都有一个主题；这种围绕一个主题来互相辩驳的方式，正是魏晋"清谈"的特点，小说写的就是"我"和魏连殳两个人在自己房间里清谈，这是其他小说看不到的。而三次清谈都不是一般的发牢骚，而是把他们现实的痛苦提升到了形而上的层面，在某种意义上说，这是三次玄学讨论：这应该是特别有意思的。

我们就来看看他们讨论了什么问题。第一个问题，是从孩子说起的。魏连殳非常喜欢孩子，小说写了大良、小良和他们的祖母，这是极其调皮、极其讨厌的两个小孩，而且祖母也是个极其讨厌的小市民，但是魏连殳非常喜欢这两个小孩，这当然有他的悲剧在里面。有一次，从怎么看待小孩引发了一场争论——

  （魏连殳）："孩子总是好的。他们全是天真……。"

  （"我"）："那也不尽然。"

  （魏连殳）："不。大人的坏脾气，在孩子们是没有的。后来的坏，如你平日所攻击的坏，那是环境教坏的。原来却并不坏，天真……。我以为中国的可以希望，只在这一点。"

  （"我"）："不。如果孩子中没有坏根苗，大起来怎么会有坏花果？譬如一粒种子，正因为内中本含有枝叶花果的胚，长大时才能够发出这些东西来。何尝是无端……。"

从表面看起来是讨论孩子问题，其实争论的是，"人的生存希望"在哪里。魏连殳认为有希望，希望在孩子，在人的本性是好的，只是后天的环境造成了人的坏，既然是环境造成的，就有改造的可能性。"我"认为不是环境造成的，是人的本性，人的"根苗"就是坏的，无法改造，也就没有希望。这里实际上是从人的本性这个根底上来辩论人的生存有无希望的。两种观点相互质疑和颠覆，大家注意，这个讨论是没有结论的，所反映的正是鲁迅自己内心的矛盾。

第二次讨论是围绕"孤独"问题展开的。有一天，"我"看见魏连殳的样子，觉得很悲凉，却装着微笑说："你实在亲手造了独头茧，将自己裹在里面了。你应该将世间看得光明些。"这就是说，境由心造，这种孤独处境是自己造成的，因此也可以用自我调整的方式改变。魏连殳却说起了祖母：她是我父亲的继母，我跟她是没有血缘关系的，因此虽然我们生活在一起，但我是不理解她的，我和祖母之间是不通的，但是那一天我看到祖母的孤独感时，"我虽然没有分得她的血液，却也许会继承她的运命"。小说结尾，"我"来看魏连殳，又感到"我"跟魏连殳有某种关系。所以在《孤独者》里，从祖母到魏连殳，再到"我"，有一个"孤独者谱系"，这里没有血缘关系，却传承下来了。所以"孤独"不是境由心造，而是本体性的，是命运造成，注定如此的，而且会代代传下去。这是一种对"人的生存状态"的追问——鲁迅总是通过一种现象进行本体的追问，刚才追问生存希望，这里又追问生存状态：这种孤独的生存状态是可以改变的，还是无可改变的宿命，鲁迅自己是矛盾的。

第三个问题，就更加深刻。我们刚才说过，到最后魏连殳来求"我"的时候，他说了一句话："我还得活几天！"说完就走了，"我"没有来得及和他进行对话，但正是这一句话像火一样烙在"我"的心上。于是就有了这样一个晚上，"下了一天雪，到夜还没有止，屋外一切静极，静到要听出静的声音来。我在小小的灯火光中，闭目枯坐，如见雪花片片飘坠，来增补这一望无际的雪堆"，就想起了小时候跟小朋友一起塑雪罗汉，仿佛看见"雪罗汉的眼睛是用两块小炭嵌出来的，颜色很黑，这一闪动，便变了连殳的眼睛"。"我还得活几天"，仍是这样的声音；"为什么呢？"这是"我"发自内心的追问，向千里之外的魏连殳的追问。正在这个时候，咚咚敲门，一个人进来，拿了一封信给"我"，打开信，是魏连殳来的。这里有一种心灵感应，"我"想着他，他的信来了，而且第一句话就说："先前，还有人愿意我活几天，我自己也还想活几天的时候，活不下去；现在，大可以无须了，然而要活下去……。"就是回答那个问题：你为什么活？这里又提出了"人的存在的意义和价值"的问题。从魏连殳的回答，结合他的经历大概有几层意思。第一个层次，是为自己活，为自己某种追求、理想、信仰而活着，魏连殳是曾经这样活着的。人们为什么觉得他是个异端呢？就是因为他是有信仰、有自己的追求的人。但现在他说他活着是因为有人愿意我多活几天。这就是说，他不可能为理想、追求而活着，因为理想完全破灭了；还要活下去的动力，就来自有人——例如我的父母、我的朋友、我的孩子希望我活着。这个时候，我活着的全部意义就不是为了我自己，而是为爱我者。这是一种力量，而且是很大的力量，魏连殳说，"我愿意为此求乞，为此冻馁，为此寂寞，为此辛苦"，因为我毕竟活得有意义：为爱我者活着。但是，现在爱我者自己也活不下去了，人们也不爱我，不再对我寄予任何希望了。到了连爱我者都不希望我活的时候，人的生存价值已经退到了零度，几乎没有价值了，已经到了底线了，但是我还要反抗，我要反抗这个不可抵抗的命运，我还要活着。这个时候，我为什么活着呢？我只能为那些不愿意我活下去的人活着：你们不是不愿意我活着吗？那我就偏要活着，我就是要让你们因为我的存在而觉得不舒服。这是"为敌人"而活着，这真是太可怕了，这是一个残酷的选择。

于是，就有了最后的"送殓"——魏连殳找到了杜师长，一个有权有势的人，他做了杜师长的顾问，这样他就有权有势了，然后他以以毒攻毒的方式来报仇：利用自己掌握的权力，给压迫者以压迫，给侮辱者以侮辱，以其人之道还治其人之身。于是昔日的敌人纷纷向自己磕头打拱，于是面临着"新的宾客，新的馈赠，新的颂扬"，复仇之神践踏着所有的敌人，我胜利了，但是我已经真的失败了。因为"我已经躬行我先前所憎恶，所反对的一切，拒斥我先前所崇仰，所主张的一切了"，我是以背叛我自己和爱我者为代价来取得了对敌人的胜利。也就是说，他的复仇就不能不以自我精神的扭曲和毁灭作为代价，并且最后必然导致生命的死亡。最后"我"赶去看魏连殳，只能面对他的尸体——

连殳很不妥帖地躺着，脚边放一双黄皮鞋，腰边放一柄纸糊的指挥刀，骨瘦如柴的灰黑的脸旁，是一顶金边的军帽。

而且有了最后的印象——

他在不妥帖的衣冠中，安静地躺着，合了眼，闭着嘴，口角间仿佛含着冰冷的微笑，冷笑着这可笑的死尸。

这是死者的自我嘲笑，又何尝不是鲁迅的自我警戒。我们在讲课一开始就谈到了他的爱的哲学与恨的哲学，这是构成了鲁迅生命本体的一个内在矛盾的。鲁迅显然主张复仇，但他并不回避复仇的严重后果。他看到了为真恨而活着的复仇者，是怎样在杀伤对手的同时，又杀伤了自己：这是一把双刃剑。其实魏连殳最后的选择，也是鲁迅自己可能设想过的选择。鲁迅在《两地书》里跟许广平这样说过，"为生存和报复起见，便什么事都敢做"[1]，按我的理解其中就可能包括魏连殳这种复仇方式。

在《孤独者》里，鲁迅就是通过两种声音，叙事者"我"的声音和主人公魏连殳的声音互相对峙、互相辩驳，写出了自己内心深处的困惑。所以小说有两个层面，一个是对历史和现实的孤独者命运的考察，但在更深层面上展开的是关于人的生存状态、人的生存希望，以及人的生存意义和价值的思考与驳难，而且我们可以发现，这种讨论是极其彻底的，因为本来为爱我者活着已经是生存意义的底线了，还要追问在底线之后还有没有可能性，就出现了为敌人而活着这样的残酷选择。"活还是不活"，这是哈姆雷特的命题，其实也是人类共同的精神命题，在鲁迅这里是用中国的方式来思考与回答的：他看得很深很远，从历史看到现实，从魏晋时代的文人看到他自己的同辈人，这样一种关于人的存在本身的追问，充满了鲁迅式的紧张，灌注着鲁迅式的冷气。

到小说的结尾，人的灵魂的拷打到这个地方已经无法忍受了，到了人所能承受的极限，于是——

> 我快步走着，仿佛要从一种沉重的东西中冲出，但是不能够。耳朵中有什么挣扎着，久之，久之，终于挣扎出来了，隐约像是长嗥，像一匹受伤的狼，当深夜在旷野中嗥叫，惨伤里夹杂着愤怒和悲哀。

这只受伤的狼，在小说中再次出现，却把那笼罩全篇的面对"死亡的轮

---

[1]　《第二集·厦门—广州·八二》,《鲁迅全集》11卷《两地书》, 224 页。

回"的绝望挣扎的生命感受螺旋式地推向顶点。这深夜在旷野里发出的长嗥，夹杂着愤怒和悲哀的长嗥，无疑是魏连殳的心声，"我"的心声，也是鲁迅自己的心声，可以说是千古文人共同命运的一个象征、一个隐喻。

但"我"还想从这里"挣扎"出来：这正是鲁迅之为鲁迅，他不会停留在某一点上，当绝望与痛苦达到顶端的时候，他又对绝望与痛苦提出了质疑，开始了摆脱绝望与痛苦的新的挣扎——

> 我的心地就轻松起来，坦然地在潮湿的石路上走，月光底下。

最后他由极度的痛苦恢复到平静，更准确地说，是把这种痛苦真正内化，隐藏在心灵的最深处，开始新的挣扎、新的努力，永远不停留地"走"：正是这"轻松"与"坦然"，把前面所有的惊心动魄的追问，全化作了长久的回味与更深远的思索。这样的结尾，也是鲁迅式的：它最终完成了《孤独者》这篇小说。[1]

三

读完这两篇"具有鲁迅气氛"的小说，你对鲁迅的精神气质，以及鲁迅的小说艺术，有什么新的感受与体认？

最容易注意到的自然是鲁迅小说的"自我辩驳"的性质，这是反映

---

[1]　以上分析采用了我与薛毅联合署名的《〈孤独者〉细读》一文的部分观点，原载《鲁迅研究月刊》1994 年 7 期，而此文是薛毅执笔的，并已收入他的文集《无词的言语》（学林出版社，1996 年版），特此说明。

了鲁迅"多疑"思维的特点的。他的"多疑"首先是指向自我的，如日本学者木山英雄先生所言，鲁迅有一种"内攻性冲动"，对自己拥有的全部观念、情感、选择，都要加以"多疑"的审视。如我们在这两篇小说中所看到的他对自己的"漂泊者"的身份与选择，以及他的"复仇"理念，都有一种坚守中的质疑。但他也绝不因为这种质疑而趋向另一极端的绝对肯定，他总是同时观照、构想两个（或更多）不同方向的观念、命题或形象，不断进行质疑、诘难，在肯定与否定之间不断往复，在旋进中将思考引向深入与复杂化。前文所分析的《在酒楼上》里"漂泊者"（"我"）与"坚守者"（吕纬甫）在相互审视中的复杂情感与言说，《孤独者》里"我"与"魏连殳"之间的论辩，都具有这样的性质。鲁迅并不寻求一个绝对、凝定的答案，这正显示了他的"永远的探索者"的精神气质：鲁迅自然会有自己的选择，但他绝不把这种选择所赖以存在的思想支点绝对化、凝固化，同时投以怀疑的眼光，而又不将这种怀疑本身凝固化，这样，他就把自己置于既在具体时空下有所坚守，又不受具体时空限制，进行无休止的质疑也即无休止的探索的境地中，就像以后我们将要讲到的那旷野里的"过客"，为"永远探索"的声音所召唤，永远在"走"着一样。

我们还同时发现了鲁迅情感与精神气质的复杂和多层次性。如前文所分析，即以他与魏晋风度、魏晋风骨的精神联系而言，他是同时兼具嵇、阮的愤激、冷峻与刘伶式的颓唐、放达的，两者在他身上既互补又相通。作为历史上的"异端"传统的继承人，正像鲁迅对他的先辈的分析那样，他自己以及他笔下的魏连殳这样的知识分子也是一面激烈地反叛旧礼教，一面又"守礼"即坚守基本的人伦，如对父母的孝、子女的爱的。作为永远的探索者，鲁迅身上当然有着鲜明的"生活在远方"的"漂泊"情怀，但正像《在酒楼上》所描写的那样，他依然无法摆脱"思乡的蛊惑",并"时时反顾"。[1]

正是我们这里所讨论的鲁迅所特有的"多疑"思维所形成的言说的复杂性、辩驳性,以及精神气质的多层次性,形成了鲁迅小说的"复调性"。他的作品总是同时有多种声音,在那里互相争吵着,互相消解、颠覆着,互相补充着;总是有多种情感在相互纠缠、激荡。在鲁迅的小说里,找不到许多作家所追求的和谐,而是充满各种对立因素的缠绕、扭结,并且呈现出一种撕裂的关系。这样的撕裂的文本是有一种内在的紧张的。但鲁迅的《在酒楼上》的叙述却这样的从容(有研究者认为《在酒楼上》与《孔乙己》是鲁迅写得最"从容不迫"的两篇作品),把紧张包容在舒缓的节奏中;即使是《孤独者》这样具有极大的情感冲击力的作品,最后也内敛为一种具有深刻内涵的平静。——我想,正是在这些地方我们可以感悟到鲁迅小说艺术的魅力。

从《在酒楼上》与《孤独者》的阅读中,我们还发现鲁迅小说的多重底蕴:他不仅关注人的历史与现实的命运,更进行人的存在本身的追问。《在酒楼上》对"漂泊者"与"固守者"两种生命形态的审视,《孤独者》关于"人的生存希望,生存状态和生存意义"的辩驳,都具有生命哲学的意味,我们可以从中看到鲁迅与魏晋玄学的深刻联系(也包括"清谈"的方式)——这也是所谓"鲁迅气氛"的一个重要方面,而且是属于更深层次的。

这里,我们还想和大家一起来读读《伤逝》——虽然它是小说男主人公涓生的"手记",并无自我辩驳的特点,但仍有强烈的知识分子的自忏自省性,而且也充满了对人的生存困境的追问。

人们通常用鲁迅的《娜拉走后怎样》来阐释《伤逝》,这也不无道理,

[1] 《〈朝花夕拾〉小引》,《鲁迅全集》2卷《朝花夕拾》,236页。

可以作为一种解读方式。但在我看来，《伤逝》也存在着多层底蕴，如果只注重爱情故事本文及其意义这一层面，至少是不全面的。或许我们还应该做更深层次的开掘。

小说一开始，就先声夺人地为全篇定下了一个"忏悔，自省"的调子——

如果我能够，我要写下我的悔恨和悲哀，为子君，为自己。

这就自然产生了一个问题：涓生所"悔恨和悲哀"的是什么？——这是理解这篇小说的关键。

由此展开的是涓生对他与子君之间的关系的追忆。如果仔细阅读文本，就不难发现，追忆是由两个阶段组成的，并相应发生了"中心词"的转移。

大体说来，从热恋时充满爱的等待，到结合时爱的勇敢宣言，到初婚时爱的宁静与幸福，到日常家庭生活中爱的凝定，到遭到生活的打击后爱的无力，直到躲在冰冷的图书馆设计未来时爱人的缺席，中心词始终是"爱"，但却描写了一个从"爱"到"无爱"的过程，到涓生感到"子君，——不在近旁"时，一个动人的爱情故事已经结束了。

但这一"结束"，在男、女主人公的心理上却出现了不同的反应：涓生完全自觉地意识到自己已经不再爱子君，这是一段应该结束的爱情与婚姻；但子君却浑然不知，她仍沉浸在对涓生的爱的依恋中。小说的重心于此发生了悄悄的转移：由"爱"的回忆转向涓生的两难选择——"说"出自己的无爱，还是"不说"？于是，出现了新的中心词："真实""说谎（虚伪）"与"虚空（空虚）"。作者的探索也由现实的爱情层面转向人的言说及其背后的生存困境的追问。

　　我要明告她，但我还没有敢，当决心要说的时候，看见她孩子一般的眼色，就使我只得暂且改作勉强的欢容。……

　　然而我的笑貌一上脸，我的话一出口，却即刻变为空虚，这空虚又即刻发生反响，回向我的耳目里，给我一个难堪的恶毒的冷嘲。

　　她从此又开始了往事的温习和新的考验，逼我做出许多虚伪的温存的答案来，将温存示给她，虚伪的草稿便写在自己的心上。我的心渐被这些草稿填满了，常觉得难于呼吸。我在苦恼中常常想，说真实自然须有极大的勇气的；假如没有这勇气，而苟安于虚伪，那也便是不能开辟新的生路的人。……

说谎，就是"苟安于虚伪"，这是违反自己信念的，不仅会形成巨大的道德压力以至于"难于呼吸"，而且会陷入自我"冷嘲"而无力，也不配"开辟新的生路"，最终导致生命的"空虚"。

　　那么，以最大的勇气，说出"真实"，就会摆脱空虚吗？

　　涓生怀着结束一切，开始"新的路的开辟，新的生活的再造"的希望与决心，向子君坦言——

　　……我老实说罢：因为，因为我已经不爱你了！但这于你倒好得多，因为你更可以毫无挂念地做事……

完全无力承受真实的重担的子君立刻陷入"恐怖"，在离开了涓生之后，"她以后所有的只是她父亲——儿女的债主——的烈日一般的严威和旁

人的赛过冰霜的冷眼", 并终于"独自负着虚空的重担, 在灰白的长路
上前行, 而又即刻消失在周围的严威和冷眼里了"。

涓生立刻受到良心的自责, 陷入痛苦的忏悔之中——

> 我不应该将真实说给子君, 我们相爱过, 我应该永久奉献她我
> 的说谎。……

> 我没有负着虚伪的重担的勇气, 却将真实的重担卸给
> 她了。……

> ……我看见我是一个卑怯者, 应该被摈于强有力的人们, 无论
> 是真实者, 虚伪者。……

> ……使我希望, 欢欣, 爱, 生活的 (一切), 却全都逝去了,
> 只有一个虚空, 我用真实去换来的虚空存在。

这里所必须面对的自我审判是双重的: 说出真话, 使自己获得了真实,
却将"真实的重担"卸给了曾经给予自己以巨大的爱的"她", 让她独
自承担面对真实所必须付出的代价, 这自然应该受到道德、良心的谴
责; 同时提出的问题, 是自己是否有"负着虚伪的重担"也即独自承担
"虚伪 (说谎) "所必须付出的代价的"勇气"。而现在必须面对的事实,
却是自己在这两个方面都是"卑怯者", 而且必须承受惩罚: 为摆脱虚
空选择了真实, 却换来了更大的虚空。

这就是说, 无论"说"与"不说", 选择"真实"还是"说谎", 同
样逃避不了"虚空", 并且都要付出道德和良心的沉重代价。正如一位
研究者所说, "子君的命运是悲剧性的, 而涓生的处境却具有荒诞的意
味。虚空或绝望不仅是一种外部的情境, 而且就是主人公自身; 他的任

何选择因而都是'虚空'与'绝望'的。这种'虚空'与'绝望'是内在于人的无可逃脱的道德责任或犯罪感"[1]，也就是说，困惑是存在于人的存在本身的。

小说的结尾，是真正"鲁迅式"的——

> 我愿意真有所谓鬼魂，真有所谓地狱，那么，即使在孽风怒吼之中，我也将寻觅子君，当面说出我的悔恨和悲哀，祈求她的饶恕；否则，地狱的毒焰将围绕我，猛烈地烧尽我的悔恨和悲哀。
>
> 我将在孽风和毒焰中拥抱子君，乞她宽容，或者使她快意……

这里的"鬼魂""地狱"的恐怖，"孽风怒吼""毒焰烧尽"的酷烈，都属于鲁迅。鲁迅正是要将他的人物（或许还有他自己）置于这样的绝境，在大恐怖、大酷烈中，完成真忏悔，并以此作为"向着新的生路跨进"的"第一步"。然后——

> 我要将真实深深地藏在心的创伤中，默默地前行，用遗忘和说谎做我的前导……

即使明知无论选择"真实"还是"遗忘和说谎"，都不能摆脱虚空与绝望，但仍然要将这两者都承担起来——这也正是鲁迅的"反抗绝望"的哲学。

---

[1] 汪晖：《反抗绝望——鲁迅及其文学世界（增订版）》，312页，生活·读书·新知三联书店，2008年版。

　　而且这样的选择的困惑，是终生缠绕着鲁迅的。人们熟读鲁迅的《记念刘和珍君》，却很少注意到贯穿全篇的"说（写，记得）"还是"不说（沉默，遗忘）"的困惑："先生可曾为刘和珍写了一点没有?"——"没有"——"先生还是写一点罢"——"我也早觉得有写一点东西的必要了"——"可是我实在无话可说"，"还能有什么言语?"——"（我一定要将这一切）显示于非人间"，"我正有一点写东西的必要了"——"我还有什么话可说呢?"——"沉默呵，沉默呵! 不在沉默中爆发，就在沉默中灭亡"——"但是我还有要说的话"——"呜呼，我说不出话。"不说，沉默，就意味着对黑暗现实的回避，意味着对压迫与痛苦的忍受，也就意味着生命的虚空与精神的死亡；说，又如何呢? 面对"非人间"的血的屠戮，说（写）有什么用? 不过是显示自己的软弱，徒然"使他们快意于我的痛苦"。而且说话（著文）能够沟通相互隔绝的心灵吗? "不过供无恶意的闲人以饭后的谈资，或者给有恶意的闲人作'流言'的种子。"——这是一个"沉默"导致虚空与死亡，"开口"又空虚、无用的两难选择。这一困惑对于以写作为生命实现方式的鲁迅来说，是带有根本性的。因此，直到逝世之前的 1936 年 2 月，鲁迅还写下了《我要骗人》这四个触目惊心的大字，表露他渴望"披露真实的心"，却不得不"骗人"的矛盾、困惑与相伴随的精神痛苦。[1]

　　于是，我们终于明白，我们所看到的鲁迅的文字，包括本讲所着重讨论的"最富鲁迅气氛"的小说，都是鲁迅在"真实"与"说谎"之间苦苦挣扎的产物。

---

[1]　《我要骗人》，《鲁迅全集》6 卷《且介亭杂文末编》，503—507 页。

本讲阅读篇目

《在酒楼上》（收《彷徨》）

《孤独者》（收《彷徨》）

《伤逝》（收《彷徨》）

《长明灯》（收《彷徨》）

《头发的故事》（收《呐喊》）

《故乡》（收《呐喊》）

《范爱农》（收《朝花夕拾》）

《魏晋风度及文章与药及酒之关系》（收《而已集》）

《写在〈坟〉后面》（收《坟》）

《记念刘和珍君》（收《华盖集续编》）

《我要骗人》（收《且介亭杂文末编》）

诡奇、荒诞的背后：鲁迅的另一类小说

——读《铸剑》及其他

还是从一件小事情说起：1999 年 12 月，我曾和一些中学生就鲁迅作品的阅读做过一次网上讨论。一位学生发来了这样一个"帖子"："当我初一时还喜欢些轻松一点的东西，我接触了《故事新编》，第一次发现鲁迅大师除了怒骂，还会嬉笑。第一遍哈哈一笑就过去了，而后渐渐明白了一些，这些故事为什么要'新编'，因为这些新编的荒谬故事正是当时社会的写照。比如《采薇》，大约是讽刺那些'遗老'们，不周山里唯一不'搞笑'的大禹，才是中国真正的希望。可是《铸剑》我始终看不懂，请老师指点。"我于是做了这样的回应："你关注到鲁迅的《故事新编》，我很高兴。人们对鲁迅的作品的认识，有一个过程。有很长一段时间，大家都关注鲁迅的《呐喊》《彷徨》和他的杂文，对鲁迅的《野草》《故事新编》都觉得难懂，也不太重视。到了 1980 年代以后，人们对鲁迅的《野草》产生了浓厚的兴趣，到 1990 年代，学术界越来越重视《故事新编》了。这样的读者接受重心的变化，是很有意思的。而在我看来，1936 年 1 月出版的《故事新编》是鲁迅留给我们的最后一部重要的作品，很值得注意。"

因为是网上的现场讨论，很多问题都不可能展开。现在，我们就继续往下说吧。

这位中学生首先注意到《故事新编》的题意，这确实是阅读与理解这部小说集的一个关键。鲁迅在《故事新编》序言中说得很清楚：他的目的是要从"古代"采取题材来作短篇小说，所"拾取"的多是"古代的传说之类"。在《〈自选集〉自序》里，更是明确指出，《故事新编》是"神话，传说及史实的演义"[1]，也就是说，要将古代神话、传说及史实，加以点染、虚构（"演"），以传达某种历史和现实精神（"义"）。如果说"故事"（神话、传说、史实）是我们民族历史早期对外部世界及自身的一种认识，"新编"就是身处 20 世纪二三十年代的作者对这种认识的再认识，一次重写，一次古人与今人的精神相遇和对话，其间自然要渗透新的时代精神，以及作者个人的某些内心体验——我们今天读《故事新编》，所要注意的正是鲁迅怎样把握古今的相通，在古老的"故事"中注入了怎样的时代的与个人的"气息"。

一

那么，我们就从那位中学生读不懂的《铸剑》读起。

鲁迅曾说自己写《故事新编》是"只取一点因由，随意点染，铺

---

[1]　《〈自选集〉自序》，《鲁迅全集》4 卷《南腔北调集》，469 页。

成一篇","叙事有时也有一点旧书上的根据,有时却不免信口开河"。[1]
但谈到《铸剑》却说自有出典,而且"我是只给铺排,没有改动的"。[2]
鲁迅自己回忆说"是取材于幼时读过的书","也许是在《吴越春秋》或
《越绝书》里面"。[3]据查,在《吴越春秋·阖闾内传》与《越绝书·越
绝外传记宝剑》里均有《铸剑》故事的记载。而在鲁迅辑《古小说钩沉》
中所收录的相传为魏晋时曹丕所著的《列异传》中也有记载——

> 干将莫邪为楚王作剑,三年而成。剑有雄雌,天下名器也,乃
> 以雌剑献君,藏其雄者。谓其妻曰:"吾藏剑在南山之阴,北山之
> 阳;松生石上,剑在其中矣。君若觉杀我;尔生男,以告之。"及至
> 君觉,杀干将。妻后生男,名赤鼻,告之。赤鼻斫南山之松,不得
> 剑;忽于屋柱中得之。楚王梦一人,眉广三寸,辞欲报仇,购求甚
> 急,乃逃朱兴山中。遇客,欲为之报;乃刎首,将以奉楚王。客令
> 镬煮之,头三日三夜跳不烂。王往观之,客以雄剑倚拟王,王头堕
> 镬中;客又自刎。三头悉烂,不可分别,分葬之,名曰三王冢。[4]

晋代干宝《搜神记》卷十一,也有内容大致相同的记载,而叙述更为细
致,这里就不多引了。对照鲁迅的重写,可以看出,故事情节与原本大
体上没有多大出入,鲁迅说他的《铸剑》"写得较为认真"[5],就是指
的这一点。

---

[1] 《〈故事新编〉序言》,《鲁迅全集》2卷,354页。

[2] 《360217 致徐懋庸》,《鲁迅全集》14卷《书信(1936 致外国人士)》,30页。

[3] 《360328 致增田涉》,《鲁迅全集》14卷《书信(1936 致外国人士)》,386页。

[4] 鲁迅先生纪念委员会编印:《列异传》,《鲁迅全集》8卷,248—249页,1948年版。

[5] 《360328 致增田涉》,《鲁迅全集》14卷《书信(1936 致外国人士)》,385—386页。

　　但鲁迅自有自己的理解与创造。或许我们可以从一个细节说起：小说最初于 1927 年 4、5 月发表于《莽原》第 2 卷第 8、9 期时，题为《眉间尺》；1932 年编入《自选集》时又改题为《铸剑》。这一改动，正是要凸显"剑"的形象，以及"铸剑"的意义。

　　于是，我们就注意到小说关于"铸剑"的场面描写——那也是一段鲁迅式的文字：

　　　　当最末次开炉的那一日，是怎样地骇人的景象呵！哗拉拉地腾上一道白气的时候，地面也觉得动摇。那白气到天半便变成白云，罩住了这处所，渐渐现出绯红颜色，映得一切都如桃花。我家的漆黑的炉子里，是躺着通红的两把剑。你父亲用井华水慢慢地滴下去，那剑嘶嘶地吼着，慢慢转成青色了。这样地七日七夜，就看不见了剑，仔细看时，却还在炉底里，纯青的，透明的，正像两条冰。

　　　　……待到指尖一冷，有如触着冰雪的时候，那纯青透明的剑也出现了。……

　　　　窗外的星月和屋里的松明似乎都骤然失了光辉，惟有青光充塞宇内。那剑便溶在这青光中，看去好像一无所有。

　　我们触摸着鲁迅的创造物：这把剑——"铁"化后的透明的"冰"。

　　我们看见了鲁迅式的颜色：白、红、黑，还有青，而且是"通红"后的"纯青"。

　　我们又感受到了鲁迅式的情感："极热"后的"极冷"。

　　我们更领悟着鲁迅的哲学："无"中的"有"。

　　这是一种性格，一种精神。

　　而在小说中，真正体现了这性格、这精神的，正是那个"黑色的人"。

当善良、单纯的眉间尺陷入了"路旁的人"的包围中，他就这样突然出现了——

> 前面的人圈子动摇了，挤进一个黑色的人来，黑须黑眼睛，瘦得如铁。他并不言语，只向眉间尺冷冷地一笑……

第二次，当眉间尺再度陷入危机时，他又出现了——

《眉间尺》剧照：黑色人

"走罢，眉间尺！国王在捉你了！"他说，声音好像鸱鸮。

眉间尺浑身一颤，中了魔似的，立即跟着他走；后来是飞奔。他站定了喘息许多时，才明白已经到了杉树林边。后面远处有银白的条纹，是月亮已从那边出现；前面却仅有两点燐火一般的那黑色人的眼光。

这"冷冷地一笑"，这令人毛骨悚然的鸱鸮般的声音，这燐火也似的眼睛，都给人以"冷"的感觉。再听他与眉间尺的对话——

> "你肯给我报仇么，义士？"
> "阿，你不要用这称呼来冤枉我。"
> "那么，你同情于我们孤儿寡妇？……"

"唉，孩子，你再不要提这些受了污辱的名称。"他严冷地说，"仗义，同情，那些东西，先前曾经干净过，现在却都成了放鬼债的资本。我的心里全没有你所谓的那些。我只不过要给你报仇！"

面对这冰冷的思维与语言，真有"触着冰雪"的感觉。

当他向那孩子索取活泼泼的年轻的生命时，竟然也是那样的无动于衷，而他"提起眉间尺的头来，对着那热的死掉的嘴唇，接吻两次，并且冷冷地尖利地笑"，更使人感到他的心也冰冻了。

"我只不过要给你报仇"，"你还不知道么，我怎么地善于报仇"——这正是一把冰也似的无情的复仇之剑。

但你听见了他心灵的呻吟了吗？——

 ……我的魂灵上是有这么多的，人我所加的伤，我已经憎恶了我自己！

原来，这也是一个受伤的灵魂！——我们立刻想起了在前一讲中刚刚结识的魏连殳。何尝没有过火热的生命和热烈的爱，只是在一次次的，而且仿佛永远没有止境的打击、迫害、凌辱、损伤之下，感情结冰了，心变硬了，一切纠缠却不免软弱的柔情善意都被自觉排除，于是只剩下一种情感——憎恨，一个欲望——复仇：这确实是生命的深刻化，但未尝不是生命的扭曲与单一化。当听到"我已经憎恶了我自己"的自我审问和拷打时，我们再一次听到了魏连殳的声音。

而且我们更不能不想到鲁迅，并且终于懂得鲁迅用自己的笔名"宴之敖者"来给这位黑色人命名——而"宴之敖者"又包含着"被家里的日本女人逐出"的隐痛[1]——的深意。这把由铁的极热化为冰的极冷的剑，正是鲁迅精神的外化与象征。

于是我们又注意到鲁迅作品里实际上存在着一个"黑色的家族"，这位宴之敖者与《孤独者》里的魏连殳，以及以后我们还会遇到的《理水》里的夏禹、《非攻》里的墨子、《奔月》里的后羿、《过客》里的过客，都是其中的成员：他们的血脉里，都注入了更为鲜明的鲁迅的主体精神。在中国的传统中，墨家自称是直接师承大禹的，"墨子之徒为侠"[2]，而"宴之敖者"正是古之侠者。我们正可以从这一侧面看到鲁迅与古代"禹——墨——侠"传统的精神联系，而且这一精神联系是贯穿了整本《故事新编》的：这都是很有意思的。

我们再回到《铸剑》上来：作为"莫邪剑——黑色人"的形象的补充，眉间尺的性格有一个发展的过程。小说一开始就通过一个精心设计的细节——眉间尺与老鼠的搏斗（这是原传说故事里所没有的），竭力渲染少年眉间尺"不冷不热"的优柔性情，以致引起母亲"看来，你的父亲的仇是没有人报的了"的忧虑与叹息。但是，当母亲向他转述"铸剑"的故事，传达了父亲的遗旨之后——

> 眉间尺忽然全身都如烧着猛火，自己觉得每一枝毛发上都仿佛闪出火星来。他的双拳，在暗中捏得格格地作响。

显然，是神圣的仇恨渗入了他的每一根毛发以至灵魂，父辈的复仇精

---

[1] 许广平：《欣慰的纪念·略谈鲁迅先生的笔名》，收《鲁迅回忆录》"专著"上册，327 页。

[2] 《流氓的变迁》，《鲁迅全集》4 卷《三闲集》，159 页。

神将他重新铸造，他坦然
宣布——

　　我已经改变了我的
　优柔的性情，要用这剑
　报仇去！

于是，我们看见了另一个眉间
尺：他"沉静而从容地"去"寻
他不共戴天的仇雠"；当黑
色人向他索取剑与头时，他

《眉间尺》剧照：献头

竟是毫不犹豫地献出了自己的生命。小说"铸剑"的题旨也正实现在这
眉间尺的成长之中。

　　于是，就有了小说的高潮，这是一场惊心动魄的生命的搏斗——

　　……炭火也正旺，映着那黑色人变成红黑，如铁的烧到微
红。……他也已经伸起两手向天，眼光向着无物，舞蹈着，忽地发
出尖利的声音唱起歌来：

　　哈哈爱兮爱乎爱乎！

　　爱兮血兮兮谁乎独无。

　　民萌冥行兮一夫壶卢。

　　彼用百头颅，千头颅兮用万头颅！

　　我用一头颅兮而无万夫。

　　爱一头颅兮血乎呜呼！

　　血乎呜呼兮呜呼阿呼，

阿呼呜呼兮呜呼呜呼！

鲁迅在写给日本朋友的信中谈到《铸剑》，特意提醒说："要注意的，是那里面的歌，意思都不明显，因为是奇怪的人和头颅唱出来的歌，我们这种普通人是难以理解的。"[1]或许我们不必从这些似可解似不可解的字句里去吃力地解读它的意义，更应该着力于感受歌唱者的情感与心绪，如一位研究者所说，它"形成一种怪异而森然的气氛"，"在一唱三叹的反复吟诵中，我们不仅能体会宴之敖者内心的激越、慷慨和悲凉，而且可以发现隐蔽在'哈哈爱兮爱乎爱乎'背后的对于复仇行为本身的超脱调侃和虚无感"。[2]——鲁迅就这样通过这"奇怪的人"唱的奇怪的歌，为黑色人的形象又画上了重重的一笔：从"如铁的烧到微红"的外形，到激越而虚无的内心世界。

随着歌声，水就从鼎口涌起，上尖下广，像一座小山，但自水尖至鼎底，不住地回旋运动。那头即随水上上下下，转着圈子，一面又滴溜溜自己翻筋斗，人们还可以隐约看见他玩得高兴的笑容。过了些时，突然变了逆水的游泳，打旋子夹着穿梭，激得水花向四面飞溅，满庭洒下一阵热雨来。……

黑色人的歌声才停，那头也就在水中央停住，面向王殿，颜色转成端庄。这样的有十余瞬息之久，才慢慢地上下抖动；从抖动加速而为起伏的游泳，但不很快，态度很雍容。绕着水边一高一低地

---

[1]　《360328　致增田涉》，《鲁迅全集》14卷《书信（1936　致外国人士）》，386页。

[2]　高远东：《〈铸剑〉解读》，收《走进鲁迅世界·小说卷》，303页、302页，北京工业大学出版社，1995年版。

游了三匝，忽然睁大眼睛，漆黑的眼珠显得格外精采，同时也开口
唱起歌来：

王泽流兮浩洋洋；

克服怨敌，怨敌克服兮，赫兮强！

宇宙有穷止兮万寿无疆。

幸我来也兮青其光！

青其光兮永不相忘。

异处异处兮堂哉皇！

堂哉皇哉兮嗳嗳唷，

嗟来归来，嗟来陪来兮青其光！

在仇敌面前，眉间尺居然"玩"得如此的潇洒，他那"高兴的笑容"是
动人的，他那"端庄"的风姿、"雍容"的"态度"更是迷人，"漆黑的
眼珠"也"格外精采"；而他的歌声，如鲁迅在前引信中所说，"确是
伟丽雄壮，但'堂哉皇哉兮嗳嗳唷'中的'嗳嗳唷'，是在用猥亵小调
的声音"[1]，那么，也是内含着嘲讽的意味的——这一切，都显示出一
种精神上的超越，真个是"幸我来其兮青其光"，较量尚未开始，眉间
尺已经占据了气势上的高位：他确乎成熟了。

于是就有了和楚王两目相视时眉间尺的那"嫣然一笑"，以及"鼎
水即刻沸腾，澎湃有声"，两头在水中的"死战"；于是就有了青剑蓦
地从后面劈下，"剑到头落"，三个头的拼死厮杀。这有声有色、惊心动
魄的相搏是以下面的这段描写结束的——

---

[1] 《36328　致增田涉》，《鲁迅全集》14卷《书信（1936　致外国人士）》，386页。

　　黑色人和眉间尺的头也慢慢地住了嘴，离开王头，沿鼎壁游了
一匝，看他可是装死还是真死。待到知道了王头确已断气，便四目
相视，微微一笑，随即合上眼睛，仰面向天，沉到水底里去了。

可以说，就在这"四目相视，微微一笑"中，黑色人和眉间尺的人格和
精神都得到了完成，或者说，鲁迅用他那诡奇而绚丽的笔触，将复仇精
神充分地诗化了。

　　但鲁迅没有止于这种完成与诗化。他把自己思想的触角进一步深入
到"复仇完成以后"——"以后"，这才是鲁迅思维的真正起点。"娜拉
走后"[1]，"死后"[2]，"黄金世界以后"[3]……这都是鲁迅式的命题：
他要把一切追问到底。在这个意义上，我们可以说，《铸剑》这篇小说
真正鲁迅式的展开，对"复仇"主题鲁迅式的思考与开掘，是从小说第
四节即复仇完成以后开始的。也就是说，在此之前，关于复仇故事的种
种描写，尽管极其精彩，可以说把想象力发挥到了极致，但却是别的同
样有才情的作家可能做到的；唯独"复仇以后"的思考与描写，才是非
鲁迅做不到，是真正属于鲁迅的。

　　人们首先注意到的是叙述语调的变化——

　　当夜便开了一个王公大臣会议，想决定那一个是王的头，但结
果还同白天一样。并且连须发也发生了问题。白的自然是王的，然
而因为花白，所以黑的也很难处置。讨论了小半夜，只将几根红色

---

[1]　参看《娜拉走后怎样》，《鲁迅全集》1卷《坟》，165—173页。

[2]　参看《死后》，《鲁迅全集》2卷《野草》，214—218页。

[3]　参看冯雪峰：《回忆鲁迅》，《雪峰文集》4卷，142页，人民文学出版社，1985年版；
《第一集·北京·四》，《鲁迅全集》11卷《两地书》，20页。

的胡子选出；接着因为第九个王妃抗议，说她确曾看见王有几根通黄的胡子，现在怎么能知道决没有一根红的呢。于是也只好重行归并，作为疑案了。

到后半夜，还是毫无结果。大家却居然一面打呵欠，一面继续讨论，直到第二次鸡鸣，这才决定了一个最慎重妥善的办法，是：只能将三个头骨都和王的身体放在金棺里落葬。

这是人们所熟悉的鲁迅式的嘲讽的笔调。"以头相搏"的复仇的悲壮剧变成了"辨头"的闹剧，而且悲壮剧的意义和价值要由闹剧来确认。于是，出现了"三头并葬"的结局。从国王这一边说，至尊者与"大逆不道的逆贼"混为一体，自是荒诞不经；从黑色人和眉间尺这面看，与自己的死敌共享祭拜，也是透着滑稽。这双重的荒谬，使复仇者与被复仇者同时陷入了尴尬，也使复仇自身的价值变得可疑。于是，原先的崇高感、悲壮感此时全化作了一声笑，却不知该笑谁：连读者也一起落入困境。

这样，仿佛出现了两个调子：悲壮的与嘲讽的，崇高的与荒谬的。这时人们才发现，后者早已存在，至少作为一种时隐时现的不和谐的旋律存在于悲壮而崇高的复仇之歌里——前述无论是黑色人还是眉间尺唱的"奇怪的歌"里庄谐杂糅所形成的内在的紧张其实是一个象征和暗示。于是，一段曾被我们忽视的描写引起了注意：小说第二节，当眉间尺"头也不回地跨出门外"，走上复仇之路时，他却意外地遇到了障碍——

转出北方，离王宫不远，人们就挤得密密层层，都伸着脖子。人丛中还有女人和孩子哭嚷的声音。他怕那看不见的雄剑伤了人，

不敢挤进去；然而人们却又在背后拥上来。他只得宛转地退避；面
前只看见人们的背脊和伸长的脖子。

这是我们从鲁迅作品中早已熟知的"看客"：眉间尺遇到"无主名无意
识的杀人团"了。而且很快就陷入其中：干瘪脸的少年扭住了眉间尺的
衣领，不肯放手，说被压坏了贵重的丹田，"闲人们又即刻围上来，呆
看着，但谁也不开口；后来有人从旁笑骂了几句，却全是附和干瘪少年
的。眉间尺遇到这样的敌人，真是怒不得，笑不得，只觉得无聊，却又
脱身不得"，而且，如果不是黑色人及时出来解围，眉间尺的复仇差点
儿要败坏在这看客的纠缠之中。看来，这些看客并不是偶然地出现在复
仇者（黑色人、眉间尺）与被复仇者（国王）之间的。

在小说的最后，当复仇者与被复仇者同归于尽时，他们（永远是复
数存在）终于作为主角出场。不知是不是有意的嘲弄，神圣的"复仇"
最后变成了"大出丧"。而群众（我们还记得鲁迅说他们"永远是戏剧
的看客"）则把这"大出丧"变成"狂欢节"："城里的人民，远处的人民"
都一起"奔来"，"天一亮，道上已经挤满了男男女女"，名为"瞻仰"，
实为看"热闹"。当"三个头"装在灵车里，在万头攒动中招摇过市时，
复仇的悲剧（喜剧？）就达到了顶点：当年魏连殳尚可以"在不妥帖的
衣冠中，安静地躺着"，"冷笑着这可笑的死尸"；而现在，黑色人与眉
间尺不但身首异处（眉间尺的骨肉早已为狼咀嚼，"血痕也顷刻舐尽"），
连仅余的头颅也要与敌人的头并置，被公开展览，成为众人的谈资、笑
料，连魏连殳似的自我嘲笑也不可能。

这是小说的结尾——

此后是王后和许多王妃的车。百姓看她们，她们也看百姓，但

哭着。此后是大臣，太监，侏儒等辈，都装着哀戚的颜色。只是百姓已经不看他们，连行列也挤得乱七八糟，不成样子了。

这又是"看／被看"，这回是男人（百姓）追着看女人（王后、王妃），女人（王后、王妃）忙着看男人（百姓），全民族从上到下都演起戏来。这时候，"三个头"——复仇者与被复仇者，连同复仇本身，也就同时被遗忘和遗弃。这才真正走到了头：小说前三节复仇的神圣、崇高与诗意，此时已被消解为无，真正是"连血痕也被舔净"。只有"看客"仍然占据着画面：他们是唯一的、永远的胜利者。

读到这里，我突然感到窒息，心堵得难受，放下键盘，呆坐许久，说不出话。想来鲁迅写到此处也不会轻松，这对于他或许还有更重大的意义。"复仇"也是鲁迅的一个基本命题，他在感情上无疑是倾心于复仇的：在他看来，复仇者尽管失败，但其生命的自我牺牲要比苟活者的偷生有价值得多。但即使如此，鲁迅仍然以他犀利的怀疑的眼光，将复仇面对看客必然的失败、无效、无意义揭示给人们看：任何时候他都要正视真相，绝不自欺欺人，而决然不顾这样的正视将给人（包括自己）带来怎样的尴尬与痛苦。

鲁迅一直在紧张地思考"复仇"问题。除了第二讲中已经涉及的《女吊》《死》以外，还有《杂忆》（收《坟》）、《偶成》（收《南腔北调集》）等。在《野草》的《复仇》《复仇（其二）》里，他甚至鼓吹对看客复仇。他以"拒绝表演"来报复那些无聊的看客，并且反过来"看"看客们的无聊，"以死人的眼光"，赏鉴他们的"干枯，无血的大戮"，而沉浸于复仇的"生命的飞扬的极致的大欢喜中"。

这自然是痛快淋漓的，但似乎也仍然没有解决问题，只要有新的对象，看客们也还要看下去。但鲁迅本也没有试图为人们提供完满的结局与答案。他的任务仅仅是以彻底的怀疑精神，将人的生存困境揭示给人们看——在《铸剑》这个古老的传说里，鲁迅所要注入的时代精神与个人的生命体验，恐怕也正是这样的现代怀疑精神。

二

当鲁迅以怀疑的眼光去审视古代神话、传说和某些历史记载时，就突发异想：如果把这些中国传统中的神话英雄、圣人、贤人，从神圣的高台上拉回到日常生活情景中，将其还原为常人、凡人，又将如何？——在我看来，《故事新编》诸篇就是鲁迅这一奇思怪想的产物。于是，就有了许多奇怪的事情发生，并且有了许多奇怪的相遇。

先说《补天》。一打开这篇小说，你就会被一个宏大的结构与绚丽的场面所吸引——

> 粉红的天空中，曲曲折折的漂着许多条石绿色的浮云，星便在那后面忽明忽灭的映眼。天边的血红的云彩里有一个光芒四射的太阳，如流动的金球包在荒古的熔岩中；那一边，却是一个生铁一般的冷而且白的月亮。……
>
> 地上都嫩绿了，便是不很换叶的松柏也显得格外的娇嫩。桃红和青白色的斗大的杂花，在眼前还分明，到远处可就成为斑斓的烟霭了。
>
> ……（女娲）猛然间站立起来了，擎上那非常圆满而精力洋溢的臂膊，向天打一个欠伸，天空便突然失了色，化为神异的肉红，暂时再也辨不出伊所在的处所。
>
> 伊在这肉红色的天地间走到海边，全身的曲线都消融在淡玫瑰

似的光海里，直到身中央才浓成一段纯白。

请注意这里的色彩配置："粉红……血红……桃红……肉红……淡玫瑰（红）"；"石绿……嫩绿……"；"生铁一般的冷而且白……青白……纯白"——色彩如此鲜艳神异，层次如此丰富，给人以强烈的感官刺激，这在鲁迅作品中并不多见。请注意画面的动感："忽明忽灭"的星……"流动"的金球……斑斓的"烟霭"的飘浮……天空"突然失色"……身体曲线"消融"在闪烁的"光海"——这是生命的韵律，更是精神的飞动，却正是鲁迅艺术的神韵所在。

这或许表现了鲁迅对女娲所代表的人类与民族的创世精神的一种向往与灿烂想象。但他却在这幅神异的图景中插入女娲的无聊感，仿佛要着意地撕开一个裂口，形成一种内在的紧张。即使是在展开诗意的想象时，他也要面对现实。他更重视与强调的是，与造人、创世的伟业必然相伴随的种种精神苦闷：这或许是一个将民族创世神话还原为真实的创造过程的努力。

于是，在女娲的胯间，出现了"怪模怪样"的用什么包了身子的"小东西"，以及古衣冠的小丈夫。这是人类与民族的始母和她的创造物——委琐、自私、只知相互残杀的"人"的相遇，女娲禁不住"倒抽一口冷气"，原先创造的喜悦与意义也因此消释殆尽。

女娲终于在无聊与怠倦中倒下。一群"伶俐"的人自称"女娲的嫡系"，"躲躲闪闪的攻到女娲死尸的身边……就在死尸的肚皮上扎了寨，因为这一处最膏腴"——这最后一笔将小说开始时创造的神奇完全颠覆，它深刻地揭示了女娲（以及一切创造者）的历史命运：他们为后代牺牲，死后连尸体也要被利用。鲁迅将先驱者的创造业绩置于这样的荒诞的情势之中，自是含着说不尽的悲凉。

《奔月》的选材是不寻常的，也是深刻的：不写传说中"奇才异能神勇为凡人所不及"的"古英雄"后羿[1]当年射落九个太阳，射死封豕长蛇，为民除害的赫赫战功，却着力铺写后羿完成了历史功业，褪去了身上英雄的神光，成为一个普通的凡人"以后"，他的遭遇和心境。彤弓高悬，门庭冷落，人们早已将他遗忘、废弃，后羿重提当年勇事时，老婆子甚至认为他是"骗子"；还要面对学生的背叛、暗害，以至爱妻的逃离：这遭遇是残酷的。尤其可怕的是，后羿是以"战士"作为自己生命存在方式的，他在扫荡了世间一切奇禽怪兽以后，就陷入了"无对象"的困境，连自己（以及妻子）的基本生存都难以维持，在琐屑的生活的纠缠之下，造成了自身精神的平庸化，无以摆脱内心的无聊和倦怠，以及由背叛、遗弃所引起的心境的孤独与悲凉：英雄岂止无用武之地，更是无着落，无归宿。小说结尾，后羿听说嫦娥独自奔月，愤怒地拿起了射日弓和箭——

> 他一手拈弓，一手捏着三枝箭，都搭上去，拉了一个满弓，正对着月亮。身子是岩石一般挺立着，眼光直射，闪闪如岩下电，须发开张飘动，像黑色火，这一瞬息，使人仿佛想见他当年射日的雄姿。

这神来一笔，使全篇文气为之一振，深刻地写出了这位当年的英雄于绝望中挣扎出来的内心渴望，却依然不能抹去小说关于"先驱者的历史命运"的思考与无情揭示给读者的心灵的重压。

《理水》也有两副笔墨，写出了两个世界：以文化山为中心的，由

---

[1] 《第二篇·神话与传说》，《鲁迅全集》9卷《中国小说史略》，20页。

考察大员、官场学者以及小民奴才组成的"聪明人"的世界，充满了光怪陆离的色彩；而夏禹和他的同事，以及乡下人组成的黑色的世界，则完全是一个人间下层社会，禹"面目黧黑，衣服破旧"，"不穿袜子，满脚都是栗子一般的老茧"，俨然一个平民实干家，而他的同事则如"黑瘦的乞丐"，穷困、艰苦而又"铁铸"般坚定，"不动，不言，不笑"，默默地支持着这个世界。鲁迅用简练、凝重的笔触写出了对他自小就深受熏染的、存在于普通百姓中的"大禹卓苦勤劳之风"的向往。在某种意义上，这里也寄托着鲁迅的理想。但鲁迅始终是清醒的现实主义者，他不仅真实地写出了两个世界的对立（在小说的开头，文化山上的学者是连夏禹的存在都不承认的），更写出了二者的"合一"。在小说第四节，夏禹突然被称为"禹爷"了，而且——

> 关于禹爷的新闻，也和珍宝的入京一同多起来了。百姓的檐前，路旁的树下，大家都在谈他的故事；最多的是他怎样夜里化为黄熊，用嘴和爪子，一拱一拱的疏通了九河，以及怎样请了天兵天将，捉住兴风作浪的妖怪无支祁，镇在龟山的脚下。……

既尊称为"爷"，又到处谈论，甚至夸大其神力，从表面上看，夏禹终于被承认，被接受，甚至被神化了；但就是在这"檐前，树下"的议论中，夏禹治水的真实奋斗，变成了"新闻"和"故事"，演化成"黄熊拱河，天兵捉妖"之类荒诞无稽的谈资，他的一切真诚的努力、牺牲，都成了表演而消失了意义和价值。而且，一旦成了"神"或"怪"，夏禹就不再对人有任何威胁了——看客再一次发挥了消解一切的威力。

于是，又出现了"百姓们万头攒动"看夏禹的场面，而且还有百姓在宫门外"欢呼，议论，声音正好像浙水的涛声一样"。

　　而且，在禹爷和舜爷一番交谈以后，掌管狱讼的皋陶"赶紧下一道特别的命令，叫百姓都要学禹的行为，倘不然，立刻就算是犯了罪"。这"强迫学习"就使夏禹真正成为统治的工具了。

　　最后的结局是不难预料的——

　　　　幸而禹爷自从回京以后，态度也改变一点了：吃喝不考究，但做起祭祀和法事来，是阔绰的；衣服很随便，但上朝和拜客时候的穿著，是要漂亮的。

这或许是"入乡随俗"，也可以说是"同化"。

　　因此，读者读到小说最后一句——"终于太平到连百兽都会跳舞，凤凰也飞来凑热闹了"时，是不能不产生无限感慨的。

　　《非攻》里的素材——墨子与公输般相斗的传说，本是"神话化了的历史"，但在鲁迅的笔下，墨子的形象却是充分地"历史化"了的，在他的身上具有更多的农民气质。小说一开始就写他穿旧衣，着草鞋，背破包裹，吃窝窝头、盐渍藜菜干，口渴了就用手捧了井水喝，喝完了还抹一抹嘴——墨子给我们的第一个印象，穿戴，吃食，以至生活习惯，都是农民式的。随着墨子走进宋国，从他对曹公子的指责，我们又了解了他反对"故弄玄虚"的空谈，重视增强实力，做实际准备的思想作风；待到墨子与公输般两次面争（第三、五节），和公输般斗智斗勇，更显出了墨子思想、性格的全部光彩——顺便说一点，墨子与公输般"一进一退"的相互过招，甚至有现代战争的特点：双方指挥部的技术装备与指挥智谋的较量就决定了胜负，前线士兵甚至可以不直接接触。而更具吸引力的，则是墨子为"贱人"说话的立场，"有利于人的，就是好，不利于人的，就是坏的"价值观，以及他的胆识，这一切在读者的心目中完成了一个"平民哲学家"的形象。他和我们在《理水》里已经熟悉了的夏禹一起，构成了中国传统中注重实情、实践、实际效果，埋头苦干、拼命硬干、为民请命的平民化的文化精神，以及相应的沉稳、坚毅、刻苦的文化性格。鲁迅显然是继承了这一传统的。

但鲁迅仍然没有忘记现实：墨子在完成了止楚伐宋的历史业绩"以后"，并没有成为英雄，却遇到了一连串晦气事——

> 一进宋国界，就被搜检了两回；走近都城，又遇到募捐救国队，募去了破包袱；到得南关外，又遭着大雨，到城门下想避避雨，被两个执戈的巡兵赶开了，淋得一身湿，从此鼻子塞了十多天。

这本是一切为民请命者的必然命运。而这狼狈不堪的墨子却让人哭笑不得，原有的崇高、圣洁感一点儿也没有了。

以上所写，无论是《补天》里的女娲、《奔月》里的后羿、《理水》里的夏禹，还是《非攻》里的墨子、《铸剑》里的黑色人，都可以称得上是鲁迅所说的"中国的脊梁"[1]，是鲁迅所崇敬的，他甚至把自己的某些生命体验注入了这些人物的形象之中。但正是这些作品都或隐或显地存在着两个"调子"：在悲壮、崇高之中，还藏着嘲讽与荒诞，两者相互补充又相互消解，内在的紧张中有一种说不出的悲凉。在小说结构上，常常发展到最后，会有一个突然的翻转、颠覆，从而留下深长的思索与回味。这样的复杂化的叙述与描写的背后，隐现着鲁迅的怀疑的审视的眼光：他要打破一切人、我制造的神话。

---

[1] 《中国人失掉自信力了吗》，《鲁迅全集》6卷《且介亭杂文》，122页。

《故事新编》的另外几篇，鲁迅也许是以更为严峻的、批判的态度去审视孔子、老子、庄子这些中国历史文化上的圣人、宗师。鲁迅的办法是让他们与意想不到的人相遇，置身于荒诞的情境之中。

《采薇》里的伯夷、叔齐在中国传统中，是以"礼让逊国""叩马之谏"和"义不食周粟"而成为儒家道德典范的；但在鲁迅看来，儒家所宣扬的"先王之道"，本是没有人真正相信并实行的，大都是"假借大义，窃取美名"之徒，而"诚心诚意主张"并身体力行的，就成了"笨牛"。[1]伯夷、叔齐大概就是这样的"笨牛"吧。鲁迅就开了一个不大不小的玩笑：让他们与华山上拦路抢劫的强盗小穷奇相遇——

"小人就是华山大王小穷奇，"那拿刀的说，"带了兄弟们在这里，要请您老赏一点买路钱！"

"我们那里有钱呢，大王。"叔齐很客气的说。"我们是从养老堂里出来的。"

"阿呀！"小穷奇吃了一惊，立刻肃然起敬，"那么，您两位一定是'天下之大老也'了。小人们也遵先王遗教，非常敬老，所以要请您老留下一点纪念品……"他看见叔齐没有回答，便将大刀一挥，提高了声音道："如果您老还要谦让，那可小人们只好恭行天搜，瞻仰一下您老的贵体了！"

分明是抢劫，却彬彬有"礼"地在"敬老"的"大义"下进行，还口口声声"遵先王遗教""恭行天搜"。这看似荒唐，却表明小穷奇比伯夷、叔齐们更懂得"先王之道"的实质，这一段描写也就具有了极大的概括

---

[1]　《十四年的"读经"》，《鲁迅全集》3卷《华盖集》，138页。

力与象征性：这是为一切"假借大义，窃取美名"者画像的。

鲁迅还派来一个"阿金"，让这些"圣人之徒"与普通老百姓相遇——

> 忽然走来了一个二十来岁的女人，先前是没有见过的，看她模样，好像是阔人家里的婢女。
>
> "您吃饭吗？"她问。
>
> 叔齐仰起脸来，连忙陪笑，点点头。
>
> "这是什么玩意儿呀？"她又问。
>
> "薇。"伯夷说。
>
> "怎么吃着这样的玩意儿的呀？"
>
> "因为我们是不食周粟……"
>
> 伯夷刚刚说出口，叔齐赶紧使一个眼色，但那女人好像聪明得很，已经懂得了。她冷笑了一下，于是大义凛然的斩钉截铁的说道：
>
> "'普天之下，莫非王土'，你们在吃的薇，难道不是我们圣上的吗！"
>
> 伯夷和叔齐听得清清楚楚，到了末一句，就好像一个大霹雳，震得他们发昏；待到清醒过来，那鸦头已经不见了。

这又是一个对比："不食周粟"，以及背后的"义"，本来就是自欺欺人的"玩意儿"，"阔人家里的婢女"阿金凭借常识也能明白；唯独饱读"圣贤之书"的伯夷、叔齐们却被绕在里边拔不出来。现在阿金一语道破，就霹雳般打破迷魂阵，结束了这出"不食周粟"的"笨牛戏"，兄弟俩只能为他们笃信的先王之道殉葬，却留下了这样一幅漫画："蹲在石壁下，正在张开白胡子的大口，拼命的吃鹿肉。"

　　鲁迅曾说，他写《出关》，是因为老子是一位"'无为而无不为'的一事不做，徒作大言的空谈家。要无所不为，就只好一无所为"，"于是加以漫画化，送他出了关，毫无爱惜"。[1]据说出关时，关官关尹喜居然提出要老子讲课；听课的是什么人呢？"四个巡警，两个签子手，五个探子，一个书记，账房和厨房。"这又是一次奇特的相遇——

　　　老子像一段呆木头似的坐在中央，沉默了一会，这才咳嗽几
　　声，白胡子里面的嘴唇在动起来了。大家即刻屏住呼吸，侧着耳朵
　　听。只听得他慢慢的说道：
　　　"道可道，非常道；名可名，非常名。无名，天地之始；有名，
　　万物之母。……"
　　　大家彼此面面相觑，没有抄。
　　　"故常无欲以观其妙，"老子接着说，"常有欲以观其窍。此两者，
　　同出而异名。同，谓之玄，玄之又玄，众妙之门……"
　　　大家显出苦脸来了，有些人还似乎手足失措。一个签子手打了
　　一个大哈欠，书记先生竟打起瞌睡来，哗啷一声，刀，笔，木札，
　　都从手里落在席子上面了。

这大概是典型的"对牛弹琴"了。"牛"固然可笑，"弹琴"者又何尝不可笑呢？而且还有几分尴尬吧。

　　而且还要被这些闲人轻薄地议论一番：老子也不能脱逃看客——

　　　"哈哈哈！……我真只好打盹了。老实说，我是猜他要讲自己

---

[1]　《〈出关〉的"关"》，《鲁迅全集》6卷《且介亭杂文末编》，540页。

的恋爱故事，这才去听的。要是早知道他不过这么胡说八道，我就压根儿不去坐这么大半天受罪……"

"这可只能怪您自己看错了人，"关尹喜笑道。"他那里会有恋爱故事呢？他压根儿就没有过恋爱。"

"您怎么知道？"书记诧异的问。

"这也只能怪您自己打了瞌睡，没有听到他说'无为而无不为'。这家伙真是'心高于天，命薄如纸'，想'无不为'，就只好'无为'。一有所爱，就不能无不爱，那里还能恋爱，敢恋爱？您看看您自己就是：现在只要看见一个大姑娘，不论好丑，就眼睛甜腻腻的都像是你自己的老婆。将来娶了太太，恐怕就要像我们的账房先生一样，规矩一些了。"

关尹喜的话算是歪打正着。所以鲁迅说："我同意于关尹子的嘲笑：他是连老婆也娶不成的。"[1]

读者在小说的结尾看到关尹喜把老子的《道德经》和充公的盐、土豆等一起放在积满灰尘的架子上时，是会忍不住哈哈一笑的。

鲁迅曾说自己深受庄周的影响[2]，在《汉文学史纲要》里也曾高度评价庄子"其文则汪洋辟阖，仪态万方，晚周诸子之作，莫能先也"[3]。但1930年代有人大肆宣扬庄子"彼亦无是非，此亦无是非"的哲学，鼓吹"无是非观"，鲁迅认为这将妨碍中国人民的觉醒。鲁迅在1935年一年之内，连写了七论"文人相轻"，予以批评，并在同年12月写出

---

[1]　《〈出关〉的"关"》，《鲁迅全集》6卷《且介亭杂文末编》，540页。

[2]　《写在〈坟〉后面》，《鲁迅全集》1卷《坟》，301页。

[3]　《汉文学史纲要·第三篇　老庄》，《鲁迅全集》9卷《汉文学史纲要》，375页。

了《起死》，将庄子相对主义哲学小说化与戏剧化。所谓"起死"，就是
将生活在过去时空的人复生，让他与现在时空下的人对话。——整本《故
事新编》其实就是"起死"的努力。现在，被庄子起死的是一个五百年
前在探亲途中被人打死并剥去衣服的乡下人。于是，就有了庄子和这位
赤条条的汉子的奇遇与戏剧性的对话——

  汉子——……你把我弄得精赤条条的，活转来又有什么用？叫
我怎么去探亲？包裹也没有了……（有些要哭，跑开来拉住了庄子
的袖子，）我不相信你的胡说。这里只有你，我当然问你要！我扭
你见保甲去！

  庄子——慢慢的，慢慢的，我的衣服旧了，很脆，拉不得。你
且听我几句话：你先不要专想衣服罢，衣服是可有可无的，也许是
有衣服对，也许是没有衣服对。鸟有羽，兽有毛，然而王瓜茄子赤
条条。此所谓"彼亦一是非，此亦一是非"，你固然不能说没有衣
服对，然而你又怎么能说有衣服对呢？……

  汉子——（发怒，）放你妈的屁！不还我的东西，我先揍死你！
（一手捏了拳头，举起来，一手去揪庄子。）

哲学家的相对主义遇到乡下人的现实主义，就一筹莫展，陷入十分狼狈
的境地了。

  待到汉子要求庄子实行他的"衣服可有可无"的高论，剥下道袍时，
庄子又以"要见楚王"为由拒绝了：他自己原也不准备实行。庄子相对
主义哲学"赤条条"地当众出丑，就只得狂吹警笛，求救于真正崇拜着
他的巡警局长和巡士，并在后者的保护下落荒而逃。

  《起死》全篇围绕"赤条条"展开，用最荒唐、粗俗的形式来揭示

精致化的庄子哲学的实质，将多少
有些神秘的哲学戏谑化，这本身就
显示了鲁迅的一种眼光和胆识。

我们已经逐一地读完了《故事
新编》，这可是一个漫长的文学之
旅。最后再略说几句吧。这是一次
不断让我们感到惊异的阅读经验。
我们首先赞叹不已的是整本小说处
处显示出鲁迅非凡的想象力，我们
甚至感到那些层出不穷的、出乎意
外的奇思异想仿佛要溢出文本，给
我们以说不尽的惊喜，并引发我们

《故事新编》1935 年版封面

自己的新的想象与新的创造。我们猜想，这样的想象力，可能就与作者
所取材的中国文学的神话传统与子书（例如《庄子》）传统有关；而有
的研究者还由此引发这样的议论与感慨："就与小说文体的发生最接近
的渊源来看，小说与子书，小说与神话，小说与史书的关系最为接近"，
但由于长期对子书、神话中的想象力，特别是内在于想象力中的"精神
深度和激情"的忽略以至"遗弃"，"使得小说思维空间逐渐被史书所占
据。中国小说偏离了自己的源头，而徘徊，依附于史传的边缘"，想象
力不足，就成为中国现代小说的一个痼疾。[1] 你也许并不赞同这样的观
点，但从想象力的开拓这一方面去把握鲁迅的《故事新编》在 20 世纪
中国小说史上的意义，仍是一个有意思的角度。

---

[1]　郑家健：《被照亮的世界——〈故事新编〉诗学研究》，139、140 页，福建教育出版社，
2001 年版。

当我们注意到《故事新编》八篇中有五篇写于鲁迅生命的最后时期，同样会感到惊异。面临死亡的威胁，处于内外交困、身心交瘁之中，《故事新编》的总体风格竟然显示出从未有过的从容、充裕、幽默与洒脱，尽管骨子里仍藏着鲁迅固有的悲凉，却出之以诙谐的游戏笔墨。这表明鲁迅在思想与艺术上都达到了超越的境界。这是一种真正意义上的成熟与自由。"小说家的鲁迅"以《故事新编》结束，是很有意思的。

本讲阅读篇目

《铸剑》（收《故事新编》）

《复仇》（收《野草》）

《复仇（其二）》（收《野草》）

《杂忆》（收《坟》）

《偶成》（收《南腔北调集》）

《死》（收《且介亭杂文末编·附录》）

《补天》（收《故事新编》）

《〈故事新编〉序言》（收《故事新编》）

《奔月》（收《故事新编》）

《理水》（收《故事新编》）

《中国人失掉自信力了吗》（收《且介亭杂文》）

《采薇》（收《故事新编》）

《十四年的读经》（收《华盖集》）

《出关》（收《故事新编》）

《〈出关〉的"关"》（收《且介亭杂文末编》）

《非攻》（收《故事新编》）

《起死》（收《故事新编》）

《文人相轻》（收《且介亭杂文二集》）

《再论"文人相轻"》（收《且介亭杂文二集》）

《三论"文人相轻"》（收《且介亭杂文二集》）

《四论"文人相轻"》（收《且介亭杂文二集》）

《五论"文人相轻"——明术》（收《且介亭杂文二集》）

《六论"文人相轻"——二卖》（收《且介亭杂文二集》）

《七论"文人相轻"——两伤》（收《且介亭杂文二集》）

对宇宙基本元素的个性化想象

——读《死火》《雪》《腊叶》及其他

我们已经在《故事新编》的阅读中领略了鲁迅不寻常的想象力；而把鲁迅的想象才能发挥得最为充分的，无疑是《野草》。《野草》是一个非常独特的仅属于鲁迅的世界，人们可以从不同的角度去进入；在这一讲里，我们还是先从"鲁迅式的想象"这里切入吧。

而且我们要讨论的，是"对宇宙基本元素的想象"。

鲁迅在《科学史教篇》一开始就谈到了古希腊人对形成宇宙的基本元素的认识与想象：泰勒斯认为水是世界万物的本原，阿那克西米尼则认为是空气，赫拉克利特认为是火。[1]

我们所生活的宇宙，确实有一些基本的物质元

---

[1]　鲁迅：《科学史教篇》，《鲁迅全集》1卷《坟》，26页。

素与生命元素。人类对之有着大致相同的体认，但在不同民族、地区，不同的文化传统之间，又存在着某些差异。就我们中华民族而言，我们所理解的宇宙基本物质元素、生命元素，主要是指：金（矿物）、木（植物）、水、火、土。于是，就有了关于金、木、水、火、土的文学想象。有人说，这是对"高度宇宙性形象"的想象。而且不同民族文化背景、不同时代、不同个性的作家，对于这些宇宙基本物质元素、生命元素的想象是不同的。

或者说，这是一个最具挑战性的文学课题，同时也是思想的课题、生命的课题。每一个有创造力的作家，都要力图创造出不同于他人、前人，独属于自己的"新颖的形象"。

这意味着对于宇宙生命的一种新的想象，对于"存在的本质"的一个新的发现。这还意味着对现有语言表现力的一个新的突破，并尝试着开辟语言的新的未来。因此，每一个关于宇宙基本元素的"新颖的形象"的创造，都会带来存在的喜悦、语言的喜悦。[1]

鲁迅活跃的自由无羁的生命力注定他要接受这样的挑战，并且会有出人意外的创造。

一

不妨设想一下：一个文学梦想者，面对原始的火，将会产生怎样的想象？

在阅读鲁迅的《死火》以前，我们先来读两篇关于"火"的散文。

这是从美国作家梭罗的《瓦尔登湖》里节选出来的一个片断：《室

---

[1]　参看巴什拉：《梦想的诗学》，4 页，生活·读书·新知三联书店，1996 年版。

内的取暖》。[1]作者一再深情地写到"壁炉里燃烧的火"——

> 在一个冬令的下午，我出去散步的时候，留下了一堆旺盛的火；三四个小时之后，我回来了，它还熊熊地燃烧着。……好像我留下了一个愉快的管家妇在后面。住在那里的是我和火……
>
> 每当我长久曝露于狂风之下，我的全身就开始麻木，可是等到我回到满室生春的房屋之内，我立刻恢复了我的官能，又延长了我的生命。……
>
> 火光投射的影子……在橡木之上跳跃……这种影子的形态……是更适合于幻想与想象的……

于是就有了炉火之歌——

> 光亮的火焰，永远不要拒绝我，
> 你那可爱的生命之影，亲密之情。
> 向上升腾的光亮，是我的希望？
> 到夜晚沉沦低垂的是我的命运？
> ……
> 是的，我们安全而强壮，因为现在
> 我们坐在炉旁，炉中没有暗影。
> 也许没有喜乐哀愁，只有一个火，
> 温暖我们手和足——也不希望更多；
> 有了它这坚密、实用的一堆火，

---

[1] 参看梭罗《瓦尔登湖》，224—239 页，徐迟译，吉林人民出版社，1997 年版。

在它前面的人可以坐下，可以安寝，

不必怕黑暗中显现游魂厉鬼，

古树的火光闪闪地和我们絮语。

这是西方人典型的对火的感受与想象："炉火"使人的躯体处于温暖中（"取暖"，"恢复官能，延长生命"），更使人在心理上获得安全感与舒适感（"我们安全而强壮"，"可以安寝"）；因此，"火"就意味着"满室生春的房屋"，使人联想起"古树……絮语"，还有那"愉快的管家妇"。在"火"里寻找、发现的正是这样一个隐秘在心灵最深处的家园，以及背后的宁静的宇宙生命的想象与向往：存在的本质就深扎在这古老的安适之中。

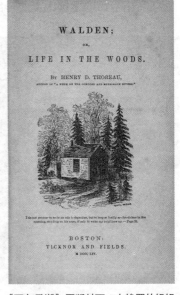

《瓦尔登湖》原版封面，由梭罗的姐姐 Sophia 绘制

我们再来看一位中国的年轻的散文家梁遇春写于 1930 年代的《观火》[1]。他说他最喜欢"生命的火焰"这个词组，它"是多么含有诗意，真是简洁地说出人生的真相"——

我们的生活也该像火焰这样无拘无束，顺着自己的意志狂奔，才会有生气，有趣味。我们的精神真该如火焰一般飘忽莫定，只受里面的热力的指挥，冲倒习俗，成见，道德种种的藩篱，一直恣意

[1]　文收梁遇春《泪与笑》，31—36 页，开明书店，1934 年版。

下去，任情飞舞，终会迸出火花、幻出五色的美焰。

这是对于"火"，对于"宇宙生命"的另一种想象与向往，在这位被长久地束缚，因而渴望心灵的自由与解放的东方青年的理解里，存在的本质就在于生命的无拘无束的自由运动。

梁遇春（1906—1932），其作品大部分收入《春醪集》和《泪与笑》。

我们终于要谈到鲁迅的《死火》。

单是"死火"的意象就给我们以惊喜。——无论是在梭罗的笔下，还是梁遇春的想象中，"火"都是"熊熊燃烧"的"生命"的象征；而鲁迅写的是"死火"：面临死亡而终于停止燃烧的火。鲁迅不是从单一的"生命"的视角，而是从"生命"与"死亡"的双向视角去想象火的。这几乎是独一无二的。

在此之前，作为《死火》的雏形，鲁迅还写过一篇《火的冰》——

遇着说不出的冷，火便结了冰了。

……拿了便要像火烫一般的冰手。

火，火的冰，人们没奈何他，他自己也苦么？

唉，火的冰。

唉，唉，火的冰的人！[1]

---

[1]　《自言自语·二　火的冰》，《鲁迅全集》8卷《集外集拾遗补编》，92页。

在中国传说中有火神祝融与水神共工的生死大战，二者是截然对立的，因此有"水火不相容，冰炭不同炉"的成语。现在鲁迅却强调了二者的统一与转化，"火的冰"，"火的冰的人"，这都是奇特的意象组合，也是向传统思维与传统想象的一个挑战。

于是，就有了"死火"这样的只属于鲁迅的"新颖的形象"。

而且还有了"梦想者"鲁迅与"死火"的奇异的相遇——

> 我梦见自己在冰山间奔驰。
>
> 这是高大的冰山，上接冰天，天上冻云弥漫，片片如鱼鳞模样。山麓有冰树林，枝叶都如松杉。一切冰冷，一切青白。

这是一个全景图，一个宏大的"冰"的世界：冰山、冰天、冻云、冰树林，"弥漫"了整个画面。"冰"是"水"的冻结：冰后面有水，冰是水的死亡。因此，这里的颜色是"一切青白"，给人的感觉也是"一切冰冷"，而这青白、冰冷，正是死亡的颜色与死亡的感觉。但却并无死的神秘，也无恐惧，给人的感觉是一片宁静。

但冰的静态只是一个背景，前景是"我"在"奔驰"。在冰的大世界中，"我"是孤独的存在；但我在运动，充满生命的活力。这样，在"奔驰"的"活"的"动态"与"冰冻"的"死"的"静态"之间，就形成一种紧张，一种张力。

"但我忽然坠在冰谷中。"——在奔驰中突然坠落，这是十分真实的梦的感觉；我甚至猜测，"这样的超出了一般想象力之外的幻境……恐非作家虚构的产物，而是直接反映作家潜意识的真实的梦的复述与整理"[1]。

"上下四旁无不冰冷，青白。"——这是一个死亡之谷。

"而一切青白冰上，却有红影无数，纠结如珊瑚网。"——红，这是生命之色，突然出现在青白的死色之上，给人以惊喜。

"我俯看脚下，有火焰在。"——这是镜头的聚焦：全景变成大特写。

"这是死火。有炎炎的形，但毫不摇动，全体冻结，像珊瑚枝；尖端还有凝固的黑烟，疑这才从火宅中出，所以枯焦。"——写"死火"之形：既有"炎炎"的动态却不动（"冻结""凝固"）；更写"死火"之神：是对"火宅"的人生忧患、痛苦的摆脱。注意：红色中黑色的出现。

"映在冰的四壁，而且互相反映，化为无量数影，使这冰谷，成红珊瑚色。"—— 一切青白顷刻间切换为红色满谷，也是死与生的迅速转换。

"哈哈！"——色彩突然转化为声音，形成奇特的"红的笑"。而"哈哈"两声孤零零地插入，完全是因猛然相遇而喜不自禁，因此也全不顾忌句法与章法的突兀。这都是鲁迅的神来之笔。

"当我幼小的时候，本就爱看快舰激起的浪花，洪炉喷出的烈焰。不但爱看，还想看清。可惜他们都息息变幻，永无定形。虽然凝视又凝视，总不留下怎样一定的迹象。"——进入童年回忆。而童年的困惑，是带有根本性的。"快舰激起的浪花"，这是"活"的水；"洪炉喷出的烈焰"，这是"活"的火。而活的生命必然是"息息变幻，永无定形"的，这就意味着生命就是无间断的死亡：正是在这里，显示了"生"与"死"的沟通。而这样一种"息息变幻，永无定形"的生命，是无法凝定的，

---

[1]　参看钱理群《心灵的探寻》，281 页，北京大学出版社，1999 年版。

更是无法用语言文字来记录与描述的，这永远流动的生命是注定不能留下任何"迹象"的。这生命的流动与语言的凝定之间也存在着一种紧张。而这似在流动却已经凝固的"死火"，却提供了把握的可能："死的火焰，现在先得到了你了！"这该是怎样地让人兴奋啊！

"我拾起死火，正要细看，那冷气已使我的指头焦灼；但是我还熬着，将他塞入衣袋中间。冰谷四面，登时完全青白。"——这是一种非常奇特的体验：冰的"冷气"竟会产生火的"焦灼"感——冰里也有火。"登时完全青白"：色彩又一次转换，这样的"青白——红——青白"的生、死之色之间的瞬间闪动，具有震撼力。

"我的身上喷出一缕黑烟，上升如铁线蛇。冰谷四面，又登时满有红焰流动，如大火聚，将我包围。我低头一看，死火已经燃烧，烧穿了我的衣裳，流在冰地上了。"——这是"我"与"火"的交融。我的身上既"喷"出黑烟，又有"大火聚"似的红色将我包围：真是奇妙之至！而"火"居然能如"水"一般"流动"，这又是火中有水。这样，冰里有火，火里有水，鲁迅就发现了火与冰（水）的互存、互化，而其背后，正是生、死之间的互存、互化。

于是，又有了"我"与"死火"之间的对话，而且是讨论严肃的生存哲学：这更是一个奇特的想象。

"死火"告诉"我"，他面临着一个两难选择：留在这死亡之谷，就会"冻灭"；跳出去重新烧起，也会"烧完"。无论选择怎样的生存方式，无为（"冻结"不动）或有为（"永得燃烧"），都不能避免最后的死亡（"灭""完"）。这是对所谓光明、美好的"未来"的彻底否定，更意味着，在生、死对立中，死更强大：这是必须正视的根本性的生存困境，我们可以从中感受到鲁迅式的绝望与悲凉。但在被动中仍可以有主动的选择，"有为"（"永得燃烧"）与"无为"（"冻结"）的价值并不是等同的：

燃烧的生命固然也不免于完，但这是"生后之死"，生命中曾有过燃烧的
辉煌，自有一种悲壮之美；而冻灭，则是"无生之死"，连挣扎也不曾有
过，就陷入了绝对的无价值、无意义。因此，死火做出了最后的选择：
"那我就不如烧完！"这是对绝望的反抗，尽管对结局不存希望与幻想，
但仍采取积极有为的人生态度，这就是许广平所说的"以悲观作不悲观，
以无可为作可为，向前的走去"[1]——这也是鲁迅的选择。

这"死火"的生存困境，两难中的最后选择，都是鲁迅对生命存在
本质的独特发现，而且明显地注入了自己的生命体验；因此，我们可以
说，这是一种"个性化"的想象与发现。

于是，就有了最后的结局——

他忽而跃起，如红彗星，并我都出冰谷口外。有大石车突然驰
来，我终于碾死在车轮底下，但我还来得及看见那车就坠入冰谷中。
"哈哈！你们是再也遇不着死火了！"我得意地笑着说，仿佛就
愿意这样似的。

"红彗星"，这是鲁迅赋予他的"死火"的最后形象：彗星的生命，是一
种短暂的搏斗，又暗含着灾难，正是死火的命运的象征。但"同归于尽"
的结局仍出乎意料，特别是"我"也在其中。但"我"却大笑，不仅是
因为眼见"大石车"（强暴势力的象征）也坠入冰谷而感到复仇的快意，
更因为自己终于与死火合为一体。

"哈哈！"——留下的是永远的红笑。

---

[1] 《第一集·北京·五》，《鲁迅全集》11卷《两地书》，24页。

二

《雪》——这是对凝结的雨（水）的想象。

"暖国的雨，向来没有变过冰冷的坚硬的灿烂的雪花。"—— 一开始就提出"雨"与"雪"的对立："温暖"与"冰冷"，"柔润"与"坚硬"，在质地、气质上存在着巨大的差异。因此，南国无雪。

但江南有雪。鲁迅说它"滋润美艳之至"。"润"与"艳"里都有水——鲁迅用"青春的消息"与"处子的皮肤"来比喻，正是要唤起一种"水淋淋"的感觉。可以说是水的柔性渗入了坚硬的雪。于是"雪野"中就有了这样的色彩："血红……白中隐青……深黄……冷绿"，这都是用饱含着水的彩笔浸润出的。而且还"仿佛看见"蜜蜂们忙碌地飞，"也听得"嗡嗡地"闹"，是活泼的生命，却又在似见非见、似听非听之中，似有几分朦胧。

而且还有雪罗汉。"很洁白，很明艳，以自身的滋润相粘结，整个地闪闪地生光。"——这里也渗透了水。"他也就目光灼灼地嘴唇通红地坐在雪地里"，真是美艳极了，也可爱极了。

但"他终于独自坐着了"。接着被"消释"，被"（冻）结"，被"（冰）化"，以至风采"褪尽"。——这如水般美而柔弱的生命的消亡，令人惆怅。

但是，还有"朔方的雪花"在。

他们"永远如粉，如沙，他们决不粘连，撒在屋上，地上，枯草上，就是这样"。——是的，"……粉……沙……地……枯草……"，就是这样充满土的气息，而没有半点水性。

而且还有火：有"屋里居人的火的温热"，更有"在日光中灿灿地生光，如包藏火焰的大雾"。

而且还有磅礴的生命运动——

在晴天之下，旋风忽来，便蓬勃地奋飞，……旋转而且升腾，弥漫太空，使太空旋转而且升腾地闪烁。

"旋转……升腾……弥漫……闪烁……"，这是另一种动的、力的、壮阔的美，完全不同于终于消亡了的江南雪的"滋润美艳"。

但鲁迅放眼看去，却分明感到——

在无边的旷野上，在凛冽的天宇下，闪闪地旋转升腾着的是雨的精魂……

是的，那是孤独的雪，是死掉的雨，是雨的精魂。

这又是鲁迅式的发现："雪"与"雨"（水）是根本相通的；那江南"死掉的雨"，消亡的生命，它的"精魂"已经转化成朔方的"孤独的雪"，在那里——无边的旷野上，凛冽的天宇下，闪闪地旋转而且升腾……

我们也分明感到，这旋转而升腾的，也是鲁迅的精魂……

这确实是一个仅属于鲁迅的"新颖的形象"：全篇几乎无一字写到水，却处处有水；而且包含着他对宇宙基本元素的独特把握与想象：不仅"雪"与"雨"（水）相通，而且"雪"与"火""土"之间，也存在着生命的相通。

三

现在我们来读《腊叶》。

关于《腊叶》的写作，鲁迅自己有过一个说明："《腊叶》，是为

爱我者的想要保存我而作的。"[1] 于是我们注意到，《腊叶》写于 1925
年 12 月 26 日，发表于 1926 年 1 月 4 日；再查鲁迅日记，就发现正是
从 1925 年 9 月 23 日起，至 1926 年 1 月 5 日，鲁迅肺病复发，面临
着死亡的威胁。在这样的时刻，鲁迅自然会想起"爱我者"（据孙伏
园回忆，指的是许广平）[2] 想要"保存我"的善意，并引发关于生命的
价值的思考。而有意思的
是，如此沉重的生命话题，
在鲁迅这里，竟然变成充
满诗意的想象：他把自我
生命外移到作为宇宙基本
元素的"树木"上，把自
己想象为一片病叶，这样，
人的生命进程就转化为自
然季节的更替，人的生命
颜色也转换为木叶的色
彩；同时，又把爱我的他
者内化为"我"。

于是，就有了这样动
人的叙述——

"灯下看《雁门集》，
忽然翻出一片压干的枫叶

鲁迅（前排右一）全家与冯雪峰（前排左一）全家，
摄于上海，1931 年 4 月 20 日。鲁迅抱着的孩子是
周海婴，身后是其伴侣许广平。

[1]　《〈野草〉英文译本序》，《鲁迅全集》4 卷《二心集》，365 页。

[2]　孙伏园：《鲁迅先生二三事·〈腊叶〉》，收《鲁迅回忆录》"专著"上册，86 页，北京
出版社，1999 年版。

来。"——鲁迅对孙伏园说过:"《雁门集》等等却是无关宏旨的"[1],无须深究。注意"压干"两个字,给你什么感觉?

"这使我记起去年的深秋。繁霜夜降,木叶多半凋零,庭前的一株小小的枫树也变成红色了。"——"深秋",既是自然的季节,也是人的生命季节。虽然是一片"红色",也依然绚烂,但木叶已经"凋零",这就隐伏着不安。不说"树叶"说"木叶",颇耐寻味。记得林庚先生写有《说"木叶"》,一想起木叶,就给人以生命的质感与沧桑感。[2]

"我曾绕树徘徊,细看叶片的颜色,当他青葱的时候是从没有这么注意的。"——当你注意"叶片的颜色",一定是他的生命快要结束了,于是你徘徊、细看。在"青葱"的时候,在生机勃勃的生命之"夏",就不会注意,因为你觉得这是正常、理应如此的,而一旦注意到了,去"绕树徘徊"时,就别有一番心境。

"他也并非全树通红,最多的是浅绛,有几片则在绯红地上,还带着几团浓绿。一片独有一点蛀孔,镶着乌黑的花边,在红,黄和绿的斑驳中,明眸似的向人凝视。"——这是一团颜色:在红的、黄的、绿的斑驳绚丽中,突然跳出一双乌黑而明澈的"眼睛",直直地凝视着你,以及我们每一个人,你会有什么感觉?你或许本能地感到,这很美,又有些"奇"(奇特?惊奇?),还多少有点害怕(恐惧?不安?)……这红、黄、绿的生命的灿烂颜色与黑色的死亡之色的并置,将给每一个读者留下刻骨铭心的永远的记忆,它直逼人的心坎,让你迷恋、神往,又悚然而思。

---

[1]　孙伏园:《鲁迅先生二三事·〈腊叶〉》,收《鲁迅回忆录》"专著"上册,86页,北京出版社,1999年版。

[2]　参看林庚《说"木叶"》,《唐诗综论》,283—289页,人民文学出版社,1987年版。

"我自念：这是病叶呵！便将他摘了下来，夹在刚才买到的《雁门集》里。大概是愿使这将坠的被蚀而斑斓的颜色，暂得保存，不即与群叶一同飘散罢。"——"将坠的被蚀而斑斓"，仍然是"死"与"生"的交融。但"飘散"（死亡）的阴影却无法驱散，只能"暂得保存"。

"但今夜他却黄蜡似的躺在我的眼前，那眸子也不复似去年一般灼灼。"——颜色又变了：蜡黄，是接近死亡的颜色；一个"蜡"字却使你想起了"蜡炬成灰泪始干"的诗句。

"假使再过几年，旧时的颜色在我记忆中消去，怕连我也不知道他何以夹在书里面的原因了。将坠的病叶的斑斓，似乎也只能在极短时中相对，更何况是葱郁的呢。"——与"将坠的病叶的斑斓"短暂"相对"，这又是怎样一种感觉？"旧时的颜色"总会在人们的记忆中"消去"：鲁迅心中充满的，正是这样的对必然彻底消亡的清醒。

"看看窗外，很能耐寒的树木也早经秃尽了；枫树更何消说得。"——即使是"很能耐寒"的树木也不免"秃尽"：最终的消亡，是一切自然界与人世间的生命的宿命。请轻声吟读"何消说得"这四个字；古人说，"怎一个愁字了得"，请体会这"得"字给你的感觉。

"当深秋时，想来也许有和这去年的模样相似的病叶的罢，但可惜我今年竟没有赏玩秋树的余闲。"——表面上看，这是"爱我者"（"我"）的自白，其实是可以视为鲁迅对"爱我者"的嘱咐：不要再保存、"赏玩"、留恋于我，因为没有这样的"余闲"，还有许多事要做。这几乎是鲁迅的"遗言"，十多年后，鲁迅离开这个世界时，也是这样告诫后人："忘掉我。"

应该说《腊叶》是最具鲁迅个性的一个文本，是他作为一个个体生命，在面对随时会发生的生命的死亡的时候，一次关于生命的思考。使我们感到惊异的是，他所感到的，是自我的生命与自然生命（"木叶"）

鲁迅少有的大笑镜头，沙飞摄于 1936 年 10 月 8 日。十一天后，
鲁迅逝世。

的同构与融合，把他的生命颜色，化作了枫树的生命之色。但这又是怎样的绚烂的色彩啊：那象征着人与自然生命之夏的"青葱"的勃勃生机自不待言；那生命的"深秋"季节，也是如此的文采灿烂，而"乌黑"的阴影正出现在这"红的，黄的，绿的斑驳"之中。这生与死的并置与交融，既触目惊心，又让人想起《〈野草〉题辞》中的那段话——

> 过去的生命已经死亡。我对于这死亡有大欢喜，因为我借此知道它曾经存活。死亡的生命已经朽腐。我对于这朽腐有大欢喜，因为我借此知道它还非空虚。

因死亡而证实了生命的意义；反过来死之绚烂正是出于生命的爱与美——这同样属于鲁迅对生命本质的一个独特的发现；我们也因此永远记住了那向我们凝视的黑色的眼睛……

本讲阅读篇目

《死火》（收《野草》）

《自言自语》（收《集外集拾遗补编》）

《雪》（收《野草》）

《腊叶》（收《野草》）

《好的故事》（收《野草》）

《秋夜》（收《野草》）

反抗绝望：鲁迅的哲学

——读《影的告别》《求乞者》《过客》及其他

我们在初步领略了鲁迅《野草》里的非凡想象力以后，大概都会感觉到，《野草》是一部非同一般的作品。

《野草》在鲁迅全部著作中，确实有着非常特殊的地位。

关于《野草》，鲁迅曾对年轻的朋友讲过两层意思，一是章衣萍回忆的："鲁迅先生自己明白的告诉过我，他的哲学都包括在他的《野草》里了" [1]；另一是鲁迅在给萧军的信中说的："（《野草》）心情太颓唐了，因为那是我碰了许多钉子之后写出来的。我希望你脱离这种颓唐心情的影

---

[1]　衣萍：《古庙杂谈（五）》，原载 1925 年 3 月 31 日《京报副刊》，收《章衣萍集：随笔三种及其他》，93 页，汉语大词典出版社，1993 年版。

响。"[1]——既强调《野草》里有自己的
"哲学"，又希望青年"脱离"它的影响。
这里好像有点矛盾，应如何理解呢？

我们先来看鲁迅是怎样看待自己的
写作的——

> 我所说的话，常与所想的不
> 同……我为自己和为别人的设想，
> 是两样的。所以者何，就因为我的
> 思想太黑暗，但究竟是否真确，又
> 不得而知，所以只能在自身试验，
> 不敢邀请别人。[2]

《野草》初版封面

偏爱我的作品的读者，有时批评说，我的文字是说真话的。这
其实是过誉，那原因就因为他偏爱。我自然不想太欺骗人，但也未
尝将心里的话照样说尽，大约只要看得可以交卷就算完。我的确时
时解剖别人，然而更多的是更无情面地解剖我自己，发表一点，酷
爱温暖的人物已经觉得冷酷了，如果全露出我的血肉来，末路正不
知要到怎样。我有时也想就此驱除旁人，到那时还不唾弃我的，即
使是枭蛇鬼怪，也是我的朋友，这才真是我的朋友。倘使并这个也
没有，则就是我一个人也行。[3]

---

[1]　《341009　致萧军》，《鲁迅全集》13卷《书信（1934—1935）》，224页。

[2]　《第一集　北京·二四》，《鲁迅全集》11卷《两地书》，80—81页。

[3]　《写在〈坟〉后面》，《鲁迅全集》1卷《坟》，299—300页。

鲁迅的自白，提醒我们注意：鲁迅一方面努力真诚地大胆地看取人生，真实地表达自己，向往着"做文章时又没有顾忌，想写的便写出来"的自由写作的状态；但另一方面，鲁迅又清醒地看到，现实的中国，"还不是披沥真实的心的时光"[1]，同时他对自己心灵深处的思想也存在着深刻的怀疑，这就决定了他的发言与写作，不能不有所顾忌，有所控制，有所遮蔽。在某种意义上可以说，鲁迅是在显露与隐蔽、说与不说的矛盾挣扎中进行写作的，真实的鲁迅正实现在这显隐露蔽、说与不说之间。因此，我们在阅读鲁迅作品时，就必须注意鲁迅的日本老朋友增田涉先生所指出的这一现象："（鲁迅）他单向世间强调的方面，不是真正的他。至少不是全面的他。虽然这确实是他的大部分，但必须知道，他还有着没表现在外面的深湛部分。他自己明确区分应向世间强调的部分和不向世间强调的部分。"[2]那么，哪些是鲁迅"向世间强调的部分"，哪些是"不向世间强调的部分"呢？许广平有一个说法："虽则先生自己所感觉的是黑暗居多，而对于青年，却处处给与一种不退走，不悲观，不绝望的诱导"[3]。这可谓深知鲁迅之言：鲁迅"不向世间强调的部分"主要是

鲁迅 1931 年 12 月题赠增田涉的辞别诗

扶桑正是秋光好 枫叶如丹照嫩寒

却折垂杨送归客 心随东棹忆华年

增田学兄雅教 鲁迅

---

[1] 《我要骗人》，《鲁迅全集》6 卷《且介亭杂文末编》，506 页。

[2] 增田涉：《鲁迅的印象·四六·鲁迅的矛盾与所处的中国社会》，收《鲁迅回忆录》"专著"下册，1431 页。

[3] 《第一集　北京·五》，《鲁迅全集》11 卷《两地书》，24 页。

他在前引两段话中所说的那些经常缠绕着他的"太黑暗"与"冷酷"的思想。不强调，当然不等于不说，我们从鲁迅的许多作品的字里行间都可以读出这样的"黑暗"而"冷酷"的生命体验，但将其相对集中地袒露出来的，则是《野草》；鲁迅说他的"哲学"都在《野草》里，正是强调了这一点。但这是"为自己"设想与写作的，而不是"为别人"设想与写作的；这是"孤独的个体"的存在体验，是要"驱逐旁人"独自承担一切的。因此，鲁迅又希望年轻人"脱离"它的影响——当然，这也表现了鲁迅的自我怀疑以及为读者（特别是青年）负责的态度："在寻求中，我就怕我未熟的果实偏偏毒死了偏爱我的果实的人。"[1]

由此我们可以懂得《野草》在鲁迅作品中的特殊性：这是鲁迅最"个人化"的著作，是鲁迅心灵的诗，相对多地露出了鲁迅灵魂的真与深，相对深入地揭示了鲁迅的个人存在——个人生命的存在，文学个人话语的存在。《野草》只属于鲁迅自己——至于我们读者，愿不愿意、能不能进入鲁迅的《野草》世界，拒绝还是接受鲁迅《野草》里的哲学，也完全应该由我们每一个人自主选择。

而且，《野草》所展现的只是鲁迅本体性的黑暗与冷酷体验的一部分，并没有全露出他的血肉；这不仅因为鲁迅依然自觉地不将心里的话说尽，更重要的是，人的最刻骨铭心的真正属于自己的生命体验是不能用言语来表达的，一说一写，就变形、扭曲了。所以鲁迅在《〈野草〉题辞》一开始就说——

当我沉默着的时候，我觉得充实；我将开口，同时感到空虚。

---

[1]　《写在〈坟〉后面》，《鲁迅全集》1卷《坟》，300页。

一

那么，《野草》里展现的是怎样的属于鲁迅个人的生命体验、思想与言语呢？

我们先来读《影的告别》。

> 人睡到不知道时候的时候，就会有影来告别，说出那些话——

"不知道时候的时候"——从表面看起来没有时间，也就没有记忆；但就好像做梦一般，沉下去，沉下去，最后浮现出来的是生命最深处，原始的生命本体的记忆与意念。

于是，人的"影"与"形"分离了——这本来就已经够离奇与神秘的了；何况又是"影"主动"告别"，还要开口说话：他将说些什么呢？

> 有我所不乐意的在天堂里，我不愿去；有我所不乐意的在地狱里，我不愿去；有我所不乐意的在你们将来的黄金世界里，我不愿去。
>
> 然而你就是我所不乐意的。
>
> 朋友，我不想跟随你了，我不愿住。
>
> 我不愿意！
>
> 呜乎呜乎，我不愿意，我不如彷徨于无地。

五个小节，连续用了十一个"我不"。七个句子，几乎重复的句式（前三句完全一样，后四句略有变化）——这样的句法，中国古代文学作品里没有，中国现代文学作品里也没有。

"我不，我不，我不……"，这执拗的、如怨如诉的声音，追逐着我们，钉子般敲击着读者的心，只让人感到恐怖——就像鲁迅描写的那样，你可以感觉到"毒蛇似的在尸林中蜿蜒，怨鬼似的在黑暗中奔驰"的"酷烈的沉默"中的逼人的气势。[1]

这只能发自人的灵魂的最深处，是时间洗刷不掉，永远不能忘记，却也无从逃避的生命的声音。"我不"，只有两个字，却表现了如此强大的主体精神、意志，以及对于他者无条件、无讨论余地的拒绝。

首先拒绝的是，人们或者认为是天堂，或者视为地狱的一切现实的存在。

对于人们预设的未来——那所谓无限美好无限光明的"黄金世界"，"我"也同样拒绝。

"然而你就是我所不乐意的"——"你"是一个认同于群体的自我，是按照常规、常态、常情，按照大家都那样的思维、感情方式去思考与表达的。而这正是独立的、自由的精神个体的"我"所要拒绝，要努力挣脱出来的。

说到底，这是对于"有"的拒绝，对已有、将有、既定的一切的拒绝。

"我不如彷徨于无地。"——这里的"无"是与"有"对立的；这里的"彷徨"所表现的生命的流动不居状态同样是与前面的"住"所表现的稳定的生命状态对立的。这正是"我"的选择："我"拒绝"有"而选择"无"，"我"拒绝"住"而选择"彷徨"。我的生命将永远流动于"无"之中。

---

[1] 《杂感》，《鲁迅全集》3卷《华盖集》，53页。

那么，"我"是谁？"我不过一个影"，一个从群体中分离出来的，从肉体的形状中分离出来的"精神个体"的存在。

那么，"我"将有怎样的命运？"然而黑暗又会吞并我"，因为我反抗现有陈规，反抗黑暗。"然而光明又会使我消失"，因为"我"与黑暗是一个共生体，"我"的价值就体现在和黑暗捣乱中，"我"必将随黑暗的消失而消失。"吞并"与"消失"就是"我"必然的也是唯一的命运。

或许还能"彷徨于明暗之间"？——"然而我不愿"，苟活绝不是"我"的选择。

这里连续三个"然而"，写尽了作为独立的精神个体的生存困境。

"我姑且举灰黑的手装作喝干一杯酒，我将在不知道时候的时候独自远行。"——呈现在我们面前的，就是这样一个"影"的形象：尽管内心充满了痛苦、彷徨与犹豫，却要硬作欢乐，然后独自远行。

但真要独自远行却又不能不多所犹豫：该选择什么时候出发？"倘若黄昏，黑夜自然会来沉没我，否则我要被白天消失，如果现是黎明。"

"朋友，时候近了"，还得做出决定。"我将向黑暗里彷徨于无地"——最后的选择是走向黑暗。

临行之前，"你还想我的赠品"，于是又引出了"我能献你甚么呢？"也即"我还拥有什么"的问题。"无已，则仍是黑暗和虚空而已。"——我所拥有的只是黑暗，只是空虚："唯'黑暗与虚无'乃是实有。""但是，我愿意只是黑暗，或者会消失于你的白天；我愿意只是虚空，决不占你的心地。"这里连续几个"我愿意"，正是对前面的"我不""我不愿意"的回应。——从拒绝现有与将有，到选择无的黑暗与虚空，完成了一个历史过程。

我愿意这样，朋友——

我独自远行，不但没有你，并且再没有别的影在黑暗里。只有我被黑暗沉没，那世界全属于我自己。

注意这里有一个转换：当独自远行，一个人被黑暗所吞没的时候，"我"达到了彻底的空与无；但也就在这独自承担与毁灭中，获得了最大的有："裹在这无边际的黑絮似的大块里"[1]，"那世界全属于我自己"。正是在这生命的黑暗体验中，实现了"无"向"有"的转化：从拒绝外在世界的"有"达到了自我生命中"无"中之"大有"，这一个过程或许是更为重要的。

这里提到了生命的黑暗体验，这是一种人生中难以达到的可遇不可求的生命体验，如一位研究者所说，这是一种生命的大沉迷，是无法言说的生命的澄明状态："如此的安详而充盈，从容而大勇，自信而尊严。"你落入一个生命的黑洞之中，这黑洞将所有的光明吸纳、隐藏其中，这里存在着一种内在的、本质的光明："充盈着黑暗的光明。"[2]鲁迅自己也说："爱夜的人要有听夜的耳朵和看夜的眼睛，自在暗中，看一切暗"，"爱夜的人于是领受了夜所给与的光明"。[3]鲁迅正是这样的"爱夜的人"，不仅《影的告别》，而且整本《野草》，都充溢着他以"听夜的耳朵和看夜的眼睛"所听到、看到的"一切暗"，以及他所领受到的"夜所给与的光明"。——这是我们在阅读《野草》时，首先要注意和把握的。

---

[1] 《夜颂》，《鲁迅全集》5卷《准风月谈》，203页。

[2] 王乾坤：《鲁迅的生命哲学》，321—322、336—340页，人民文学出版社，1999年版。

[3] 《夜颂》，《鲁迅全集》5卷《准风月谈》，203页。

《影的告别》实际上讲了两个东西：一是他拒绝了什么？一是他选择了因而承担并获得了什么？这构成了《野草》的一个基本线索。

二

《求乞者》。

读这一篇，首先感受到的是无所不在的"灰土"——

> 我……踏着松的灰土。……
>
> 微风起来，四面都是灰土。
>
> ……
>
> 灰土，灰土，……
>
> ……
>
> 灰土……

灰土弥漫整个空间，堵塞你的心，甚至要渗透到你的灵魂。这更是一种"灰土感"：生命的单调、沉重与窒息。就像鲁迅所说的："是的，沙漠在这里。没有花，没有诗，没有光，没有热。没有艺术，而且没有趣味，而且至于没有好奇心。沉重的沙……"[1]没有任何生机，没有任何生命的乐趣，"没有好奇心"也就没有任何欲望与创造的冲动。

"灰土"之外是"墙"——

> 我顺着剥落的高墙走路……另外有几个人，各自走路。

----

[1]　《为"俄国歌剧团"》，《鲁迅全集》1卷《热风》，403页。

这象征着人与人之间的相互隔膜，这心灵的隔绝不仅是社会、历史的，更是人类本身的，人于是永远"各自走路"。——《求乞者》一开始传递给我们的，不仅是生命的窒息感和隔膜感，更是一种近于绝望的孤独的生命体验：依然是郁积于心的黑暗与虚无。

于是就有了"求乞"与"拒绝布施"——

> 一个孩子向我求乞，也穿着夹衣，也不见得悲戚，但是哑的，摊开手，装着手势。
>
> 我就憎恶他这手势。而且，他或者并不哑，这不过是一种求乞的法子。
>
> 我不布施，我无布施心，我但居布施者之上，给与烦腻，疑心，憎恶。

这一切（求乞与拒绝）却又反诸己——

> 我想着我将用什么方法求乞：发声，用怎样声调？装哑，用怎样手势？……
>
> ……………
>
> 我将得不到布施；得不到布施心；我将得到自居于布施之上者的烦腻，疑心，憎恶。

这指向自己的"拒绝"，是彻底的；这连自己也不能逃脱的"烦腻，疑心，憎恶"，是可怕的。

显然，这里的"求乞"和"布施"是带有象征性的。首先我们可以把"布施"理解为温暖、同情、怜悯、慈爱的象征，人们总是"祈求"

着别人对自己的同情与慈爱，也"给予"别人以同情与慈爱。这似乎是人的一种本能，但鲁迅却投以质疑的眼光：他要看看这背后隐蔽着什么。这在《过客》里也有类似的展开，有这样一个情节："小女孩"出于对"过客"的同情，送给他一个小布片，这自然也是温暖、同情、爱的象征。"过客"开始很高兴地接受了：作为孤独的精神界的战士，他显然渴求着爱、温暖和同情；但想了想之后，却又断然拒绝，并且表示要"诅咒"这样的"布施者"。鲁迅后来对此做了一个解释：因为一切爱与同情，一切加之于己的布施，都会成为感情上的重负，这样就容易受布施者的牵连，"不能超然独往"；所以鲁迅说："反抗，每容易蹉跌在'爱'——感激也在内——里，所以那过客得了小女孩的一片破布的布施也几乎不能前进了。"[1] 这就是说，作为一个孤独的精神界战士，要保持思想和行动的绝对独立和自由，就必须割断一切感情上的牵连，包括温情和爱，既不向人"求乞"，同时也拒绝一切"布施"。因此我们也可以把这种"求乞""布施"理解为对人与人之间的关系的一种高度概括：人总是对他者有所"求"，同时又有所"施"。而有所求就难免对他者有所依赖，以至依附；反过来，布施也难免使对方对自己有所依赖与依附：鲁迅就这样从"求乞"与"布施"的背后，看到了依赖、依附与被依赖、被依附的关系。这确实是十分独特而锐利的观察。更何况现实中的"求乞"常常是虚假的——鲁迅对于不幸中的人们不得不求乞，本是有一种感同身受的理解与同情的，他自己就有过"从小康坠入困顿"的痛苦经历，饱尝过被迫"求乞"的屈辱[2]；但问题在于中国的"求

---

[1]　《250411　致赵其文》，《鲁迅全集》11 卷《书信（1904—1926）》，478 页。

[2]　如我们一再强调，鲁迅是始终站在不幸者即生活中的弱者这一边的，他为他们的生存、发展的权利做了最有力的辩护；但他强调的是弱者的自强，而不是等待他人的恩赐，正是在这个意义上，他对"布施"也表示了憎恶。

乞者"或者自身并不真正需要求助，或者身处不幸却并无自觉因而"并不悲哀"，但却"近于儿戏"地"追着哀呼"，以至"装"哑作"求乞的法子"。鲁迅在"求乞"的背后又发现了"虚伪"与"做戏"：既不知悲哀（不幸）又要表演悲哀（不幸）。正是这双重的扭曲，激起了鲁迅巨大的情感波澜：他要给予"烦腻，疑心，憎恶"！于是就又有了鲁迅式的"拒绝"：这回拒绝的是"温暖，同情，怜悯与慈爱"，他依然选择了"无"——

> 我将用无所为和沉默求乞……
>
> 我至少将得到虚无。

将可能导致内心软弱的心理欲求（如布施、同情、怜悯之类）、情感联系（如"布施心"）通通排除、割断，铸造一颗冰冷的铁石之心，以加倍的恶（"烦腻，疑心，憎恶"）对恶，以加倍的黑暗对付黑暗，在拒绝一切（"无所为与沉默"）中，在与对手同归于尽中得到"复仇"的快意——我们又由此想起了《孤独者》里的魏连殳、《铸剑》里的"黑色人"。

鲁迅的这种选择，是一把双刃剑：既对他的敌人有极强的杀伤力，而且毋庸讳言，也伤害了他自己，构成了他内在心灵上"毒气、鬼气"的另一方面。鲁迅因此说他自己也将"得到自居于布施之上者的烦腻，疑心，憎恶"——凡指向对手的也将反归自己，这实在是十分残酷与可怕的。鲁迅这样的"自残"式的选择，不仅付出的代价太大，而且是很难重复的，很可能是"学虎不成反类犬"。鲁迅一再强调，他的《野草》（当然也包括《求乞者》这篇）不足给青年人看，原因大概也在于此吧。

三

我们再来读几篇——读得稍微简略一点。

《希望》。

仍然是从自己对生命存在的感受、体验说起——

> 我的心分外地寂寞。
>
> 然而我的心很平安：没有爱憎，没有哀乐，也没有颜色和声音。
>
> 我大概老了。我的头发已经苍白，不是很明白的事么？我的手颤抖着，不是很明白的事么？那么，我的魂灵的手一定也颤抖着，头发也一定苍白了。

这里讲的是生命的"平安"状态。在《野草》里，鲁迅好几处都提到"太平"。《失掉的好地狱》一开始就写到地狱的"太平"："一切鬼魂们的叫唤无不低微，然有秩序。"[1]《这样的战士》里也提到了"谁也不闻战叫：太平"[2]。"太平"是一种宁静的有秩序的状态：借用我们以后将会提到的《论睁了眼看》里的说法，就是"无问题，无缺陷，无不平，也就无解决，无改革，无反抗"[3]。在鲁迅看来，这不过是"暂时做稳了奴隶的时代"，虚假的表面的"太平"掩盖了地底下真实的矛盾与痛苦，于是受压制的"鬼魂"的"叫唤"、呻吟，也变得"低微"。鲁迅说他"憎

---

[1] 《失掉的好地狱》，《鲁迅全集》2卷《野草》，204 页。

[2] 《这样的战士》，《鲁迅全集》2卷《野草》，220 页。

[3] 《论睁了眼看》，《鲁迅全集》1卷《坟》，252 页。

恶这以野草作装饰的地面"[1]，他更憎恶这地面的"太平"。在他看来，这样的"不闻战叫"的"太平"，最可怕之处，是造成人的心灵的"平安"："没有爱憎，没有哀乐，没有颜色和声音"。这是对生命活力的另一种窒息与磨耗。于是，鲁迅感到了生命的"老"化：这不仅是生理的（鲁迅这时才45岁），"我的魂灵的手一定也颤抖着，头发也一定苍白了"。这"平安"中"魂灵的苍老"，是一个惊心动魄的命题，是鲁迅的发现，更是鲁迅所要拒绝的。

于是又开始了历史的追索："曾充满过血腥的歌声"，也曾充满希望——"忽而这些都空虚了"，只得用"自欺的希望"的盾，"抗拒那空虚中的暗夜的袭来，虽然盾后面也依然是空虚中的暗夜"，并因此"陆续地耗尽了我的青春"——但又暂存着对"身外的青春"的希望，那是"星，月光，僵坠的蝴蝶，暗中的花，猫头鹰的不祥之言，杜鹃的啼血，笑的渺茫，爱的翔舞……"，尽管"悲凉漂渺"，却"究竟是青春"——现在却突然发现四围的"寂寞"（也即"太平"），"难道连身外的青春也都逝去，世上的青年也多衰老了么？"。这真是步步逼退：一个"希望"逐渐被剥离、逐渐被掏空的过程。

我放下了"希望之盾"，于是，听到了裴多菲的"希望"之歌——

希望是甚么？是娼妓：

她对谁都蛊惑，将一切都献给；

待你牺牲了极多的宝贝——

你的青春——她就弃掉你。

---

[1] 《〈野草〉题辞》，《鲁迅全集》2卷《野草》，163页。

这其实也是鲁迅的发现：他发现了"希望"的欺骗性与虚妄性——这同样是由"有"到"无"的过程。

但还要推进一步："绝望之为虚妄，正与希望相同。"

按一般的逻辑，"希望"既然是一种绝对的欺骗，那势必会转向"绝望"；但正像论者所指出的，"这种绝望的内在参照仍然是'望'"，"仍然是以否定的方式承认了'希望'"[1]。要彻底抛弃"希望"，就要同时抛弃"绝望"；把两者都虚妄化，完全掏空，才能达到彻底的"无"。

于是，又有了独自承担——

> 我只得由我来肉薄这空虚中的暗夜了，纵使寻不到身外的青春，也总得自己来一掷我身中的迟暮。

"肉薄"是一种躯体的搏斗，不带有任何精神上的"希望"或"绝望"，"和黑暗捣乱"就是了，既不计"后果"，也不追求"意义"；而且是"由我"一人进行，与别人无关。——这非常接近前面《影的告别》里所说的"只有我被黑暗沉没，那世界全属于我自己"的境界：也是彻底的"无"向"有"的转换。

然而，文末又留下一句可怕的话——

> 但暗夜又在那里呢？……而我的面前又竟至于并且没有真的暗夜。

准备独自承担反抗，却突然发现：反抗没有对手了！

---

[1] 王乾坤：《鲁迅的生命哲学》，325页，人民文学出版社，1999年版。

这又引出了下一篇——《这样的战士》。

鲁迅曾说："《这样的战士》是有感于文人学士们帮助军阀而作。"[1]
鲁迅在和现代评论派的陈源论战时，多次提到他自己的"碰壁"。他把
文人学士的攻击比喻为"墙"，而且是"鬼打墙"：分明存在却又无形。
在《这样的战士》中，又把这种感受提升为"无物之阵"——

> 但他举起了投枪。
>
> ⋯⋯⋯⋯⋯
>
> 一切都颓然倒地；——然而只有一件外套，其中无物。⋯⋯
>
> 但他举起了投枪。
>
> 他在无物之阵中大踏步走，再见一式的点头，各种的旗帜，各
> 样的外套⋯⋯。
>
> 但他举起了投枪。
>
> 他终于在无物之阵中老衰，寿终。他终于不是战士，但无物之
> 物则是胜者。

人们首先注意的是"无物之阵"上的"旗帜"和"外套"，据说有
"各样好名称：慈善家，学者，文士，长者，青年，雅人，君子⋯⋯"，
还有"各式好花样：学问，道德，国粹，民意，逻辑，公义，东方文
明⋯⋯"。可以说，这里几乎囊括了一切美好的词语，前者标志着一种
身份，后者则标志一种价值，现在都被垄断了；这就是说，鲁迅这样的
精神界"战士"所面对的是一个被垄断了的话语，其背后是一种社会身
份与社会基本价值尺度的垄断。而这样的被垄断的话语的最大特征就是

---

[1]　《〈野草〉英文译本序》，《鲁迅全集》4 卷《二心集》，365 页。

字面与内在实质的分离，具有极大的不真实性与欺骗性。这种身份词语
与价值词语的垄断，正意味着一种具有欺骗性的语言秩序、社会秩序的
建立与垄断；另一方面，话语垄断者正是拿这些被垄断的话语对异己
者——精神界"战士"进行打压与排挤，软化与诱惑：要进入就必须臣
服，要拒绝就遭排斥。而鲁迅这样的精神界"战士"几乎是没有犹豫地
就做出了他的选择——

> 他只有自己，但拿着蛮人所用的，脱手一掷的投枪。
> …………
> 他微笑，偏侧一掷，却正中了他们的心窝。

这正是最彻底的拒绝与反抗：对一切既有的、被垄断的、欺骗性的身份
话语与价值话语（及其背后的语言秩序与社会秩序）的拒绝与反抗。这
同样也是"无"的选择；而且依然是孤身一人的独自承担——对于以话
语作为自己基本存在方式的知识分子，这样的拒绝与反抗，是具有根本
性与特殊的严重性的。

《墓碣文》。

我们先来看墓碑上的文字——

> ……于浩歌狂热之际中寒；于天上看见深渊。于一切眼中看见
> 无所有；于无所希望中得救。……

请注意这里面前后两组概念："浩歌狂热""天上"；"一切""希望"。这
都是社会中绝大多数人常规思维下的现实经验与逻辑，或者说是《影的

告别》中"你"（人之"形"）的感受，但却是虚假的。而鲁迅却是用另外的眼睛，也就是人们所说的"第三只眼睛"来看，于是，他看见的、感受到的是"寒""深渊""无所有""无所希望"，这显然是对前者——既有的、常规的、大多数人的经验与逻辑的拒绝和反叛，但却是更为真实的。"于无所希望中得救"这一命题则表明，唯有抛弃了既"有"的虚假的经验与逻辑，达到"无"，才能"得救"。

但这样的自异于常规社会的"战士"就必然是孤独的："有一游魂，化为长蛇，口有毒牙。不以啮人，自啮其身，终以殒颠。"这又是一个反归：对现有的一切经验、逻辑和秩序的怀疑、拒绝、反叛，都指向对自身的怀疑、拒绝与反叛，即所谓"自啮其身"，也就是前面我们说过的"彻底掏空"，达到彻底的"空虚"与"无"。然后才能进入对"本味"的追寻，即所谓"抉心自食，欲求本味"，也就是从人的存在的起点上追寻那些尚未被现有经验、逻辑和秩序所侵蚀的本真状态。

但是，"本味何能知？""本味又何由知？"这种本真状态是既不能也无由知的。这就把自我怀疑精神发挥到极致。"答我。否则，离开！"，面对这永恒的问题，永远求不到的"本味"，人只有"疾走"离开了。

《颓败线的颤动》。

这也许是《野草》中最震撼人心的篇章。这位老女人的遭遇所象征、展示的是精神界战士与他所生活的世界——现实人间的真实关系：带着极大的屈辱，竭诚奉献了一切，却被为之牺牲的年轻一代（甚至是天真的孩子），以至整个社会无情地抛弃和放逐。这样的命运对于鲁迅是具有格外重要的意义的，本身即构成了对他"肩住黑暗的闸门"，放年轻人"到光明地方去"的历史选择的质疑。由此引起的情感反应与选择才是真正具有震撼力的——

> 她冷静地，骨立的石像似的站起来了。她开开板门，迈步在深
> 夜中走出，遗弃了背后一切的冷骂和毒笑。

这里有一个转换：原来是被社会遗弃，现在是自己将社会遗弃与拒绝。

> 她赤身露体地，石像似的站在荒野的中央，于一刹那间照见过
> 往的一切：饥饿，苦痛，惊异，羞辱，欢欣，于是发抖；害苦，委
> 屈，带累，于是痉挛；杀，于是平静。……又于一刹那间将一切并
> 合：眷念与决绝，爱抚与复仇，养育与歼除，祝福与咒诅……。她
> 于是举两手尽量向天，口唇间漏出人与兽的，非人间所有，所以无
> 词的言语。

这里所反映的"战士"与现实世界的感情关系是极其复杂的：作为被遗弃的异端，当然要和这个社会"决绝"，并充满"复仇""歼除"与"咒诅"的欲念；但他又不能割断一切情感联系，仍然摆脱不了"眷念""爱抚""养育""祝福"之情。在这矛盾的纠缠的情感的背后，是他更为矛盾、尴尬的处境：不仅社会遗弃了他，他自己也拒绝了社会，在这个意义上，他已经"不在"这个社会体系之中，他不能也不愿用这套体系中的任何语言来表达自己；但事实上他又生活"在"这社会之中，无论在社会关系上，还是在情感关系上，都与这个社会纠缠在一起，他一开口，就有可能仍然落入社会既有的经验、逻辑与言语中，这样就无法摆脱无以言说的困惑，从而陷入了"失语"状态。"她于是举两手尽量向天，口唇间漏出人与兽的，非人间所有，所以无词的言语。"这又是一

个非常深刻的也很带悲剧性的"无"的选择：不能（也拒绝）用现实人间社会的言语表达自己，而只能用"非人间所有，所以无词的言语"。一个真正独立的批判的知识分子，他的真正的声音是在沉默无言中呈现的。所谓"非人间的，所以无词的言语"，指的是尚未受到人间经验、逻辑所侵蚀过的言语，只能在没有被异化的"非人间"找到它的存在。因此——

> 当她说出无词的言语时，她那伟大如石像，然而已经荒废的，颓败的身躯的全面都颤动了。这颤动点点如鱼鳞，每一鳞都起伏如沸水在烈火上；空中也即刻一同振颤，仿佛暴风雨中的荒海的波涛。
>
> 她于是抬起眼睛向着天空，并无词的言语也沉默尽绝，惟有颤动，辐射若太阳光，使空中的波涛立刻回旋，如遭飓风，汹涌奔腾于无边的荒野。

这是极其精彩的一个段落，它提供了一个非常的境界：拒绝了"人间"的一切，回到了"非人间"，这"沉默尽绝"的"无边的荒野"，其实是一个更真实的世界。在某种程度上，这正是鲁迅的内心世界，这个世界更具真实，就像《影的告别》中的"影"，在无边的黑暗中，拥有了无限的丰富，无限的阔大，无限的自由。这一段文字，在我个人看来，是最具有鲁迅特色的文字；而且坦白地说，在鲁迅所有的文字中，这是最让我动心动容的。

最后，我们一起来读《过客》。这一篇可以说是鲁迅对自己的生命哲学的一个归结。

我们是这样遭遇"过客"的——

> 约三四十岁，状态困顿倔强，眼光阴沉，黑须，乱发，黑色短
> 衣裤皆破碎，赤足著破鞋，胁下挂一个口袋，支着等身的竹杖。

这是典型的在旷野中匆匆而过的"过客"，我们自然地想起鲁迅本人的
形象，"过客"也是鲁迅作品中"黑色人"家族的一个成员。我们甚至
可以说，"过客"就是鲁迅的自我命名。他从出现时，就一直在往前走，
他遇见老人，老人向他问了三个问题，他都给予了否定性的回答——

> "你是怎么称呼的。"——"我不知道"。
> "你是从那里来的呢？"——"我不知道"。
> "你到那里去么？"——"我不知道"。

应该说，这三个问题，是 20 世纪整个人类——西方哲人和东方哲人都
同时面临的"世纪之问"，而鲁迅的回答都是"我不知道"。这回答本身
就有很大的意义。或许更为重要的是"过客"的选择。他其实有三条可
供选择的路，一是"回去"，"过客"断然否定了，他说："回到那里去，
就没一处没有名目，没一处没有地主，没一处没有驱逐和牢笼，没一处
没有皮面的笑容，没一处没有眶外的眼泪。我憎恶他们，我不回转去！"
这是"过客"的一个底线：绝不能容忍任何奴役与压迫，绝不能容忍任
何伪善。二是停下"休息"，这是老人的劝告，但"过客"说"我不能"。
最后只剩下"往前走"了。

但也还有一个问题：前方是什么？剧中的三个人物有不同的回
答：小女孩说前方是个美丽的花园，这可能是代表年轻人对未来的一

种向往与信念；但"老人"说，前面是坟，既然是坟，就不必往前走了；而"过客"的回答是，明知道前面是坟，但我还是要往前走。这说明"过客"的选择，不是出于希望的召唤，因为他早已知道，希望不过是个娼妓。那么，为什么他要往前走呢？是什么引导他不断往前走呢？他说——

　　那前面的声音叫我走。

老人也听到过这声音，但他不听它召唤，它就不喊了。但过客却无法拒绝这前面的声音：正像薛毅在他的《无词的言语》里所说，这是他内在生命的"绝对命令"——往前走。[1]一切都可以怀疑，但有一点不能怀疑，就是往前走。走的结果怎样，怎么走，这些都可以讨论，但有一点不容讨论，就是必须走。这是生命的底线，这一点必须守住！这正是鲁迅和其他人的不同之处。有的人之所以走，是因为有个乌托邦的理想世界在等着他，如果他觉得前途并非这样理想就不走了，或者主动放弃乌托邦理想也就不走了。还有的人对自己所走的路充满信心，对怎么走也有清醒的认识，如胡适就是。鲁迅这样的"过客"不一样，虽然对走的结果存在怀疑，对怎样走也存在怀疑，但有一点是确定的，就是"向前走"——

　　我不能！我只得走。我还是走好罢。……（即刻昂了头，奋然向西走去。）

　　（女孩扶老人走进土屋，随即阖了门。过客向野地里踉踉跄跄地闯

---

[1]　薛毅：《无词的言语》，12页，学林出版社，1996年版。

进去，夜色跟在他后面。）

"我只得走"，这成为他生命的底线或绝对命令，这是生命的挣扎，是看透与拒绝一切的彻底的"空"与"无"中的唯一坚守与选择。鲁迅后来把这种"永远向前走"的过客精神概括为"反抗绝望"——

> 《过客》的意思……即是虽然明知前路是坟而偏要走，就是反抗绝望，因为我以为绝望而反抗者难，比因希望而战斗者更勇猛，更悲壮。[1]

这样就有了他最后写的《野草》的《题辞》。

"当我沉默着的时候，我觉得充实；我将开口，同时感到空虚。"——鲁迅的"充实"的世界存在于"沉默"也即"无（言）"之中。

"过去的生命已经死亡。我对于这死亡有大欢喜，因为我借此知道它曾经存活。死亡的生命已经朽腐。我对于这朽腐有大欢喜，因为我借此知道它还非空虚。"——鲁迅的自我生命的价值是通过死亡得以理解的，由死知生，向死而生，由死亡反过来体会、证实生命的价值。因此，他对生命有"大欢喜"。

"我自爱我的野草，但我憎恶这以野草作装饰的地面。地火在地下运行，奔突；熔岩一旦喷出，将烧尽一切野草，以及乔木，于是并且无可朽腐。但我坦然，欣然。我将大笑，我将歌唱。"——鲁迅"自爱"野草，因为这是他的生命；同时也渴望"地火"的"喷出"将野草"烧

---

[1]　《250411　致赵其文》，《鲁迅全集》11 卷《书信（1904—1926）》，477—478 页。

尽"，也即用自我生命的毁灭，来证明新的世界的真正到来。他将为此
"大笑"与"歌唱"。

"去罢，野草，连着我的题辞！"——鲁迅显然期待通过《野草》
的写作，结束自我生命的一个阶段。这同时也是一个新的生命过程的
预示。

到这里，我们就可以做一个简单的小结。从《野草》里可以看到，
当鲁迅将自我放逐，或者整个学界、整个社会把他放逐时，他所达到的
境界：拒绝、抛弃"已有""将有""天堂""地狱""黄金世界"、"求乞"
与"布施"、"希望"与"绝望"、"学问，道德，民意，公义"等一切被
垄断的话语、逻辑和经验……也就是说，对现有的语言秩序、思想秩序
和社会秩序做绝望的观照，给予一个整体性的怀疑、否定和拒绝。也就
是把"有"彻底掏空；或者用佛教的说法，就是要对"有所执"进行拒
斥。这样，他就达到了彻底的绝望，所拥有的就只是"黑暗""空虚""无
所为""肉薄"等，并在这样的拥有中实现最大的自我承担与毁灭。这
样说，鲁迅不是太黑暗了吗？但我们一定要注意到他绝望中的反抗，他
所进入的"黑暗"世界、"虚空"世界，并非我们想象的那样一无所有，
而实际上是非常丰富的，应该是更大的一个"有"：对现有一切的拒绝
达到无、空，由无、空达到更大的有和实，这是一个生命的过程。所
以，鲁迅最后说的是："但我坦然，欣然。我将大笑，我将歌唱。"如果
你仅仅看见承担黑暗的鲁迅，而看不到这承担后面的"坦然""欣然""大
笑"和"歌唱"，你就不能真正理解《野草》。鲁迅对黑暗的承担本身虽
然是极为沉重的，但另一方面，却使他自身的生命达到更为丰富、博
大、自由的境界。我们读鲁迅的《野草》时，一定要把握这两个侧面，
否则很可能产生误解。而最后，鲁迅又把他的生命哲学归结为"反抗绝

望"：不计后果地、不抱希望地、永远不停地"向前走"这一绝对命令，
更使他的生命获得了不断开拓的活力。

本讲阅读篇目

《〈野草〉题辞》（收《野草》）

《影的告别》（收《野草》）

《求乞者》（收《野草》）

《希望》（收《野草》）

《过客》（收《野草》）

《墓碣文》（收《野草》）

《颓败线的颤动》（收《野草》）

《死后》（收《野草》）

《这样的战士》（收《野草》）

"立人"：鲁迅思想的一个中心

——读《文化偏至论》《科学史教篇》
《摩罗诗力说》及其他

我们已经读过了鲁迅的散文、小说与散文诗，对鲁迅的思想、文学、人格，以至精神气质，都获得了一个深刻的印象。从这一讲开始，我们要进入鲁迅的论文、随笔、杂文的阅读，以求对鲁迅有更深入的了解。

我们先来读鲁迅 20 世纪初在日本留学时写的论文，也就是从他的思想与文学的起点读起。

一

鲁迅的《文化偏至论》，写于 1907 年，发表于 1908 年，正是 20 世纪初。

从题目看，所要讨论的是"文化"问题，也就是新世纪"中国现代文化建设"的基本战略问题。——可以看出，鲁迅一出现在中国的思想文化

1907 年 12 月留日河南同乡会创办于东京的《河南》杂志。鲁迅早期的几篇文章，如《文化偏至论》《摩罗诗力说》《科学史教篇》等，即发表于此。

界，就抓住关系全局的大问题，显示出一种大视野、大气魄，而他当时只有 27 岁，这样的"意气风发"是令人神往的。

我们首先注意到，鲁迅的思考是从他所生活的中国思想文化界的现实问题出发的。文章一开始，即指出，在中国现代文化建设问题上，存在着两种倾向，一是抱残守缺，仍然坚守"中国中心"主义；另一是"翻然思变"，却"言非同西方之理弗道，事非合西方之术弗行"，又陷入了西方崇拜。这两种倾向都涉及"如何对待中国的传统文化"与"如何对待西方文化"这两大问题，这是建设"中国现代文化"所不能回避的；而这正是鲁迅要加以讨论的。

为了把问题的思考与讨论引向深入，鲁迅开始了历史的追踪：首先要追问的是，这种对于中国传统文化"抱守残缺"的态度是怎样形成的？于是，鲁迅对中外文化关系做了一番历史的考察。他指出，昔日皇帝轩辕氏打败了蚩尤，定居黄河流域，由于周围的小部落没有一个足以为中国所效法，所以中国早期文化的形成与发展，都是"出于己而无取乎人"。到了周秦时代，西方有希腊罗马兴起，艺文思想，灿烂光辉，只因道路艰难，波涛险恶，交通阻塞，"未能择其善者以为师资"。元明时代虽然有几个天主教传教士，把天主教教理和天文、数学、物理、化学这些科学一同传入中国，但是这些科学在中国也没有盛行。这样，中国就长期"屹然"立于"中央"位置而无可较量的对手，这就"益自尊大"，把自己的文化看得很宝贵，傲视一切，这就是所谓"中央大国"心态，也就是我们今天所说的"中华中心主义"。在鲁迅看来，这恰恰是隐伏着民族文化的危机：正因为没有比较，安逸的日子过得太长久了，也就种下了走向没落的祸胎；没有受到威胁、感到压力，也停止了前进，人们感到疲乏、困顿，进而连别人的长处也不想去学习了。等到西方许多新兴国家兴起以后，他们带着和我们不同的文化思想来到东方，稍加触及，早已僵化的中国文化像土块一样僵仆在地上，就是必然的了。于是"人心始自危"，这既是文化的危机，更是人心的危机。后来，鲁迅在我们下面将要讲到的《摩罗诗力说》里，由此引申出一个重要的结论——

　　　　欲扬宗邦之真大，首在审己，亦必知人，比较既周，爰生自觉。[1]

这就是说，只有在正确地"知人"，也即与异质文化的"比较"中，才能客观地"审己"，科学地把握与发扬自己之"真大"（真正价值），正视与克服自己之不足，从而产生一种对本土的传统文化与外来的西方文化的文化"自觉"。所谓"自觉"，就是克服盲目性。在鲁迅看来，当务之急就是要打破"中华中心主义"，它赋予中国传统文化以一种"至高，至上，至善，至美"的神圣灵光，从而由盲目的民族自大，导致"抱守残缺"而不思变革，鲁迅认为这才是真正民族文化危机之所在。这正是表现了鲁迅对中国的国情、国民性、民族文化痼疾的深刻认识与清醒

————————

[1]　《摩罗诗力说》，《鲁迅全集》1卷《坟》，67页。

正视：中国这个民族一"大"二"人多"三"历史悠久"，这本是好事，却成了民族的包袱，只要有机会，就会陷入"中华中心主义"。鲁迅终生都对此保持高度的警惕，随时都在提醒国人，要防止有人在"爱国"的旗号下，贩卖"中华中心主义"的私货，他们实际上是"爱亡国者"[1]；对那些"希望中国永是一个大古董以供他们的赏鉴"的所谓外国"友人"别有用心的"赞扬"，更要保持清醒[2]。也正是从这一基本警惕与批判立场出发，鲁迅始终坚持一点：要"放开度量，大胆地，无畏地"将异质的外来新文化，"尽量地吸收"[3]，在"比较"中不断破除将传统文化神圣化与凝固化的"瞒"和"骗"的迷梦，并注入新的活力，创造民族文化发展的新机。但鲁迅却要为他这一独特与深谋远虑的文化选择，受到国人的无情惩罚：无论是生前还是身后（以至今天）都有人或明或暗地将鲁迅视为"民族文化的罪人"以至"汉奸"。而鲁迅却从不知悔，他的立场始终坚定："我相信自己的主张，决不是'受了帝国主义者的指使'，要诱中国人做奴才；而满口爱国，满身国粹，也于实际上的做奴才并无妨碍。"[4]

鲁迅在向西方学习的问题上，同样强调自觉性，而反对盲目性。因此，在《文化偏至论》里，鲁迅在批判了"中华中心主义"以后，接着又把批判的锋芒指向另一种倾向："考索未用，思虑粗疏，茫未识其所以然，辄皈依于众志"，"近不知中国之情，远复不察欧美之实，以所拾尘芥，罗列人前"，"喋喋誉白人肉攫（掠夺攫取）之心，以为极世界之文明者"。这里，鲁迅实际上是提出了四条明确的线：一、学习必须是

---

[1]　《随感录》，《鲁迅全集》8 卷《集外集拾遗补编》，95 页。

[2]　《忽然想到·六》，《鲁迅全集》3 卷《华盖集》，46 页。

[3]　《看镜有感》，《鲁迅全集》1 卷《坟》，211 页。

[4]　《从孩子的照相说起》，《鲁迅全集》6 卷《且介亭杂文》，84 页。

独立的主体经过自己的"考索""思虑"所做出的发自内心的选择，而不能盲从于"众志"；二、学习不是盲目崇拜，绝不能以西方文明为世界文明的顶峰，将其神圣化与终极化；三、学习必须建立在对西方文化的实情与实质（根柢）的认真考察、真正了解的基础上；四、学习必须以认识中国的国情为前提，以解决中国的实际问题为出发点与归宿。这样，鲁迅就与那些"借新文明之名，以大遂其私欲"，"假力图富强之名，博志士之誉"的"轾才小慧之徒"划清了界限，而这些人在世纪初的日本留学生界是占据了主流地位的。鲁迅这样尖锐地提出问题："第不知彼所谓文明者，将已立准则，慎施去取，指善美而可行诸中国之文明乎，抑成事旧章，咸捐弃不顾，独指西方文化而为言乎？"

在分别考察了鲁迅对中国传统文化与西方文化的分析和态度以后，我们可以回过头来讨论《文化偏至论》这个题目：这实际上是显示了鲁迅的一种文化观的。在他看来，包括东、西方文化在内的一切文化的现实形态，都是"偏至"的，也即是不完美、不完善、有缺陷的。正视人类文化的现实形态的这种偏至性，就可以使人们不会陷入将任何一种文化神圣化、绝对化的神话，进而承认无论是东方文化还是西方文化，都是有缺陷的，同时又是各有不可替代的独特价值的，它们在相互"比较"中既互相吸取、补充，又互相竞争；既互相融合，又保持各自的独立性——鲁迅的这一"偏至"观，以及由此建立的多元发展的文化理想，正是他与流行的东、西方文化观的一个根本分歧。

鲁迅与当时的主流派知识分子更深层次的分歧，还在于对西方文明的不同理解与选择，以及由此而决定的"中国要建设什么样的近世文明（也即我们今天所说的选择什么样的'现代化道路'）"的不同追求与设想。鲁迅指出，在当时中国思想文化界占主导地位的思潮，一是"谓钩爪锯牙，为国家首事"，即主张"金铁主义"的"富国强兵"之路;另一是鼓吹"制造商估立宪国会之说"的君主立宪的道路。而在鲁迅看来,这两种对中国近世文明道路的设计,实际上是要简单地移植西方"十九世纪末叶文明"(也就是我们今天所说的"西方工业文明"),即所谓"物质"与"众数",却又将其绝对化。而在鲁迅看来,这样一种以"物质"与"众数"为核心的西方工业文明"其道偏至",是一种片面的有缺陷的文明,"根史实而见于西方者不得已,横取而施之中国则非也"。他自己则提出了另一种现代文明构想:"掊物质而张灵明,任个人而排众数。人既发扬踔厉矣,则邦国亦已兴起。"——这样两种关于中国现代文明的不同构想,正是《文化偏至论》这篇文章所要讨论的中心。

这里所提出的,首先是一个如何看待西方工业文明,以及与之相应的"物质""民主""平等"这样一系列的理念的问题。而鲁迅的思考方式仍然是做历史的考察,即他所说的"请循其本"。于是,鲁迅在《文化偏至论》里又展开了对"罗马统一欧洲以来"西方文明与思想文化发展的历史叙述。鲁迅指出,当"教皇以其权力,制御全欧","思想之自由几绝",宗教改革就是不可避免的,并且"自必益进而求政治之更张";而当封建君王的权力得到加强以后,"以一意孤临万民,在下者不能加之抑制","革命于是见于英,继起于美,复次则大起于法朗西,扫荡门第,平一尊卑,政治之权,主以百姓,平等自由之念,社会民主之思,弥漫于人心"。这都说明,"民主、平等、自由"思潮在西方的兴起,是一种历史的产物,自有其历史的合理性与无可否认的价值。而"至十九世纪,而物质文明之盛,直傲睨前此二千余年之业绩",更是使"世界之情状顿更,人民之事业益利"。但在历史的发展过程中,这样的工业文明及其理念,也会逐渐暴露其内在的矛盾,并在一定的条件下形成危机。鲁迅指出,物质文明的极度发展,人们"久食其赐,信乃弥坚,渐而奉为圭臬，视若一切存在之本根"，这就陷入了物质崇拜。到"十九世纪后叶，而其弊果益昭，诸凡事物，无不质化，灵明日以亏蚀，旨趣流于平庸，人惟客观之物质世界是趋，而主观之内面精神，乃舍置不之一省"，"林林众生，物欲来蔽，社会憔悴，进步以停，于是一切诈伪罪恶，蔑弗乘之而萌，使性灵之光，愈益就于黯淡"。这就引起了对前提的质疑："物质果足尽人生之本也耶？"但鲁迅并没有因此而否定物质与富裕本身；在《摩罗诗力说》里，就曾批评过因现实的"恶浊"而将"人兽杂居"的远古蛮荒文明美化的复古倾向。"民主""平等"观也面临着同样的危机：鲁迅指出，当人们把"民主"归之为"众数"崇拜，"同是者是，独是者非，以多数临天下而暴独特者"，那就陷入了历史的循环，只不过"古之临民者，一独夫也；由今之道，且顿变而为千万无赖之尤，民不堪命矣，于兴国究何与焉？"鲁迅还发现，当人们把"平等"理解为"使天下人人归于一致，社会之内，荡无高卑"，"风俗习惯道德宗教趣味好言语尚暨其他为作，俱欲去上下贤不肖之闲，以大归于无差别"，"此其为理想诚美矣"，但"于个人殊特之性，视之蔑如，既不加之别分，且欲致之灭绝"，其结果必然是"夷峻而不湮卑（削平出类拔萃的人，而不是提高程度较低的人）"，如果真的达到了完全一样的程度，"必在前此进步水平以下"，"流弊所至"，也将使"精神益趋于固陋"，"全体以沦于凡庸"。

鲁迅这里所发现的都是人们通常所说的"西方文明病"。这就是说，在 19 世纪末 20 世纪初，当中国（以及东方国家）被迫打开大门，开始广泛接触西方文化，以西方为师时，西方 19 世纪工业文明已经日益显出了种种弊端，成为 20 世纪初西方新思潮的批判对象。这一新的动向立刻被鲁迅敏锐地抓住，从而产生了一个新的关注点："十九世纪末（西方）思想之为变也，其原安在，其实若何，其力之及于将来也又奚若？"

他指出，这种新思潮"以矫十九世纪文明而起"，他称之为"神思宗之至新者"，即所谓"新理想主义"。于是，鲁迅以很大的篇幅介绍了一批他所说的将奠定"二十世纪文化始基"的思想家：尼佉（通译尼采）、斯契纳尔（通译斯蒂纳）、勖宾霍尔（通译叔本华）、契开迦尔（通译克尔凯郭尔）、伊勃生（通译易卜生）等。鲁迅特意说明，"今为此篇"，既非穷尽"西方最近思想之全，亦不为中国将来立则（准则）"，只是针对国内某些人对西方工业文明的过分推崇，而强调"新神宗"思想的两点："曰非物质，曰重个人。"鲁迅首先要引入的是"个人"的观念。鲁迅说，这本是中国传统中所没有的，近三四年从西方传入后，又被中国的那些号称识时务的名流学者，"迷误为害人利己之义"，而加以排斥，以致一谈及个人，就会被视为"民贼"。而"个人"的本意却是要强调人的生命个体的主体性，"谓凡一个人，其思想行为，必以己为中枢，亦以己为终极"，"惟发挥个性，为至高之道德"，"惟此自性，即造物主。惟有此我，本属自由"。这就赋予"个人"的概念以终极性的价值，人自己就是自己存在的根据和原因，不需要到别处（例如造物主上帝、上帝的代言人，以及民意、公意，等等）去寻找依据和原因，人的个体生命自身就有一种自足性。因而也就必然具有一种独立不依"他"的特性。"故苟有外力来被，则无间出于寡人，或出于众庶，皆专制也。"强调人的个体主体性，正是要摆脱对一切"他者"的依赖关系，这才有可能彻底走出被奴役的状态，进入人的生命的自由境界。鲁迅在他的介绍中，还着意强调了"精神"的意义，如"视主观之心灵界，当较客观之物质界为尤尊"，"精神现象实人类生活之极颠，非发挥其辉光，于人生为无当；而张大个人之人格，又人生之第一义也"，等等；在对精神的强调中，又特别看重人的意志力："意力为世界之本体"，"惟有刚毅不挠，虽遇外物而弗为移，始足作社会桢干（社会栋梁）"。——从以上鲁迅对 19 世纪末 20 世纪初西方新思潮有选择的介绍与阐释中，可以发现一个很有意思的"问题意识"的转换：前述西方新思想所要解决的是西方社会所面临的所谓"工业文明病"的问题；而鲁迅却赋予这样的新思想以双重的批判性，它首先是指向中国传统文明中的专制主义的——这是中国思想文化界面临的问题，同时也是针对中国主流派知识分子对西方工业文明的盲目崇拜的——在鲁迅看来，这也是必须面对的思想文化问题。鲁迅在《文化偏至论》的结尾，曾总结性地将前者（中国传统专制主义）称作"本体自发之偏枯"，而把后者（对西方工业文明盲目崇拜所必然产生的种种弊端）看作"以交通传来的新疫"，并且不无忧虑地指出，"二患交伐，而中国之沉沦遂以益速矣"。这是意味深长的：它表明，鲁迅及其同类知识分子，始终怀有对传统的专制主义与西方工业文明弊端的双重怀疑与忧患，这样的思路与心理重负无疑影响着他们对建设中国现代文化的设想与中国现代化道路的选择。

在以上介绍、阐述的基础上，《文化偏至论》的最后部分，鲁迅提出了他的正面主张。首先是关于建设中国现代文化的战略思想——

> 明哲之士，必洞达世界之大势，权衡校量，去其偏颇，得其神明，施之国中，翕合无间。外之既不后于世界之思潮，内之仍弗失固有之血脉，取今复古，别立新宗。

这里有几点值得注意。首先是把中国置于全球背景下，从对整个世界发展的大趋势的洞察中来探寻中国自身的发展道路：这确实是一个全新的眼光。其次是强调中国现代文化的建设，既要"不后于世界之思潮"，又"弗失固有之血脉"——这可以看作后来在 20 世纪很有影响的"拿来"与"继承"思想的最初表述；但鲁迅更强调的是，无论对"固有"的思想还是"世界之思潮",都要有分析,要"权衡校量,去其偏颇,得其神明(精神实质)",而不能陷入全盘拿来或全盘继承的盲目性。而最值得注意的是,在鲁迅看来,"取今复古"、拿来继承只是手段而非目的,最终是为了"别立新宗"的创造。所谓"宗"即"宗旨""宗极",是主要的、本源性的东西。这就是说,鲁迅在 20 世纪一开始,就给中国的思想文化界确立了一个战略性的目标:要为 20 世纪中国的发展提供一个全新的价值,一个终极性的理想。这就意味着整个现代文化建设都要立足于"创造"。——现在 20 世纪已经结束,重读鲁迅在 20 世纪初提出的上述思想与任务,会引发怎样的思考呢?

其次是"要什么样的'近世文明'",也即"要确立怎样的现代化目标"?鲁迅连续提问:"今敢问号称志士者曰,将以富有为文明欤……将以路矿为文明欤……将以众治为文明欤……"在鲁迅看来,这些都是"偏至"的文明,而且并非西方文化的根本:"欧美之强,莫不以是炫天下者,则根柢在人。"鲁迅据此而提出了他的理想——

> 是故将生存两间,角逐列国是务,其首在立人,人立而凡事举;若其道术,乃必尊个性而张精神。

> 国人之自觉至,个性张,沙聚之邦,由是转为人国。人国既建,乃始雄厉无前,屹然独见于天下……

可以看出,鲁迅对中国的现代化道路的思考的前提,仍然是在"角逐列国"中民族的"生存"问题,最终目的也是使中国获得民族的主体性,"屹然独见于天下":这里的民族主义的立场是十分鲜明的,这正是面对西方压力的东方知识分子在探讨自己民族的现代化道路时共有的立场与思路；因此，鲁迅的"立国"的理想中，是包含了建立统一、独立、富强、民主的现代民族国家这样的内涵的，在这个意义上，鲁迅并没有否定西方工业文明中物质文明，以及科学、民主、平等的理念。但他的独特之处在于，在他看来，根柢还在人，所要建立的现代民族国家首先应是一个"人国"；如果国家的统一、独立、富强与民主要以牺牲人的个体精神自由为代价，那就绝不是我们所需要的现代化。因此，他旗帜鲜明地提出，"首在立人"，而立人之道即在"尊个性而张精神"。由此而形成了他的"立人"而"立国"的思路：首先着力于建设和张扬少数先驱者强大而独立的个体精神自由；再通过对民众的启蒙，达到"国人之自觉"；而伴随着每一个个体的个性的张扬、自由与自觉，也就产生了作为集合体的国家、民族的自由与自觉，建立起真正的"人国"。——"立人"的思想的提出，对于鲁迅来说，是具有根本性的，这可以说是贯穿鲁迅全部著作的中心思想；而对鲁迅自己来说，"立人"构成了他的价值理想，在某种意义上，人的个体精神自由的彻底获得，就意味着人对一切奴役的彻底摆脱，因此，这只能是一个终极性的目标。鲁迅清醒地知道，这是一个永远也不会完成的过程，人自身，以及人类总是在永远的矛盾与困惑中获得自由发展的。

二

我们再来读鲁迅 20 世纪初的另一篇重要论文《科学史教篇》。

首先引起注意的是，鲁迅在思考 20 世纪中国现代文化建设时，给予"科学"以特别的关注。鲁迅在《文化偏至论》里说的"洞达世界之大势"，就包括了洞察世界科学的发展：这确实是别具眼光。因此，1898 年居里夫妇发现镭，鲁迅于 1903 年就写了《科学史教篇》，介绍、阐释这一科学发现的意义。他强调，镭的发现，将"辉新世纪之曙光，破旧学者之迷梦"，"关于物质之观念，倏一震动，生大变象"，"由是而思想界大革命之风潮，得日益磅礴"。[1] 这里所着眼的是科学的发现对人类思维的影响。在另一篇《人之历史》里，鲁迅介绍了康德关于宇宙起源的"星云学说"，特别是黑格尔（通译海格尔）的"人类种族的起源和系统论"，强调的也是"无生物之转有生，是成不易之真理"[2]，这同样也带来了人的思维方式的变化。他的这一观察视角也相当独特而具有启发性。

《科学史教篇》讨论的是西方自然科学的发展和历史，有研究者就将篇名译作《科学史的教训》[3]。

鲁迅一开篇即描绘了一幅人类社会进步发展的图景："自然之力，既听命于人间"，"交通贸迁，利于前时，虽高山大川，无足沮核；饥疫之害减；教育之功全；较以百祀（百年）前之社会，改革盖无烈于是也"。他把这一切都归于一点："多缘科学之进步。"他由此而对科学的本质、作用、影响做出了如下概括与预言——

> 盖科学者，以其知识，历探自然见（现）象之深微，久而得效，改革遂及于社会，继复流衍，来减远东，浸及震旦（古代印度对中国的称呼），而洪流所向，则尚浩荡而未有止也。

鲁迅是以一个改革家的眼光来看待科学，把科学的发展和社会的改革与

---

[1] 《说钼》，《鲁迅全集》7卷《集外集》，21、26页。

[2] 《人之历史》，《鲁迅全集》1卷《坟》，17页。

[3] 参看朱正《科学史的教训——鲁迅〈科学史教篇〉试译》，《鲁迅论集》，428—441页，浙江人民出版社，2001年版。

鲁迅翻译的两本凡尔纳的科幻小说《月界旅行》和《地底旅行》

变化联系起来，并且预感到科学的洪流对 20 世纪的远东与中国将形成巨大的冲击，产生深远的影响，因而召唤国人奋起应对这一"浩荡而未有止"的科学潮流的挑战——这大概就是鲁迅写作《科学史教篇》一文的动因所在吧。

他的方法仍然是"索其真源"，把思考引向历史的追踪，接着就讲述了一部从希腊罗马开始的西方科学发展的历史。我们遵循"科学史的教训"这一题目的提示，着重讨论鲁迅在历史叙述中引出的"教训"——在我看来，鲁迅依次讨论了五个问题。

一 科学的本质是什么？

鲁迅这样概括古希腊的科学研究——"其精神，则毅然起叩古人所未知，研索天然，不肯止于肤廓"，又这样比较"希腊罗马之科学"与

"亚剌伯之科学":"盖希腊罗马之科学,在探未知,而亚剌伯之科学,在模前有,故以注疏易征验,以评骘代会通,博览之风兴,而发见(现)之事少",而正是后者导致了"科学隐,幻术兴,天学不昌,占星代起"。这里已经说得很清楚:在鲁迅看来,科学的本质就在于"探索未知",并有自己的"发现"。如果只是一味地模仿前人已有的成果,为之作注疏,不做新的试验探讨,停留于一般的评论、阐述,不能在融会贯通基础上进行新的创造,而以博览他人著述以自炫,就会远离科学研究的根本。因此,他在下文中,就引述了13世纪英国哲学家洛及培庚(通译罗吉尔·培根)的观点,指出"失学"无知的原因有四:"曰摹古,曰伪智,曰泥于习,曰惑于常。"这里最根本的问题正是思维为古人、习惯、常规所拘,既无探索的欲求,更无独立创造发现的能力,即使饱有所谓知识,也不过是一种"伪智"。

二 "科学与美艺(文学与艺术)""知识与道德"的关系

在许多人的眼里,科学与道德、宗教、文学、艺术,都是截然对立、不能相容的。因此,有人"谓人之最可贵者,无逾于道德上之义务与宗教上之希望,苟致力于科学,斯谬用其所能"——这是以道德、宗教来贬低、否定科学。也有人认为,"知识的事业,当与道德力分者"——这又是鼓吹与道德无关的所谓"纯科学"。貌似两个极端,本质却一:都是把科学与道德、宗教、文学、艺术看作非此即彼的东西。而鲁迅正是要强调"盖无间教宗学术美艺文章,均人间曼衍(发展)之要旨,定其执要,今兹未能"。而鲁迅在同时期所写的《破恶声论》里,更是强调了作为人类精神现象的科学、宗教、文学、艺术彼此的相通。在本文中,鲁迅则提出了一个重要的命题——

盖科学发见（现），常受超科学之力。

他引述阑喀（通译兰克）、赫胥黎等学者的话，强调"真知识"的获得，常来自"非科学的理想"，而发现则"本于圣觉"（灵感）。"故科学者，必常恬淡，常逊让，有理想，有圣觉，一切无有，而能贻业绩于后世者，未之有闻。"这里，鲁迅就从科学发展的历史中，发现了"科学"与"非科学（道德、人格精神的力量）"、"理性"与"非理性（圣觉灵感）之间的相通，而且在他看来，要探讨科学发现的"深因"，是不能不考虑后者对前者的渗透与促进的。

三　关于科学研究的方法问题

鲁迅在本文中对在西方科学史上很有影响的培庚（通译培根）的归纳法与特嘉尔（通译笛卡尔）的演绎法进行了具体的讨论。在鲁迅看来，这是人的两种思维方式，是探讨自然现象的两种方法："初由经验而入公论，次更由公论而入新经验"，"盖事业者，成以手，亦赖乎心者也"。科学研究当然要重视"实历（实践经验）"，但"悬拟（假设）"也"有大功于科学"。而无数科学史的事实都证明，归纳法与演绎法是应该而且也可以相互补充与统一的："二术俱用，真理始昭，而科学之有今日，亦实以有会二术而为之者故。"

四　关于科学的作用与价值

鲁迅是从两个视角来讨论这一问题的。首先仍然是民族的角度，即讨论"科学与爱国"的问题。他以1789年法国大革命为例，当全欧洲都来围攻，法国面临着严重的民族危机时，"振作其国人者何人？震怖其外敌者又何人？曰，科学也。其时学者，无不尽其心力，竭其智能，见兵士不足，则补以发明，武具不足，则补以发明，当防守之际，即知有科学者在，而后之战胜必矣"。其次，从人性的角度看，科学作为人类的精神现象，真正的科学家"仅以知真理为惟一之仪的（目的）"，"扩脑海之波澜"，"因举其身心时力，日探自然之大法"，它是能显示人的一种精神力量的。鲁迅由此而得出一个重要结论——

> 科学者，神圣之光，照世界者也，可以遏末流而生感动。时泰（生活安定的时代），则为人性之光；时危（动乱危难的时代），则由其灵感，生整理者如加尔诺（通译卡尔诺，法国数学家、政治家，为能整顿时局的人物），生强者强于拿坡仑之战将云。

在鲁迅看来，这样的科学观，才是真正寻到了"本"："本根之要，洞然可知。"

五　关于科学的危机的思考

这又是一个鲁迅式的命题。鲁迅以其特有的怀疑精神，从正面看到可能被遮盖的负面，及时发出警告：如果"社会入于偏，日趋而之一极，精神渐失，则破灭亦随之"——

> 盖使举世惟知识之崇，人生必大归于枯寂，如是既久，则美上之感情漓，明敏之思想失，所谓科学，亦同趣于无有矣。

可以看出，这是鲁迅在《文化偏至论》里对西方工业文明的基本理念进行反思的继续，这里的对象是"科学"。在写于同时期的《破恶声论》里，也有类似的思考：如将科学理性绝对化，"欲以科学为宗教"，"别立理性之神祠"，那就会导致人的精神的桎梏，并危及科学自身的存在。[1]
鲁迅追求的仍是人性的全面、健康的自由发展；因此，把全文的论述最
后归结为一点——

> 故人群所当希冀要求者，不惟奈端（通译牛顿）已也，亦希诗
> 人如狭斯丕尔（通译莎士比亚）；不惟波尔（通译波义耳），亦希画
> 师如洛菲罗（通译拉斐尔）；既有康德，亦必有乐人如培得诃芬（通
> 译贝多芬）；既有达尔文，亦必有文人如嘉来勒（通译卡莱尔）。凡
> 此者，皆所以致人性于全，不使之偏倚，因以见今日之文明者也。

这样，鲁迅就把他对科学的理解最后归结为人的精神问题，把全文一再
强调的科学与文学艺术、宗教道德，理性与非理性的互补、交融也归结
为"人性之全"，也就是说，他的思考最终还是归结为"立人"这一中
心思想。

三

最后，我们来读《摩罗诗力说》。某种意义上，这是一篇文学论文，
集中了鲁迅早期的文学观，但这不是我们这次阅读的重点，这里只讨论
一个问题：鲁迅对"精神界战士"的呼唤。

我们在讨论《文化偏至论》时曾经提到，鲁迅"立人"以"立国"
的理想里，有一个关键环节：要有一批先驱者，他们首先觉悟，争取自
我精神的自由发展；然后，通过自己的启蒙工作，唤起"国人之自觉"。

---

[1]　《破恶声论》，《鲁迅全集》8 卷《集外集拾遗补编》，30 页。

这样的先驱者就是《摩罗诗力说》里所说的"精神界的战士"。在鲁迅看来，这样的自觉追求个体精神自由的精神界战士是难以从中国传统文化结构中产生的，因此，他在《摩罗诗力说》一开始（第三段）即宣称："今且置古事不道，别求新声于异邦。"他所引来的是以拜伦、雪莱、普希金、密茨凯维支、裴多菲等为代表的浪漫主义的"摩罗诗人"。鲁迅做了这样一个界说——

> 今则举一切诗人中，凡立意在反抗，指归在动作，而为世所不甚愉悦者悉入之。

这里十分清楚地概括了精神界战士的三大精神特征。

首先是"立意在反抗"，这是主要的、最基本的。所谓"摩罗诗人"中的"摩罗"，无论是佛教中的天魔，还是《圣经》中的撒但（旦），与正统秩序都有一种天然的对立，"撒但"一词希伯来文原意就是"仇敌"。那么，精神界战士反抗的是什么呢？鲁迅也有一个概括，叫作"争天拒俗"。先说"争天"，鲁迅说撒但都是"抗天帝，言人所不能言"的；"恶魔者，说真理者也"，"为独立自由人道（而奋斗）"者也，他们与人间（以至神界）的统治者、压迫者的对抗，是必然的。值得注意的是，鲁迅强调这些具有摩罗天性的精神界战士，都是"尊侠尚义，扶弱者而平不平"的，他们"自尊而怜人之为奴"，"遇敌无所宽假，而于累囚之苦，有同情焉"，"苟奴隶立其前，必衷悲而疾视，衷悲所以哀其不幸，疾视所以怒其不争"。明确这一点十分重要，有助于我们对鲁迅所呼唤的精神界战士的理解；作为反抗的强者，他们与尼采的"超人"确有相通之处；但对弱者的同情又使他们与尼采的"超人"划清了界限：如鲁迅所说，"尼佉欲自强，而并颂强者；此则亦欲自强，而力抗强者"。另一面，精神界战士又是"拒俗"的。在《文化偏至论》里，鲁迅已经谈到了反抗"众数（众庶）"对个体精神自由的压制；这可以说是鲁迅的一个基本观点，以后在"五四"时期，鲁迅还谈到所谓"社会公意"就是"无主名无意识的杀人团"[1]，如我们在第三讲里所说，"看客"（他们总是社会的多数）也是这样的"杀人团"；直到1930年代，鲁迅也还在呼吁对多数民众中的"风俗习惯"的改造，否则"无论怎样的改革，都将为习惯的岩石所压碎"[2]。因此，精神界战士

弗里德里希·威廉·尼采

（1844—1900），著名德国语言学家、哲学家、文化评论家、诗人、作曲家。

必然为坚守真理而"不恤与人群敌"，并"举一切伪饰陋习，悉与荡涤"。尽管这样做，有可能成为"公敌"，但对于精神界战士，"瞻前顾后"是他们"素所不知"的；他们总是那样的"精神郁勃，莫可制抑"；即使"力战而毙，亦必自救其精神"：他们是"不克厥敌，战则不止"的永远的反抗者。

鲁迅强调，精神界战士的反抗，最后"指归在动作"，也就是说，实践性是其最基本的品格；鲁迅以坚守自己的理想，并身体力行，最后"为援希腊之独立，而终死于其军中"的拜伦作为精神界战士的楷模，绝不是偶然的。这也是鲁迅的一个基本观念；他的那句名言是人们所熟

---

[1] 《我之节烈观》，《鲁迅全集》1卷《坟》，129页。

[2] 《习惯与改革》，《鲁迅全集》4卷《二心集》，229页。

知的："地上本没有路，走的人多了，也便成了路"。他拒绝现成的、别人指给的路，而要坚持自己去走，去探索自己的路——《文化偏至论》所说的"别立新宗"就是这个意思。而且鲁迅很清醒地知道，走的结果不一定有路，也就是鲁迅是明知最后很可能找不到路也要走的，我们在前一讲中说，"走"对于鲁迅是一个"绝对命令"，就是这个意思。这样，鲁迅就赋予自我主体的"动作"实践以一种绝对的意义。

鲁迅说，这样的精神界战士是"为世所不甚愉悦者"。这不仅因为他们的永远的"争天拒俗"的立场自然不为"天帝"——所有的统治者，以及所谓"公意"所相容；而且他们坚持"抱诚守真"的态度，任何情况下，都要发出"真的心声"，说出真理与真相，这样，他们总要发出与社会不和谐的声音，这是最"为世所不甚愉悦"的：统治者自然希望时时听到"和顺之音"以粉饰太平，而一般民众也希望在真相面前闭上眼睛，在自欺欺人中苟且偷生——想想那些看客们吧；精神界战士要说真话，就自然要群起而攻之了。其实鲁迅在《文化偏至论》里即已引述了尼采的话——

吾行太远，孑然失其侣……吾见放于父母之邦矣！

这孤独，不被理解，被社会以至父母之邦放逐，正是一切精神界战士的宿命。

鲁迅实际上是在思考自己的命运。我们早就看出，精神界战士，正是鲁迅自己的选择，是他的自我定位：他正是以这样的身份、姿态出现在中国现代精神史上的。而且从一开始他就感到了如身置荒原般的孤独与寂寞，在《摩罗诗力说》的结尾，他是如此急切地呼唤着精神同伴——

今索诸中国，为精神界之战士者安在？有作至诚之声，致吾人
于善美刚健者乎？有作温煦之声，援吾人出于荒寒者乎？……

然则吾人，其亦沉思而已夫，其亦惟沉思而已夫！

这 1907 年发出的呼唤是令人震撼的——即使是一个世纪以后的今天，
也依然如此。

本讲阅读篇目

《文化偏至论》（收《坟》）

《科学史教篇》（收《坟》）

《摩罗诗力说》（收《坟》）

《破恶声论》（收《集外集拾遗补编》）

《人之历史》（收《坟》）

《说钿》（收《集外集》）

"保存我们"是"第一义"的

——读《我之节烈观》《我们现在怎样做父亲》《〈二十四孝图〉》及其他

现在我们来读鲁迅"五四"时期的一些杂文和散文。

我们知道,"五四"时期有所谓新派与旧派之争,其中一个焦点,就是如何对待中国的传统文化。新派发动了"五四"新文化运动,打出了"重新估定价值"的旗帜,主张对中国的传统文化进行重新评价,对许多被视为天经地义的传统观念提出了质疑;而旧派文人则针锋相对地提出要"保持国粹",主张一切都不要动。

如前一讲所说,鲁迅在 20 世纪初,即反对将传统文化绝对化、神圣化的"抱守残缺"的倾向,以为这才是民族文化的真正危机所在。因此,在"五四"新旧论争中,鲁迅是坚决站在新文化运动这一边的。针对"保存国粹"论,鲁迅写了《随感录·三十五》,提出了一个十分重要的原则——

保存我们，的确是第一义。只要问他有无保存我们的力量，不管他是否国粹。[1]

这里讲的"我们"，指的是"现在活着的中国人"，实际上包含了两个概念，一是"现在活着的人"，而不是"过去已经死去了的人"；一是"中国人"，而不是"外国人"。所谓"保存我们"是"第一义"的，就是强调"现在活着的中国人"的生存与发展是"第一"要"义"，应该成为我们考虑一切问题的出发点与归宿。

鲁迅后来在《忽然想到·六》里，又有了更为明确的表述——

我们目下的当务之急，是：一要生存，二要温饱，三要发展。苟有阻碍这前途者，无论是古是今，是人是鬼，是《三坟》《五典》，百宋千元，天球河图，金人玉佛，祖传丸散，秘制膏丹，全都踏倒他。[2]

这里实际上是提出了一个现代中国的改革、发展的基本目标：争取现在中国人的生存权、温饱权与发展权。这同时也是一个价值尺度：衡量一种文化的价值，应该以什么作为标准呢？鲁迅提出，不能以是"古"还是"今"作为标准——可见鲁迅不是不加分析地"反古"，也并非不加分析地"崇今"；但鲁迅也不是迷信《三坟》《五典》、百宋千元、天球河图的"越古越好"的"古之迷恋者"，更不是视"祖传""秘制"为神圣不可侵犯的"祖先崇拜者"，他是活在现在的中国人，他的价值尺度

---

[1] 《随感录·三十五》，《鲁迅全集》1卷《热风》，322页。

[2] 《忽然想到·六》，《鲁迅全集》3卷《华盖集》，47页。

只有一个，就是看这种思想文化是"阻碍"还是"有利"于现在中国人的"生存、温饱和发展"。鲁迅就是用这样的价值标准，对始终占据着主流地位的儒家学说做出了他的"价值重估"。——他关注的不是儒家学说的原始意义，而是在当下中国的现实生活中儒家学说所发生的实际作用，也就是后来他概括的"儒效"。[1]

我们下面将要重点阅读的三篇文章，就集中了他对"儒效"的考察与思考——他的关注点主要是对中国影响最大的儒家"三纲（父为子纲，夫为妻纲，君为臣纲）"说。

一

先读《我之节烈观》。

文章一开始就交代了写作的背景与动因：一些"君子"面对新文化运动引起的社会与思想文化变革，大谈"世道浇漓，人心日下，国将不国"，"叹息一番之后，还要想法子来挽救"，最新的法子就是"表彰节烈"——其实早在 1914 年一心一意要复辟当皇帝的袁世凯，就已经颁布过提倡节烈的《褒扬条例》，这是袁世凯全面恢复儒教独尊地位的努力的一个部分。1918 年一些人重提"表彰节烈"不过是"故鬼重来"，鲁迅的这篇文章就是对这样一种复辟思潮的回应。

这里还要介绍一个背景：鲁迅这篇文章发表于《新青年》5 卷 2 号。在此之前，《新青年》4 卷 5 号上曾发表周作人翻译的日本与谢野晶子的《贞操论》，周作人在文前写了一段话，特意说明"女子问题，终竟是件重大事情，须得切实研究。女子自己不管，男子也不得不先来研究。一般男子不肯过问，总有极少数觉了的男子可以研究。我译这篇文章，便

---

[1] 《儒术》,《鲁迅全集》6 卷《且介亭杂文》, 31 页。

是供这极少数的男子的参考"——"五四"先驱者对"女子问题"的特别关注，是很值得注意的，这也是鲁迅、周作人终生关注的问题，以后的阅读中还会涉及。与谢野晶子的文章，首先提出了一个原则："我们的希望，在脱去所有虚伪，所有压制，所有不正，所有不幸；实现出最真实，最自由，最正确而且最幸福的生活，我们就将这实感作基础，想来调整一切的问题"，对传统的道德提出质疑。接着就对传统的贞操观提出了一系列的"疑惑"，如"贞操是否单是女子必要的道德，还是男女都必要的呢？贞操这道德，是否无论什么时地，人人都不可不守，而且又人人都能守的呢？"等等。最后提出自己的主张：不是否认贞操本身，而是要将其看作"一种趣味，一种信仰"，而不能当作"道德"，要求"一律实践"。同时又不能将其绝对化，要强调婚姻是男女之间因"爱情相合，结了协同关系；爱情分裂，只索离散"。文章还批评了"对于结婚前失行的女子，无论他是由于异性的诱惑，或是污于强暴，或是由他自己招来，便定他是失节的人，极严厉的责他"的风气。——与谢野晶子的这些观点引起了中国思想界强烈的共鸣，并直接影响了鲁迅《我之节烈观》一文的写作。

而首先做出反应的是胡适，他在《新青年》5卷1号上发表了《贞操问题》，称"家庭专制最利害的日本，居然也有这样大胆的议论，这是东方文明史上一件极可贺的事"。胡适笔锋一转，对报刊上新发表的几篇"表彰节烈"的文章提出了猛烈的批评，并直指袁世凯的《褒扬条例》；强调"以近世人道主义的眼光看来，褒扬烈妇烈女杀身殉夫，都是残忍野蛮的法律"，是"不合人情，不合天理的罪恶"，"等于故意杀人"。[1]

---

[1] 胡适：《贞操论》，收《胡适文存》，现收《胡适文集》2卷，北京大学出版社，1998年版。

与谢野晶子（1878—1942），明治至昭和时期活跃
的诗人、作家、思想家。

接着《新青年》5卷2号就发表了鲁迅的《我之节烈观》。同期首篇陈独秀的《偶像破坏论》里也提出"我们中国女子的节烈牌坊，也算是一种偶像"，"道德上自古相传的虚荣欺人不合理的信仰，都算是偶像，都应该破坏！此等虚伪的偶像倘不破坏，宇宙间实在的真理和吾人心坎儿里彻底的信仰永远不能合一"。同期，还发表了一篇《社会与妇女解放问题》（作者华林），强调"社会对妇女之情形如何，足征文明之进化与否"，"纲常腐败之旧道德，已不适用于新时代之生活"。——可以看出，这是《新青年》同人，周作人、胡适、陈独秀、鲁迅等的一次协同作战，其中心即是要"反对旧道德，提倡新道德"。

我们继续往下读。在交代了背景之后，就直奔题旨：《我之节烈观》，也就是我怎样看待"节烈"，把"节烈"置于被审视（审判）的地位。首先就要弄清楚所谓"节烈"是怎么一回事；经过一番讨论，鲁迅做了这样的概括："总而言之：女子死了丈夫，便守着，或者死掉；遇了强暴，便死掉；将这类人物，称赞一通，世道人心便好，中国便得救了。"——这实际上是树起了一个论战的靶子；然后开始进攻，提出"疑问"。但鲁迅又声明，"我又认定这节烈救世说，是多数国民的意思；主张的人，只是喉舌"，"所以我这疑问和解答，便是提出于这群多数国民之前"。把批判的锋芒直指"多数国民"，也即"节烈"论的社会基础与群众基础，这确实是鲁迅所独有的眼光。

鲁迅一开口便提出三个"疑问"："不节烈的女子如何害了国家？""何以救世的责任，全在女子？""表彰以后，有何效果？"——鲁迅说，这是"依照旧日的常识"提出的质疑：在中国传统中一向是"男子做主"，"照着旧派说起来，女子是'阴类'，是主内的，是男子的附属品"，"治世救国，正须责成阳类"；而现在是你们男子将国家"治"得"国将不国"，怎么将罪责推之妇女，还要她们来独自承担"救世的责任"呢？鲁迅在这里揭示的正是"以男子为中心"的旧道德的内在矛盾。

接着鲁迅又提出了两个更带有根本性的质问："节烈是否道德？""多妻主义的男子，有无表彰节烈的资格？"——鲁迅说，这是"略带二十世纪气息"的问题，它所依据的正是新世纪的新道德：一是"道德这事，必须普遍，人人应做，人人能行，又于自他两利，才有存在的价值"；一是男女"一律平等"，"有一律应守的契约"，"男子决不能将自己不守的事，向女子特别要求"。应该说，这两条新道德原则的提出，在中国的思想史、伦理史上是具有划时代的意义的；而且在一方面盛行极端利己主义，一方面却有人不断鼓吹极端利他主义的道德高调的今天，也还不失其意义。

问到这里，本已经抓住了节烈论的要害；但鲁迅还要进一步追问：如此不合理的节烈，"何以直到现今，居然还能存在？"于是，鲁迅就把他的质疑伸向历史、文化、社会的深处，追问"节烈这事，何以发生，何以通行，何以不生改革"。

这一追问，就有了几个重大发现。一是"节烈"并非自古有之，"直到宋朝，那一班'业儒'的才说出'饿死事小失节事大'的话，看见历史上'重适'两个字，便大惊小怪起来"，"到了清朝，儒者真是愈加利害。看见唐人文章里有公主改嫁的话，也不免勃然大怒"。这样鲁迅就把他批判的锋芒指向了宋以后的"业儒"，即以宣传儒教为业的道学家们。鲁迅进一步揭示这背后的社会原因："其时也正是'人心日下，国将不国'的时候"，"皇帝要臣子尽忠，男人便愈要女人守节"；"国民将到被征服的地位"，"没有力量保护，没有勇气反抗了，只好别出心裁，鼓吹女人自杀"。这就是说，愈是面临社会危机、道德危机、民族危机与统治危机，就愈要鼓吹节烈这类旧道德，这几乎是一个规律：这是节烈"何以通行"的真正原因，也是鲁迅的一大发现。问题是，面对这样的"日见精密苛酷"的"畸形道德"，"女子本身，何以毫无异言呢?"鲁迅指出，这是根源于"妇者服也"的儒家传统观念：妇女"理应服事于人。教育固可不必，连开口也都犯法"。那么，男子"何以也不主张真理，只是一味敷衍呢?"答案是："汉朝以后，言论的机关，都被'业儒'的垄断了。宋元以来，尤其利害。我们几乎看不见一部非业儒的书，听不到一句非士人的话。除了和尚道士，奉旨可以说话的以外，其余'异端'的声音，决不能出他卧房一步。况且世人大抵受了'儒者柔也'的影响；不述而作，最为犯忌。即使有人见到，也不肯用性命来换真理"，在这种情况下，即使明知节烈的不合理，也是不会有真正的改革的。这里，同样把批判的锋芒指向汉以后"独尊儒家"的思想垄断与对"异端"的压制；同时，也指出了鼓吹"述而不作（传旧而不创始）"的儒家传统对知识分子的消极影响。——不难发现，鲁迅在追问节烈发生、通行，不生改革的原因时，都指向了儒家传统及其背后的统治者，而其重点即是所谓"儒效"。

经过这一番追根溯源，问题已经十分清楚。但鲁迅为了进一步剥夺节烈论鼓吹者的资本，又发出三个"疑问"："节烈难么?""节烈苦么?""不节烈便不苦么?""女子自己愿意节烈么?"——如果前面的疑问,是着重于揭示节烈的不合理,这三问则揭露了节烈的"不合人情"。而"不节烈便不苦么?"这一问,更是引出了一个重大问题——

> 社会上多数古人模模糊糊传下来的道理,实在无理可讲;能用历史和数目的力量,挤死不合意的人。这一类无主名无意识的杀人团里,古来不晓得死了多少人物;节烈的女子,也就死在这里。

鲁迅在这里对"社会公意"的质问,正是把他前面对"儒效"的质疑与揭露深入了一步:在他看来,以儒家为中心的"古训"(如"妇者服也""饿死事小失节事大"之类)的可怕,正由于统治者的提倡,长期处于垄断的地位,于潜移默化之中,逐渐渗入国民的心灵深处,代代相传,成为一种"历史和数目的力量",鲁迅用"无主名无意识的杀人团"来概括,是充满了深广的忧虑与无奈的。我们也终于明白,鲁迅在文章一开头即宣布,他的质疑最终是"提出于这群多数国民之前"的深意。

可以说,鲁迅把"五四"时期的怀疑主义精神发挥到了极致:他就像医生解剖

鲁迅设计的《坟》的封面图案

尸体一样，把传统节烈观这具历史的陈尸的里里外外、前前后后、正面反面，从学理到人情，都做了透彻的探查、剖析；又是那样无情地、不厌其烦地，从不同侧面、不同角度，疑了又疑，问了又问，从现实到历史，从社会政治背景、思想根源到群众基础，刨根究底，穷追不舍，思考极其周密，驳诘十分雄辩，真是锐不可当。他的结论也就具有了铁的逻辑说服力——

> 我依据以上的事实和理由，要断定节烈这事是：极难，极苦，不愿身受，然而不利自他，无益社会国家，于人生将来又毫无意义的行为，现在已经失了存在的生命和价值。

这样，鲁迅的这篇《我之节烈观》也就成了"五四"新文化运动"重新估定价值"的代表作。

文章本可结束，"临了还有一层疑问"："节烈的女人，岂非白苦一番么？"牺牲者的价值在于可以为后人、今人提供借鉴；于是就有了"开一个追悼大会"的建议，而且——

> 我们追悼了过去的人，还要发愿：要除去于人生毫无意义的苦痛。要除去制造并赏玩别人苦痛的昏迷和强暴。
>
> 我们还要发愿：要人类都受正当的幸福。

可以看得很清楚：鲁迅对儒家节烈观的批判，出发点和归结点都是"现在中国人的生存与发展"：不能让"过去的人"的"于人生毫无意义的苦痛"继续下去，而要争取现在中国人的"正当的幸福"。

二

我们再来读《我们现在怎样做父亲》。

这一篇的论述，也是层层深入的。

先释题：为什么要作这篇文章？为什么要取这么一个题目？

而且是开章明义：我"想对于从来认为神圣不可侵犯的父子问题，发表一点意见"——这正是"五四"那一代人的思维与行为方式，对一切被视为"神圣不可侵犯"的东西，都要提出质疑，"重新估定价值"。这一次所针对的是"父为子纲"的"儒教"，整篇文章显然具有很强的论辩性。

一开始就摆出两个针锋相对的观点："圣人之徒"鼓吹"父对于子，有绝对的权力和威严"——"父为子纲"的背后是一个"权力"关系，这就抓住了要害。正是为了消解这样的似乎是"神圣不可侵犯"的"绝对权力"，鲁迅提出："祖父子孙，本来各各都只是生命的桥梁的一级，决不是固定不易的"，这其实就是鲁迅后来在《写在〈坟〉后面》所说的，"在进化的链子上，一切都是中间物"[1]，因此，任何人都不具有绝对的价值，更谈不上绝对权力——正是这样的"中间物"意识，构成了下面鲁迅立论的基础。鲁迅又由此生发开去，强调"现在的子便是将来的父"，父子身份只具有相对的意义；借此声明，自己是以"现任之父"的身份来讨论父子问题，所以题目是"我们"怎样做父亲，是从自己谈起的；于是再次重申"从我们起，解放了后来的人""解放子女"的基本立场——这一问题在后文还有进一步展开。

接着又强调自己"不是真理的发见者"（这里，仍然隐含着一个对

[1] 《写在〈坟〉后面》，《鲁迅全集》1卷《坟》，286页。

立面：那些"圣人之徒"从来是以真理的代表与捍卫者自居的），对"将来"如何，以及"终极究竟的事"，也"不能知"，于是，只能谈"现在"怎样做父亲——这也正是鲁迅思想的特点：他关注的始终是"现在"的中国问题。

论及此，文章题目中的几个关键词："我们""现在"、怎样做"父亲"，均已落实。于是，鲁迅从容地说出自己"心以为然的道理"，也即本文的中心观点："依据生物界的现象，一，要保存生命；二，要延续这生命；三，要发展这生命（就是进化）。生物都这样做，父亲也就是这样做。"——这就是鲁迅下文所要说的，他讲的是"生物学的真理"，而且有很强的"生命"意识，所突出的是生命的（在鲁迅的思考中，主要是"现在中国人"的生命）"保存""延续"和"发展"。

由此引发出两个极为重要的观点——

一、从"保存生命"出发，人的"种种本能"的欲望，即所谓"自然人性"，具体地说，人的"食欲"与"性欲"，都具有天然的合理性，"饮食并非罪恶，并非不净；性交也就并非罪恶，并非不净"——这也是"五四"时期的一个共识，周作人就曾表示赞同这样的观点："人类的身体和一切本能欲求，无一不美善洁净"[1]，这就不仅是合理的，更是美的，善的。在今天看来，这都是一些常识，但在"五四"时期，却是石破天惊之论：如鲁迅所说，"中国的旧见解"即传统观念都是以性交为"不净"的，周作人还写过一篇《上下身》，说人的身体本来是一个整体，中国人却把它分为两半，以肚脐眼为界，肚脐眼以上部分是高贵的、干净的、美的，肚脐眼以下是肮脏的、丑恶的、不净

---

[1]　周作人：《爱的成年》，《周作人自编文集·谈龙集》，155 页，河北教育出版社，2002年版。

的。[1]因此，鲁迅说："此后觉醒的人，应该先洗净了东方固有的不净思想，再纯洁明白一些，了解夫妇是伴侣，是共同劳动者，又是新生命的创造者的意义。"——鲁迅的这一论述有着两个方面的意义：一是破除传统的"不净观"，强调人的性交、婚姻、生育，都具有"生命保存与创造"的意义；另一方面，则是破除传统的神秘感，强调人的性交、婚姻、生育，是既正常又普通的，性交而生下孩子，是再自然不过的事，何来父母对子女的特殊权力？

二、从"生命的延续、发展"出发，就自然承认"后起的生命，总比以前的更有意义，更近完全，因此也更有价值，更可宝贵；前者的生命，应该牺牲于他"。这就是"以幼者为本位"的新的伦理观。如鲁迅所说，这又是与"中国的旧见解"相反的："父为子纲"的儒家伦理显然是"以长者为本位"，即鲁迅所批评的"置重应在将来，却反在过去"，要后起的生命为将要逝去的生命牺牲，其实是"毁灭了一切发展本身的能力"，扼杀了将来的。

正是从"幼者本位"的观点出发，鲁迅强调"对于子女，义务思想须加多，而权力思想却大可切实核减"，进而做出了"父子间没有什么恩"的断语。这又是一个骇世惊俗之论。恐怕至今许多人还认为父母有恩于子女是天经地义的道理；但这又确实是一个必须辨清的问题：因为只要承认父母有恩于子女，也就必然承认父母对子女享有一种理所当然的支配权力，这就把权力关系引入了人的天然的血缘关系中，并且也就理所当然地引入社会关系中，即不但父亲对于子女具有不可置疑的绝对权力，丈夫对于妻子具有不可置疑的绝对权力，而且君对臣

---

[1] 周作人：《上下身》，《周作人自编文集·雨天的书》，73—74页，河北教育出版社，2002年版。

鲁迅与周海婴

也具有不可置疑的绝对权力：所谓"三纲"之说正是建立在这样的绝对权力关系上的。这正是鲁迅这些"五四"先驱者所要质疑的；鲁迅针锋相对地提出了他的"生物学真理"，即"不用'恩'，却给与生物以一种天性，我们称他为'爱'"，鲁迅特意指出，"这离绝了交换关系利害关系的爱，便是人伦的索子，便是所谓'纲'"。这确实是两种对立的伦理观：是建立在权力关系基础上的"父为子纲"，还是"离绝了交换关系利害关系"与权力关系的，父母对子女义务的无私的"爱"？鲁迅之所以把后者称为"生物学真理"，是因为这种义务的爱，正是一切生命的本能；他指出："动物界中除了生子数目太多——爱不周到的如鱼类之外，总是挚爱他的幼子，不但绝无利益心情，甚或至于牺牲了自己，让他的将来的生命，去上那发展的长途。"鲁迅进一步指出，这种"天性"的爱也同样存在于中国"心思纯白，未曾经过'圣人之徒'作贱（即未受'三纲'之说影响——引者注）的人"之中，"例如一个村妇哺乳婴儿的时候，决不想到自己正在施恩"——鲁迅说："我现在心以为然的，便只是'爱'"，他及"五四"先驱者所要做的，不过是要破除传统的父子关系中的权力关系，恢复出于生命（人与自然）天性的血缘的"爱"，从而建立一种自然的健康的人伦关系。在这样的人伦关系中，父子之间是平等的，同时有一种建立在"爱"的基础上的双向扶养义务；而且这样的义务是要代代传递的：每一代都要对自己的后代与前辈尽义务。鲁迅赋予这样的天性的血缘的爱以一种绝对性，即在任何情况和条件下，都不能放弃，是一条不可逾越的伦理底线：对子女与父母的任何伤害，都会使人不成为人，甚至连禽兽都不如了。

由这样的天性的爱的人伦观出发，鲁迅又引出了两个颇为重要的话题。

一是鲁迅对"五四"时期的"爱己"命题做了一个非常独到的阐释。他仍然着眼于生命的"保存"与"继续"。他以在"五四"很有影响的易卜生《群鬼》的描写为例，强调"父母的缺点便是子孙灭亡的伏线，生命的危机"，由此得出一个很有意思的结论："我们且不高谈人群，单为子女说，便可以说凡是不爱己的人，实在欠缺做父亲的资格。"这就是说，"爱己"即注重个人的健全发展，正是为了"利他"，有利于下一代的健康发展。

其次，鲁迅又进一步指出，不能满足于生命的保存与继续，还要追求生命的"发展"。鲁迅说天性的爱还包括"愿意子孙更进一层"，"超越了自己"这样的要求；而"超越便须改变"，"三年无改于父之道可谓孝矣"这样的传统的"孝道"其实是"退婴的病根"。

由是，鲁迅提出了"觉醒的人"的责任：这是本文讨论的落脚点。他发出这样的召唤——

> 觉醒的人，此后应将这天性的爱，更加扩张，更加醇化；用无我的爱，自己牺牲于后起新人。

并具体解释说，一要"理解"，既不要如昔日欧人将孩子看成"成人的准备"，也不要如中国人将孩子视为"缩小的成人"，而要承认"儿童在生理心理上，虽然和大人有不同，但他仍是完全的个人，有他自己内外两面的生活"。[1]二要"指导"，也即"长者须是指导者协商者，却不该是命令者"。三要"解放"，尽义务教育的目的是使其成为"非我"，成为"人类中的人"，"全部为他们自己所有，成一个独立的人"。——这里所提出的每一个原则，在今天读起来，依然是这样地亲切、有力，而且切中时弊，这是不能不令人感慨的。

文章写到这里，有如勘探机一样，一步一步地层层深入地开掘，到了根底，本已十分透彻——鲁迅后来对年轻的作者提出"选材要严，开掘要深"的忠告[2]，他自己的文章即是一个典范。但鲁迅的目的，是要说服同辈的人，都来做这样的"牺牲者"。于是，又针对可能出现的疑虑，一再提出设问："但有人会怕，仿佛父母从此以后，一无所有，无聊之极了"；"或者又怕，解放之后，父子间要疏离了"；"或者又怕，解放之后，长者要吃苦了"；"或者又怕，解放之后，子女要吃苦了"……鲁迅如此舌敝唇焦地劝说，其心可感；而他也借此将论题向横面展开，提出了一系列重要的观点，如"觉醒的人，愈觉有改造社会的任务"，既不能"与社会隔离"，又不能"周旋""顺应社会"；要反对"提倡虚伪道德，蔑视了真的人情"；要警惕那些"自称'革命'的勃豀子弟"，他们实际上是"纯属旧式，待到自己有了子女，也决不解放"，等等。这样的纵横开掘，就使整篇文章具有汪洋恣肆的气势。

---

[1]　周作人：《儿童的文学》，《周作人自编文集·艺术与生活》，24—25页，河北教育出版社，2002年版。

[2]　《关于小说题材的通信》，《鲁迅全集》4卷《二心集》，368页。

文章最后还是收结到"觉醒的父母，完全应该是义务的，利他的，牺牲的"这一主旨上来；并且重申前文已经提到的那自我的也是"五四"新时代的"座右铭"——

> 自己背着因袭的重担，肩住了黑暗的闸门，放他们（年轻的一代——引者注）到宽阔光明的地方去；此后幸福的度日，合理的做人。

作为后来者，面对这样的"肩住了黑暗的闸门"的前辈，你有什么感觉与感想？

三

最后，简要地谈谈《〈二十四孝图〉》。

此文收于《朝花夕拾》，是所谓"随笔"，与《我之节烈观》《我们现在怎样做父亲》这样的议论为主的杂文，在文体上是有所不同的。和《我之节烈观》《我们现在怎样做父亲》追求论述与驳难的透彻，具有思想与逻辑的震慑力不同，《〈二十四孝图〉》有更强烈的感情色彩，并时有旁逸斜出，而显得更为自如——尽管三文针对的是同一对象。

文章一开头，就先声夺人，极具情感的冲击力——

> 我总要上下四方寻求，得到一种最黑，最黑，最黑的咒文，先来诅咒一切反对白话，妨害白话者。即使人死了真有灵魂，因这最恶的心，应该堕入地狱，也将决不改悔，总要先来诅咒一切反对白话，妨害白话者。

并且一再疾呼——

> 只要对于白话来加以谋害者，都应该灭亡！

如此极端的文字与情感在鲁迅的作品里，也不多见——这或许会使我们读者产生诧异感。

而且鲁迅接着谈到的却是儿童读物的问题：文学革命后，因为白话的提倡，孩子总算有了"能读下去""可以懂得的"的"有图有说"的书；而现在"一班别有心肠的人们，便竭力来阻遏它"，反对用白话写孩子能够懂的书，"要使孩子的世界中，没有一丝乐趣"。鲁迅因此而怒不可遏：在他的感觉中，这些"妨害白话者的流毒"，会使整个中国都化成传说中"蒸死小儿"的"麻胡"，"凡有孩子都死在他的肚子里"。——对此，我们读者或许也不能理解：不过是儿童读物问题，有这么严重吗？由没有白话文的儿童读物而产生"孩子被吃了"的联想，以至幻觉，这似乎也有些不同寻常。

这可能产生的作者与读者认识、感觉上的差异，其实正是鲁迅作品的特点：它从来都是对社会（包括读者）习惯性的思维、情感、言说方式的挑战，鲁迅一生有很多的论敌，在某种意义上甚至可以说，每一个读者都有可能是他的论敌，说到底，他自己也是他的论战对象。因此，初读他的著作，感到陌生、别扭、难懂、不能接受，甚至反感，都是正常的，有的人因此拒绝、远离鲁迅，也是正常的，鲁迅自己就有过"离开（我）"的呼吁。但是，如果你不想将自己习惯的思想、情感、语言凝固化，你想质疑自己，并且想突破你自己，这时候，就是你读鲁迅作品的最佳时刻，你走近他，竭力地理解他，你会豁然有所悟，甚至会产生某种自省，并因而感到灵魂的震撼。现在，我们先试图来设身处地

地理解鲁迅：于是，我们发现，鲁迅一谈到孩子、年轻人，就特别容易
动感情，他最不能容忍的，就是对孩子、年轻人的伤害，每遇到这样的
事，他就会做出特别激烈的情感反应。大家都还记得，在《狂人日记》
里，他是怎样痛心疾首地高呼："救救孩子"；而当女师大的校长将女
学生开除出校时，他也是产生了"教育家在杯酒间谋害学生"的幻觉，
甚至感到自己身处地狱之中，周围是"无叫唤"的、喊不出声音的冤
魂！[1]直到晚年，当有人无端地给反抗的少年加以"卖国"的罪名时，
鲁迅立即拍案而起，厉声高叫："从我们儿童和少年的头颅上，洗去喷
来的狗血罢！"[2]因此，鲁迅在《〈二十四孝图〉》里因儿童读物而掀
起如此巨大的情感风暴，对于他，几乎是必然如此的。正如他自己所
说，"打掉毒害小儿的药饵，打掉陷没将来的阴谋：这才是人的战士的
任务"[3]。对于儿童、青少年的伤害的特殊敏感与所谓"过激"反应，
其实正是一个"人的战士"的本能，是最能显示其本质的——顺便说
一点：鲁迅心灵的另一个敏感区是对妇女的压迫与伤害；这也是反映
"人的战士"的本质的。当我们理解到这一点以后，不能不反问自己：
我们把鲁迅的正常反应视为不正常，是不是反映了我们自己的心灵出
了问题呢？儿童读不到他应该读的书，我们竟然熟视无睹；有人要剥
夺孩子应该有的乐趣，我们居然无动于衷。这难道不正说明我们的心
灵已经麻木了，我们连"人"的基本感觉都已经十分淡薄了，还有比
这更可怕的吗？——鲁迅的《〈二十四孝图〉》令人颤栗之处首先即在
于此。

---

[1]　《"碰壁"之后》，《鲁迅全集》3卷《华盖集》，77、72页。

[2]　《保留》，《鲁迅全集》5卷《伪自由书》，151页。

[3]　《新秋杂识》，《鲁迅全集》5卷《准风月谈》，287页。

如果把我们的讨论再深入一步，就可以发现，鲁迅对儿童读物问题的特殊敏感，是与他童年的痛苦记忆与心灵创伤紧密联系在一起的——这正是本文的重心所在。《二十四孝图》是一本传统的儿童读物，是宣扬儒家"孝"的观念的通俗读本，可以说是向儿童树了二十四个行孝的标兵。鲁迅回忆说，最初他接受了长辈的赠品，看到这书"下图上说，鬼少人多，又为我一人所独有，使我高兴极了"，但"接着就是扫兴"，因为"人之初，性本善"，我本来就"愿意孝顺"父母，而且"以为无非是'听话'，'从命'"；"自从得了这一本孝子的教科书以后，才知道并不然，而且还要难到几十几百倍"，甚至觉得很可怕。比如"哭竹生笋"，哭不出笋来怎么办？还有"卧冰求鲤"，可能有"性命之虞"。最恶心的是"老莱娱亲"，一个老头子在那儿故作小儿状，"简直是装佯"，

《老莱娱亲》

南朝时期的郭巨埋儿画像砖。1958 年河南邓县学庄村出土，现藏于河南博物院。

那"诈跌"更让我反感，仿佛无端地受了"侮辱"。还有"郭巨埋儿"，那儿子"实在值得同情。他被抱在他母亲的臂膊上，高高兴兴地笑着；他的父亲却正在掘窟窿，要将他埋掉了"，这真令人恐怖！而且"我从此总怕听到我的父母愁穷，怕看见我的白发的祖母，总觉得她是和我不两立，至少，也是一个和我的生命有些妨碍的人"。这样一本《〈二十四孝图〉》，其所宣扬的"孝道"，竟然把自然的本能的爱，变得那么复杂可怕，那么扭曲、恶心、残忍，完全违反了人的天性。而在鲁迅的感觉中，这更是一种心灵的扭曲，是自我天性的残害，生命元气的扼杀，这构成了永远无法疗治的精神创伤，是心灵深处的无以摆脱的梦魇般的记忆，是他无论如何也不能原宥的，如有人试图将其重加于新的年轻一代，那就更是他这样的立志"肩住黑暗的闸门，放他们（年轻一代）到宽阔光明的地方去"的先行者所绝对不能容忍的——鲁迅的神圣愤怒正源于此。

本讲阅读篇目

《我之节烈观》（收《坟》）

《我们现在怎样做父亲》（收《坟》）

《二十四孝图》（收《朝花夕拾》）

《五猖会》（收《朝花夕拾》）

《春末闲谈》（收《坟》）

《随感录·二十五》（收《热风》）

《随感录·三十五》（收《热风》）

《随感录·三十六》（收《热风》）

《随感录·四十》（收《热风》）

《随感录·五十七　现在的屠杀者》（收《热风》）

《随感录·六十三　"与幼者"》（收《热风》）

《十四年的"读经"》（收《华盖集》）

《保留》（收《伪自由书》）

《新秋杂识》（收《准风月谈》）

《关于中国的两三件事》（收《且介亭杂文》）

《儒术》（收《且介亭杂文》）

《从孩子的照相说起》（收《且介亭杂文》）

《在现代中国的孔夫子》（收《且介亭杂文二集》）

走出瞒和骗的大泽

——读《论睁了眼看》及其他

一

鲁迅在"五四"以后写了一系列重要文章，都收在《坟》这个集子里。《论睁了眼看》即是其中重要的一篇。

文章一开头便直言，这是一个由别人（虚生先生）提出的命题，不过也是鲁迅自己一贯的主张，因此要写文章予以呼应："敢于正视，这才可望敢想，敢说，敢作，敢当。"[1] 但鲁迅所要讨论的是"别一方面"：不敢正视，即"闭了眼看"。这是显

[1] 在本文（作于 1925 年 7 月 22 日）之前，鲁迅在《忽然想到·五》（1925 年 4 月 14 日作）里，就发出过这样的召唤："世上如果还有真要活下去的人们，就先该敢说，敢笑，敢哭，敢怒，敢骂，敢打，在这可诅咒的地方击退了可诅咒的时代！"《鲁迅全集》3 卷《华盖集》，45 页。

示了鲁迅的思维特点的：他总是同时关注两个对立的命题（"睁了眼看"与"闭了眼看"），而且把重点放在反题上。

鲁迅告诉我们，由于"我们的圣贤"一直在教人"非礼勿视"，"不但'正视'，连'平视''斜视'也不许"，这就造成了"弯腰曲背，低眉顺眼"的青年和"驯良的百姓"。在这个意义上，可以说，不敢正视现实已经成为中国的国民性。

但本文所要讨论的重点是，中国的"文人"，也即中国的知识分子与中国文学和这样的国民性的关系。

鲁迅的讨论从这样一个事实出发："由本身的矛盾或社会的缺陷所生的苦痛，虽不正视，却要身受的。"问题是，当人们身受这样的痛苦时，采取什么态度。鲁迅说，"文人究竟是敏感人物"，也就是说，"文人"即中国的知识分子、作家，他们是敏感于这样的痛苦的，在其作品中，也多少流露某些"不满"，但"一到快要显露缺陷的危机一髮之际，他们总即刻连说'并无其事'，同时便闭上了眼睛"，于是，"便看见一切圆满"，"于是无问题，无缺陷，无不平，也就无解决，无改革，无反抗"——而正是这样的"无解决，无改革，无反抗"的状况，造成了中国社会长期停滞不前。而由此形成了中国知识分子的顽症："万事闭眼睛，聊以自欺，而且欺人，那

《丰富的痛苦：堂吉诃德与哈姆雷特的东移》
（钱理群著）封面

方法是：瞒和骗。"——这是真正抓住了要害的。可以说，这是鲁迅对从古至今的中国知识分子的根本弱点的一大发现，足以使每一个良知尚存的知识分子（包括我们自己）为之汗颜。

而且，这也造成了中国传统文学的根本性的弱点——鲁迅正是从这一角度考察中国传统小说，于是有了许多重大发现。鲁迅指出，中国的才子佳人小说总是自欺欺人地编上一个"才子及第，奉旨完婚"的结局，现实生活中的悲剧变成小说里的大团圆，眼睛一闭，就皆大欢喜，"问题也一点没有了"。鲁迅还将《红楼梦》原作与续作相比较，认为原著是"比较的敢于写实的"，但是到了续作，就是"贾氏家业再振，兰桂齐芳，即宝玉自己，也成了个披大红猩猩毡斗篷的和尚"，超凡入圣了，结果"是问题的结束，不是问题的开头"。鲁迅对传统小说情节模式的变化也做了精细的考察：《醒世恒言》里的一篇，叫《陈多寿生死夫妻》，讲一个女人自愿服侍他患痫疾的丈夫，最后两人一同自杀，算是"殉情"吧。但是自杀的结局总让人不愉快，到了清代《夜雨秋灯录》里，就把小说情节模式变了："道是有蛇坠入药罐里，丈夫服后便全愈了"，当然就不必再自杀，一切圆满了。鲁迅感慨说："凡有缺陷，一经作者粉饰，后半便大抵改观，使读者落诬妄中，以为世间委实尽够光明，谁有不幸，便是自作，自受"，"有时遇到彰明的史实，瞒不下，如关羽岳飞的被杀，便只好别设骗局了。一是前世已造凶因，如岳飞；一是死后使他成神，如关羽"。这就真的成了"瞒和骗"的文学了。鲁迅由此而引发对国民性的反省——

　　　　中国人的不敢正视各方面，用瞒和骗，造出奇妙的逃路来，而自以为正路。在这路上，就证明着国民性的怯弱，懒惰，而又巧滑。一天一天的满足着，即一天一天的堕落着，但却又觉得日见其光荣。

并进一步引发出这样的国民性与文艺的关系的考察——

> 文艺是国民精神所发的火光，同时也是引导国民精神的前途的
> 灯火。这是互为因果的，正如麻油从芝麻榨出，但以浸芝麻，就使
> 它更油。……中国人向来因为不敢正视人生，只好瞒和骗，由此也
> 生出瞒和骗的文艺来，由这文艺，更令中国人更深地陷入瞒和骗的
> 大泽中，甚而至于已经自己不觉得。

"瞒和骗"的国民，"瞒和骗"的文艺，这是两个极为严重的判断与概括，
二者之间又形成了一个恶性循环。这都是令人痛心的，而且今天似乎也
依然是我们必须面对的现实，这就更加令人难堪。

而我们感兴趣的是，鲁迅在这里实际上是提出了一个衡量人（知识
分子、国民）和文艺的基本价值标准，即是"敢于正视人生"，还是"瞒
和骗"。鲁迅正是据此而给《红楼梦》以极高的评价，说它的价值就在
"比较的敢于实写"；后来在《中国小说的历史变迁》里鲁迅又对《红
楼梦》"敢于如实描写，并无伪饰"给予了充分肯定，并且说"《红楼梦》
出来以后，传统的思想与写法都打破了"。[1] 有意思的是，鲁迅在考察
他写文章时的当代文学时，又发出了这样的警告："现在，气象似乎一
变，到处听不到歌吟花月的声音了，代之而起的是铁和血的赞颂。然而
倘以欺瞒的心，用欺瞒的嘴，则无论说A和O，或Y和Z，一样是虚假
的。"这里有两点特别值得注意：一方面，在鲁迅看来，《红楼梦》开辟

---

[1]　《中国小说的历史变迁》,《鲁迅全集》9卷《中国小说史略》，348 页。

的是文学的一个新的传统——从下文即可看出，鲁迅认为"冲破一切传统思想和手法"是他所期待的"崭新"的文学的基本特征之一。另一方面，鲁迅又提醒人们注意，旧的瞒和骗的传统完全可能在"新"的旗号下重现。

在鲁迅看来，中国文学发展的根本问题，是能否走出瞒和骗的大泽；他因此大声疾呼——

> 世界日日改变，我们的作家取下假面，真诚地，深入地，大胆地看取人生并且写出他的血和肉来的时候早到了；早就应该有一片崭新的文场，早就应该有几个凶猛的闯将！

> 没有冲破一切传统思想和手法的闯将，中国是不会有真的新文艺的。

这里所表达的是鲁迅对真正"崭新"的中国文学（也就是我们通常所说的"现代文学"）的期待：它应该是"真诚地，深入地，大胆地看取人生并且写出他的血和肉来"的文学，是敢于"冲破一切传统思想和手法"的具有创造性的文学。

二

《论睁了眼看》里所强调的"反对瞒和骗"的思想，在鲁迅的思想体系中，占有重要的地位：这是他一生一以贯之的思想命题之一。

据鲁迅的老同学许寿裳先生回忆，早在 20 世纪初日本留学时期，他和鲁迅就谈到"我们民族最缺乏的东西是诚和爱"，"口号只管很好听，

许寿裳（1883—1948），文史学者、作家、教育家，鲁迅、周作人的同学、至交。

标语和宣言只管很好看，书本上只管说得冠冕堂皇，天花乱坠，但按之实际，却完全不是这回事"[1]——这其实就是"瞒和骗"。

特别值得注意的，是鲁迅在这一时期所写的《破恶声论》里所提出的"伪士"的概念。鲁迅指出，所谓"伪士"，有这样几个特点：第一，他们骨子里是"无信仰之士人"，是没有信仰的知识分子；第二，他们却"以他人有信仰为大怪，举丧师辱国之罪，悉以归之"，要使出一切手段来扼杀别人的信仰；第三，但他们又处处把自己打扮成有"信仰"者，而且还要充当"信仰"的捍卫者。鲁迅说，他们的所谓"信仰"，其实是"敕定正信"[2]，尽管是皇帝（或类似皇帝的某种权威）自上而下"敕定"的，但却自称"正信"，以正统、唯一正确自居，他们要"捍卫"的就是这样的"伪信"。这也是"瞒和骗"：既用"伪信"来掩盖自己的毫无信仰，又要以此来垄断信仰。鲁迅称之为"伪士"，即所谓假知识分子，就是因为他们看起来好像很有知识，博览群书而滔滔不绝（等而下之者就连知识也没有，只会唬人），但他们其实是缺乏精神的：一方面精神信仰的缺乏，鲁迅说他

---

[1]　许寿裳：《我所认识的鲁迅·回忆鲁迅》，收《鲁迅回忆录》"专著"上册，487页，北京出版社，1999年版。

[2]　《破恶声论》，《鲁迅全集》8卷《集外集拾遗补编》，30、33页。

们是群"无赖之徒"[1]，"无赖"就是无依赖，没有信仰支撑，因此"伪士"天生地具有流氓特点，今天可以这样，明天可以那样，毫无原则可言；另一方面就是自由创造的精神与能力的匮缺，鲁迅说他们是"精神窒塞，惟肤薄之功利是尚，躯壳虽存，灵觉且失"[2]，没有想象力，没有感应力，更没有真诚地表达自己的真实愿望。精神信仰与自由创造精神这两方面的缺失，就形成了"无精神"的特征，这正是"伪士"的本质。但就是这样一些无精神的"伪士"往往占据知识分子的主流地位，因为他们善于迎合：既迎合权势，又迎合大众。在中国的历史条件下，"伪士"是必然和专制体制（既是国家的专制，又是众数的专制）连在一起的。鲁迅又指出，"伪士"总是"挚维新之衣，用蔽其自私之体"[3]，就是说，他们喜欢把自己打扮成"维新"派——这个"新"是可以不断变换的，什么时髦就标榜什么，这自然与他们本无信仰与原则有关，却使他们永远"领导潮流"，这是他们任何时候都能占据主流地位的重要原因；但他们的"体"，即其最内在的特质却是"自私"——这也是诛心之论："伪士"之"伪"，一切瞒和骗的表演，都是出于一己的私欲；尽管他们经常打着"无私"的神圣旗号，这本身就是一种"伪"。

因此，鲁迅说："伪士当去……今日之急也。"[4]

---

[1]　《文化偏至论》，《鲁迅全集》1 卷《坟》，47 页。

[2]　《破恶声论》，《鲁迅全集》8 卷《集外集拾遗补编》，30 页。

[3]　同上书，27 页。

[4]　同上书，30 页。鲁迅同时提出的是"迷信可存"的命题，因不属于本文讨论的范围，故不论。同学们有兴趣可以参看拙作《与鲁迅相遇》第二讲（北京：生活·读书·新知三联书店，2003 年版）。

三

但是，在中国，"伪士"要"去"也不容易。如鲁迅在《论睁了眼看》里所说，"瞒和骗"已经是一个传统，而且如前文所分析，"伪士"在某种意义上正是中国社会体制的产物。只要产生"伪士"的社会基础与机制尚存，"伪士"就会绵绵不绝地"再生产"出来。鲁迅正是清醒于此，而始终密切地甚至是紧张地关注着"伪士"在现代中国的连续生产，并及时地勾画出其最新形态。

于是，在写出了《论睁了眼看》的第二年，鲁迅在《马上支日记》里，又提出了"做戏的虚无党"的概念。

这篇写于1926年7月4日的日记体杂感，是从灯下读日本作家安冈秀夫写的《从小说看来的支那民族性》一书说起的。首先谈到的是，读了这位日本学者对于中国民族性的"客气"的批评（说"客气"是因为作者说，他所批评的中国民族性弱点"便是在日本，怕也有难于漏网的"）自己竟"不免汗流浃背"，这就是下文所说的引起了"内省"，即民族的以及自我的反省——在鲁迅看来，一个民族和个人能否有自我反省意识是这个民族和个人是否有希望的根本指征；因此，真正的民族主义者、爱国主义者是从不讳言，甚至总是在强调自己民族的弱点的；相反，大谈中国的光荣历史而借以掩盖民族耻辱——这也是一种"瞒和骗"——却反而是可疑的，如鲁迅所说，"满口爱国，满身国粹，也于实际上的做奴才并无妨碍"[1]，这样的人其实是"爱亡国者"，因为他们"只是悲叹那过去，而且称赞着所以亡的病根"[2]。

---

[1]　《从孩子的照相说起》，《鲁迅全集》6卷《且介亭杂文》，84页。

[2]　《随感录》，《鲁迅全集》8卷《集外集拾遗补编》，95页。

鲁迅正是从民族自我反省的内在需要出发，来看待外国人对中国的批评的：尽管让你"汗流浃背"，甚至狼狈不堪，却也许因此而警醒——同学们可能会注意到《鲁迅全集》人民文学出版社 1981 年版的注释将《从小说看来的支那民族性》断为"一本诬蔑中国民族的书"，这显然是与鲁迅的前述立场相违背的。鲁迅接着谈到了美国传教士斯密斯所写的《支那人气质》一书 [1]，提到了该书对中国人的精神气质的一个概括：中国"是颇有点做戏气味的民族，精神略有亢奋，就成了戏子样，一字一句，一举手一投足，都装模装样，出于本心的分量，倒还是撑场面的分量多"——不是一切出于"本心"的自然流露，而是为了"撑门面"而"装模装样"，即"做戏"，"瞒和骗"的一种表现形态。这正是鲁迅所深感忧虑的，他多次谈到，"群众，——尤其是中国的，——永远是戏剧的看客" [2]（我们在第三讲中已有详细讨论）；中国实际是个"文字的游戏国"，"一切总爱玩些实际以上花样" [3]，不仅是"戏剧化"，更是"游戏化"了。这些话都说得十分沉重，是充满了关于民族与人的忧患意识的。

回到我们正在读的这篇《马上支日记》上来。外国学者在观察中国时，都对中国的"面子"观念感兴趣；斯密斯也是把"演戏"与"面子"问题联系在一起的。因此，鲁迅首先讨论的也是"面子"——这也是鲁迅长期关注的一个国民性命题。除本文外，还有一次谈话，即已收

[1] 鲁迅直到逝世之前还写文章批评中国人"安于'自欺'，由此并想'欺人'"，重申"我至今还在希望有人翻出斯密斯的《支那人气质》来"，"看了这些，而自省，分析，明白那几点说的对，变革，挣扎，自做工夫，却不求别人的原谅和称赞，来证明究竟怎样的是中国人"。《"立此存照"（三）》，《鲁迅全集》6 卷《且介亭杂文末编》，649 页。

[2] 《娜拉走后怎样》，《鲁迅全集》1 卷《坟》，170 页。

[3] 《逃名》，《鲁迅全集》6 卷《且介亭杂文二集》，409 页。

入《鲁迅佚文全集》的日文《北京周报》记者报道的《两周氏谈："面子"和"门钱"》，以及鲁迅写于1934年的《说"面子"》等。据记者的转述，鲁迅在谈话中特别强调"面子"就是一种"虚饰"："把自己的过错加以隐瞒而勉强作出一派正经的面孔"；"不以坏事为坏，不省悟不谢罪，而摆出道理来掩饰过错"，所以说"'面子'的一面便是伪善"。[1]那么，这也是"瞒和骗"的变种。在《说"面子"》一文里，鲁迅更是尖锐地指出，在中国，"'面子'是'圆机活法'，善于变化，于是就和'不要脸'混起来了"[2]。而在《马上支日记》里，鲁迅所强调的却是他从中感到的民族危机：外国人正在"精深圆熟"地利用中国人（特别是中国官员）

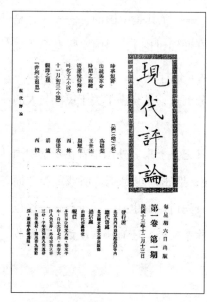

《现代评论》1卷1期目录

的面子观念，以取得他们在外交上的"胜利"，比如，明明是干涉中国的邮政，但只要将"邮政局"改为"邮务局"，"外国人管理一点邮'务'，实在和内'政'不相干，这一出戏就一直唱到现在"——这也是一种自欺欺人的"做戏"。

但在1926年鲁迅大谈"做戏"，却是受到现实的刺激，具体地说，在1925年至1926年间，鲁迅与现代评论派及他们所支持的"当局"——北洋军阀政府教育总长章士钊的论战，使他又发现了一

---

[1]　《两周氏谈："面子"与"门钱"》，收刘运峰编：《鲁迅佚文全集》上册，303页。

[2]　《说"面子"》，《鲁迅全集》6卷《且介亭杂文》，132页。

种"伪士"的新类型。下文所说的"国粹家""道德家""上等人"都是指鲁迅的这些新论敌。关于鲁迅与他们的论战，这里暂不做专门讨论[1]，只想交代本文所涉及的一些背景：所谓"现代评论派"，是以《现代评论》杂志为中心的一批北京大学刚从英美归来的年轻教授，他们自称"特殊知识阶级"（即所谓"上等人"），下文所说的"维持公理""整顿学风"都是他们的主张——他们将从西方获得的宽容、公允等理念赋予绝对真理性的"公理"的

章士钊（1881—1973），学者、社会活动家。

价值，又以"公理"的代表自居，要在中国"维持公理"，并据此而"整顿学风"。而身为教育总长的章士钊则于1925年主持教育部部务会议通过决议，规定自初小四年级开始读经，下文所说的"保存国故""振兴道德"都是章士钊们所鼓吹的。值得注意的是，鲁迅与他们论战时，并不针对他们的理念，而是着重考察他们的"言"（公开宣扬的）与"行"（实际实行的）是否一致。他发现，正是这些现代绅士开口闭口大谈"宽容"，却宣布要将持不同意见的教授"投畀豺虎"[2]；在女师大学潮中，他们明明站在校长杨荫榆一边，"自在黑幕中，偏说不知道；替暴君奔

[1]　我在《与鲁迅相遇》（北京：生活·读书·新知三联书店2003年版）中有专章讨论，有兴趣的同学可以参考该书。

[2]　《"公理"的把戏》，《鲁迅全集》3卷《华盖集》，176页。

走，却以局外人自居；满肚子怀着鬼胎，而装出公允的笑脸"[1]。在鲁迅看来，这正是在"公理、正义的美名"下"行私利己"的现代"伪士"；他愤然表示："想用了串戏的方法来哄骗，那是不行的；我知道的，不和你们来敷衍。"[2]在《十四年的"读经"》里，他更是尖锐地揭露："这一类的主张读经者，是明知道读经不足以救国的，也不希望人们都读成他自己那样的；但是，耍些把戏，将人们作笨牛看则有之，'读经'不过是这一回耍把戏偶尔用到的工具"，依然是"假借大义，窃取美名"。[3]现在，在《马上支日记》里，鲁迅把他的这些观察、体验做了一个总结性的思考。他首先将其概括为一种"做戏"现象——

> 什么保存国故，什么振兴道德，什么维持公理，什么整顿学风……心里可真是这样想？一做戏，则前台的架子，总与在后台的面目不相同。但看客虽然明知是戏，只要做得像，也仍然能够为它悲喜，于是这出戏就做下去了；有谁来揭穿的，他们反以为扫兴。

这是一个演戏者与看戏者（看客）的合谋，为使瞒和骗的"戏"得以"做下去"，自然要将不做戏并要揭穿做戏的真的人（知识分子）如鲁迅者，视为"扫兴"者、异己者而加以排斥，甚至放逐——这也是从来如此，如今尤甚的。

那么，这些鲁迅说的"耍把戏"的"上等人"，他们的"做戏"是反映了什么样的思想本质呢？

---

[1] 《并非闲话》，《鲁迅全集》3卷《华盖集》，83页。

[2] 《我还不能"带住"》，《鲁迅全集》3卷《华盖集续编》，269页。

[3] 《十四年的"读经"》，《鲁迅全集》3卷《华盖集》，138页。

鲁迅先引出一个"虚无党"的概念，并且说明，更准确地说，应该是"虚无主义者""虚无思想者"。鲁迅指出，这些人公开声明自己"不信神，不信宗教，否定一切传统和权威"，但是他们却是有信仰的："要复归那出于自由意志的生活"，因而他们"这么想，便这么说，这么做"。而中国的这些"上等人"，他们标榜"大义"，仿佛要维护什么"权威"，但鲁迅提出一个尖锐的不容回避的问题——

> 他们的对于神，宗教，传统的权威，是"信"和"从"呢，还是"怕"和"利用"？

结论自然是清楚的："只要看他们的善于变化，毫无特操，是什么也不信从的，但总要摆出和内心两样的架子来"；"虽然这么想，却是那么说；在后台这么做，到前台又那么做"式的演戏就是必然的。

既无真的信仰，又无特操（道德坚守），是打着西方新旗号的"伪士"，鲁迅将其命名为："做戏的虚无党"或"体面的虚无党"。

四

旗号是随着"形势"而变的：在1928年与创造社、太阳社的论争中，鲁迅又发现了"革命"旗号下的"瞒和骗"。

鲁迅与创造社、太阳社诸君子的论战，有两个焦点。

其一是敢不敢正视现实的黑暗，特别是有没有勇气面对群众依然处于不觉悟状态的现实。鲁迅写过一篇《太平歌诀》，揭露"革命文学家不敢正视社会现象，变成婆婆妈妈，欢迎喜鹊，憎厌枭鸣，只检一点吉祥之兆来陶醉自己，于是就算超出了时代"，但"现实的现代"却是逃避、遗弃不了的，"你不过闭了眼睛"，眼睛一闭，就"最后的胜利"了 [1]——依然是自欺欺人。

其二是敢不敢正视自身思想的黑暗。鲁迅说："革命者决不怕批判自己，他知道得很清楚，他们敢于明言。" [2]鲁迅因此而对那些自称已经"获得大众"的革命文学家提出了尖锐的批评："从这一阶级走到那一阶级去，自然是能有的事，但最好是意识如何，便一一直说，使大众看去，为仇为友，了了分明。不要脑子里存着许多旧的残渣，却故意瞒了起来，演戏似的指着自己的鼻子道，'惟我是无产阶级！'" [3]——鲁迅又在自命的"革命家"这里发现了"演戏"。

于是，不能不追问：这是怎样的"革命者"？鲁迅因此而提醒人们注意：在追求革命的队伍中，确有真的革命者，但也有一些"颓废者"，"因为自己没有一定的理想和无力，便流落而求刹那的享乐；一定的享乐，又使他发生厌倦，则时时寻求新刺戟，而这刺戟又须利害，这才感到畅快。革命便也是那颓废者的新刺戟之一"。还有一些"毫无定见，因而觉得世上没有一件对，自己没有一件不对，归根结蒂，还是现状最好的人们"。鲁迅也给他们一个命名，叫作"急进"的"非革命"的"个人主义的论客" [4]——所谓"急进"，不过是表演的姿态，其实是"非革命"的，因为他们既"没有理想"，又"毫无定见"，也就是从根底上缺乏信仰，所有的演戏都是为了掩盖自己骨子里的"个人主义"，到"革命"中来寻求私利，即鲁迅所说，视"造反"为"最有大利的买卖"。 [5]

---

[1]　《太平歌诀》，《鲁迅全集》4 卷《三闲集》，105 页。

[2]　《"醉眼"中的朦胧》，《鲁迅全集》4 卷《三闲集》，62 页。

[3]　《现今的新文学的概观》，《鲁迅全集》4 卷《三闲集》，139 页。

[4]　《非革命的急进革命论者》，《鲁迅全集》4 卷《二心集》，232—233 页

[5]　《学界的三魂》，《鲁迅全集》3 卷《华盖集续编》，221 页。

这就是说，我们又遇到了"伪士"，不过这回是"革命的伪士"。

有真假革命者，还有"真假堂吉诃德"。西班牙的堂吉诃德是个"十分老实的书呆子"，一个真诚的理想主义者，"看他在黑夜里仗着宝剑和风车开仗，的确傻相可掬，觉得可笑可怜"。但在中国，人们一面"愚弄吉诃德式的老实人"，一面却"自己又假装着堂·吉诃德

《堂吉诃德》插图

的姿态"。[1]因此，鲁迅在1930年代的中国发现许多人在做"爱国表演"时，就知道他遇到假堂吉诃德了。这从西班牙的堂吉诃德与中国的"堂吉诃德"的不同遭遇就可以看出："他只一个，他们是一团；送他的是嘲笑，送他们的是欢呼；迎他的是诧异，而迎他们的也是欢呼"，"其苦乐之不同，有如此者，呜呼！"原因就在前者是认真的，后者不过"做戏"而已。这其实是反映了两种文化的不同的，鲁迅说："西班牙人讲恋爱，就天天到女人窗下去唱歌，信旧教，就烧杀异端，一革命，就捣

---

[1] 《真假堂吉诃德》，《鲁迅全集》4卷《南腔北调集》，534页。此文系瞿秋白作，经鲁迅修改，用鲁迅的笔名发表，又同时收入鲁迅与瞿秋白文集。

烂教堂，踢出皇帝"[1]，一切认真，追求彻底；而在中国，是从不会认真去实行，更不会追求彻底，一切不过是说说而已，玩玩而已。这就重新回到了《马上支日记》里所说的命题：这是一个"颇有点做戏气味的民族"，它不可能产生真正的理想主义者，即使有了也难以生存。而最容易生产与生存的是花样翻新的假"堂吉诃德"——那也是一种"伪士"。

鲁迅就这样与形形色色的"伪士"打了一辈子的交道，始终不渝地反对"瞒和骗"。他的追求集中到一点，即是他在《记念刘和珍君》里的一句话，这是使无数人的灵魂为之震撼的——

> 真的猛士，敢于直面惨淡的人生，敢于正视淋漓的鲜血。这是怎样的哀痛者和幸福者？[2]

鲁迅就是这样的猛士，这样的哀痛者与幸福者。

本讲阅读篇目

《论睁了眼看》（收《坟》）

《破恶声论》（收《集外集拾遗补编》）

《马上支日记》（收《华盖集续编》）

《十四年的"读经"》（收《华盖集》）

《"公理"的把戏》（收《华盖集》）

《我还不能"带住"》（收《华盖集续编》）

---

[1] 《中华民国的新"堂·吉诃德"们》，《鲁迅全集》4卷《二心集》，361页。

[2] 《记念刘和珍君》，《鲁迅全集》3卷《华盖集续编》，290页。

《天平歌诀》（收《三闲集》）

《铲共大观》（收《三闲集》）

《现今的新文学的概观》（收《三闲集》）

《非革命的急进革命论者》（收《二心集》）

《中华民国的新"堂·吉诃德"们》（收《二心集》）

《真假堂吉诃德》（收《南腔北调集》）

《"立此存照"（三）》（收《且介亭杂文末编》）

"掀掉这人肉的筵席"

——读《灯下漫笔》及其他

且先释题。鲁迅喜欢在"灯下"写作。女作家萧红有过这样的回忆——

> 全楼都寂静下去，窗外也是一点声音没有了，鲁迅先生站起来，坐到书桌边，在那绿色的台灯下开始写文章了。
>
> 许先生说鸡鸣的时候，鲁迅先生还是坐着，街上的汽车嘟嘟的叫起来了，鲁迅先生还是坐着。
>
> 有时许先生醒了，看着玻璃窗白萨萨的了，灯光也不显得怎样亮了，鲁迅先生的背影不像夜里那样黑大。鲁迅先生的背影是灰黑色的，仍旧坐在那里……[1]

---

[1] 萧红：《回忆鲁迅先生》，收《鲁迅回忆录》"散篇"中册，717页，北京出版社，1999年版。

日本作家增田涉也有这样的观察——

> 有一次夜里两点钟的时候，我走过他所住的大楼下面，只有他的房间还亮着灯，那是青色的灯光。透过台灯的青色灯罩发出的青色的光，在漆黑的夜里，只有一个窗门照耀着，那不是月光，但我好像感到这时的鲁迅是在月光里。……

> 在月光一样明朗，但带着悲凉的光辉里，他注视着民族的将来。[1]

鲁迅写过《夜颂》，说自己是"爱夜的人"。据说爱夜的人"有听夜的耳朵和看夜的眼睛，自在暗中，看一切暗"。[2]——那么，那一时刻，1925 年 4 月 29 日这一夜，灯下，暗中坐着的鲁迅，又"看"到了"暗"中被掩盖着的什么呢？

而且是"漫笔"。

"漫"，既是内容的"漫"无边际，又是"心事浩茫连广宇"的"漫漫"心绪，还是一种"漫延开来"的思维方式——鲁迅曾谈到自己"动起笔来，总是离题有千里之远"，"（总）是胡思乱想……总像断线风筝似的收不回来"[3]，所说的就是这种思维的联想力。同时，既称为"漫笔"，这也是"散"漫无拘，笔随心意、兴之所至的笔墨趣味。

---

[1]　增田涉：《鲁迅的印象》，收《鲁迅回忆录》"专著"下册，1385、1384 页，北京出版社，1999 年版。

[2]　《夜颂》，《鲁迅全集》5 卷《准风月谈》，203 页。

[3]　《庆祝沪宁克复的那一边》，《鲁迅全集》8 卷《集外集拾遗补编》，196 页。

这正是"五四"时期所盛行的文体：随笔。1990 年代末似乎又再度兴盛，而且有"学者随笔"之说；那么，鲁迅这篇也可算是"学者随笔"的开路之作——不过，这已是题外话。

拉回"题内"，还要再说一句：作者既点明"漫笔"，我们在阅读时，就要注意其漫衍无际的"心事（心绪）""思维""笔墨"，从散漫无序中抓住其"思想"的要点，也即前面所说，作者独具的"夜眼"对于我们所生存的社会、历史的独特发现。

一

先读《灯下漫笔》之一。

作者首先叙述了自己（以及普通老百姓）所亲历的一件不大不小的日常生活事件：如何相信国家银行而将银元换成钞票，又如何因政局不稳要将钞票转换银元而不得，听说暗中有了行情又如何赶去兑现，即使被打了折扣也在所不惜。——正是普通人的日常生活，人们习以为常的生活现象，成为鲁迅思考的起点，成为他的思想探索的开发口；最平凡的、最普遍的，也是最深刻的：这是鲁迅的杂文（随笔）思维与写作的特点。

细加琢磨，就会发现，作者在叙述中着意突出了"人"（老百姓与自己）在事件过程中心情的变

《坟》封面，陶元庆设计

化；于是注意到了如下关键词：开始换钞票时的"乐意"，停止兑现时的"不甘心"与"恐慌"，最后打折兑换、吃了亏以后的"非常高兴"与"更非常高兴"。还有一个细节也颇发人深省，第一、三、四段都写到"银元装在怀中"，感觉却大不一样：开始只觉得"沉重累赘"，几乎失去又终于得到（尽管打了折扣）后就"沉甸甸地觉得安心，欢喜"。这里，对人对外在事件的内心反应的关注，也即对人的精神世界的关注，构成了鲁迅杂文（随笔）思维与写作的一个特点。

问题是，作者那双"看夜"的眼睛，从这日常生活与普通人的心理反应背后，看到、想到了什么？

于是，进入了本文的第二个层面。

而要进入这一层面，就必须实现思想（思维）的一个飞跃，这就是第四自然段（也即通常所说的"过渡段"）所说，"突然起了另一思想"：我们也可以称之为"多级跳跃"中的第一级——

我们极容易变成奴隶，而且变了之后，还万分喜欢。

这也是作者在本文中所提出的第一级判断。这一判断是紧接前文"倘在平时，钱铺子如果少给我一个铜元，我是决不答应的"，现在因为有可能失去全部铜元，即使大打折扣我也万分喜欢这一事实陈述而提出的；但现在已经有了一个理论的提升（飞跃），提出了"奴隶"的概念（这一概念我们将在下文加以界说），"我们"（作者自己与普通百姓）就与"奴隶"发生了联系（"极容易变成"），而同是一个"喜欢"，也有了不同的含义：如果前面几段中，"喜欢"不过是普通人在日常生活中的心绪的一种简单描述；这里，就成了对"奴隶"心理的一个判断。而这一判断是需要加以论证的。于是有了紧接着的"假如……"这一段的假设性的心理分析与论证：当人突然陷于"乱离人，不如太平犬"的境地时，而又突然得到"略等于牛马"的待遇，尽管"不算人"也会"心悦诚服"的——这样的假设心理分析，与前文有关"银元"的得失心理显然具有相似性，鲁迅的联想与推断就是建立在这样的相似性的基础上的。在一般人看来似乎毫不相干的人与事之间，他却能别具眼光地揭示出内在的相似与相通，从而给读者以新奇的发现的喜悦。他也正是借助这样的联想，帮助读者从自己的日常生活经验出发，去理解某些超越经验的社会历史现象与本相。本文就是从兑换银元的心理引出这样的现象：中国历史"历来所闹的就不过是这一个小玩艺"，"当了奴隶还万分喜欢"。——如果前文尚是联想与推断，现在已被证实：是确定无疑的历史事实了。

于是，又有了进一步的推论——

实际上，中国人向来就没有争到过"人"的价格，至多不过是奴隶，到现在还如此。

这是多级跳跃思维中的第二跳，也是最关键的一跳。这也是鲁迅对中国人的生存境遇的最重要的概括与发现，与《狂人日记》里所说中国历史是一部"吃人"的历史的论断与发现，属于同一等级，都需要从鲁迅整体思想体系中去理解。这里要稍微多说几句：如我们在第八讲中所说，鲁迅思想的核心是"立人"，并指明"立人"的根本在"尊个性而张精神"，也就是说，人的个体生命（真实的具体的个别的个体的人，而非普遍的、观念中的人）的精神自由是"人"之成为"人"的本质，是衡量是否具有"'人'的价格"的唯一的绝对的标准。只要人的个体生命还处于物质的，特别是精神的被压抑状态，没有获得个体的精神自由，人就没有根本走出"奴隶"的状态。他以此考察中国社会历史与现状，就得出了本文所说的"中国人向来就没有争到过'人'的价格，至多不过是奴隶，到现在还如此"的结论——这是任何一个中国人从自己的现实生活中都能体会、感受到，而无须论证的，只是看我们敢不敢正视。

鲁迅是反对一切"瞒"与"骗"的；他还要我们正视：中国人更多的情况下，是处于"下于奴隶"的状态的。他举例说，在中国历史中，老百姓经常受到"官兵"与"强盗"的双重"杀掠"，这时候，就很容易产生希望"有一个一定的主子"，制定出"奴隶规则"以便遵循的心理；这与前文"当了奴隶还万分喜欢"的心理是一脉相承的，而且还有发展：身为奴隶，却希望建立稳定的"奴隶秩序"——鲁迅行文至此，发现了这样的奴隶心理，他的心情不能不是沉重的，他的笔调也愈加严峻。

以此观照中国的历史，所看到的竟是中国人的悲惨命运：在五胡十六国、黄巢（唐末）、五代、宋末、元末与明末张献忠时代，"将奴隶规则毁得粉碎"，百姓反不得安宁；"纷乱之极之后"，有人"较有秩序地收拾了天下"，反而"叫做'天下太平'"。由此而推出的自然是这样一个"直捷了当"的结论——

> 一，想做奴隶而不得的时代；二，暂时做稳了奴隶的时代。这一种循环，也就是"先儒"之所谓"一治一乱"。

这是本文"跳跃性"思维的第三级跳，第三个重要发现：它是对中国历史的又一个意义重大的概括。看起来这好像讲的是历史循环，其实质意义是强调，中国人在历史上从来没有"走出奴隶时代"，区别仅在于是"暂时做稳了奴隶"，还是"想做奴隶而不得"，"始终是奴隶"这一本质是没有变的——这也就为下文做好了铺垫。

　　鲁迅的这一论断的另一个含义是，鲁迅赋予"先儒"（实际是孟子）所提出的"一治一乱"说以新的意义：不论是"乱世"还是"治世"，都是"主子"（少数统治者）对"臣民"（大多数老百姓）的奴役；中国历史上的所谓"作乱人物"（例如前文所说的张献忠），就其本质而言，都是给新的"主子"（例如取代明朝统治者的清朝统治者）"清道辟路"的，或者他们自己成为新的统治者（例如历史上的刘邦、朱元璋）——鲁迅对中国历史上的"作乱人物"（其中有些是"农民起义"的领袖）的这一尖锐批判，虽不是本文的主要观点，也是发人深省的。

　　以上这一大段，是本文的主体，通过三次思想的跳跃，提出了对中国人的生存状态与历史的三个重要的概括与判断，是充分显示了鲁迅思想与文章的批判锋芒的。

　　"现在入了那一时代"一问，把文笔转向了现实，也即本文的第三个层面。

　　鲁迅先以退为进："我也不了然"；然后指明现实生活中尽管人们都"不满"于现状，但无论是知识分子（国学家、文学家、道学家），还是普通百姓，所走的路却或是"复古"，或是"避难"，其实质都是在"神往"于"暂时做稳了奴隶"的时代。这言外之意是清楚的："现在"正是"想做奴隶而不得"的时代，而且人们丝毫没有彻底"走出奴隶时代"的要求与愿望——面对这样的现实，面对这样的国民，鲁迅无法掩饰内心的绝望与悲凉。

　　于是，又反弹出挣扎的呼喊：两个反诘句，向每一个读者，也即中国的知识分子与百姓，提出了一个振聋发聩的问题——不满于现在，难道就只能像古人与复古家那样，神往于过去吗？

　　这一反问，就逼出了新的回答，另一种选择：人们不满于现在，无须反顾过去，还可以向前看，"前面还有道路在"。

行文至此，文章退进出入，曲折有致，蓄势已满，终于喷发出震天一吼——

> 创造这中国历史上未曾有过的第三样时代，则是现在的青年的使命！

这一声呐喊，其意义不亚于当年的"救救孩子"，把一种全新的思维、全新的世界展现在中国人民、中国的知识分子面前——不再是在"做稳了奴隶"与"想做奴隶而不得"的历史循环中做被动、无奈的选择，而是自己创造出一个"彻底走出奴隶状态"的全新"第三样时代"；不再仰赖什么救世主，而是依靠全新的一代——"现在的青年"把命运掌握在自己的手里。

这是召唤，是展望，也是激励，整篇文章也就进入了一个新的境界。

二

现在我们来读《灯下漫笔》之二。

如果说前一篇是灯下的漫想，这一篇则是灯下读书有感，很类似前一讲《马上支日记》，连话题也有相关：关于如何看待外国人的中国评论。

这一节开头第一句就很特别，大有先声夺人的气势："凡有来到中国的，倘能疾首蹙额而憎恶中国，我敢诚意地捧献我的感谢，因为他一定是不愿意吃中国人的肉的！"——中国人从来是爱喜鹊而憎乌鸦（前一讲已有分析），更渴望所谓"外国朋友"说好话（民族自大背后隐藏着的是民族的自卑心理），像鲁迅这样感谢"憎恶中国"者，就有些特别；而说"吃中国人的肉"，在习惯于说持中之言的中国人看来，就有些"言重"，太"激烈"了。

但鲁迅是有据而发的：就是正在读的这本《北京的魅力》，大谈历史上的外国"征服者"如何最终被中国的"生活美"所"征服"，这就是所谓"支那生活的魅力"——如下文所说，"我们的有些乐观的爱国主义者"因此而"欣然喜色，以为他们将要被中国同化了"；而鲁迅看到的却是真正的民族危机：不过是"将曾经献于北魏，献于金，献于元，献于清的盛宴"献于西方殖民者；"古人曾以女人作苟安的城堡，美其名以自欺曰'和亲'，今人还用子女玉帛为作奴的赞敬，又美其名曰'同化'"——中国人在任何时候、任何问题上，哪怕是关乎民族生死存亡的大事，都要自欺欺人。鲁迅前面所说的"感谢"正是基于这样的民族危机感："倘有外国的谁，到了已有赴宴的资格的现在，而还替我们诅咒中国的现状者，这才是真有良心的真可佩服的人！"——我们不难体会这背后的隐忧：在这个弱肉强食的世界里，这样的"真有良心"者又有多少呢？

鲁迅更为关注的，还是中国自身的问题；于是，又围绕上文提出的"盛宴"展开深入的讨论。

首先，这样的"盛宴"是怎样形成的。鲁迅说，这是"我们自己早已布置妥帖"的，也就是我们自身制造的。这就进入了对中国的社会结构的考察。鲁迅引用《左传》"天有十日，人有十等"这段记载，指出中国社会有一个"有贵贱，有大小，有上下"的等级结构，"一级一级的制驭着"。处在这样的社会结构中，每一个人都被安置在某一等级上，一面"自己被凌虐"，受着上一等级的压迫；一面"也可以凌虐别人"，压迫下一等级的人。如鲁迅所说，即使是处于最底层者，还有"比他更卑的妻，更弱的子在"，而子也有他日长大，"便又有更卑更弱的妻子，供他驱使"的希望，这就是互为"连环"，"各得其所"，既"不能动弹，也不想动弹"，天下永远"太平"（如前文所说，只在"想做奴隶而不得"与"做稳了奴隶"之间循环——在这个等级社会结构里，每一个人既是奴隶，又是奴隶主）。"有敢非议者，其罪名曰不安分"，自是要遭到全社会的谴责以至迫害：这个等级结构是高度统一与封闭的，绝不给异端（不同意见者、批评者）以任何存在空间。

鲁迅接着提醒人们注意：这并非"辽远"的"古事"，或者说，这样的传统已经完整地保留下来，也就是"中国固有的精神文明，其实并未为共和二字所埋没"。因此，中国社会的"太平景象还在"：依然无"叫唤"无"横议"，一切各得其所；而"对国民如何专横，向外人如何柔媚，不犹是等级的遗风么？"——尽管鲁迅用的是调侃的语气，但内在的沉重却是掩盖不住的，在写在两个月前的一篇文章里，鲁迅即发出这样的感叹："我觉得仿佛久没有所谓中华民国。我觉得革命以前，我是做奴隶；革命以后不多久，就受了奴隶的骗，变成他们的奴隶了"[1]——依然没有走出等级制的奴隶时代。

于是，就有了对中国现实的这样的描述："我们在目前，还可以亲见各式各样的筵宴，有烧烤，有翅席，有便饭，有西餐。但茅檐下也有淡饭，路傍也有残羹，野上也有饿莩；有吃烧烤的身价不资的阔人，也有饿得垂死的每斤八文的孩子。"——与众多的中国与外国的文人一味赞美中国的、北京的"饮食文化"的精美（即鲁迅所读的这本日本人写的《北京的魅力》标题所示）不同，鲁迅尖锐地揭示了其背后的、被忽略了的大多数普通老百姓的日常生活（即所谓"茅檐下"的粗茶

---

[1] 《忽然想到（三）》，《鲁迅全集》3卷《华盖集》，16页。

"淡饭"），以及被掩盖着的"残羹""饿莩"，被饥饿所迫的身体的廉价出售等这样的血淋淋的事实！

鲁迅由此而引出对中国的"文明"本质的一个概括——

> 所谓中国的文明者，其实不过是安排给阔人享用的人肉的筵宴。所谓中国者，其实不过是安排这人肉的筵宴的厨房。

这又是一个石破天惊的发现，构成了全文（包括《灯下漫笔》之一）的一个高峰，可以说鲁迅整个的论述都是奔向这一思想与情感的顶点。而这一论断引起的反响也是空前的激烈：或被震动、唤醒，或被刺痛、激怒，或感到茫然不可理解。赞之者以为深刻，入木三分；批评者认为过于偏激。但有一点是共同的：在这样的论断面前，人们无法无动于衷。

而鲁迅自己，却态度鲜明："不知道而赞颂者是可恕的，否则，此辈当得永远的诅咒！"鲁迅并进一步分析了赞颂的原因：外国人中有两种，"其一是以中国人为劣种，只配悉照原来模样，因而故意称赞中国的旧物"；另一则是到中国来"看辫子"，以满足其好奇心——这其实都是一种殖民心态，鲁迅以"可憎恶"三字斥之。而更让鲁迅痛心的是，这"人肉的筵宴""不但使外国人陶醉，也早使中国一切人们无不陶醉而且至于含笑"。在鲁迅看来，这里的症结，仍在前述"古代传来而至今还在"的等级制度，"使人们各各分离，遂不能再感到别人的痛苦；并且因为自己各有奴使别人，吃掉别人的希望，便也就忘却自己同有被奴使被吃掉的将来"。这后果自然是严重的："大小无数的人肉的筵宴，即从有文明以来一直排到现在，人们就在这会场中吃人，被吃，以凶人的愚妄的欢呼，将悲惨的弱者的呼号遮掩，更不消说女人和小儿。"——这里，鲁迅特别强调了人肉的筵宴的"现在"式存在；而鲁迅尤感愤怒的，是"弱者"，特别是"女人和小儿""悲惨的"呼号的被"遮掩"：
这是最鲜明地表明了鲁迅的"弱者本位"的思想以及他与社会最底层人
民的血肉联系的。

正因为如此，鲁迅最后的召唤是特别有力的——

这人肉的筵宴现在还排着，有许多人还想一直排下去。扫荡这
些食人者，掀掉这筵席，毁坏这厨房，则是现在的青年的使命！

与前文"创造这中国历史上未曾有过的第三样时代"的呼唤，遥遥呼应；
将昭示着一代又一代的中国的青年，前仆后继地去为完成这样的"使命"
而奋斗不止。

三

对于鲁迅，将中国文明概括为"人肉的筵宴"，自非一时的愤激之
言；如他在《灯下漫笔》里所示，这是他对中国历史的考察（《漫笔》
之一）与社会结构的分析（《漫笔》之二）所得出的结论。这也是他一
以贯之的思想：人们永远也不会忘记他在被称为中国现代文学"开山"
之作的《狂人日记》里的惊人发现——

我翻开历史一查，这历史没有年代，歪歪斜斜的每叶上都写着
"仁义道德"几个字。我横竖睡不着，仔细看了半夜，才从字缝里
看出字来，满本都写着两个字是"吃人"！[1]

---

[1]　《狂人日记》，《鲁迅全集》1卷《呐喊》，447页。

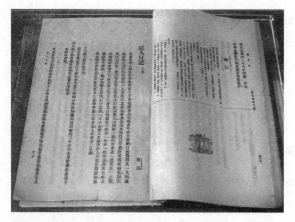

刊载于《新青年》4卷5号的《狂人日记》书影，现藏北京鲁迅博物馆。

鲁迅在写给许寿裳的信中谈到《狂人日记》的写作动因时，说得更为明确："偶阅《通鉴》，乃悟中国人尚是食人民族，因成此篇。此种发现，关系亦甚大，而知者尚寥寥也。"[1] 所谓"食人"（"吃人"）是有双重含义的。首先是实指：《狂人日记》里所说的"易子而食"在《左传》里即有记载，徐锡林（麟）心肝被炒吃更是人所共知的近代史的事实，小说中"大哥"所说的"割股疗亲"也是《宋史》里早有此说的。近年这类食人现象已引起了学术界的关注，曾出版过《中国古代的食人》《中外食人史话》这类专著。据学者的研究，中国的食人的特点一是数量大，二是常在伦理道德的美名下食人，所谓"割骨疗亲"就是打着儒家的"孝道"的旗号，《宋史》上说的就是"上以孝取人，则勇者割股"。而且这样的残酷的食人已进入了中国的文学描写，被审美化了，像《三国演义》里就公然歌颂刘安以"杀妻献肉"的行为实现他的"忠孝两全"的"理想"。在鲁迅看来，这其实都是反映了中国国民性中的"嗜杀性"，以及对人的生命的忽略的。这一点，我们在本书第一讲即有涉及，就不再多论。[2] "食人"这一命题当然更具有象征性，

[1]　《180820　致许寿裳》，《鲁迅全集》11卷《书信（1904—1926）》，365页。

[2]　拙著《话说周氏兄弟》第七讲对"食人"问题有更深入的讨论，有兴趣者可参看。

与《灯下漫笔》之一中所说"中国人向来就没有争到过'人'的资格"，意思是相近的。也正如我们在本讲第一节所解释，其主要含义是指对人的个体精神自由的扼杀，对人的基本生存发展权利的剥夺，即对人的精神、肉体的奴役与杀害。这些问题也已有多次讨论，不再详述。

这里，要着重讨论的是，鲁迅关注的中心，始终是"人肉的筵席"的"现在"式存在，他最敏感的始终是"人肉的筵席"在现代中国的不断"再生产"。

就在写《灯下漫笔》（1925 年 4 月 29 日作）之后，不到一个月，鲁迅又写了一篇《"碰壁"之后》（1925 年 5 月 21 日作）。谈到女师大校长杨荫榆在饭店里开会，与支持她的教授一起密谋利用权势将学生自治会成员开除，鲁迅突然产生这样的幻觉——

> 我于是仿佛看见雪白的桌布已经沾了许多酱油渍，男男女女围着桌子都吃冰其淋，而许多媳妇儿，就如中国历来的大多数媳妇儿在苦节的婆婆脚下似的，都决定了暗淡的运命。
>
> 我吸了两支烟，眼前也光明起来，幻出饭店里电灯的光彩，看见教育家在杯酒间谋害学生，看见杀人者于微笑后屠戮百姓，看见死尸在粪土中舞蹈，看见污秽洒满了凤籁琴，我想取作画图，竟不能画成一线。我为什么要做教员，连自己也侮蔑自己起来。[1]

这当然不能视为鲁迅的过度敏感及夸张的想象，对于鲁迅，这是一个让他震惊与痛苦的发现：在现代教育的校长、教授与学生的关系中，他发现了新的等级制度的产生，发现了"谋害"——人肉的筵席已经排到了

---

[1]　《"碰壁"之后》,《鲁迅全集》3 卷《华盖集》, 76—77 页。

杨荫榆（1884—1938），任北京女子师范大学校长期间，因强硬处理学运而遭受非议。抗日战争期间，因公开抗议日军暴行而被杀害。

最高学府！而且他必须追问，身为教员的自己，在这样的新的吃人的教育结构中，扮演了什么角色，应负什么责任？——我们也因此联想起当年在《狂人日记》里的那一声撕心裂肺的自责："我未必无意之中，不吃了我妹子的几片肉，现在也轮到我自己……。"

因此，当鲁迅经历了"三一八"惨案与"四一五"大屠杀，"看见了许多血和许多泪"，而自己"只有杂感而已"[1]，就不能不引起更深刻的反省。面对着"血的游戏"，而且"看不见这出戏的收场"，鲁迅终于发现——

我自己也帮助着排筵宴！

他解释说："中国的筵席上有一种'醉虾'，虾越鲜活，吃的人便越高兴，越畅快。我就是做这醉虾的帮手，弄清了老实而不幸的青年的脑子和弄敏了他的感觉，使他万一遭灾时来尝加倍的苦痛，同时给憎恶他的人们赏玩这较灵的苦痛，得到格外的享乐。"[2]

这同样是一个惊心动魄的发现，其所引起的知识分子的震撼不亚于"人肉的筵席"的发现，它使首先觉醒的知识分子不能不正视自身的一

---

[1]　《〈而已集〉题辞》，《鲁迅全集》3 卷《而已集》，425 页。

[2]　《答有恒先生》，《鲁迅全集》3 卷《而已集》，474 页。

个根本性的矛盾。正如鲁迅所说,"人生最痛苦的是梦醒了无路可走",而所谓觉醒的知识分子的最大特点,正是首先从梦中醒来却又找不到路,而且是醒得越彻底越找不到路,如鲁迅在同一篇演讲中所说,我只知道要不断地往前走,要不断地"战斗",但怎么走,走向哪里,如何战斗,则是"不能确切地知道"的。[1]在某种意义上可以说,真正的觉醒的知识分子是必然处于永远的困惑状态中,因此才会有永远的探索的。问题在于,这样的觉醒的知识分子还要求自己担负思想启蒙的社会责任,这样,也就必然将自身的矛盾转移到被启蒙的对象,主要是年轻一代身上,而一旦年轻人"不能再造的生命和青春"遭到屠戮,就会引起几乎是原罪式的自责:这是一个知识分子的社会责任与自身的困惑无力之间的几乎不可解的矛盾,也可以说是所谓觉醒的知识分子的宿命。

但鲁迅仍然表示:我"一面挣扎着,还想从以后淡下去的'淡淡的血痕中'看见一点东西,誊在纸片上"[2]。于是,他又有了许多痛苦的发现。

当有的知识分子将据说是无限美好的"资产文明"推销给中国老百姓,许诺"一个无产者假如他是有出息的,只消辛辛苦苦诚诚实实地工作一生,多少必定可以得到相当的资产"[3],通俗地说,就是"穷人总是要爬,往上爬,爬到富翁的地位","连奴隶也会觉得自己是神仙,天下自然太平了";鲁迅却从这"太平"景象中,看到了另一幅有意被掩盖的图景——

---

[1]　《娜拉走后怎样》,《鲁迅全集》1卷《坟》,168、171页。

[2]　《答有恒先生》,《鲁迅全集》3卷《而已集》,477—478页。

[3]　这是梁实秋在1929年9月《新月》月刊2卷六、七号合刊上发表的《文学是有阶级性的吗?》一文中提出的观点。

爬的人那么多，而路只有一条，十分拥挤。老实的照着章程规规矩矩的爬，大都是爬不上去的。聪明人就会推，把别人推开，推倒，踏在脚底下，踹着他们的肩膀和头顶，爬上去了。大多数人却还只是爬，认定自己的冤家并不在上面，而只在旁边——是那些一同在爬的人。他们大都忍耐着一切，两脚两手都着地，一步步的挨上去又挤下来，挤下来又挨上去，没有休止的。[1]

在被一些知识分子无条件地认同与美化的资本主义的"自由竞争"背后，鲁迅看到的是这样的血淋淋的压榨和倾轧。这是新的等级结构，它鼓励人们为了"爬"到上一等级而相互残杀：这"没有休止"的"挨上去又挤下来，挤下来又挨上去"，正是意味着人们在其中挤人、撞人，也即吃人，同时又被挤、被撞、被吃，但又从整体上被真正的"资本"机器及其掌握者吞食。于是，鲁迅在1930年代的中国社会中，又发现了吃人肉的筵席正在"资本"的名义下继续排下去；也就是说，鲁迅在现代都市文明中，发现了新的奴役关系的再生产，这同样是一个意义重大而影响深远的发现。

更令人震惊的是，当鲁迅在革命队伍中，发现了"革命奸商""革命小贩"，以至"革命工头""奴隶总管"，不但眼见他们如何"用共产青年，共产嫌疑青年的血来洗自己的手"[2]，怎样"使劲的拉住了那颈子套上了绞索的朋友的脚"，以证明自己"内心的忏悔"[3]，而且有了这样的切身体会："以我自己而论，总觉得缚了一条铁索，有一个工头

---

[1]　《爬和撞》,《鲁迅全集》5卷《准风月谈》, 278 页。

[2]　《答杨邨人先生公开信的公开信》,《鲁迅全集》4卷《南腔北调集》, 647 页。

[3]　《中国文坛上的鬼魅》,《鲁迅全集》6卷《且介亭杂文》, 157 页。

在背后用鞭子打我，无论我怎样起劲的做，也是打"[1]，特别是面对"倚势（！）定人罪名，而且重得可怕的横暴者"，"以鸣鞭为唯一的业绩"的"奴隶总管"[2]，鲁迅又发现了新的奴役关系的产生：人肉的筵席还在排着，却是发生在追求自由、解放的革命阵营里，这是格外严重，并且令人特别痛心的。

于是，鲁迅不得不一再地回到他原先的命题上："什么都要从新做过。"[3]

本讲阅读篇目

《灯下漫笔》（收《坟》）

《狂人日记》（收《呐喊》）

《"碰壁"之后》（收《华盖集》）

《题辞》（收《而已集》）

《答有恒先生》（收《而已集》）

《爬和撞》（收《准风月谈》）

《答杨邨人先生公开信的公开信》（收《南腔北调集》）

《中国文坛上的鬼魅》（收《且介亭杂文》）

《答徐懋庸并关于抗日统一战线问题》（收《且介亭杂文末编》）

---

[1] 《350912 致胡风》，《鲁迅全集》13 卷《书信（1934—1935）》，543 页。

[2] 《答徐懋庸并关于抗日统一战线问题》，《鲁迅全集》6 卷《且介亭杂文末编》，557、558 页。

[3] 《忽然想到（三）》，《鲁迅全集》3 卷《华盖集》，17 页。

结束"奴隶时代"

——读《论照相之类》及其他

一

《论照相之类》和《灯下漫笔》一样，都是"随笔"。鲁迅曾翻译厨川白村的《出了象牙之塔》，引入了"随笔"的概念："如果是冬天，便坐在暖炉旁边的安乐椅子上，倘在夏天，则披浴衣，啜苦茗，随随便便，和好友任心闲话，将这谈话照样地移在纸上的东西，就是Essay"；据郁达夫说，"五四"时期凡"弄文墨的人"都深受影响，"随笔"遂成为"五四"散文的重要体式。鲁迅所写的这样的随笔式散文，除本书将涉及的几篇外，还有《春末闲谈》《看镜有感》《说胡须》《论"他妈的"》《从胡须说到牙齿》《杂忆》等，都很值得一读。所谓"任心闲话"，其实在中国民间早有这样的传统，即本书第二讲开头所说的夏夜乘凉的闲聊。这样的聊天儿（朱自清专门写过一篇文章，题目就叫《聊天儿》)，自然是海阔天空，无所不聊；其中一个重要方面就是"摆古"，讲过去的故事。这一篇《论照相之类》即是讲"三十年前"——此文作于 1924 年，上溯三十年，是 19 世纪末，也即清末时期——"S 城"即鲁迅故乡绍兴，围绕"照相"所发生的各种趣闻，捎带发表一点儿议论（自然是站在 1924 年的立场，中间会有一个时空的交错，这本身就很有意思）。今天的读者来看这篇讲一个世纪之前的故事的文章，确有隔世之感，但也会因此而兴味盎然；而鲁迅 1924 年的议论却穿越时空，至今仍保持一种思想的冲击力。整篇文章因为是"任心闲谈"，因此，写得十分从容，收放自如，而鲁迅所特有的幽默，更使这里的文字有一种说不出的韵味，或者就叫作鲁迅的"气味"（这是周作人的概念，我们在第四讲曾做过介绍），这是需要在阅读时细细把玩，而无法言说的。

全篇分三节，一讲"材料之类"，说的是照相术最初传入时怎样被小城百姓视为"妖术"，而引发种种可怕的（今天读者看来又不免是可笑的）传言——这背后其实是一部外来新事物的接受史。三讲"无题之类"，由照相馆里的"阔人的照相"，说到梅兰芳的"黛玉葬花"照，并由此而大发议论："我们中国的最伟大最永久的艺术是男人扮女人"，"因为从两性看来，都近于异性，男人看见'扮女人'，女人看见'男人扮'，所以这就永远挂在照相馆的玻璃窗里，挂在国民的心中"——鲁迅正是从这样的似男非男、似女非女的艺术中，看到了中庸之道下的中国民族病态心理[1]，以及封建性压抑下的性变态。这种心理是人们所不想说、

---

[1]　关于中国传统的中庸之道，鲁迅与钱玄同之间曾有过一次很有意思的讨论：钱玄同曾撰文说，人们曾对 1857 年英法联军侵略广州时的两广总督叶名琛的态度，有一个概括，叫"不战，不和，不守；不死，不降，不走"，钱玄同以为这是能够"作为中国人'持中'的真相之说明"的。鲁迅则认为，要稍做修改，中国的"持中"之道，应该是"似战，似和，似守；似死，似降，似走"。见《我来说"持中"的真相》，《鲁迅全集》7 卷《集外集》，58 页。

不便说的，鲁迅一语道破，就成了"刻薄"。

而我们这里所要着重讨论的是第二节"形式之类"。且看鲁迅如何娓娓道来：先承上文，讲"因为能照相而家产被乡下人捣毁的事情"；但强调的是"三十年前，S城却已有照相馆了，大家也不甚疑惧"，虽然也偶有例外，如闹"义和拳民"时，"要之，S城早有照相馆了"；却又说"但是，S城人却似乎不甚爱照相"；反过来再说"然而虽然不多，那时却又确有光顾照相的人们"，但接着就声明："我也不明白是什么人物，或者运气不好之徒，或者是新党罢。"——请看，"……却……虽然……但是……却……然而……虽然……却……也……"，竭尽旋转腾挪之能事，文章也渐入要紧处，读者的兴趣、注意力终于集中到一点：看看这些中国最早"光顾照相的人们"照的是什么相，照相这种新技艺引起了他们什么样的想象吧。先说"半身像是大抵避忌的，因为像腰斩"——中国人任何时候、任何问题上都会有忌讳；"所以他们所照的多是全身，旁边一张大茶几，上有帽架，茶碗，水烟袋，花盆，几下一个痰盂，以表明这人的气管枝中有许多痰，总须陆续吐出"。——今天的读者读到这里，都会忍俊不禁，也许还能引发研究的兴趣：这里的"帽架，茶碗，水烟袋，花盆"，以至"痰盂"，都显示了那个年代的时尚，颇耐寻味。更有意思的是，"雅人"——"雅人"也是中国任何时候都会有的——"早不满于这样千篇一律的呆鸟了，于是也有赤身露体装作晋人的，也有斜领丝绦装作X人的，但不多"。"但不多"这三字不可忽视：不仅隐含一种幽默，细细品味也会忍俊不禁；更重要的是，由此而引出下面的故事，这才是全文的"核"——

较为通行的是先将自己照下两张，服饰态度各不同，然后合照为一张，两个自己即或如宾主，或如主仆，名曰"二我图"。但设若一个自己傲然地坐着，一个自己卑劣可怜地，向了坐着的那一个自己跪着的时候，名色便又两样了："求己图"。

《求己图》

这样地利用西方新技艺所表达的想象，是令人惊异的，但确是中国人所特有的。鲁迅正是由此而发现了中国国民性的一个重要特征，引发了由此及彼、由表及里、由现实到历史、由个别到普遍的联想与思想的推进。他首先想到的是德国心理学家、哲学家李普斯《伦理学的根本问题》中的一个论断："凡是人主，也容易变成奴隶，因为他一面既承认可做主人，一面就当然承认可做奴隶，所以威力一坠，就死心塌地，俯首帖耳于新主人之前了。"——这里有一个思考的飞跃："求己图"中"一个自己傲然地坐着，一个自己卑劣可怜地，向了坐着的那一个自己跪着"的具体图景，上升为"主"与"奴"的关系，显示了"既为主，又为奴"的自我身份的二重性，即所谓"二我"。鲁迅又因此而联想起中国历史上三国时吴国最后一个皇帝孙皓："治吴时候，如此骄纵酷虐的暴主，一降晋，却是如此卑劣无耻的奴才"——这也是鲁迅思维的特点，他对中国的历史烂熟于心，几乎是顺手拈来就把问题的讨论追索到历史文化的深处。随即又联想到"中国常语说，临下骄者事上必谄，也就是看穿了这把戏的话"——这里又用人们的日常生活经验来证实和加深前面的论断。最后以鲁迅所特有的幽默，对这幅故乡照相馆的"求己图"做出了如下评价："将来中国如要印《绘图伦理学的根本问题》，这实在是一张极好的插图，就是世界上最伟大的讽刺画家也万万想不到，画不出的。"——我们自不难读出这背后的焦虑：涉及的正是中国国民性的"根本问题"。

于是，又有了结尾的感慨：尽管从表面上看，今天照片上的中国人已不再"卑劣可怜地跪着"，却是"很凛凛地"了，但鲁迅却依然"常常将这些当作半张'求己图'看"，鲁迅说这"乃是我的杞忧"——外在形式变了，"既为主又为奴"的国民病态并未变，这就意味着已经成为顽症，很难救治了。本来说的是旧闻趣事，初看时是颇为轻松的；读着读着就严肃起来，末了竟引发出如此沉重的叹息：阅读鲁迅的随笔大体都会有这样的情感体验，这大概也是鲁迅随笔的一个特点吧。

二

而且还会引发我们的许多思考。

我们过去通常讲，中国人有奴性；而在鲁迅的观察中，中国人的奴性不是单独地存在，它是与"主（人）性"合在一起的，并且是相互转换的。这可以说是鲁迅的一大发现，是鲁迅对中国国民性的一个具有重要意义的科学把握。

这是一个典型的鲁迅命题。他在许多著作中，都反复申说——

> 专制者的反面就是奴才，有权时无所不为，失势时即奴性十足。孙皓是特等的暴君，但降晋之后，简直像一个帮闲；宋徽宗在位时，不可一世，而被掳后偏会含垢忍辱。做主子时以一切别人为奴才，

则有了主子，一定以奴才自命：这是天经地义，无可动摇的。[1]

——这里，鲁迅强调了"主子"向"奴才"的转换，关键在"有权"与
"失势（即失去权力）"。这说明中国大一统的权力结构决定了权力在中
国政治、经济、思想、文化、社会生活中起到了决定性的作用：有权就
是主子，没权就是奴才。由此产生的"权力至上""权力崇拜"对中国
国民性的腐蚀作用是不可低估的。

> 奴才做了主人，是决不肯废去"老爷"的称呼的，他的摆架子，
> 恐怕比他的主人还十足，还可笑。这正如上海的工人赚了几文钱，
> 开起小小的工厂来，对付工人反而凶到绝顶一样。[2]

> 我常叹新官僚不比旧官僚好，旧者如破落户，新者如暴发户，
> 倘若我们去当听差，一定是破落户子弟容易侍候，若遇暴发户子
> 弟，则贱相未脱而遽大摆其架子，其蠢臭何可向迩哉。夫汉人之为
> 奴才，三百多年矣，一旦成为主人，自然有手足无措之概。[3]

——鲁迅对"暴发户""新官僚"的心理分析是入木三分的：这也是"主
奴互换"的现代典型。

> 中国人但对于羊显凶兽相，而对于凶兽则显羊相，所以即使显

---

[1] 《谚语》，《鲁迅全集》4卷《南腔北调集》，557页。

[2] 《上海文艺之一瞥》，《鲁迅全集》4卷《二心集》，309页。

[3] 《270728 致章廷谦》，《鲁迅全集》12卷《书信（1927—1933）》，555页。

着凶兽相，也还是卑怯的国民。这样下去，一定要完结的。

我想，要中国得救，也不必添什么东西进去，只要青年们将这两种性质的古传用法，反过来一用就够了：对手如凶兽时就如凶兽，对手如羊时就如羊！

那么，无论什么魔鬼，就都只能回到他自己的地狱里去。[1]

——"对手如凶兽时就如凶兽，对手如羊时就如羊"，这大概就是鲁迅理想的"新国民性"吧。

这样的"主奴互换"的国民心理，其实是我们在第十一讲所讨论的中国传统社会的等级结构的产物。即鲁迅所说，每一个人都处在某一等级上，对于等级在上者，自然是奴才，"被人凌虐"，"被人吃"；对于等级在下者，就变成主人，"可以凌虐别人"，"吃别人"。[2] 而中国的科举制度，更是提供了一个身份变化的机会，即所谓"朝为田舍郎，暮登天子堂"，身份的变化自会直接导致主、奴性的快速转换。而无论是中国的传统小农经济，还是现代资本主义都是不断地制造幻觉：尽管处在奴隶地位，只要勤奋努力，就可以"爬"上去成为主子——而如我们在上一讲所引述的鲁迅在《爬与撞》一文中所说，这不过是诱发了新的相互残杀而已。

我们感兴趣的，还有鲁迅由此而引出的对中国传统的反抗——农民造反的观察与思考。鲁迅曾在一篇杂文里谈到，当年刘邦见到秦始皇说："嗟乎！大丈夫当如此也！"项羽则说："彼可取而代之也！"鲁迅解释说，所谓"如此"，"简单地说，便只是纯粹兽性方面的欲望的满足——

[1] 《忽然想到·七》，《鲁迅全集》3卷《华盖集》，64页。
[2] 《灯下漫笔·二》，《鲁迅全集》1卷《坟》，227页。

威福，子女，玉帛，——罢了"，所谓农民起义就是"取而代之"，其"理想"就是自己来攫取"威福，子女，玉帛"。[1]后来，鲁迅又写了一篇《学界的三魂》，即官魂、匪魂和民魂。鲁迅说"匪"其实是"农民革命军"，但它是绝不会改变政权的性质的，其目的是"将皇帝推倒，自己过皇帝瘾去"，在这个意义上可以说"官魂"与"匪魂"是相通的：在位为官，在野为匪，为匪的最高目标是当官，鲁迅由此而得出了我们在上一讲曾引述过的"在中国最有大利的买卖"是"造反"的结论。[2]鲁迅笔下的"阿Q造反"，就是这样的"彼可取而代之"的"造反"，他那著名的土谷祠的梦，梦见的就是"玉帛"——"元宝，洋钱，洋衬衫，……秀才娘子的一张宁式床"，"子女"——"赵司晨的妹子……邹七嫂的女儿……秀才的老婆……吴妈……"，"威福"——"自己是不动手的了，叫小D来搬，要搬得快，搬得不快打嘴巴……"[3]，"如此"而已。鲁迅后来做了一个总结："至今为止"的革命"不过是争夺一把旧椅子"[4]；《野草》里的《失掉的好地狱》，无论是魔鬼与天神之战，还是人类与魔鬼之战，也都不过是为了争夺地狱的统治权，"油一样沸；刀一样铦；火一样热；鬼众一样呻吟，一样宛转……"[5]。鲁迅在《〈阿Q正传〉的成因》里强调，"此后倘再有改革，我相信还会有阿Q似的革命党出现。我也很愿意如人们所说，我只写出了现在以前的或一时期，但我还恐怕我所看见的并非现代的前身，而是其后，或者竟是二三十年之后"[6]，这是大

[1]　《随感录·五十九"圣武"》，《鲁迅全集》1卷《热风》，372页。

[2]　《学界的三魂》，《鲁迅全集》3卷《华盖集续编》，221页。

[3]　《阿Q正传》，《鲁迅全集》1卷《呐喊》，540页。

[4]　《上海文艺之一瞥》，《鲁迅全集》4卷《二心集》，308页。

[5]　《失掉的好地狱》，《鲁迅全集》2卷《野草》，205页。

[6]　《〈阿Q正传〉的成因》，《鲁迅全集》3卷《华盖集续编》，397页。

有深意的。直到逝世前三个月，鲁迅还在一封通信里，为"《阿Q正传》的本意""了解者不多"而感叹不已。[1]——能够彻底结束"主奴互换"的历史的真正的革命（改革），何时到来呢？这是鲁迅，以及一切中国的志士仁人们翘首以待的。

三

　　鲁迅的日本老友增田涉曾这样谈到他对鲁迅的观察与认识："读鲁迅的著作，和在他的日常生活里，经常出现'奴隶'这个词"；"我好像感到自己具有的'奴隶'这个词的概念，和他那充满切实感觉的词之间，有着特别的距离，而多少有点迷惑了"；"我知道了鲁迅所说的'奴隶'，是包藏着中国本身从异民族的专制封建社会求解放在内的诅咒，同时又包藏着从半殖民地的强大外国势力压迫下求解放在内的，二重三重的诅咒"，"这一现实是经常在他的生存中，经常在鼓动他的热情，缠住他的一切思考"。增田涉强调，"这一点，我们必须切实知道。因而我们知道他对自己和自己民族的奴隶地位的自觉，就是跟他的'人'的自觉相联结的，同时也应知道正在这儿就有着决定他的生涯的根据"，"这一切都联系到历史的、民族的深广的底层，是他肉体的呼吸，是他根深的意志"。[2]——这确是深知鲁迅之言。

　　这样的"切实"的"奴隶"感觉、刻骨铭心的生命体验，确实是"缠住"了鲁迅的"一切思考"。鲁迅同时又提醒我们要将"奴隶"与"奴才"区别开来——

　　[1]　《360719　致沈西苓》，《鲁迅全集》14卷《书信（1936　致外国人士）》，119页。

　　[2]　增田涉：《鲁迅的印象》，收《鲁迅回忆录》"专著"下册，1381—1382页。

一个活人，当然是总想活下去的，就是真正老牌的奴隶，也还在打熬着要活下去。然而自己明知道是奴隶，打熬着，并且不平着，挣扎着，一面"意图"挣脱以至实行挣脱的，即使暂时失败，还是套上了镣铐罢，他却不过是单单的奴隶。如果从奴隶生活中寻出"美"来，赞叹，抚摩，陶醉，那可简直是万劫不复的奴才了，他使自己和别人永远安住于这生活。就因为奴群中有这一点差别，所以使社会有平安和不安的差别，而在文学上，就分明的显现了麻醉的和战斗的的不同。[1]

这里的界限是十分清楚的：对客观现实存在的奴隶地位与境遇，是正视，还是掩饰以至美化、"赞叹"；是"挣扎"，还是"安住"。前者不过是"单单的奴隶"，后者却是"奴才"。鲁迅斥之为"万劫不复的奴才"，这是因为他们起着"麻醉"的作用，并且使得奴隶社会的统治永得"平安"。因此，鲁迅可以说是竭尽一切努力来揭示奴才的奴性，并且同样紧张地观察着奴性的种种表现形态，并及时地加以揭露。他这方面的文章写得很多，我们只能择其要做一些简单的介绍。

《聪明人和傻子和奴才》（《野草》）。文章一开头就说："奴才总不过是寻人诉苦。只要这样，也只能这样"：这是一个极为准确的概括。要害正在"只要"，也就是说只限于也只止于"诉苦"，因此，"聪明人"表示点同情，奴才就满足了；而"傻子"真的要采取行动，打开一个窗洞，奴才反而大喊起来，将傻子赶走，还借此向主人邀功，并且以主子

---

[1] 《漫与》，《鲁迅全集》4卷《南腔北调集》，604页。后来鲁迅在《"题未定"草（五）》中，再次提醒人们："如果有谁看过非洲的黑奴工头，傲然的拿鞭子乱抽着做苦工的黑奴的电影的"，便不难"分清了奴隶和奴才"。《鲁迅全集》6卷《且介亭杂文二集》，403—404页。

的夸奖为荣：奴才终于"只能"是奴才。——这自然是一个寓言，其中或许更值得注意的是"傻子"的遭遇，这里显然包含了鲁迅本人的痛苦体验。

《再论雷峰塔的倒掉》（《坟》）。文章的内容比较丰富，人们通常注意的是鲁迅关于中国人的"十景病"的论述，关于"悲剧"与"喜剧"的定义。与我们所要讨论的问题有关的是"奴才的破坏"的命题。论述的起点也是日常生活的小事："乡下人迷信那塔砖放在自己的家中，凡事都必平安，如意，逢凶化吉，于是这个也挖，那个也挖，挖之久久，便倒了。"鲁迅由此引起联想："龙门的石佛，大半肢体不全，图书馆中的书籍，插图须谨防撕去"；进而上升为一种国民精神的概括，即所谓"奴才的破坏"。其特点好像有三：一是破坏的原因"仅因目前极小的自利"；二是多数人的破坏行为；三"却难于知道加害的究竟是谁"。但后果仍然严重："只能留下一片瓦砾，与建设无关。"鲁迅由此而申发开去："岂但乡下人之于雷峰塔，日日偷挖中华民国的柱石的奴才们，现在正不知有多少！"

《热风》封面

《随感录·六十五暴君的臣民》（《热风》）。这里所揭露的是"暴君治下的臣民的渴血的欲望"是可怕的：他们"只愿暴政暴在他人的头上，他却看着高兴，拿'残酷'做娱乐，拿'他人的苦'做赏玩，做慰安。自己的本领只是'幸免'"。鲁迅的结论是:"暴君治下的臣民,大抵比暴君更暴。"——这是一个严峻的判断,却说出了真实。

《阿Q正传》(《呐喊》)。阿Q的"精神胜利法"即一种奴性的表现:本来,当人物质上陷于贫困,不能满足,产生某些精神的幻觉,是可以理解的;但沉湎于精神幻觉,满足于所谓"精神胜利",并以此来掩饰现实的奴隶地位,采取"不承认主义",这就成了自欺欺人的瞒和骗了。阿Q精神胜利的另一法就是受到强者(赵太爷们)的欺侮不敢反抗,转向更弱者(例如小尼姑)发泄,这就是鲁迅在《杂忆》一文中所说:"卑怯的人,即使有万丈的愤火,除弱草以外,又能烧掉甚么呢?"——这其实也是"在强者面前为奴,在弱者面前为主"。

《隔膜》(《且介亭杂文》)。这回讲的是清朝的文字狱,"忠而获咎"的故事——说"故事"是因为今天的读者对这些事实在是太陌生了。值得注意的是鲁迅的独特分析。一般人从文字狱中所看到的大都是"清朝的凶虐"与"死者的可怜",而鲁迅却要讨论"获咎"的缘由。鲁迅指出,本来封建等级制度是自有规矩的:"奴隶只能奉行,不许言议;评论固然不可,妄自赞扬也不可,这就是'思不出其位'","进言者方自以为在尽忠,而其实却犯了罪,因为另有准其讲这样的话的人在,不是谁都可说的。一乱说,便是'越俎代谋',当然'罪有应得'","倘自以为是'忠而获咎',那不过是自己的糊涂"——中国人惯做奴才,却"不悟自己之为奴",这是最可悲的事。

还有贾府的焦大,如鲁迅所说,"焦大的骂,并非要打倒贾府,倒是要贾府好,不过说主奴如此,贾府就要弄不下去罢了。然而得到的报酬是马粪"[1]。这倒是真正的"忠而获咎"了——这正是奴才的本

---

[1] 《言论自由的界限》,《鲁迅全集》5卷《伪自由书》,122页。

1987 年版《红楼梦》"焦大骂贾府"一幕

色与悲哀。

对形形色色的奴性的批判，确实构成了鲁迅"改造国民性"思想的重要内容，也是他的思想的一个贯穿性线索。我们可以感到，鲁迅对于奴性，有一种近乎本能的敏感，即使是最隐蔽、最曲折的表现形态，也都逃不过他的"金睛火眼"。这本身就给我们提供了一个观察和理解"没有丝毫的奴颜和媚骨"的鲁迅的角度。

本讲阅读篇目

《论照相之类》（收《坟》）

《论雷峰塔的倒掉》（收《坟》）

《说胡须》（收《坟》）

《再论雷峰塔的倒掉》（收《坟》）

《看镜有感》（收《坟》）

《春末闲谈》（收《坟》）

《杂忆》（收《坟》）

《论"他妈的！"》（收《坟》）

《从胡须说到牙齿》（收《坟》）

《随感录 六十五暴君的臣民》（收《热风》）

《随感录 五十九"圣武"》（收《热风》）

《阿Q正传》（收《呐喊》）

《聪明人和傻子和奴才》（收《野草》）

《失掉的好地狱》（收《野草》）

《忽然想到·七》（收《华盖集》）

《学界的三魂》（收《华盖集续编》）

《谚语》（收《南腔北调集》）

《漫与》（收《南腔北调集》）

《言论自由的界限》（收《伪自由书》）

《隔膜》（收《且介亭杂文》）

《"题未定"草·五》（收《且介亭杂文二集》）

"真的知识阶级"的历史选择

——读《关于知识阶级》及其他

一

1927 年 10 月 25 日鲁迅在上海劳动大学做了一次重要的演讲，题目是《关于知识阶级》。——顺便说一点，演讲稿也是鲁迅著作中的重要组成部分。著名的有《娜拉走后怎样》《未有天才之前》（《坟》），《革命时代的文学》《读书杂谈》《魏晋风度及文章与药及酒之关系》（《而已集》），《无声的中国》（《三闲集》），《对于左翼作家联盟的意见》《上海文艺之一瞥》（《二心集》），《文艺与政治的歧途》（《集外集》），《老调子已经唱完》《帮忙文学与帮闲文学》《今春的两种感想》（《集外集拾遗》）等。[1] 读这些演讲稿，可以想见（至少是

---

[1]　鲁迅还有许多演讲稿发表在当时的报刊上，因未经鲁迅本人审阅而没有收入《鲁迅全集》，现作为"讲演汇编"收入刘运峰编《鲁迅佚文全集》（群言出版社，2001 年版），有兴趣者可参看。

做讲演的鲁迅

可以部分地想见）鲁迅当年的风采，是很有意思的。

　　但鲁迅自己却在这篇《关于知识阶级》的演讲里，一开头即声明："我没有什么学问和思想，可以贡献给诸君"，"我不会讲演，也想不出什么可讲的，讲演近于做八股，是极难的，要有讲演的天才才好，在我是不会的"。鲁迅在好多场合都说过类似的话，在《南腔北调集·题记》里，他还这样自嘲说："据说，我极喜欢演说，但讲话的时候是口吃的，至于用语，则是南腔北调。前两点我很惊奇，后一点可是十分佩服了。真的，我不会说绵软的苏白，不会打响亮的京腔，不入调，不入流，实在是南腔北调。"[1] 这里所说的"不入调，不入流"，所表现的是一种边缘心态，因此，公开演讲者所扮演的公众人物角色，是他所不习惯，甚至要竭力逃避的。他在一篇演讲里，就说听众的鼓掌"是很危险的东西，

---

[1]　《南腔北调集·题记》，《鲁迅全集》4卷《南腔北调集》，427页。

拍了手或者使我自以为伟大不再向前了，所以还是不拍手的好"[1]，也是表现了对在公众的鼓掌中失去自我的恐惧。而更为内在的是他的自我怀疑，就是这篇《关于知识阶级》里所说，"我想对知识阶级发表一点个人的意见，只是我并不是站在引导者的地位，要诸君都相信我的话，我自己走路都走不清楚，如何能引导诸君？"这也是鲁迅一再申说的，在《写在〈坟〉后面》里，鲁迅就说过："中国大概很有些青年的'前辈'和'导师'罢，但那不是我，我也不相信他们。我只很确切地知道一个终点，就是：坟。然而这是大家都知道的，无须谁指引。问题是在从此到那的道路。那当然不只一条，我可正不知那一条好，虽然至今有时也还在寻求。在寻求中，我就怕我未熟的果实偏偏毒死了偏爱我的果实的人。"鲁迅还十分动情地说了这样一番话："还记得三四年前，有一个学生来买我的书，从衣袋里掏出钱来放在我手里，那钱上还带着体温。这体温便烙印了我的心，至今要写文字时，还常使我怕毒害了这类的青年，迟疑不敢下笔。我毫无顾忌地说话的日子，恐怕要未必有了罢。"[2]——演讲就更是如此。鲁迅总是将自己思考的过程，自己的困惑，向听众袒露；同时强调仅是个人的意见，是可以而且应该质疑的：他要求听众与自己一起来思考与探索。在这个意义上，听鲁迅演讲是不轻松的：他逼你紧张地思索与不断地诘难演讲者和你自己。

何况鲁迅这一回讨论的是一个如此严肃而重大的问题：关于知识阶级。

而鲁迅首先谈及的，却是视知识为"罪恶"，要"打倒"以至"杀"

---

[1] 《文艺与政治的歧途》，《鲁迅全集》7卷《集外集》，119页。鲁迅在本文也说了类似的话。

[2] 《写在〈坟〉后面》，《鲁迅全集》1卷《坟》，300、301页。

知识阶级的思潮——鲁迅可以说一生都对这样的社会思潮保持高度的
警惕:"五四"以后,他即写文对"智识即罪恶"的反智主义的哲学高
调予以辛辣的嘲讽[1];1930 年代,当有人别有用心地高喊"知识过剩",
鲁迅立即著文尖锐地揭露:"智识太多了,不是心活,就是心软。心活
就会胡思乱想,心软就不肯下辣手。结果,不是自己不镇静,就是妨碍
别人的镇静。于是灾祸就来了。所以智识非铲除不可。"[2]在具有愚民
传统的中国,反知识、反知识分子的社会思潮是很容易泛滥的,鲁迅
的警惕正是反映了他对中国国情的深刻理解与把握;尤其是当他要对
知识分子进行批判性的审视的时候,就更有必要首先与这样的思潮划
清界限,也就是说,对知识分子弱点的揭示,绝不能导致对知识与知识
分子本身的否定。

在肯定了这样的前提以后,
鲁迅才开始了他对知识分子问题
的讨论。他所关注的主要是两个
问题。首先是知识分子和平民的
关系问题。他指出,俄国的知识
阶级和中国的不同,就在于他们
"确能替平民抱不平,把平民的痛
苦告诉大众",其原因是他们"与
平民接近,或自身就是平民"。这
里自然暗含着对中国知识分子的
批评,鲁迅在好些地方,都反复

《南腔北调集》封面

[1] 《智识即罪恶》,《鲁迅全集》1 卷《热风》,389—392 页。

[2] 《智识过剩》,《鲁迅全集》5 卷《准风月谈》,236—237 页。

《且介亭杂文》封面

强调，"我们中国的文字，对于大众，除了身分，经济这些限制之外，却还要加上一条高门槛：难。单是这条门槛，倘不费他十来年工夫，就不容易跨过。跨过了的，就是士大夫"；正因为文字始终是"特权者的东西"，中国就少有平民出身的知识分子。[1]即使有，一旦"跨过"门槛，成了"士大夫"，"变成一种特别的阶级"，也就"不但不同情于平民或许还要压迫平民，以致变成了平民的敌人"。鲁迅认为，这样的知识分子的"贵族"化，正是"知识分子的缺点之一"。——这自然不是无的放矢，并且是抓住了要害的。

鲁迅更关注知识、知识分子与权力的关系：这同样也是一个要害问题，并且关系到知识分子自身"不可免避的运命"。鲁迅要人们注意两个事实："在革命时代是注重实行的，动的"，思想"倒有害"；"知识阶级对于别人的行动，往往以为这样也不好，那样也不好"，"所以在皇帝时代他们吃苦，在革命时代他们也吃苦"——鲁迅在同一时期的《文艺与政治的歧途》的演讲里，对此有更明确的论述。他说，"理想和现实不一致"，这是文艺家（知识分子）"注定的运命"，他们是永远"不安于现状"的；当受压迫的时候，"文艺家的话，政治革命家原是赞同过；直到革命成功，政治家把从前所反对那些人用过的老法子重新采用

---

[1]　参看《门外文谈》，《鲁迅全集》6 卷《且介亭杂文》，95 页。

起来，在文艺家仍不免于不满意，又非被排轧出去不可，或是割掉他的头"，自然也会有人在革命成功以后来"恭维革命颂扬革命"，那其实就是"颂扬有权力者"，但这与知识分子、革命、文学都没有关系："世间那有满意现状的革命文学？除了吃麻醉药！"[1] 由以上的事实，鲁迅引出了一个重要结论——

> 知识和强有力是冲突的，不能并立的；强有力不许人民有自由思想，因为这能使能力分散。……因为各个人思想发达了，各人的思想不一，民族的思想就不能统一，于是命令不行，团体的力量减小，而渐趋灭亡。在古时野蛮民族常侵略文明很发达的民族，在历史上是常见的。……

> 思想一自由，能力要减少，民族就站不住，他的自身也站不住了！现在思想自由和生存还有冲突。

这里所谈的是知识分子，特别是中国这样的所谓后发达国家的知识分子必须面对的两个矛盾。首先是与政治强权的矛盾与冲突。鲁迅在前述《文艺与政治的歧途》里，就讲到了二者思想逻辑上的对立："政治想维系现状使它统一，文艺催促社会进化使它渐渐分离；文艺虽使社会分裂，但是社会这样才进步起来。"[2] 而中国这样的有着专制传统的国家里，二者的矛盾是必然以政治家利用自己所掌握的权力对文艺家（知识分子）实行专政，剥夺他们说话的权利以至生命这样的反人道的方式来

---

[1]　《文艺与政治的歧途》，《鲁迅全集》7卷《集外集》，120、121页。

[2]　同上书，116页。

解决。在这样的严酷的国情下，很容易导致文艺家（知识分子）向政治强权的屈服，而如鲁迅所说，一旦放弃自己的社会批判的功能，成为权力的颂扬者，文艺家（知识分子）也就不再是自身了。

更为严峻的是民族"生存"与"思想自由"的矛盾与冲突。处于落后地位的后发达国家，为了尽快地改变"落后挨打"的境遇，赶上西方发达国家，很容易接受这样的实现现代化的发展模式，即利用国家与政治强权的力量，把全国人民组织起来，实行思想与行动的高度统一，以实现最大限度的社会总动员，即所谓"集中力量搞建设"；而这样的富国强兵的国家主义的现代化道路，是以牺牲个人的自由为代价的。也就是说，在这样的发展模式中，很容易造成政治强权代表国家、民族利益的假象，而强调思想自由的知识分子尽管从根本上代表了民族大多数的利益（这是因为政治强权必然是代表少数利益集团的利益，把国家发展的代价转移到普通平民身上的，即以多数人的相对贫困来获得少数人的富裕），却反而有可能被视为国家建设的破坏者，甚至"不爱国"的"人民公敌"。

这是对知识分子的真正考验。鲁迅正是这样提出问题：面对政治强权在所谓"国家利益"的旗号下对思想自由的剥夺与精神压迫，"知识阶级将怎么样呢？是在指挥刀下听令行动，还是发表倾向民众的思想呢？"鲁迅做了旗帜鲜明的回答——

　　要是发表意见，就要想到什么就说什么。真的知识阶级是不顾利害的，如想到种种利害，就是假的，冒充的知识阶级；只是假知识阶级的寿命倒比较长一点。像今天发表这个主张，明天发表那个意见的人，思想似乎天天在进步；只是真的知识阶级的进步，决不能如此快的。不过他们对于社会永不会满意的，所感受的永远是痛苦，所看到的永远是缺点，他们预备着将来的牺牲，社会也因为有了他们而热闹，不过他的本身——心身方面总是苦痛的；因为这也是旧式社会传下来的遗物。

应该说，这是鲁迅整篇演说的核心内容，应仔细琢磨。首先注意到的是，鲁迅在这里提出了一个十分重要的概念："真的知识阶级"。这是我们在第十讲已做详细分析的鲁迅"反对瞒和骗，区分真和假"的一贯思想的新的运用与发展，也是第十讲和第八讲说到的 20 世纪初提出的"伪士当去"的命题与对"精神界战士"的呼吁的一个呼应。当然，最有价值的自然是鲁迅赋予"真的知识阶级"概念的两个基本内涵：任何时候他们都站在平民这一边，"发表倾向民众的思想"；"他们对于社会永不会满意"，因而是永远的批判者，在这个意义上，也可以说，他们是"永远的革命者"。[1]如果说，20 世纪初鲁迅谈到"精神界战士"与"伪士"时，主要强调的是知识分子所必须具有的"精神"特质（精神信仰与精神的原创力）及反抗行动之间的关系；而在 1927 年，鲁迅讨论的着眼点则是知识分子与民众和社会的关系：鲁迅的思考任何时候都是从他所生活的时代中国的现实所提出的问题出发的，同时也总是与他自我的生命选择紧密联系在一起的。我们很容易就发现，鲁迅在这里强调知识分子的平民立场与永远的批判性，显然融入了 1925 年至 1927 年间，从"三一八"惨案到"北伐战争"到"四一二"上海大屠杀、"七一五"广东大屠杀等这样一系列的中国社会大变动中的历史经验，以及鲁迅个人的生命体验，借用鲁迅在《写在〈坟〉后面》里的说法，"这虽然不是我的血所写，

---

[1] 鲁迅是在《中山先生逝世后一周年》一文中，提出"永远的革命者"的概念的；他赞扬孙中山先生："他是一个全体，永远的革命者。无论所做的那一件，全都是革命。无论后人如何吹求他，冷落他，他终于全都是革命。"见《鲁迅全集》7 卷《集外集拾遗》，306 页。

却是见了我的同辈和比我年幼的青年们的血而写的"[1]，这是血的历史的思想结晶。这同时也是现实的思考：大革命失败以后，面对国民党一党专政政权，以及知识分子的大分化，鲁迅做出了自己的回答与选择。因此，我们可以说，1927 年 10 月 4 日鲁迅从广州来到上海不久，即在各大学做《关于知识阶级》（10 月 25 日）、《文艺与政治的歧途》（12 月 21 日）等演讲，都是别有一种意义的，甚至可以说鲁迅的"最后十年"正是由此而开始的。

鲁迅关于"真的知识阶级"的论述还有几点也很值得注意。他强调真的知识阶级是"不顾利害的"。同学们可能还记得，鲁迅曾将"伪士"归结为"掣维新之衣，用蔽其自私之体"；他还指出那些"做戏的虚无党"其实都是些"行私利己"之徒；而"革命的伪士"尽管做出种种"急进"的姿态，骨子里却是"个人主义的论客"[2]。而现在鲁迅又强调真的知识阶级必然以追求真理与普通民众的利益为指归，"如果想到种种利害，就是假的"，这就再一次以是否超越个人私利为区分真、假知识阶级的重要标准，这是耐人寻味的。正因为真的知识阶级唯真理为所求，他们必然是有所坚守的，他们的思想虽然会随着时代的发展不断有所发展，但绝不可能"今天发表这个主张，明天发表那个意见"。鲁迅提醒人们注意：那些"思想似乎天天在进步"的人，是"冒充的知识阶级"，"真的知识阶级的进步，决不能如此快的"：这又是区分真、假知识阶级的一个重要标准。

鲁迅说"只是假知识阶级的寿命倒比较长一点"，这就说到了真的知识阶级的命运。如鲁迅所说，他们"预备着将来的牺牲"，有着巨大

---

[1]　《写在〈坟〉后面》，《鲁迅全集》1 卷《坟》，299 页。

[2]　参看本书第十讲有关论述。

的社会承担，即我们在前几讲所说的"肩住了黑暗的闸门"；"社会也因为有了他们而热闹"——仅只"热闹"而已；鲁迅在《记念刘和珍君》里早已说过，"至多，不过供无恶意的闲人以饭后的谈资，或者给有恶意的闲人作'流言'的种子。至于此外的深的意义，我总觉得很寥寥"。[1]这就决定了真的知识阶级他们"心身方面总是痛苦的"，不仅要因自己的永远的批判立场而承受永远的外在压迫，而且要因不被社会以至民众理解而忍受孤独，而所有的外在黑暗都会转化为内在的黑暗：不断追问与质疑自身选择的意义和价值。这样的质疑是十分彻底的，即使这样的真的知识阶级的痛苦，鲁迅也没有把它神圣化（人们在孤独中是很容易把自己的痛苦神圣化的），他强调"这也是旧式社会传下来的遗物"，也是一种精神病态，他是期待着"20世纪初叶青年"，能够有一个"新的境遇"，"造成新的局面"的——尽管一个世纪以后，我们再来看鲁迅当年的

刘和珍

《华盖集续编》封面

[1] 《记念刘和珍君》，《鲁迅全集》3卷《华盖集续编》，293页。

期待，反而更有渺茫之感。

而且鲁迅及同类真的知识阶级还必须面对一个他所说的"最可怕的情形"："比较新的思想运动起来时，如与社会无关，作为空谈，那是不要紧的，这也是专制时代所以能容知识阶级存在的原故。因为痛哭流泪与实际是没有关系的，只是思想运动变成实际的社会运动时，那就危险了。往往反为旧势力所扑灭。"这里所涉及的问题可能是更带根本性的，即所谓思想启蒙的有限性，这正是鲁迅从"三一八"惨案到"七一五"惨案，一再反省的。他在黄埔军校的演讲中就谈到自己目睹"三一八"惨案中军警"开枪打学生"的时候，就已经明白："文学文学，是最不中用的，没有力量的人讲的"，"中国现在的社会情状，止有实地的革命战争，一首诗吓不走孙传芳，一炮就把孙传芳轰走了"。[1]在经历了国民党的大清洗以后，他更是痛苦地意识到自己说话的"无效力，如一箭之入大海"，说自己终于"悟到凡带一点改革性的主张，倘于社会无涉，才可以作为'废话'而存留。万一见效，提倡者即大概不免吃苦或杀身之祸"。[2]鲁迅在这次演讲中，再次强调这一点，正表明了他正在寻求将"思想运动变成实际的社会运动"，即二者结合的新的可能性。这其实也是"真的知识阶级"的一个重要特征。我们在第八讲中，曾经谈到鲁迅所呼唤的"精神界战士"，就是"立意在反抗，指归在动作"，不仅追求思想的自由，更强调主体的动作、实践的意义，这就注定了要不断地寻求实际社会运动的支持与合作。鲁迅终其一生都没有放弃过这样的努力：从20世纪初寄希望于辛亥革命，到参加"五四"新文化运动，到支持孙中山发动的北伐战争，到1930年代与中国共产党在开展左翼

---

[1]　《革命时代的文学》，《鲁迅全集》3卷《而已集》，442页。

[2]　《答有恒先生》，《鲁迅全集》3卷《而已集》，477页。

文艺运动上的合作，鲁迅始终与反抗社会黑暗的实际运动保持联系，同时，又坚持独立的观察与思考，而几乎每一次都以希望开始，失望（以至绝望）告终 [1]，然后又一切"从新做过" [2]。这样的虽九死而不悔的不屈不挠的努力，是令人感动的：对鲁迅这样的真的知识阶级而言，他们梦寐以求的是中国社会真正的变动，而不仅是空谈而已。

这也正是鲁迅和住在"象牙之塔"里的学者的不同之处。鲁迅当然明白，这是"比较安全一点"的"一条路"："不做时评而做艺术家"，即所谓"为艺术而艺术"。鲁迅说，早就有人劝他"不要发议论，不要做杂感，你还是创作去吧！因为做了创作在世界史上有名字，做杂感是没有名字的"。但鲁迅却不听劝告，理由也很简单："艺术家住在象牙塔中，固然比较地安全，但可惜还是安全不彻底"。鲁迅早已一语道破：中国最安全的地方是"监狱"，"但缺少的就有一件事：自由"。[3] 真的知识阶级所追求的正是思想的独立与自由，在这一点上是绝对不做任何让步的。这也是他们的自我选择的价值取向，也是不可动摇与改变的。而为这样的自主选择，无论付出怎样的代价，做出怎样的牺牲，都是心甘情愿、在所不惜的。

但这必须是出自自我生命需求的自觉的选择，是绝不能强加于他人的：对于真的知识阶级这又是一条不可逾越的底线。因此，鲁迅接着声明："但我并不想劝青年得到危险，也不劝他人去做牺牲，说为社会死了名望好，高巍巍的镌起铜像来。自己活着的人没有劝别人去死的权利。"

---

[1] 参看《希望》，《鲁迅全集》2卷《野草》。

[2] 1925年，辛亥革命十四年之后，鲁迅在《忽然想到·三》里写道："我觉得革命以前，我是做奴隶；革命以后不多久，就受了奴隶的骗，变成他们的奴隶了"，"我觉得什么都要从新做过"。《鲁迅全集》3卷《华盖集》，16—17页。

[3] 《北京通信》，《鲁迅全集》3卷《华盖集》，55页。

自己活着（而且是活得有滋有味）却做出激烈的姿态，诱劝别人（特别是年轻人）去死，那是"冒充的知识阶级"。鲁迅说得好，"假使你自己以为死是好的，那末请你自己先去死吧"：这又是一个区分真、假知识阶级的标准。鲁迅这样的真的知识阶级尽管自己选择了时刻准备牺牲的道路，却是更重视生命的；他说得非常诚恳："我们穷人唯一的资本就是生命。以生命来投资，为社会做一点事，总得多赚一点利才好；以生命来做利息小的牺牲，是不值得的。"

在演说的结尾，鲁迅谈到了"一班从外国留学回来，自称知识阶级，以为中国没有他们就要灭亡的"教授、学者，指的就是曾与鲁迅展开了激烈论战的"现代评论派"诸君子，他们在论战中一面自称"特殊知识阶级"，一面又将鲁迅这样的不同意见的文人学者宣判为"学匪"，扬言要借助于权力的干预将其"投畀豺虎"，这已与知识、知识分子无关，鲁迅因此说"不在我所论之内"，而且怒斥其"我还不知道是些什么东西？！"藐视之情是显而易见的。

最后一句："今天的说话很没有伦次，望诸君原谅！"这自然可以视为谦辞，但不追求严密的逻辑性，有一点意思，即兴发挥，随意拉扯、发散开来，原也是演讲稿这种文体的特色。

二

如前文所说，1927 年底所做的《关于知识阶级》等演讲，既是鲁迅前二十年（特别是"五四"以来的近十年）的总结，又开启了他最后十年的新的生命历程。正是在《关于知识阶级》里，鲁迅宣布，他这样的知识阶级永远不满足于现状，是永远的批判者。这就产生了一个问题：在最后十年里，鲁迅所面对的是怎样的"现状"，他的批判锋芒指向哪里？

我们或许可以从1935年鲁迅写的《五论"文人相轻"——明术》说起。鲁迅谈到"严肃正确的批评家"和"深刻博大的作者"常能够"切帖"地抓住批判对象的本质特征，"制出一个简括的诨名"，"神情毕肖"，"这才会跟了他跑到天涯海角"。鲁迅说，这样的可以永存的"诨名"，有"五四时代的所谓'桐城谬种'和'选学妖孽'"，"到现在，和这八个字可以匹敌的，或者只好推'洋场恶少'和'革命小贩'了罢"。鲁迅接着又说了一句："前一联出于古之'京'，后一联出于今之'海'。"[1]——这是颇耐寻味的，我们是不是可以这样说：鲁迅在"五四"时期和《新青年》的战友们主要着力于对"古之'京'"所代表的传统中国文化的批判，而到了1930年代，鲁迅更关注的，是对"今之'海'"所代表的现代中国文化的批判性审视呢？

而我们知道，在1930年代的中国，以上海为中心的南方城市有一个工业化、商业化的过程，按照西方模式建立起来的现代都市文明得到了畸形的发展，以上海百乐门舞厅、国际饭店等建筑物为标志的消费文化曾有过极度的膨胀。这样的现代化新潮成了众多的文学者的描写对象，构成了人们经常说的"文学的现代性"的重要方面。而作为一个真的知识阶级的鲁迅的独特之处，正在于他"所看到的永远是缺点"：他以批判的、怀疑的眼光烛照被人们认为具有"普泛性"的现代化新潮，揭示其表面的繁荣、发展背后所掩盖的东西。

如果说，鲁迅早在20世纪初在《文化偏至论》等著作中，就有过对西方工业文明所进行的理论上的批判性审视[2]，那么，在1930年代，

------

[1]　鲁迅：《五论"文人相轻"——明术》，《鲁迅全集》6卷《且介亭杂文二集》，394—396页。

[2]　参看本书第八讲的有关分析。

这样的现代都市文明的西方模式，尽管经过许多变形，但已成为鲁迅自己生存的具体环境，他的感受与批判自然是更为深切的。而他作为一个文学家，他的批判又是通过对在这样的现代都市文明土壤上生长出来的新的社会典型的观察、描写来实现的；而且如前文所说，他总是以一个"切帖"的"诨名"来加以概括。

鲁迅首先关注的还是 1930 年代的中国社会结构。早在 1927 年鲁迅就在《再谈香港》一文中这样描写他所看到的香港社会："中央几位洋主子，手下是若干颂德的'高等华人'和一伙作伥的奴气同胞。此外即全是默默吃苦的'土人'，能耐的死在洋场上，耐不住的逃入深山中，苗瑶是我们的前辈。"[1] 以后他又在 1929 年所写的《现今的新文学的概观》里如此写到他眼中的"上海租界"——

> 外国人是处在中央，那外面，围着一群翻译，包探，巡捕，西崽……之类，是懂得外国话，熟悉租界章程的。这一圈之外，才是许多老百姓。[2]

我们在第十一讲中曾经谈到，鲁迅曾在《灯下漫笔》里揭露了中国传统社会里金字塔型的封建等级制度："有贵贱，有大小，有上下，自己被人凌虐，但也可以凌虐别人"[3]；现在他在中国的现代都市社会里又发现了新的圈子型的等级制度的再生产，这自然是意义重大的。

值得注意的是，鲁迅由这样的上海租界的社会结构，引发了对文学

---

[1]　《再谈香港》，《鲁迅全集》3 卷《而已集》，565 页。

[2]　《现今的新文学的概观》，《鲁迅全集》4 卷《三闲集》，137 页。

[3]　参看《灯下漫笔》，《鲁迅全集》1 卷《坟》，227 页。

发展的一种结构的揭示："梁实秋有一个白璧德，徐志摩有一个泰戈尔，胡适之有一个杜威，——是的，徐志摩还有一个曼殊斐儿，他到她坟上去哭过，——创造社有革命文学，时行的文学。"[1] 这里仍然是以某一外国作家为中心，存在着某种依附的关系——鲁迅是主张对外国文学实行"拿来主义"的；但问题在于这种"拿来"必须是"放出眼光，自己来拿"，是具有独立自主性的；如果变成一种顶礼膜拜，一面附骥于洋人，一面又以此炫耀于国人，那就形成了一种文学的等级关系。

在鲁迅看来，对西方的这种依附是全面存在的。在著名的《"友邦惊诧"论》里，他这样揭示中国的政治结构——

> 怎样的党国，怎样的"友邦"。"友邦"要我们人民身受宰割，寂然无声，略有"越轨"，便加屠戮；党国是要我们遵从这"友邦人士"的希望，否则，他就要"通电各地军政当局"，"即予紧急处置，不得于事后借口无法劝阻，敷衍塞责"了！[2]

这里所说的"党国"正准确地概括了 1930 年代中国政权的国民党"一党专政"的本质。而"党国"尽管有着表面的独立，实际上却是依附、听命于"友邦"即西方殖民主义、帝国主义的。这样，鲁迅在 1930 年代现代中国的政治、社会、文化结构中都发现了一种"半殖民性"。这就是说，中国 1930 年代的现代化进程是与"半殖民地化"相伴随的：对这一历史事实是不能回避的。

正是在这样的土壤上，生产出了许多新的社会典型。

---

[1] 《现今的新文学的概观》，《鲁迅全集》4 卷《三闲集》，137 页。

[2] 《"友邦惊诧"论》，《鲁迅全集》4 卷《二心集》，370 页。

首先是"西崽"。鲁迅在《"题未定"草·二》里，专门为其画像。鲁迅说上海滩上洋人的买办、租界上的巡捕的可恶并不在于他的职业，而在其"相"。"相"是内心世界的外在表现：他觉得"洋人势力，高于群华人，自己懂洋话，近洋人，所以也高于群华人；但自己又系出黄帝，有古文明，深通华情，胜洋鬼子，所以也胜于势力高于群华人的洋人，因此也更胜于还在洋人之下的群华人"。所以鲁迅说西崽是"倚徙华洋之间，往来主奴之界"，其实质是依附于东西方两种权势，因此是双重奴才，却以此为资本，把同胞趋为奴隶，这正是西崽的可恶、可憎之处。值得注意的是，鲁迅特意强调，这些西崽虽然吃洋饭，却迷恋传统，"他们倒是国粹家，一有余闲，拉皮胡，唱《探母》；上工穿制服，下工换华装，间或请假出游，有钱的就是缎鞋绸衫子"。[1]鲁迅透过这些表面现象所看到的是新旧两种文化的杂糅，新的奴役关系中依然保留与发展着旧的奴役关系。鲁迅站在"群华人"即中国大多数老百姓的立场上，他就发现在现代中国社会里，中国人受到了三重压迫：既是中国传统势力、传统统治者的奴隶，又是西方殖民主义统治者的奴隶，还是依附于二者的西崽的奴隶。这三重奴隶状态的发现是触目惊心的。

上海滩上还滋生着"洋场恶少"。鲁迅说他们虽是文人，但在文学论争中从不说出"坚实的理由"，"只有无端的诬赖，自己的猜测，撒娇，装傻"[2]，这就颇有些流氓气了。鲁迅曾这样刻画上海滩上的流氓："和尚喝酒他来打，男女通奸他来捉，私娼私贩他来凌辱，为的是维持风化；乡下人不懂租界章程他来欺侮，为的是看不起无知；剪发女人他来嘲骂，社会改革者他来憎恶，为的是宝爱秩序。但后面是传统的

---

[1] 《"题未定"草·二》，《鲁迅全集》6卷《且介亭杂文二集》，366—367 页。

[2] 《扑空》，《鲁迅全集》5卷《准风月谈》，369 页。

靠山，对手又都非浩荡的强敌，他就在其间横行过去。"[1] 可见上海流氓也是既以传统为靠山，又以洋人的"章程"为依托的，而其最基本的职责就是维护现存"秩序"。所以鲁迅说："殖民政策是一定保护，养育流氓的。"[2] 这样，"流氓文化"也就必然构成1930年代上海现代都市文明的一个有机组成部分。鲁迅说其特点是将"中国法"与"外国法"集于一身，可以说它是西方文化与中国传统文化中最恶俗的部分的一个恶性嫁接。鲁迅说："无论古今，凡是没有一定的理论，或主张的变化并无线索可寻，而随时拿了各种各派的理论来作武器的人，都可以称之为流氓。"——这与我们刚刚读过的《关于知识阶级》里所说的"今天发表这个主张，明天发表那个意见"的"冒充的知识阶级"是颇为相似的："伪士"总是有股流氓气。而流氓文化的最大特点也就是无理论、无信仰、无文化，"无所谓法不法，只要被他敲去了几个钱就算完事"。[3] 所以，流

《而已集》封面

《二心集》封面

---

[1]　《流氓的变迁》，《鲁迅全集》4卷《三闲集》，160页。

[2]　《"民族主义文学"的任务和运命》，《鲁迅全集》4卷《二心集》，319页。

[3]　《上海文艺之一瞥》，《鲁迅全集》4卷《二心集》，304—305页。

氓文化的"横行"本身就标示着社会的腐败、无序与混乱，这其实是一种"末路现象"，如鲁迅所说，"这些原是上海滩上久已沉沉浮浮的流尸，本来散见于各处的，但经风浪一吹，就漂集一处，形成一个堆积，又因为各个本身的腐烂，就发出较浓厚的恶臭来了"。也还是鲁迅说得好：这样的"流尸文学仍将与流氓政治同在"。[1]

而作为一个彻底的批判的知识分子，鲁迅的最大特点，还在于他对现代文明的批判，最终都要归结为对知识分子自身的批判性审视。

于是，他发现了"资本家的乏走狗"。近年来人们关于鲁迅与梁实秋的论战谈了很多，却忽略（甚至是回避）了他们之间的一个实质性的分歧：梁实秋公开鼓吹"攻击资产制度即是反抗文明"，"一个无产者假如他是有出息的，只消辛辛苦苦诚诚实实的工作一生，多少必定可以得到相当的资产。这才是正当生活争斗的手段"。[2]在鲁迅看来，这种将资产奴役制度合法化的说教，正是对被压迫的劳动者的蓄意欺骗："虽然爬得上的很少，然而个个以为这正是他自己"，这就制造了一个虚幻的"假相"，人们一方面怀着"只消辛辛苦苦诚诚实实的工作一生，多少必定可以得到相当的资产"的幻想，"安分地去耕田，种地，挑大粪"，一面视与自己处于同一地位、"同在爬"的阶级兄弟为"冤家"，互相排挤、倾轧，"忍耐着一切，两脚两手都着地，一步步的挨上去又挤下来，挤下来又挨上去"[3]：如我们在第十一讲里所分析，这表明"吃人肉的筵席"正在"资产文明"的名义下继续排下去，鲁迅又发现了新的压迫与奴役关系的再生产，这自然是他所不能接受，并必须要加以揭

---

[1] 《"民族主义文学"的任务和运命》，《鲁迅全集》4卷《二心集》，312页。

[2] 梁实秋：《文学是有阶级性的吗？》，收《恩怨录：鲁迅和他的论敌文选》，588、589页，今日中国出版社，1996年版。

[3] 《爬和撞》，《鲁迅全集》5卷《准风月谈》，278页。

露与批判的。

而这样的为新的奴役制度辩护，在 1930 年代的中国绝非个别的存在。鲁迅在一篇题为《从盛宣怀说到有理的压迫》的杂文里，就揭露了这样一种"高论"："反抗本国资本家无理的压迫"。鲁迅一针见血地指出：这实际上是在鼓吹一种"有理的压迫"，而所谓"有理"就是要求被压迫的工人"必须克苦耐劳，加紧生产……尤应共体时艰，力谋劳资间之真诚合作，消弭劳资间之一切纠纷"。[1] 这样的辩护士自然是资本家求之而不得的了。因此，当鲁迅从与梁实秋的论战中，提升出"资本家的乏走狗"的概念时，他已经超越了梁实秋的个人性，他所面对的是一种具有普遍意义的社会典型：凡是为新的资本奴役制度辩护，将其合理化、美化的知识分子都在其中。而"乏"正是中国的这些辩护士的特点：他们拿不出任何有说服力的理论，既无力做学理的辩解，就只有借助于权势者的权力干预来剥夺论战对手的话语权，从而"不战而胜"——当年梁实秋就是这么做的：他在论战中，首先暗示对方是"在电灯杆子上写'武装保护苏联'"的口号，"到××党去领卢布"的；而在 1930 年代国民党统治下，这些罪名都是可以置对方于死地的。在思想论争中，不做学理的辩驳，而想借助权力的"一臂之力"，以"济"自己批评之"穷"，在鲁迅看来，这就是"乏"。[2]

这里所提出的正是知识分子与权力者的关系问题。这也是 1930 年代鲁迅所关注的一个重要方面。鲁迅在写于 1931 年的《知难行难》一文中，指出："中国向来的老例，做皇帝做牢靠和做倒霉的时候，总要和文人学士扳一下子相好。做牢靠的时候是'偃武修文'，粉饰粉饰；

---

[1] 《从盛宣怀说到有理的压迫》,《鲁迅全集》5 卷《伪自由书》, 141 页。

[2] 《"丧家的""资本家的乏走狗"》,《鲁迅全集》4 卷《二心集》, 249—251 页。

做倒霉的时候是又以为他们真有'治国平天下'的大道，再问问看，要说得直白一点，就是见于《红楼梦》上的所谓'病笃乱投医'了。"[1]这就是说，"做皇帝做得牢靠"的时候，就要求知识分子做歌功颂德、粉饰太平的"帮闲"；"做倒霉的时候"，遇到了统治危机，就希望知识分子出来"帮忙"。"倘若主子忙于行凶作恶，那自然也就是帮凶。但他的帮法，是在血案中而没有血迹，也没有血腥气的。"[2]但鲁迅说，帮忙与帮闲都是要有"本领"的，"如果有其志而无其才"，"居然不顾脸皮，大摆架子，反自以为得意，——自然也还有人以为有趣，——但按其实，却不过'扯淡'而已"。鲁迅因此而感叹："帮闲的盛世是帮忙，到末代就只剩了这扯淡。"[3]

鲁迅还发现，处于中国式的现代化过程中的知识分子，不仅不能根本摆脱传统知识分子充当"官的帮忙、帮闲、帮凶"，依附于政治权力的宿命，而且还面临着新的危机：在 20 世纪初，鲁迅即已发出片面地追求物欲，可能使人成为物质的奴隶的警告，而夸大"众治"的力量，也会产生新的危险；现在，在 1930 年代一切都商业化、大众传媒笼罩一切的现代社会，以及将"大众"神圣化的时代新潮中，鲁迅又看到了知识分子有可能成为"商的帮忙帮闲"与"大众的帮闲"的陷阱。[4]

因此，对这三种类型的"帮忙帮闲"的批判，就成为鲁迅 1930 年代文化批判中重要的组成部分。比如在京、海派之争中，鲁迅即指出，"北京是明清的帝都，上海乃各国之租界，帝都多官，租界多商，所以

---

[1]　《知难行难》，《鲁迅全集》4 卷《二心集》，347 页。

[2]　《帮闲法发隐》，《鲁迅全集》5 卷《准风月谈》，289 页。

[3]　《从帮忙到扯淡》，《鲁迅全集》6 卷《且介亭杂文二集》，357 页。

[4]　参看《门外文谈》，《鲁迅全集》6 卷《且介亭杂文》；《帮忙文学与帮闲文学》，《鲁迅全集》7 卷《集外集拾遗》；《从帮忙到扯淡》，《鲁迅全集》6 卷《且介亭杂文二集》；等等。

文人之在京者近官，没海者近商"，"要而言之，不过'京派'是官的帮闲，
'海派'则是商的帮忙而已"[1]；而且鲁迅还发现了二者的合流，即所
谓"京海杂烩"，他分析说："也许是因为帮闲帮忙，近来都有些'不景
气'，所以只好两界合办，把断砖，旧袜，皮袍，洋服，巧克力，梅什
儿……之类，凑在一处，重行开张，算是新公司，想借此来新一下主顾
们的耳目罢。"[2]这背后显然有商业文化的操作，鲁迅对此也有着一种
特殊的敏感，他在很多杂文中，都揭示了在商业文化与大众文化的支配
性影响下，1930 年代中国思想、文化、出版、学术、文艺、教育界等
的种种"奇闻"。这里姑且抄录几段——

> 拾些琐事，做本随笔的是有的；改首古文，算是自作的是有
> 的。讲一通昏话，称为评论；编几张期刊，暗捧自己的是有的。收
> 罗猥谈，写成下作；聚集旧文，印作评传的是有的。甚至于翻些外
> 国文坛消息，就成为世界文学史家；凑一本文学家辞典，连自己也
> 塞在里面，就成为世界的文人的也有。然而，现在到底也都是中国
> 的金字招牌的"文人"。(《文人无文》) [3]

> 就大体而言，根子是在卖钱，所以上海的各式各样的文豪，由
> 于"商定"，是"久已夫，已非一日矣"的了。
>
> 商家印好一种稿子后，倘那时封建得势，广告上就说作者是封
> 建文豪，革命行时，便是革命文豪，于是封定了一批文豪们。……

---

[1]　《"京派"与"海派"》，《鲁迅全集》5 卷《花边文学》，453 页。

[2]　《"京派"和"海派"》，《鲁迅全集》6 卷《且介亭杂文二集》，315 页。

[3]　《文人无文》，《鲁迅全集》5 卷《伪自由书》，86 页。

还有一法是结合一套脚色，要几个诗人，几个小说家，一个批评家，商量一下，立一个什么社，登起广告来，打倒彼文豪，抬出此文豪，结果也总可以封定一批文豪们，也是一种的"商定"。

就大体而言，根子是在卖钱，所以后来的书价，就不免指出文豪们的真价值，照价二折，五角一堆，也说不定的。（《"商定"文豪》）[1]

只要有钱，就什么都容易办了。譬如，要捐学者罢，那就收买一批古董，结识几个清客，并且雇几个工人，拓出古董上面的花纹和文字，用玻璃板印成一部书，名之曰"什么集古录"或"什么考古录"。……捐官可以希望刮地皮，但捐学者文人也不会折本。印刷品固然可以卖现钱，古董将来也会有洋鬼子肯出大价的。这又叫作"名利双收"。不过先要能"投资"，所以平常人做不到，要不然，文人学士也就不大值钱了。（《各种捐班》）[2]

以上这些"无文的文人""商定文豪""捐班学者"等，都是上海滩上的新的社会典型。

还有《文坛三户》——

（破落户：）他先世也许暴发过，但现在是文雅胜于算盘，家景大不如意了，然而又因此看见世态的炎凉，人生的苦乐，于是真的有些抚今追昔，"缠绵悱恻"起来。……于是他们的杰作上，就

---

[1]　《"商定"文豪》，《鲁迅全集》5 卷《准风月谈》，397—398 页。

[2]　《各种捐班》，《鲁迅全集》5 卷《准风月谈》，281—282 页。

大抵放射着一种特别的神彩，是："顾影自怜"。

（暴发户：）暴发户作家的作品，表面上和破落户的并无不同。因为他意在用墨水洗去铜臭，这才爬上一向为破落户所主宰的文坛来，以自附于"风雅之林"，……（但）暴发户之于金钱，觉得比懒态和污渍更有历史的甚深的意义。破落户的颓唐，是掉下来的悲声，暴发户的做作的颓唐，却是"爬上去"的手段。所以那些作品，即使摹拟到和破落户的杰作几乎相同，但一定还差一尘：他其实并不"顾影自怜"，倒在"沾沾自喜"。

（破落暴发户：）暴发不久，破落随之，既"沾沾自喜"，也"顾影自怜"，但却又失去了"沾沾自喜"的确信，可又还没有配得"顾影自怜"的风姿，仅存无聊，连古之所谓雅俗也说不上了。

而且鲁迅还预言：这一户，此后是恐怕要多起来的。但还要有变化：向积极方面走，是恶少；向消极方面走，是瘪三。[1]

应该说，鲁迅对社会大变动中，各类文人的处境与心态的刻画真是入木三分，真实得可怕。

在这样的大变动中，还很容易产生"雅人"与"隐士"。鲁迅说"雅人"的特点，"一，是对于世事要'浮光掠影'，随时忘却，不甚了然，仿佛有些关心，却又并不恳切；二，是对于现实要'蔽聪塞明'，麻木冷静，不受感触，先由努力，后成自然"。但也如鲁迅所说，这不过是"自欺欺人"。[2] 而所谓"现代隐士"，鲁迅更有一个绝妙的描述："泰山崩，黄河溢，隐士们目无见，耳无闻，但苟有议及自己们或他的一伙的，则

---

[1]　《文坛三户》，《鲁迅全集》6卷《且介亭杂文二集》，352—354 页。

[2]　《病后杂谈·四》，《鲁迅全集》6卷《且介亭杂文》，175 页。

虽千里之外，半句之微，他便耳聪目明，奋袂而起，好像事件之大，远胜于宇宙之灭亡者。"[1]鲁迅说得好："中国是隐士和官僚最接近的"，"虽然暂时无忙可帮，无闲可帮，但身在山林，而'心存魏阙'"[2]，说白了，"登仕，是噉饭之道，归隐，也是噉饭之道"[3]——最终仍逃脱不了帮忙与帮闲的窠臼。

早在 20 世纪初，鲁迅就表示过这样的忧虑："往者为本体自发之偏枯，今则获以交通传来之新疫，二患交伐，而中国之沉沦遂以益速矣。"[4]因此，当他观察 1930 年代的中国，在政治、社会、思想、文化各方面，以及知识分子自身，都发现了旧的传统的"偏枯"未去，又染上了西方工业文明的"新疫"，面对封建专制的奴役与资本的奴役的结合，他的内心不能不是十分沉重的。——其实，他在《关于知识阶级》里早已说过，"他的本身——心身方面总是苦痛的"，鲁迅清楚地知道，这就是真的知识阶级的"不可免避的运命"。

本讲阅读篇目

《关于知识阶级》（收《集外集拾遗补编》）

《文艺与政治的歧途》（收《集外集》）

《老调子已经唱完》（收《集外集拾遗》）

《娜拉走后怎样》（收《坟》）

《未有天才之前》（收《坟》）

《革命时代的文学》（收《而已集》）

---

[1] 《隐士》，《鲁迅全集》6 卷《且介亭杂文二集》，232 页。

[2] 《帮忙文学与帮闲文学》，《鲁迅全集》7 卷《集外集拾遗》，405 页。

[3] 《隐士》，《鲁迅全集》6 卷《且介亭杂文二集》，232 页。

[4] 《文化偏至论》，《鲁迅全集》1 卷《坟》，58 页。

《读书杂谈》(收《而已集》)

《魏晋风度及文章与药及酒之关系》(收《而已集》)

《无声的中国》(收《三闲集》)

《对于左翼作家联盟的意见》(收《二心集》)

《上海文艺之一瞥》(收《二心集》)

《智识即罪恶》(收《热风》)

《智识过剩》(收《准风月谈》)

《中山先生逝世一周年》(收《集外集拾遗》)

《五论文人相轻——明术》(收《且介亭杂文二集》)

《再谈香港》(收《而已集》)

《现今的新文学的概观》(收《三闲集》)

《"友邦惊诧"论》(收《二心集》)

《"题未定"草·二》(收《且介亭杂文二集》)

《扑空》(收《准风月谈》)

《流氓的变迁》(收《三闲集》)

《知难行难》(收《二心集》)

《帮闲法发隐》(收《准风月谈》)

《从帮忙到扯淡》(收《且介亭杂文二集》)

《帮忙文学与帮闲文学》(收《集外集拾遗》)

《"民族主义文学"的任务和运命》(收《二心集》)

《爬和撞》(收《准风月谈》)

《从盛宣怀说到有理的压迫》(收《伪自由书》)

《"丧家的""资本家的乏走狗"》(收《二心集》)

《"京派"与"海派"》(收《花边文学》)

《"京派"和"海派"》(收《且介亭杂文二集》)

《文人无文》（收《伪自由书》）

《"商定"文豪》（收《准风月谈》）

《各种捐班》（收《准风月谈》）

《文坛三户》（收《且介亭杂文二集》）

《病后杂谈·三》（收《且介亭杂文》）

《隐士》（收《且介亭杂文二集》）

"其中有着时代的眉目"

——读《伪自由书》《准风月谈》《花边文学》里的杂文

关于鲁迅最后十年的写作生活，他的儿子海婴有这样的回忆——

在我的记忆中，父亲的写作习惯是晚睡迟起。以小孩的眼光判断，父亲这样的生活是正常的。……

整个下午，父亲的时间往往被来访的客人所占据，一般都倾谈很久……

如果哪天的下午没有客，父亲便翻阅报纸和书籍。有时眯起眼睛靠着藤椅打腹稿，这时大家走路说话都轻轻地，尽量不打扰他。……[1]

---

[1] 周海婴：《鲁迅与我七十年》，1—2 页，南海出版公司，2001 年版。

许广平也有类似的回忆：鲁迅于看书读报中有所感，又经反复酝酿，就在客人散尽之后，深夜提笔成文，遇有重要的长文，往往通宵达旦。她还提供这样一个细节：鲁迅看报看得很快，"略略过目一下就完了"，但过了几天忽然要找某一材料，要许广平向旧报翻，如翻不到，必能提示约在某天某一个角头处找，这才找到，足见早已留心。[1]

鲁迅自己也说，他是因报刊所载"时事的刺戟"，有了"个人的感触"，才写成短评[2]，发表在报刊上，以便"对于有害的事物，立刻给以反响或抗争"，算是"感应的神经""攻守的手足"[3]。而每年年终，鲁迅也必定用剪刀、浆糊，将报刊上自己的，以及相关的文章，一起剪贴成书，"借此存留一点遗闻逸事"，以免"怪事随时袭来，我们也随时忘却"。[4]鲁迅因此颇为自得地说自己的杂文，"当然不敢说是诗史，其中（却）有着时代的眉目"[5]，而且，"'中国的大众的灵魂'，现在是反映在我的杂文里了"[6]。

从亲人的回忆与鲁迅的自述里，都可以看出，报刊对于最后十年的鲁迅的特殊重要意义。他正是通过报刊与他所生活的时代，与中国（以及世界）的社会、思想、文化现实发生有机联系：他通过报刊迅速接纳瞬息万变的时代信息，并做出政治的、社会历史的、伦理道德的、审美的评价与判断；用杂文的形式做出自己的反应，借助于传媒的影响而伸入现代生活的各个领域；及时得到生活的回响与社会的反馈。报刊写

---

[1]　许广平：《鲁迅先生的写作生活》，收《鲁迅回忆录》"专著"上册，375—376 页，北京出版社，1999 年版。

[2]　《伪自由书·前记》，《鲁迅全集》5 卷《伪自由书》，4 页。

[3]　《且介亭杂文·序言》，《鲁迅全集》6 卷《且介亭杂文》，3 页。

[4]　《南腔北调集·题记》，《鲁迅全集》4 卷《南腔北调集》，428 页。

[5]　《且介亭杂文·序言》，《鲁迅全集》6 卷《且介亭杂文》，4 页。

[6]　《准风月谈·后记》，《鲁迅全集》5 卷《准风月谈》，423 页。

作，不仅使鲁迅最终找到了最适合于他自己的写作方式，创造了属于他的文体——杂文（鲁迅的杂文正是在这最后十年成熟的），而且，在一定的意义上，甚至成为他的生命存在方式。

我们在前一讲里，曾经说到，鲁迅在最后十年，特别关注以上海为代表的 1930 年代的中国现代都市文明。那么，他是怎样通过报刊的媒介，做出他的观察、审视、反应，并且演化为他的文体——杂文的呢？在他的这些杂文里，呈现了怎样一种"社会相"与"人的灵魂"，描绘出怎样的"时代眉目"？这都是我们所感兴趣的。

一

我们还是先来读他的杂文。

《准风月谈》里有一组杂文，都是由报纸上的某条社会新闻而引发联想，并概括出上海滩上的人的某种生存状态。

《推》：这是"两三月前"的一条社会新闻：一个卖报的孩子，误踹住了一个下来的客人的衣角，那人大怒，用力一"推"，孩子跌入车下，被碾死了——这在中国都市街头是极常见的，类似的新闻至今也还时有所闻。人们司空见惯，谁也不去细想。但鲁迅却念念不忘，想了几个月，而且想得很深、很广。

《准风月谈》封面

被推倒碾死的是一个孩子，而且是穷苦的卖报的孩子，这是鲁迅最不能忍受的。[1]因此，他要追问：推倒孩子的是什么人？——他的考察结论是：穿的是长衫，"总该是属于上等（人）"。

于是，鲁迅由此而联想起上海路上经常遇到的两种"横冲直撞"的人："一种是不用两手，却只将直直的长脚，如无人之境似的踏过来"，"这是洋大人"；"一种就是弯上他两条臂膊，手掌向外，像蝎子的两个钳一样，一路推过去"，"这就是我们的同胞，然而'上等'的"——这一段联想，极具形象性，无论是"踏"与"推"的动作的描摹，还是骄横神态的刻画，都十分传神，充分显示了鲁迅作为文学家的形象记忆与描写能力；但已有了某一程度的概括，由具体的个别人变成了某一类人（"洋大人""上等华人"），而且具有某种象征意味。

由上等华人又产生了"推"的联想，或者说幻觉："上车，进门，买票，寄信，他推；出门，下车，避祸，逃难，他又推。"——这似乎是一连串的蒙太奇动作，极富画面感。"推得女人孩子都踉踉跄跄，跌倒了，他就从活人上踏过，跌死了，他就从死尸上踏过，走出外面，用舌头舔舔自己的厚嘴唇，什么也不觉得。"——这是典型的鲁迅的"吃人"幻觉，是小说家的笔法：既有象征意义，又有生动的细节（"舔厚嘴唇"）。然后又联想起更可怕的场面：十多个力量未足的少年被踏死，"死尸摆在空地上，据说去看的又有万余人，人山人海，又是推"——这又是典型的鲁迅的"看客"恐惧，"又有……又是……"，语气十分沉重。"推了的结果，是嘻开嘴巴，说道：'阿唷，好白相来希呀！'"——这是鲁迅的"看戏"主题的再现：轻佻的语气与前文的沉重形成强烈对比。

行文至此，就自然产生一个飞跃——

---

[1] 参看本书第九讲有关《〈二十四孝图〉》的分析。

住在上海，想不遇到推与踏，是不能的，而且这推与踏也还要廓大开去。要推倒一切下等华人中的幼弱者，要踏倒一切下等华人。这时就只剩了高等华人颂祝着——

"阿唷，真好白相来希呀。为保全文化起见，是虽然牺牲任何物质，也不应该顾惜的——这些物质有什么重要性呢！"[1]

鲁迅以其特有的思想穿透力，赋予"推"的现象以某种隐喻性，揭示了上海社会结构的不平等："下等华人"，尤其是"下等华人中的幼弱者"被任意"推倒"践"踏"；而"高等华人"却在以"保全文化"的名义大加"颂祝"。

鲁迅说，他每读报刊上的文章，特别是那些妙文，总不免"拉扯牵连"，胡乱想开去，于是就产生了许多"若即若离的思想，自己也觉得近乎刻薄"。[2]此篇即是如此，通篇以报纸报道的日常生活现象为思考的出发点，引发联想，由个别到普遍，由具体到抽象，提升、概括出一种社会典型现象或社会类型。但又与作为出发点的生活现象保持"若即若离"的关系：既有概括、提升，当然有所超越（"若离"），但仍保留现象形态的生动性与丰富性，以及情感性特征（"若即"）。这里正体现了小说家与思想家的统一，诗与哲学的统一：这正是鲁迅的杂文思维的特点。

《推》之后，鲁迅又连续写了《"推"的余谈》《踢》《爬和撞》《冲》诸篇，以类似的联想方式，论及了"第三种人"的"推"[3]，中国人被

---

[1] 《推》，《鲁迅全集》5 卷《准风月谈》，205—206 页。

[2] 《匪笔三篇》，《鲁迅全集》4 卷《三闲集》，43 页。

[3] 《"推"的余谈》，《鲁迅全集》5 卷《准风月谈》，242—243 页。

外国巡捕"踢"引起的民族逃路问题[1]，在"自由竞争"美名掩盖下的"爬"和"撞"[2]，以及现代文明时代的"婴儿杀戮"[3]，都是开口小而挖掘深，所揭示的问题都有极大的概括力，至今仍不失其震撼力。

这都是几乎每时每刻发生在中国城市街头的，甚至成了生活常态，但一经鲁迅的思想烛照，就露出了惊心动魄的"那一面"。

> 假如你常在租界的路上走，有时总会遇见几个穿制服的同胞和一位异胞（也往往没有这一位），用手枪指住你，搜查全身和所拿的物件。倘是白种，是不会指住的；黄种呢，如果被指的说是日本人，就放下手枪，请他走过去；独有文明最古的皇帝子孙，可就"则不得免焉"了。这在香港，叫作"搜身"，倒也还不算很失了体统，然而上海则竟谓之"抄靶子"。

就这样一个 1930 年代上海的新俗语"抄靶子"，引起了鲁迅的许多联想。

他想起，中国传统中凡有"凌辱诛戮"，必先将被诛戮者宣布为"不是人"："皇帝所诛者，'逆'也，官军所剿者，'匪'也，刽子手所杀者，'犯'也"。这样改换一下名目，杀戮就成了维护"人道"之义举。而现在，"洋大人的下属""赐"中国人以"靶子"的新"谥"，其民族歧视与凌辱也就符合"人道"了。

而"靶子是该用枪打的东西"，于是，鲁迅联想起"前年九月"即

---

[1]　《踢》，《鲁迅全集》5 卷《准风月谈》，260—261 页。

[2]　《爬和撞》，《鲁迅全集》5 卷《准风月谈》，278—279 页。

[3]　《冲》，《鲁迅全集》5 卷《准风月谈》，257—358 页。

1931 年"九一八"事变以来所发生的一切，并产生了一个可怕的幻景："四万万靶子，都排在文明最古的地方……"——又排开了吃人筵席，这回被吃的是整个中华民族！

由民族的外部危机，鲁迅又联想起在民族内部也即"我们这些'靶子'"们"互相推举起来"又是怎样称呼的：鲁迅说，上海滩上"相骂"时彼此的"赐谥"是"曲辫子"（即乡愚）、"阿木林"（即傻子），还有"寿头码子"，就"已经是'猪'的隐语"；"若夫现在，则只要被他认为对于他不大恭顺，他便圆睁了绽着红筋的两眼，挤尖喉咙，和口角的白沫同时喷出两个字来道：猪猡！"——依然是不把别人当作人！[1]

这里还表现了鲁迅对街头流行的民间方言、土语的敏感：他看到了其背后一个时代的文化、心理，以至社会关系。

这里还有一篇妙文：《"揩油"》[2]。这也是人们司空见惯的：电车上的卖票人经常"付钱而不给票"，这种行为也被叫作"揩油"。且看鲁迅的观察与描写："纯熟之后，他一面留心着可揩的客人，一面留心着突来的查票，眼光都练得像老鼠和老鹰的混合物一样。"——如此传神的外形刻画与心理揭示，就是我们前面说过的小说家笔法。人们经常为鲁迅后来不写或少写小说而感到遗憾，鲁迅杂文中其实有许多这样的小说的"片断"，辑录下来是非常有意思的：不过这已是题外话。

而鲁迅并不停留在外部的观察与描写上，他要追索这现象背后更深层次的东西，这又显示了思想家的特色。于是，就引出了一个极为重要的话题："揩油，是说明着奴才的品行全部的。"

而鲁迅的剖析则极为透彻："这不是'取回扣'或'取佣钱'，因为

---

[1]　《"抄靶子"》，《鲁迅全集》5 卷《准风月谈》，215—216 页。

[2]　《鲁迅全集》5 卷《准风月谈》，269—270 页。

这是一种秘密；但也不是偷窃，因为在原则上，所取的实在是微乎其微。因此也不能说是'分肥'；至多，或者可以谓之'舞弊'罢。然而这又是光明正大的'舞弊'，因为所取的是豪家，富翁，阔人，洋商的东西，而且所取又不过一点点，恰如从油水汪洋的处所，揩了一下，于人无损，于揩者却有益的，并且也不失为损富济贫的正道。"——"微乎其微"，正是我们在第十二讲讨论过的"仅因目前的极小的自利"的奴才的破坏[1]；而"光明正大"，则是因为"揩的是洋商的油"，且打着"损富济贫"的旗帜，因此，明知是揩油，也是不可索取的，"一索取，就变成帮助洋商了"。

但还有另一面："如果三等客中有时偶缺一个铜元，你却只好在目的地以前下车，这时他就不肯通融，变成洋商的忠仆了。"——这是极其重要的一笔，"忠仆"才是奴才的本质，无论怎样"揩"洋主子的"油"，也不会改变其"忠"于洋主子的本性：在现代中国都市的新的等级结构里，奴才是始终忠于他充当洋主子的警犬的职责的。

于是，鲁迅谈到了上海滩上的"巡捕，门丁，西崽之类"，这是中国都市文明中的新类型：一面似乎是"憎恶洋鬼子的，他们多是爱国主义者"，另一面"也像洋鬼子一样，看不起中国人，棍棒和拳头和轻蔑的眼光，专注在中国人的身上"，这就是我们在第十三讲里说到的"倚徙华洋之间，往来主奴之界"的"现在洋场上的'西崽相'"。[2]

而且鲁迅预言，这样的西崽式的"揩油"将在中国"更加展开"，"这品格将变成高尚，这行为将认为正当，这将算是国民的本领，和对帝国主义的复仇"。而且还有更严厉的判断："其实，所谓'高等华人'也者，

---

[1] 《再论雷峰塔的倒掉》，《鲁迅全集》1卷《坟》，204页。

[2] 《"题未定"草·二》，《鲁迅全集》6卷《且介亭杂文二集》，367页。

也何尝逃得出这模子"——"高等华人"也是"西崽"。

"揩油"这一话题开掘到这里，已经相当深入。但鲁迅却又把文章拉回到作为讨论引发点的"卖票人"那里，而且做了这样一番必要的补充："但是，也如'吃白相饭'朋友那样，卖票人是还有他的道德的。倘被查票人查出他收钱而不给票来了，他就默然认罚，决不说没有收过钱，将罪案推到客人身上去。"——这就是所谓"盗也有道"，是自有一个底线的；如果连这样的道德底线也轻易越过了，那将是怎样一个状况，鲁迅没有明说，但也许这一暗示更加惊心动魄。

鲁迅这里提到了"吃白相饭"朋友；在此之前，他写过一篇杂文，题目就叫：《"吃白相饭"》[1]。这也是从讨论上海的方言入手的："要将上海的所谓'白相'，改作普通话，只好是'玩耍'；至于'吃白相饭'，那恐怕还是用文言译作'不务正业，游荡为生'，对于外乡人可以比较的明白些。"然后，鲁迅开始追问："游荡可以为生，这很奇怪的"；而且"在上海（还）是这么一种光明正大的职业"——这也很"奇怪"。那么，这样的"吃白相饭""职业"，其特点，或者说"功绩"是什么呢？鲁迅归纳为"三段"：一"欺骗"二"威压"三"溜走"——十足的流氓而已。问题是，"有这样的职业，明明白白，然而人们是不以为奇的"——这本身就构成了一种"奇怪"。问题还在于："'白相'可以吃饭，劳动的自然就要饿肚"——这样一种反向的思考正是鲁迅的特点，是一般人所难以想到的。这本身又是一种"奇怪"：如此"明明白白，然而人们也不以为奇"。这样从"吃白相饭"本身及人们见怪不怪的态度这两方面反复质疑，就将"吃白相饭"的流氓与上海滩的内在联系揭示得十分深刻：它是附着于上海都市文明社会的一个毒瘤，而且是不可或缺，永

---

[1]　《鲁迅全集》5卷《准风月谈》，218—219页。

远摆脱不掉的。所以鲁迅说："我们在上海的报章上所看见的，几乎常是这些人物的功绩；没有他们，本埠新闻是决不会热闹的。"

文章的结尾却出人意料："但'吃白相饭'朋友倒自有其可敬的地方，因为他还直直落落的告诉人们说，'吃白相饭的！'"——这就是说，现实生活中，还有"做而不说"或"做而不承认"或打着相反旗号，自称"正人君子"的"吃白相饭"者。和这些遮遮掩掩、瞒和骗的流氓相比，"直直落落的""吃白相饭"朋友，还是"可敬"的。对后者鲁迅还愿意写文章来谈论他们，前者就根本不屑于谈及。鲁迅有言，"世间实在还有写不进小说里的人"，杂文大概也是如此："譬如画家，他画蛇，画鳄鱼，画龟，画果子壳，画字纸篓，画垃圾堆，但没有谁画毛毛虫，画癞头疮，画鼻涕，画大便，就是一样的道理。"[1]

我们跟随鲁迅在上海街头已经闲逛很久了，但还有"一景"是不可不看的，即"变戏法"。鲁迅说他是"常常看"的，而且"爱看"，而且爱想，爱写，单是杂文就写了两篇，对照起来读，看同一现象怎样引发鲁迅的多种联想，是很有意思的。一篇就叫《看变戏法》[2]，鲁迅关注的是走江湖的变戏法者，"为了敛钱，一定要有两种必要的东西：一只黑熊，一个小孩子"，但"训练"的方法与内容不一样，对黑熊，是"打"和"饿"，逼它表演，不惜虐待至死；对小孩，却训练他如何假装痛苦，和大人"串通"一气骗观众的钱。鲁迅说："每当收场，我一面走，一面想：两种生财家伙，一种是要被虐待至死的，再寻幼小的来；一种是大了之后，另寻一个小孩子和一只小熊，仍旧来变照样的戏法。"在鲁迅看来，"事情真是简单得很，想一下，就好像令人索然无味"；但掩

[1] 《半夏小集·九》，《鲁迅全集》6卷《且介亭杂文末编》，620页。
[2] 参看《鲁迅全集》5卷《准风月谈》，335—336页。

不住的是背后的沉重："虐待至死"固然是残酷的，而将这样的"戏法"一代代地传下去，却是更为可怕的——而鲁迅的隐忧自然不只是限于街头的"变戏法"，但他没有明说，要我们读者去想。结尾一句："此外叫我看什么呢，诸君？"更是逼我们深长思之。

另一篇更几乎全是白描：猴子如何"戴上假面，穿上衣服，耍一通刀枪"；"已经饿得皮包骨头的狗熊"怎样"玩一些把戏"，"末后是向大家要钱"。又如何"将一块石头放在空盒子里，用手巾左盖右盖，变出一只白鸽来"，又怎样"装腔作势的不肯变了"，最后还是"要钱"……"在家靠父母，出家靠朋友……Huazaa! Huazaa! "[1]变戏法的又"装出撒钱的手势，严肃而悲哀的说"。"果然有许多人 Huazaa 了。待到数目和预料的差不多，他们就检起钱来，收拾家伙，死孩子也自己爬起来，一同走掉了"，"看客们也就呆头呆脑的走散"，"这空地上，暂时是沉寂了。过了些时，就又来这一套。俗语说，'戏法人人会变，各有巧妙不同。'其实是许多年间，总是这一套，也总有人看，总有人 Huazaa……"——写到这里，都是小说家的街头速写；到结尾处才显出杂文笔法："到这里我才记得写错了题目"。读者回过头来看题目《现代史》[2]，这才恍然大悟：作者写的是一篇现代寓言，再重读前面的种种描写，就读出了背后的种种隐喻，并联想起现代史上的种种事情来。这是典型的鲁迅式的"荒谬联想"：骗人的"变戏法"与庄严的"现代史"，一边是最被人瞧不上的游戏场所，一边是神圣的历史殿堂，两者风马牛不相及，却被鲁迅妙笔牵连，拉在一起，成了一篇奇文。粗粗一读，觉得

---

[1] 《鲁迅全集》注：Huazaa，用拉丁字母拼写的象声词，译音似"哗嚓"，形容撒钱的声音。

[2] 《现代史》，《鲁迅全集》5 卷《伪自由书》，95—96 页。

荒唐，仔细想想，却不能不承认其观察的深刻：鲁迅在外在的"形"的大不同中发现了内在的"神似"，这里确实有鲁迅对现代中国历史的独特体认。

我们终于可以跟随鲁迅进入著名的"夜上海"：这是《准风月谈》的首篇《夜颂》，一篇《野草》式的散文，融入了鲁迅所独有的上海都市体验。

首先提出的是"爱夜的人"的概念。我们可以把这看作鲁迅的自我命名。这不仅是因为他喜欢并习惯于夜间写作，更因为他正是与"夜"紧密联结在一起的"孤独者""有闲者"——不是早就有人把他打入"有闲阶级"吗？"不能战斗者"——"战士"的美名已被某些人垄断，鲁迅哪里敢言"战斗"？"怕光明者"——鲁迅早已拒绝了被许多人说得天花乱坠的"光明"。

于是，他爱夜。因为只有在"夜"这个"造化所织的幽玄的大衣"的"普覆"下，才感到"温暖，安心"。因为只有在"夜"里才"不知不觉的自己渐渐脱去人造的面具和衣裳，赤条条地裹在这无边无际的黑絮似的大块里"——鲁迅早在《影的告别》里就说过，他"愿意只是黑暗"，"我独自远行，不但没有你，并且再没有别的影在黑暗里。只有我被黑暗沉没，那世界全属于我自己"。[1]鲁迅是属于夜的，夜的黑暗也只属于他，"赤条条地裹在这无边无际的黑絮似的大块里"，鲁迅感到分外的自由、自在与自适。

"爱夜的人要有听夜的耳朵和看夜的眼睛，自在暗中，看一切暗。"于是，他看见——

---

[1]　《影的告别》，《鲁迅全集》2卷《野草》，170页。

君子们从电灯下走入暗室中，伸开了他的懒腰；爱侣们从月光下走进树阴里，突变了他的眼色。夜的降临，抹杀了一切文人学士们当光天化日之下，写在耀眼的白纸上的超然，混然，恍然，勃然，粲然的文章，只剩下乞怜，讨好，撒谎，骗人，吹牛，捣鬼的夜气，形成一个灿烂的金色的光圈，像见于佛画上面似的，笼罩在学识不凡的头脑上。

于是，鲁迅拥有了一个真实的上海，真实的中国，一个"夜气"笼罩的鬼气森森的世界，这正是那些"学识不凡的头脑"所要竭力掩饰的。鲁迅说，"爱夜的人于是领受了夜所给与的光明"。

在这样的背景下，"高跟鞋的摩登女郎"出现了，这是夜间写作的鲁迅经常可以看见的。且看鲁迅的观察："在马路边的电光灯下，阁阁的走得很起劲，但鼻尖也闪烁着一点油汗，在证明她是初学的时髦"，这是初出茅庐的上海妓女，但这"初学的时髦"又未尝不可看作上海自身的象征。此时她正躲在"一大排关着的店铺的昏暗"掩饰下，"吐一口气"，感受片刻"沁人心脾的夜里的拂拂的凉风"。

鲁迅说，"爱夜的人和摩登女郎，于是同时领受了夜所给与的恩惠"。这夜是属于他（她）们——孤独者与受凌辱者的。

但夜终会有"尽"，白天于是到来，人们又开始遮盖自己的真实"面目"，"从此就是热闹，喧嚣"。但鲁迅却看到，"高墙后面，大厦中间，深闺里，黑狱里，客室里，秘密机关里，却依然弥漫着惊人的真的大黑暗"——在"白天"的"热闹，喧嚣"中，看见"惊人的真的大黑暗"，这是鲁迅的大发现，是鲁迅才有的都市体验：人们早已被上海滩的五光十色弄得目眩神迷，有谁会注意到繁华背后的罪恶，有谁能够听到"高墙后面，大厦中间，深闺里，黑狱里，客室里，秘密机关里"的冤魂的呻吟？

而且鲁迅还发现了所谓"现代都市文明"的实质："现在的光天化日，熙来攘往，就是这黑暗的装饰，是人肉酱缸上的金盖，是鬼脸上的雪花膏。"——这发现也许是更加"惊人"的。

"只有夜还算是诚实的。我爱夜，在夜间作《夜颂》。"——我猜想，鲁迅于深夜写下这一句时，也是长长地"吐（了）一口气"的。

二

鲁迅有一篇杂文的题目叫《宣传与做戏》，说外国人论及中国国民性时，常说中国人"善于宣传"，这里的"宣传"其实是"对外说谎"的

《伪自由书》封面

意思；但鲁迅认为，即使是"说谎"，也还要"有一点影子"，最可怕的是中国所有的是无影的凭空"做戏"，而"这普遍的做戏，却比真的做戏还要坏"，因为"真的做戏，是只有一时；戏子做完戏，也就恢复为平常状态的"，而我们现在是时时刻刻做戏，台上做戏还不够，回到家里，还要"做"成文章，送到报刊上发表。[1]"宣传与做戏"这几个字真是道破了中国报刊的全部秘密。鲁迅在《伪自由书》里的一篇

---

[1] 《宣传与做戏》，《鲁迅全集》4卷《二心集》，345—346页。

杂文[1]，对我们在报刊上"日日所见的文章"也有一个十分透辟的分析：这些文章都很"难"读，因为"有明说要做，其实不做的；有明说不做，其实要做的；有明说做这样，其实做那样的；有其实自己要这么做，倒说别人要这么做的；有一声不响，而其实倒做了的。然而也有说这样，竟这样的"。因此，就像要有"看夜的眼睛"一样，在中国，也要有会"看报"的眼睛，否则是要上大当、吃大亏的。而鲁迅正有这样的眼睛，而且简直可以说是"金睛火眼"——说是"毒眼"也成。

例如，就在前引这篇文章里，鲁迅就提出了一种"推背"式的读法：所谓"推背"就是"从反面来推测未来的情形"，以此法读报，就是"正面文章反看法"。鲁迅举例说：就看看"近几天（按：此文作于1933年4月2日）报章上记载着的要闻罢：一，××军在××血战，杀敌×××人。二，××谈话：决不与日本直接交涉，仍然不改初衷，抵抗到底。三，芳泽（曾任日本驻华公使，外务大臣）来华，据云系私人事件。四，共党联日，该伪中央已派干部××赴日接洽"，等等。鲁迅说："倘使都当反面文章看，可就太骇人了。"——但正如鲁迅所说，这是"见过许多可怜的牺牲"才得出的"苦楚的经验"。他在许多文章中，都反复提醒人们："防被欺。自称盗贼的无须防，得其反倒是好人；自称正人君子的必须防，得其反则是盗贼"[2]；"人必有所缺，这才想起他所需"[3]，因此，人们越是鼓吹什么正是表明越缺少什么。这些，都是可以作为"正面文章反面读"的依据的。但鲁迅又提醒我们：报纸也会登些"无须'推背'"的真实"记载"，这样真、假混杂，让你似信

---

[1]　《推背图》，《鲁迅全集》5卷《伪自由书》，97—98页。

[2]　《小杂感》，《鲁迅全集》3卷《而已集》，555页。

[3]　《由中国女人的脚，推定中国人之非中庸，又由此推定孔夫子有胃病》，《鲁迅全集》4卷《南腔北调集》，521页。

非信，才能取得"宣传"的效果，我们也就不免"胡涂"起来，要辨别报刊文章的真假也不容易。

其实读中国人办的报纸，是很容易"胡涂"的，如果过于较真，凡事喜欢想，还要追问，就更"胡涂"。比如，鲁迅在1932年10月31日的《大晚报》上读到一条题为《乡民二度兴风作浪》的报道，就"胡涂"起来，一直到第二年的2月3日还没有想明白，只得写成篇杂文，捎带发表一点感想。引起疑惑的是这样一段文字——

> 陈友亮见官方军警中，有携手枪之刘金发，竟欲夺刘之手枪，当被子弹出膛，饮弹而毙，警察队亦开空枪一排，乡民始后退。……

鲁迅感到诧异和"古怪"的是："子弹竟被写得好像活物，会自己飞出膛来似的。但因此而累得下文的'亦'字不通了。必须将上文改作'当被击毙'，才妥。倘要保存上文，则将末两句改为'警察队空枪亦一齐发声，乡民始后退'，这才铢两悉称，和军警都毫无关系。——虽然文理总未免有点希奇。"

显然，这里的文句的"不通"，不是"作者本来就没有通"，而是鲁迅所说的"本可以通，而因了种种关系，不敢通，或不愿通的"——为什么"不敢通"或"不愿通"？鲁迅没有说破，但读者心里明白：明明是"官方军警"开枪打死了乡民，却要掩盖这一血腥的事实，甚至归罪于乡民，于是就出现了这"不通"的文句。

鲁迅"即小见大"[1]，注意到"现在，这样的希奇文章，常常在刊物上出现"，这就反映了中国言论的一个根本问题：作者连通顺地表达

---

[1]　这是鲁迅一篇杂文的题目（收《热风》），但是可以视为鲁迅的一种杂文思维方式。

自己的权利都没有，经常陷入"'不准通'，因而就'不敢通'"的尴尬。而鲁迅还要追问：中国的作者面对这样的言论不自由的状况所采取的态度。他说："头等聪明人不谈这些，就成了'为艺术的艺术'家；次等聪明人竭力用种种法，来粉饰这不通，就成了'民族主义文学者'，但两者是都属于自己'不愿通'，即'不肯通'这一类里的。"[1]——从"不准通"到"不敢通"，再到"不愿通""不肯通"，这"不通两种"其实是有被动"不通"的"奴隶"与主动"不通"的"奴才"的区别的。[2]鲁迅就这样从报上一条"不通"的新闻里，不仅读出了"官方"的专制导致的新闻不自由，更读出了一些知识分子中的"聪明人"的奴才本性：这真可谓别具"毒"眼了。

鲁迅另一篇杂文《文学上的折扣》[3]，也是教我们如何读报纸上的文章的。仍然从一件小事说起："凡我所遇见的研究中国文学的外国人中，往往不满于中国文章之夸大。"鲁迅批评由此而大发议论："这真是虽然研究中国文学，恐怕到死也还不会懂得中国文学的外国人"，而我们中国人早已熟悉了这样的夸大，懂得在听中国文人之言或观其文时，是万万不可轻信，而先要"打折扣"的。"譬如说罢，称赞贵相是'两耳垂肩'，这时我们便至少将他打一个对折，觉得比通常也许大一点，可是决不相信他的耳朵像猪猡一样。说愁是'白发三千丈'，这时我们便至少将他打一个二万扣，以为也许有七八尺，但决不相信它会盘在顶上像一个大草囤。"以这样的"打折扣法"来读报上的文章，鲁迅提醒我们，要特别注意两类文字，因此，要有相应的两种读法，一是故意地

---

[1]　《不通两种》,《鲁迅全集》5 卷《伪自由书》, 22—23 页。

[2]　本书第十二讲也讨论过"奴隶"与"奴才"的区别，可参看。

[3]　《文学上的折扣》,《鲁迅全集》5 卷《伪自由书》, 61—62 页。

缩小、隐瞒，读的时候就要"将少的增多，无的化有"，因此，"刊物上登载一篇俨乎其然的像煞有介事的文章，我们就知道字里行间还有看不见的鬼把戏"；另一类是故意地夸大，虚张声势，读的时候就要"将有的化无"，假如有一天报上连篇累牍地大谈"什么'枕戈待旦'呀，'卧薪尝胆'呀，'尽忠报国'呀"，那么，你千万不要以为真要有什么爱国的壮举，而只能将它"看成白纸"，不过是说说空话，什么都不会有的。

鲁迅的思考由此又伸向历史文化的深处，追根溯源："《颂》诗早已拍马，《春秋》已经隐瞒，战国时谈士蜂起，不是以危言耸听，就是以美词动听，于是夸大，装腔，撒谎，层出不穷。现在的文人虽然改著了洋服，而骨髓里却还埋着老祖宗，所以必须取消或折扣，这才显出几分真实。"也就是说，报刊上的隐瞒与夸大，也是传统与现代的一种恶性嫁接，要从报上读出真实，确实不容易。

《文学上的折扣》一文结尾谈到了"对天立誓"，又使我们想起了《伪自由书》里的另一篇妙文：《赌咒》。文章很短，一开始就进入正题："'天诛地灭，男盗女娼'——是中国人赌咒的经典"，"现在的宣誓，'誓杀敌，誓死抵抗，誓……'似乎不用这种成语了"——前者是中国的市井语言，流氓腔十足；后者却是在中国的报刊上或某些冠冕堂皇的场合经常看到或听到的。现在鲁迅又把他们牵连起来了。鲁迅首先对传统的赌咒做了现代的解析，指出这些人是"明知道天不见得来诛他，地也不见得来灭他"才发此毒咒的，"总之是信不得"，还是在做戏；而"男盗和女娼，那非但无害，而且有益：男盗——可以多刮几层地皮，女娼——可以多弄几个'裙带官儿'的位置"——这些事儿，本来是谁都这么做却是不便、不肯、不愿说破的，鲁迅一语戳通，就自然成了"恶毒"。

更精彩的是最后一段——

> 我的老朋友说：你这个"盗"和"娼"的解释都不是古义。我
> 回答说——你知道现在是什么时代！现在是盗也摩登，娼也摩登，
> 所以赌咒也摩登，变成宣誓了。[1]

人们关于上海和中国的"摩登"，说了无数的话；在我看来，如果忽略
了鲁迅的这一"摩登观"，至少是不全面的。

鲁迅还教我们如何在"俯拾即是"的报刊"名文"中读出"滑稽"来。
鲁迅说，"在中国要寻求滑稽，不可看所谓滑稽文，倒要看所谓正经事，
但必须想一想"，因此，"报章上正正经经的题目，什么'中日交涉渐入
佳境'呀，'中国到那里去'呀，就都是的，咀嚼起来，真如橄榄一样，
很有些回味"。这里的关键自然是去不去想，我们因为懒于思考而失去
了许多读报的乐趣；但也还有一个怎样想、会不会想的问题。就拿鲁迅
所举的这个例子来说吧："九月间《自由谈》所载的《登龙术拾遗》上，
以做富家女婿为'登龙'之一术，不久就招来了一篇反攻，那开首道：'狐
狸吃不到葡萄，说葡萄是酸的，自己娶不到富妻子，于是对于一切有富
岳家的人发生了妒嫉，妒嫉的结果是攻击。'"我们可以感到这样的反
攻有点滑稽，但似乎说不清楚；我们看看鲁迅怎么说："这也不能想一
下，一想'的结果'，便分明是这位作者在表明他知道'富妻子'的味
道是甜的了。"——读到这里，是不能不失声一笑的。

鲁迅还举了一个例子，那是《论语》杂志上选登的"冠冕堂皇的
公文"四川营山县长禁穿长衫令："须知衣服蔽体已足，何必前拖后曳，
消耗布匹？且国势衰弱，……顾念时艰，后患何堪设想？"——真像鲁
迅所说，这本身就是一幅"漫画"，只要稍微一想，就会忍俊不禁的。

---

[1] 《赌咒》，《鲁迅全集》5卷《伪自由书》，29页。

但鲁迅仍认为这或许过于"奇诡"。在他看来,"滑稽却不如平淡,惟其平淡,也就更加滑稽"。因此,他说:"在这一标准上,我推选'甜葡萄'说。"[1]——这倒是鲁迅一贯的美学观点,他曾写过一篇文章盛赞果戈理《死魂灵》所写的"几乎无事的悲剧":"这些极平常的,或者简直近于没有事情的悲剧,正如无声的言语一样,非由诗人画出它的形象来,是很不容易觉察的。然而人们灭亡于英雄的特别的悲剧者少,消磨于极平常的,或者简直近于没有事情的悲剧者却多。"[2]其实这些"几乎无事的悲剧"从另一角度看,也是"几乎无事的喜剧"。而我们的报刊上,这样的"几乎无事的悲剧和喜剧",如鲁迅所说是"俯拾即是"的,就在于我们是否愿意并善于看和想。

三

我们现在大概可以想象并理解海婴回忆中所说,鲁迅"眯起眼睛靠着藤椅打腹稿"的情景了。他实际上是在以自己的思考方式消化他读书看报的感受,常常想得很深、很广、很特别,于是,就有了出人意外的发现与表达:鲁迅的杂文就是这样产生的。

请读这篇《〈杀错了人〉异议》[3]。这是由当天(1933年4月10日)《自由谈》上曹聚仁先生的一篇《杀错了人》引发的。曹先生的文章怒斥袁世凯等军阀"杀错了人",不应该"乱杀二十五岁以下的青年,倒行逆施,斫丧社会元气",而"应该多杀中年以上的人,多杀代表旧势力的人"。诚如鲁迅所说,这篇文章读起来会"觉得很痛快",但鲁迅"往

---

[1] 《"滑稽"例解》,《鲁迅全集》5卷《准风月谈》,360—362页。

[2] 《几乎无事的悲剧》,《鲁迅全集》6卷《且介亭杂文二集》,383页。

[3] 《鲁迅全集》5卷《伪自由书》。

回一想"，就不但感到"不免是愤激之谈"，而且发现了一些大问题，从而引出"异议"："袁世凯在辛亥革命之后，大杀党人，从袁世凯那方面看来，是一点没有杀错的。"——乍一看，这样的"辩护"似乎出乎意外；但且看鲁迅的分析："因为他正是一个假革命的反革命者。错的是革命者受了骗，以为他真是一个筋斗，从北洋大臣变了革命家了，于是引为同调，流了大家的血，将他浮上总统的宝位去。"——这样换一个角度翻转来想，确实使认识深化了；而且得出一个极为重要的结论："中国革命的闹成这模样，并不是因为他们'杀错了人'，倒是因为我们看错了人。"而为什么总是一再地"看错人"，却是更值得深思的。

临末还有一个对"多杀中年以上的人"的主张的异议，鲁迅谈得很少，很含蓄、幽默，但却也忽视不得；鲁迅早已说过，"革命是并非教人死而是教人活的"[1]，弄不清这一点，也会带来无穷灾难，这也是为20世纪的历史一再证明了的。

这里还有一篇《〈如此广州〉读后感》，也是由《自由谈》上一篇批评广东人"迷信"的文章《如此广州》引发的。如鲁迅说，迷信本身是"不足为法"的，批评广东人的迷信，自然也无可非议。但鲁迅却看到、想到了另一面："广东人的迷信却迷信得认真，有魄力"，舍得花钱。而且这似乎是广东人的传统："汉求明珠，吴征大象，中原人历来总到广东去刮宝贝，好像到现在也还没有被刮穷。"相形之下，大多数中国人的迷信就显得"没出息了"："迷信还是迷信，但迷得多少小家子相，毫无生气，奄奄一息，他连做《自由谈》的材料也不给你。"鲁迅的意思是，同样是迷信，"模胡不如认真"；而由此却引申出一个重

---

[1]　《上海文艺之一瞥》，《鲁迅全集》4卷《二心集》，304页。本书第一讲已有分析，可参看。

大问题:"中国有许多事情都只剩下一个空名和假样,就为了不认真的缘故。"[1]——由一篇批评迷信的普通文章引出如此严肃的思考,也是出人意料的。鲁迅在报纸炒作的热门话题上,也往往能说出一番他人想不到、说不出的意见。鲁迅两篇有关"自杀"的杂文甚至有一种振聋发聩的力量。1934年曾发生秦理斋夫人及其子女一家四口自杀的事件,报纸上接连发表文章对秦夫人进行"诛伐":有说自杀是"失职""偷安"的,"进步的评论家则说人生是战斗,自杀者就是逃兵,虽死也不足以蔽其罪",等等。只有鲁迅站出来为死者辩护。他向煞有介事的批评者提出了两个不能回避的问题:对这样一个被认定必要"殉夫"的"弱者",在她生前苦苦挣扎时,你们这些自封的"战斗者"给予援助了吗?实际上你们倒是"鸦雀无声了",那么这死后的喧哗又算什么呢?再追问下去,现实中国的"穷乡僻壤或都会中,孤儿寡妇,贫女劳人之顺命而死,或虽然抗命,而终于不得不死者何限,但曾经上谁的口,动谁的心呢?"鲁迅还要问的是:你们一味的指责自杀者,却不"向趋人于自杀之途的环境挑战,进攻",这又算得什么"战斗者"呢?经过这样层层深入的诘难,鲁迅的认识也逐渐深化,终于做出了更为严峻的概括与批判:"倘使对于黑暗的主力,不置一辞,不发一矢,而但向'弱者'唠叨不已,则纵使他如何义形于色,我也不能不说——我真也忍不住了——他其实乃是杀人者的帮凶而已。"[2]——这里所说,尽管包括秦夫人的批评者在内,却具有更大的普遍性,已提升为一种社会典型。而尤其引人注目的,是鲁迅行文中强烈的感情色彩,这本也是鲁迅杂文的一个特点,他

---

[1] 《〈如此广州〉读后感》,《鲁迅全集》5卷《花边文学》,460—461页。

[2] 《论秦理斋夫人事》,《鲁迅全集》5卷《花边文学》,508—509页。

说过，他写杂文，"就如悲喜时节的歌哭一般"，"无非借此来释愤抒情"。[1]
但像这样的"忍不住"的怒火喷发，即使在鲁迅杂文中也是不多见的，
在我们所讨论的这几个杂文集里，本文之外，还有我们在第九讲中曾经
提及的《保留》。而这两篇都是为中国等级结构中压在最底层的妇女、
儿童辩护的，这确实是鲁迅心灵的两个敏感区：任何对妇女、儿童的伤
害，都会在他内心掀起巨大的情感风暴。

因此，当 1935 年又一个妇
女——著名电影明星阮玲玉自杀，
也同样引起了鲁迅的强烈关注。
他的思考也是由报刊上的争论引
发的：有人认为报纸对阮玲玉诉
讼事件的张扬，应对其死负一定
责任；而反驳者则"以为现在的
报纸的地位，舆论的威信，可怜
极了，那里还有丝毫主宰谁的运
命的力量"。这里所提出的是一个
"如何认识中国的新闻媒体的地位
与作用"的大问题，而鲁迅的观
察确实敏锐而又独到——

阮玲玉

> 现在的报章之不能像个报章，是真的；评论的不能逞心而谈，
> 失了威力，也是真的，明眼人决不会过分的责备新闻记者。但是，
> 新闻的威力其实是并未全盘坠地的，它对甲无损，对乙却会有伤；

---

[1]　《〈华盖集续编〉小引》，《鲁迅全集》3 卷《华盖集续编》，195 页。

对强者它是弱者，但对更弱者它却还是强者，所以有时虽然吞声忍气，有时仍可以耀武扬威。

鲁迅的深刻之处在于他把新闻媒体置于中国社会的等级结构中[1]，就发现了它的双重性：对在它之上的"强者"（从最高统治者到各级官僚、"洋大人""高等华人"，等等），它是"弱者"，只能"吞声忍气"，显出奴性；但对在其下的"弱者"（没有任何话语权的"下等华人"、妇女、儿童，等等），它又是"强者"，可以"耀武扬威"，显出主子性。它扮演的依然是我们在第十二讲、十三讲所分析过的"往来主奴之界"的角色。

鲁迅还要追问：中国的新闻媒体最喜欢或最擅长向怎样的"弱者"发威？其背后的社会根源与动因是什么？于是就有了一段精辟的解析，照录如下——

于是阮玲玉之流，就成了发扬余威的好材料了，因为她颇有名，却无力。小市民总爱听人们的丑闻，尤其是有些熟识的人的丑闻。上海的街头巷尾的老虔婆，一知道近邻的阿二嫂家有野男人出入，津津乐道，但如果对她讲甘肃的谁在偷汉，新疆的谁在再嫁，她就不要听了。阮玲玉正在现身银幕，是一个大家认识的人，因此她更是给报章凑热闹的好材料，至少也可以增加一点销场。读者看了这些，有的想："我虽然没有阮玲玉那么漂亮，却比她正经"；有的想："我虽然不及阮玲玉的有本领，却比她出身

---

[1]　对这样的社会等级结构，鲁迅在《灯下漫笔》与《现今的新文学的概观》等文里有精辟的分析，本书第十一讲、十三讲均有具体的分析，可参看。

高"；连自杀了之后，也还可以给人想："我虽然没有阮玲玉的技艺，却比她有勇气，因为我没有自杀"。化几个铜元就发见了自己的优胜，那当然是很上算的。但靠演艺为生的人，一遇到公众发生了上述的前两种的感想，她就够走到末路了。……先来设身处地的想一想罢，那么，大概就会知道阮玲玉的以为"人言可畏"，是真的……

"颇有名，却无力"的"公众"人物，就这样成了中国媒体祭坛上的牺牲品——这应该是鲁迅的一大发现，而且是道破了其中的奥秘的。最值得注意的有两点，一是这样的精神迫害是以"市民"阶层作为社会基础的：这些现代都市的阿Q们需要借此来满足自己的精神"优胜"的需求，因此，这是媒体与"公众"的一个合谋，这就是"人言可畏"的意思。同时，这也是出于"增加点销场"的需求，是商业的动机驱使媒体不惜以阮玲玉这样的弱者的血来谋利，这里所遵循的正是赤裸裸的资本法则：在中国的新闻媒体里，鲁迅又看到了"吃人肉的筵席"的延续！

由此，鲁迅对中国的记者发出告诫：千万不要忘记，中国的报章"它还能为恶，自然也还能为善。'有闻必录'或'并无能力'的话，都不是向上的负责的记者所该采用的口头禅，因为在实际上，并不如此，——它是有选择的，有作用的"[1]。所谓"纯客观"并不存在，每一个参与媒体者就必须考虑"为谁说话"，做出"为恶还是为善"的选择。作为一种报刊文体，鲁迅的杂文的真正特别之处，就在于他是自觉地为

---

[1]　以上所引均见《论"人言可畏"》，《鲁迅全集》6卷《且介亭杂文二集》，343—346 页。

被剥夺了发言权的被压迫、被侮辱的"弱者"说话的[1]，因此，他注定是中国媒体中的异类。

四

鲁迅也必然在报刊上不断遭到"围剿"。只要翻翻鲁迅为他的杂文集所写的《前记》《序言》和《后记》，就不难看出，鲁迅是怎样艰难地进行着论者所说的"现代都市丛林"中的"游击战"的[2]：怎样使用某一固定笔名，在《自由谈》上投稿，又怎样被"告发"[3]；如何因"禁谈时事，而我的短评却时有对于时局的愤言"而"接连的不能发表"，又如何被"公开告密"，变成"日本的间接侦探"[4]；怎样"另用各种的笔名，障住了编辑先生和检查老爷的眼睛"，在《自由谈》上继续发文，但"不及半年，就得着更厉害的压迫了，敷衍到十一月初，只好停笔，证明了我的笔墨，实在敌不过那些带着假面，从指挥刀下挺身而出的英雄"；又怎样被某"鹰犬"以"军事裁判"相威胁，"含着甚深的杀机"，"受着武力征伐"的同时，又"得到文力征伐"，终于到了"我不批评社会，也不论人，而人论我的时期了"。[5]鲁迅于是发出这样的感慨：在中国向日报副刊投稿，"副刊编辑先抽去几根骨头，总编辑又抽去几根

---

[1]　鲁迅对此是高度自觉的：他曾经这样表示，"正人君子"们用"流言公论的武器，吞吐曲折的文字，行私利己，使无刀无笔的弱者不得喘息。倘使我没有这笔，也就是被欺侮到起诉无门的一个；我觉悟了，所以要常用，尤其是用于使麒麟皮下露出马脚"。《我还不能"带住"》，《鲁迅全集》3卷《华盖集续编》，260页。

[2]　汪晖：《死火重温》，《死火重温》，427页，人民文学出版社，2000年版。

[3]　《伪自由书·前记》，《鲁迅全集》5卷《伪自由书》，5页。

[4]　《伪自由书·后记》，《鲁迅全集》5卷《伪自由书》，169、179页。

[5]　《准风月谈·后记》，《鲁迅全集》5卷《准风月谈》，402—431页。

骨头，检查官又抽去几根骨头"，而实际上作者自己就先抽去了几根骨头，"发表出来的文字，有被抽四次的可能"，"因此除了官准的有骨气的文章之外，读者也只能看看没有骨气的文章"。鲁迅说得很沉重："在这种明诛暗杀之下，能够苟延残喘，和读者见面的，那么，非奴隶文章是什么呢？"[1]

尽管是不自由的奴隶，却也要挣扎，做哪怕是最微弱的抗争。鲁迅的办法是，尽可能地把这段奴隶的历史记录下来，"以存中国文网史上极有价值的故实"[2]。鲁迅说，"这其实也并非专为我自己，战斗正未有穷期，老谱将不断的袭用，对于别人的攻击，想来也还要用这一类的方法，但自然要改变了所攻击的人名。将来的战斗的青年，倘在类似的境遇中，能偶然看见这记录，我想是必能开颜一笑，更明白所谓敌人者是怎样的东西的"[3]——在某种意义上，可以说，我们今天的读者，正是鲁迅当年所期待的"将来的战斗的青年"，面对鲁迅刻意留给我们的这些历史的"记录"，面对自己当下的"境遇"，我们会有怎样的思考呢？

因此，每到年终，鲁迅都要把他所写的杂文编辑成集，并采取种种编辑手段，将他的杂文在报刊上发表的原生形态，尽可能地保存下来——今天，我们读鲁迅的杂文，也就不能孤立地读，而要放到他的杂文集的整体中，进入写作与发表杂文的那个时代的大环境与小环境中，也就是进入特定的历史情境，尽可能地去捕捉原生形态的新鲜感、现场感，才可能有设身处地的感悟与理解。

---

[1] 《花边文学·序言》，《鲁迅全集》5 卷《花边文学》，438 页。

[2] 《准风月谈·前记》，《鲁迅全集》5 卷《准风月谈》，200 页。

[3] 《伪自由书·后记》，《鲁迅全集》5 卷《伪自由书》，191 页。

　　首先要注意每一本杂文集的"前记"（或"序言"）与"后记"。鲁迅说："我的杂文，所写的常是一鼻，一嘴，一毛，但合起来，已几乎是或一形象的全体"，加上"后记"，是为了使全书"更成为完全的一个具象"。而鲁迅的后记的特点，是常常抄录、"补叙"每篇杂文引发的"纠纷"的有关材料，鲁迅说，这"同时也照见了时事，格局虽小，不也描出了或一形象了么？"[1]鲁迅对有关材料，基本上原文照录，但有时也略加点评，其本身就是很好的杂文，读时不可轻轻放过。

　　在"前记"与"后记"的基础上，鲁迅总是给他的杂文集取一个独特而又传神的书名，以"画龙点睛"。因此，我们几乎可以根据他的书名而勾画出一幅 1930 年代鲁迅的写作图景：他是在"且介亭"（半租界）里，怀着对同阶级的"二心"[2]，背着"革命文学家"赐予的"三闲"罪名[3]，以"不入调，不入流"的"南腔北调"，写着"伪自由书"，因禁论国事风云而作"准风月谈"，却被"同一营垒里的青年战友"讥为"花边文学"[4]。——鲁迅的写作环境、边缘位置，为各方面所不容，不得不"横站"的苦况中的坚守等，都尽在其中了。

　　大可琢磨的还有鲁迅所用的笔名。化用各种笔名，以"障住编辑先

---

　　[1]　《准风月谈·后记》，《鲁迅全集》5 卷《准风月谈》，402—403、431 页。

　　[2]　鲁迅在《二心集·序言》里说："在坏了下去的旧社会里，倘有人怀一点不同的意见，有一点携贰的心思，是一定要大吃其苦的。而攻击陷害得最凶的，则是这人的同阶级的人物。他们以为这是最可恶的叛逆，比异阶级的奴隶造反还可恶，所以一定要除掉他。"《鲁迅全集》4 卷《二心集》，195 页。

　　[3]　成仿吾等创造社、太阳社的革命文学家攻击鲁迅是"有闲阶级"，所有的是"闲暇，闲暇，第三个还是闲暇"。

　　[4]　这是同为左联成员的廖沫沙以林默的笔名对鲁迅的讥讽，鲁迅在《花边文学·序言》里有一个说明："那立意非常巧妙：一，因为这类短评，在报上登出来的时候往往围绕一圈花边以示重要，使我的战友看得头疼；二，因为'花边'也是铜元的别名，以见我的这些文章是为了稿费，其实并无足取。"《鲁迅全集》5 卷《花边文学》，437 页。

生和检查老爷的眼睛",这也是鲁迅所说的"钻文网"的法子。鲁迅说,
这也是为了"省得有人骂读者们不管文字,只看作者的署名"。但"这
样一来,却又使一些看文字不用视觉,专靠嗅觉的'文学家'疑神疑鬼",
"看见一个新的作家的名字,就疑心是我的化名,对我呜呜不已,有时
简直连读者都被他们闹得莫名其妙了"。于是,干脆在编集时,"将当时
所用的笔名,仍旧留在每篇之下,算是负着应负的责任"。[1]关于鲁迅
在这一时期所用的笔名,许广平写过一篇文章,有详细的考察[2],这里
抄录几段:《伪自由书》里"用得最多的是何家干三字。取这名时,无
非因为姓何的最普通,家字排也甚多见,如家栋、家驹,若何作谁解,
就是'谁家做'的,更有意思了"。《准风月谈》里《推》《"推"的余谈》
等用的"丰之余","是对那些说他是'封建余孽'而起的名字";《"抄
靶子"》《"吃白相饭"》等署的"旅隼","隼,'笺:隼,急疾之鸟也,
飞乃至天,喻士卒劲勇,能深攻入敌也'。旅隼,和鲁迅音相似,或者
从同音蜕变。隼性急疾,则又为先生自喻之意";《各种捐班》署名"洛
文",是"隋洛文"这一笔名的缩写,"不用说是为了 1930 年国民党浙
江省党部呈请通缉'堕落文人鲁迅'而起的了";《夜颂》用"游光"
的名字,类似的几篇如《秋夜纪游》《谈蝙蝠》也用此名,显然与谈的
"多半是关于夜的东西"有关。《花边文学》里《〈如此广州〉读后感》
里用"越客"的笔名,是强调自己的"浙江人"身份。而《且介亭杂文
二集》里《论"人言可畏"》署名"赵令仪",类似的还有"黄凯音"
"张沛"等,"盖取其通俗,以掩耳目"。正如许广平所说:"我们要了
解某一时代的思潮,某一时代的文学背景,和产生这文学的关系,研究

[1]　《准风月谈·前记》,《鲁迅全集》5 卷《准风月谈》,200 页。

[2]　许广平:《略谈鲁迅先生的笔名》,收《鲁迅回忆录》"专著"上册,325—332 页。

这特殊的，作者幻化许多名字，冀图表达其意见的苦衷，对于将来从事文学的人们，或者不无裨益罢。"[1]

当然，最醒目的，还是鲁迅杂文的被删除。这本是人类历史上一切批判的知识分子所难逃的文字之灾。不过中国的作者还是有些特别的厄运。如鲁迅说，"日本的刊物，也有禁忌，但被删之处，是留着空白，或加虚线，使读者能够知道的。中国的检查官却不许留空白，必须接起来，于是读者就看不见检查删削的痕迹，一切含胡和恍忽之点，都归在作者身上了"。因此，鲁迅在编集时就有意"将刊登时被删改的文字大概补上去了，而且旁加黑点，以清眉目"。[2] 于是，我们发现前面读过的文章中，就被删了好几处。这里也抄几段遭"枪毙"而被鲁迅抢救出来的文字——

> 如果大家来相帮，那就有"反帝"的嫌疑了，"反帝"原未为中国所禁止的，然而要预防"反动分子乘机捣乱"，所以结果还是免不了"踢"和"推"，也就是终于是落浦。（《踢》）[3]

> 倘使对于黑暗的主力，不置一辞，不发一矢，而但向"弱者"唠叨不已，则纵使他如何义形于色，我也不能不说——我真也忍不住了——他其实乃是杀人者的帮凶而已。（《论秦理斋夫人事》）[4]

---

[1] 许广平还回忆了鲁迅笔名的构思过程，也很有意思："实在他每一个笔名，都经过细细的时间在想。每每写完短评之后，靠在藤椅休息的时候，就在那里考虑。想妥了，自己觉得有点满意，就会对就近的人谈一下，普通一些，写出也就算了。"

[2] 《准风月谈·前记》，《鲁迅全集》5 卷《准风月谈》，200 页。

[3] 《鲁迅全集》5 卷《准风月谈》，261 页。

[4] 《鲁迅全集》5 卷《花边文学》，509 页。

于是，我们也终于明白，在那个时代，是既不准谈"反帝"，也不准说"帮凶"的。而这些文字究竟是被谁删的，却更耐寻味。鲁迅就认为，"《论秦理斋夫人事》的末尾，是申报馆的总编辑删的"[1]。他还有一个分析："推想起来，改点句子，去些讳忌，文章却还能连接的处所，大约是出于编辑的，而胡乱删削，不管文气的接不接，语意的完不完的，便是钦定的文章。"[2]

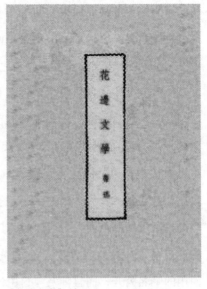

《花边文学》封面

鲁迅并不讳言，他的杂文总是有针对性的，因此，文章发表以后，常常引发出许多笔战。这就是说，鲁迅的杂文是在"和别人的关系"中存在，并在这种关系中显示自己的价值的。因此，他提倡要编"博采种种所谓无价值的别人的文章，作为附录的集子"；他说，如果"只剩了一面的文章了，无可对比，当时的抗战之作，就都好像无的放矢，独个人在向着空中发疯"，有人评论前人文章总说"谁是'锋棱太露'，谁又是'剑拔弩张'，就因为对面的文章，完全消灭了的缘故"[3]。因此，鲁迅在编自己的杂文集时，常将与之论战的文章收入，就是要让后来的读者从"对比"中认识、理解他的文章，而我们也因此仿佛亲临"战场"，

---

[1] 《花边文学·序言》，《鲁迅全集》5卷《花边文学》，439页。

[2] 《准风月谈·前记》，《鲁迅全集》5卷《准风月谈》，200页。

[3] 《"题未定"草·八》，《鲁迅全集》6卷《且介亭杂文二集》，446页。

目睹了他当年的战斗风采。请打开《伪自由书》，在我们已经读过的《不通两种》这篇杂文后面，就附录了两篇论战文章。先是"因此引起的通论"：这是民族主义文学的倡导者之一的王平陵写的《"最通的"文艺》。文章一开头便说"鲁迅先生最近常常用何家干的笔名，在黎烈文主编的《申报》的《自由谈》，发表不到五百字长的短文"，并针对《不通两种》中的批评，说："鲁迅先生不喜欢第三种人，讨厌民族主义的文艺，他尽可痛快地直说，何必装腔做势，吞吞吐吐，打这么许多湾儿。"同时自己用"听说……""如果……"这类文字，暗示鲁迅写的是"对苏联当局摇尾求媚的献词"。于是，就有了"通论的拆通"：鲁迅仍以"家干"的笔名写了一篇《官话而已》，首先指出王文将鲁迅为避开当局检查而使用的笔名公开，而且涉及《自由谈》的编辑，这"就向上司下属，控告了两个人，真是十足的官家派势"。又针对王文的指责，指出"说话弯曲不得，也是十足的官话。植物被压在石头底下，只好弯曲的生长，这时俨然自傲的是石头"，可谓一针见血。接着是尖锐的反诘："什么'听说'，什么'如果'，说得好不自在。听了谁说？如果不'如果'呢？'对苏联当局摇尾求媚的献词'是那些篇，'倦舞意懒，乘着雪亮的汽车，奔赴预定的香巢'的'所谓革命作家'是那些人呀？……平陵先生的'听说'和'如果'，都成了无的放矢，含血喷人了。"文章最后说："现在只有我的'装腔作势，吞吞吐吐'的文章，倒正是这社会的产物。而平陵先生又责为'不革命'，好像他乃是真正老牌革命党，这可真是奇怪了。——但真正老牌的官话也正是这样的。"[1]——鲁迅这里所说，已经超越了个人之间的论争，说"官话"的王平陵，也就成了鲁迅笔下的一种新的社会典型。

---

[1]　《鲁迅全集》5卷《伪自由书》，23—26页。

我们从鲁迅对他的杂文集的编辑中，显然可以感到一种历史感：他是时刻意识到自己在对一段历史做记录，而这记录是要留给后人，是后来者所需要的。我们在前面的分析中，曾强调了小说家的鲁迅与思想家的鲁迅的统一，其实鲁迅还同时具有历史家的自觉。这也同样渗透到他对杂文的理解和他的杂文写作中。鲁迅曾经感慨，中国的正史"涂饰太厚，废话太多，所以不容易察出底细来"，"如看野史和杂记"，却多少"容易了然"些，"因为究竟不必太摆史官的架子"。[1]鲁迅对报刊的关注，特别是他对报纸上的社会新闻的兴趣，是含着历史家的眼光的，在某种程度上，是将其视为"野史"和"杂记"来看待的。他因此而创造出一种新的杂文体式，我们姑且称之为"立此存照"。鲁迅在《三闲集》里，即引人注目地抄录了土匪的撕票布告、骗子的情书、流氓的警告信，取名为《匪笔三篇》，又原文照录了两种"奇特的广告"，加以《某笔两篇》的标题。在简短的按语中，鲁迅明确表示："在我的估计上，这类文章的价值却并不在文人学者的名文之下"，"于学术上也未始无用"[2]；如有"好事之徒"将各地"报上奇特的社论，记事，文艺，广告等等，汇刊成册，公之于世。则其显示各种'社会相'也，一定比游记之类要深切得多"[3]。在《准风月谈》里，我们又读到了这样一篇妙文：《双十怀古——民国二二年看十九年秋》。全文抄的是"中华民国十九年（即1931年——引者注）十月三日到十日的上海各种大报小报"的新闻标题；前面的"小引"除交代材料的来源，只说了一句：就"譬如看自己三年前的照相罢"。我们今天来读，就是看七十年前的"老照片"了，但读

---

[1] 《忽然想到·四》，《鲁迅全集》3卷《华盖集》，17页。

[2] 《匪笔三篇》，《鲁迅全集》4卷《三闲集》，43页。

[3] 《某笔两篇》，《鲁迅全集》4卷《三闲集》，49页。

来却格外有意味。就看看 10 月 10 日这一天的标题:"举国欢腾庆祝双十""叛逆削平,全国欢祝国庆,蒋主席昨凯旋参与盛典""津浦路暂仍分段通车""首都枪决共犯九名""林埭被匪洗劫""老陈圩匪祸惨酷""海盗骚扰丰利""程艳秋庆祝国庆""蒋丽霞不忘双十""南昌市取缔赤足""伤兵怒斥孙祖基""今年之双十节,可欣可贺,尤甚从前"——我曾这样写下自己的"读后感":"这是 30 年代中国的普通一日,所发生的一切人们已经司空见惯,但仔细品味,却不难从'叛逆削平'与'匪祸惨酷'的矛盾中,在'南昌市取缔赤足'、'(京剧演员)程艳秋庆祝国庆'里发现喜剧因素而发出会心的一笑;再掩卷深思,那'枪决共犯'、'海盗骚扰'、'伤兵怒斥'背后,不知道演出了多少酷烈的人间惨剧;同一时刻,同一块土地上,所谓'举国欢腾'下,正有人哀哀饮泣;人与人之间的悲欢,竟至于如此地不相通,你难道不会感到一丝悲凉袭上心头?鲁迅完全无意于在对生活的漫画化中去寻找悲剧感与喜剧感,而只是把生活的原样保留下来,这中间就蕴涵着悲剧与喜剧的默默渗透,它已经融入生活中,淡化到了不加注意就会忽略过去的地步,然而,也正是在这淡化与消失中包含着一些惊心动魄的东西。"[1]鲁迅杂文,尤其是后期杂文中,这样的"立此存照",将报纸的新闻、文章、广告等实录示众,不加评论,就是要让"生活"自身亮相,也是留下历史的原生形态。[2]我们现在终于明白,鲁迅之所以要在杂文集的"后记"中抄录那么多的报刊上的原始材料,正是要充分地发挥

[1]　钱理群:《心灵的探寻》,249 页,河北教育出版社,2000 年版。

[2]　参看《述香港恭祝圣诞》,《鲁迅全集》4 卷《三闲集》;《一个"罪犯"的自述》,《鲁迅全集》7 卷《集外集》;《补救世道文件四种》,《鲁迅全集》8 卷《集外集拾遗补编》;《〈某报剪注〉按语》,《鲁迅全集》8 卷《集外集拾遗补编》;《立此存照·一》—《立此存照·七》,《鲁迅全集》6 卷《且介亭杂文末编·附录》。

他的杂文的历史文献价值与作用。

本讲阅读篇目

《前记》(收《伪自由书》)

《不通两种》(收《伪自由书》)

《赌咒》(收《伪自由书》)

《文学上的折扣》(收《伪自由书》)

《现代史》(收《伪自由书》)

《推背图》(收《伪自由书》)

《〈杀错的人〉异议》(收《伪自由书》)

《中国人的生命圈》(收《伪自由书》)

《多难之月》(收《伪自由书》)

《不求甚解》(收《伪自由书》)

《后记》(收《伪自由书》)

《前记》(收《准风月谈》)

《夜颂》(收《准风月谈》)

《推》(收《准风月谈》)

《二丑艺术》(收《准风月谈》)

《"抄靶子"》(收《准风月谈》)

《"吃白相饭"》(收《准风月谈》)

《"推"的余谈》(收《准风月谈》)

《查旧帐》(收《准风月谈》)

《踢》(收《准风月谈》)

《秋夜纪游》(收《准风月谈》)

《"揩油"》(收《准风月谈》)

《爬和撞》（收《准风月谈》）

《同意和解释》（收《准风月谈》）

《看变戏法》（收《准风月谈》）

《双十怀古》（收《准风月谈》）

《冲》（收《准风月谈》）

《"滑稽"例解》（收《准风月谈》）

《后记》（收《准风月谈》）

《序言》（收《花边文学》）

《〈如此广州〉读后感》（收《花边文学》）

《论秦理斋夫人事》（收《花边文学》）

《倒提》（收《花边文学》）

《算账》（收《花边文学》）

《奇怪》（收《花边文学》）

《骂杀与捧杀》（收《花边文学》）

《论"人言可畏"》（收《且介亭杂文二集》）

《匪笔三篇》（收《三闲集》）

《某笔两篇》（收《三闲集》）

《宣传与做戏》（收《二心集》）

"希望是在于将来的"

——读《导师》及其他

　　许广平曾写过一篇文章，题目就叫《鲁迅和青年们》，讲了许多鲁迅与各色各样的青年交往的故事。读了以后，不能不为鲁迅博大、无私的爱所感动；但看到鲁迅在某些远为精明的青年面前表现出来的傻气，却也忍不住掩卷长叹。许广平说，她一想到鲁迅为青年人"一点一点磨去的生命，真是欲哭无泪！"这是完全可以理解的。但还是许广平说得好："先生的工作，求其尽心，而从不想到对方的态度。他认为他的工作不是对个人是为社会服务。辛勤的农夫，会因为孺子弃饭满地而不耕作吗？先生就是这样的。"[1]鲁迅终生在履行着他在"五四"时期对中国社会的承担——

　　　[1]　许广平：《鲁迅和青年们》，收《鲁迅回忆录》"专著"上册，373 页，北京出版社，1999 年版。

......解放了自己的孩子。自己背着因袭的重担，肩住了黑暗的闸门，放他们到宽阔光明的地方去；此后幸福的度日，合理的做人。[1]

在我看来，鲁迅与青年的关系中，所体现的就是这样一种精神。

当然，"鲁迅与青年们"这个题目下的文章，是应该由本书的读者自己来做的。这一讲的主要任务，是和今天的年轻读者一起来聆听鲁迅对他那个时代的青年人所说的话。

一

《华盖集》封面

我们先一起来读两篇文章：收入《华盖集》的《导师》[2]与收入《三闲集》的《鲁迅译著书目》[3]。

《导师》一开头即对"青年"做了具体分析："青年又何能一概而论？有醒着的，有睡着的，有昏着的，有躺着的，有玩着的，此外还多。但是，自然也有要前进的。"这里，列举了各种类型的青年，我以为是一个事实陈述，并不含价值判断；只是有一点区别：大概睡着、

---

[1] 《我们现在怎样做父亲》，《鲁迅全集》1卷《坟》，135页。

[2] 《鲁迅全集》3卷，58—60页。

[3] 《鲁迅全集》4卷，181—190页。

昏着、躺着、玩着的青年与鲁迅没有多大关系，或者说，他们对鲁迅并无兴趣，鲁迅也担心如果真把他们唤醒了，又指不出路，反而害了他们。[1]因此，我们讲"鲁迅与青年"主要是讨论鲁迅与"醒着的""要前进"的青年的关系；我曾经说过，"在中国，凡是愿意、并正在思考的人，尤其是他们中间的年轻人，只要他们又具有了一定的文化水平（大概是中学和中学以上程度），他们一有机会读鲁迅原著，就会对他产生兴趣，并在不同程度上理解鲁迅"[2]，讲的也就是这个意思。

《三闲集》封面

　　但鲁迅说，这样的"要前进的青年大抵想寻求一个导师"。这是真的，许多年轻人对鲁迅有兴趣，大概也是将他视为"导师"。而且这还似乎是"五四"以及"五四"以后长时间内中国思想文化界的一个"传统"：很多知识分子都热衷于充当青年人的"导师"。比如胡适就是其中的一个，他认为知识分子，特别是像他这样的精英，是负有"指导"国家、社会的历史重任的，这其实就是充当中国传统的"国师""王者师"；自然也就理所当然地要做青年人的"导师"。鲁迅在下文批评说，有些

　　[1]　鲁迅在很多文章里都表达过这样的意思，如《〈呐喊〉自序》（《鲁迅全集》1 卷《呐喊》）、《娜拉走后怎样？》（《鲁迅全集》1 卷《坟》）、《答有恒先生》（《鲁迅全集》3 卷《而已集》）。

　　[2]　参看拙文《知音在民间》，《走进当代的鲁迅》，313 页，北京大学出版社，1999 年版。

"导师""怎样的'今日之我与昨日之我战'",就很有可能是包括胡适在内的——他在另一篇文章里,就指出胡适当年大喊:"干,干,干!"(见其《四烈士冢上的没字碑歌》),现在又说"救国必先求学",号召青年"进研究室",这也是"今日之我与昨日之我战",作为个人这样变本也不妨,到一旦自命"导师",要"指导青年",年轻人就麻烦了:当年倘真的买了手枪"干"起来,现在又得"深悔前非",岂不成了"傻子"?[1]鲁迅在《导师》里所要说的,也是这个意思:"导师"并不可靠,"凡自以为识路者",其实是"灰色可掬","老态可掬","圆稳而已",哪里识什么路?这是一个极简单的道理:"假如真识路,自己就早进向他的目标,何至于还在做导师"——鲁迅倒是经常公开承认:"我自己还不明白应当怎么走","至今有时也还在寻求。在寻求中,我就怕我未熟的果实偏偏毒死了偏爱我的果实的人"[2],"如果盲人瞎马,引入危途,我就该得谋杀许多人命的罪孽"[3]。因此,鲁迅说:"中国大概很有些青年的'前辈'和'导师'罢,但那不是我,我也不相信他们。"[4]

为避免误解,鲁迅又说:"我并非敢将这些人一切抹杀;和他们随便谈谈,是可以的。说话的也不过能说话,弄笔的也不过能弄笔;别人如果希望他打拳,则是自己错。"这里,说的也是大白话:包括他自己在内的知识分子,不过是"能说话""能动笔"而已,希望他们(或者他们希望自己)充当指路的"导师",就等于要他们去"打拳"。因此,

---

[1] 《碎话》,《鲁迅全集》3 卷《华盖集》,170—174 页。

[2] 《写在〈坟〉后面》,《鲁迅全集》1 卷《坟》,300 页。

[3] 《北京通信》,《鲁迅全集》3 卷《华盖集》,54 页。

[4] 《写在〈坟〉后面》,《鲁迅全集》1 卷《坟》,300 页。

觉醒的青年要寻导师（包括以鲁迅自己为导师）是"永远寻不到"，而且是"自己错"了，本身就是没有完全觉醒的表现。

而且鲁迅还要说一句"煞风景"的话"自己也未必可靠的"；更彻底地说："或者是知道自己之不甚可靠者，倒较为可靠罢。"——这是典型的鲁迅的思想：要打破一切神话（把某些人当作"导师"本身就是一个自欺欺人的"神话"），也包括自我的"神话"，这样才能真正地正视现实，永远保持不断寻求、探索的状态，有了这样的觉醒，才是真正"可靠"的。

这就引出了最后的结论——

> 青年又何须寻那挂着金字招牌的导师呢？不如寻朋友，联合起来，同向着似乎可以生存的方向走。你们所多的是生力，遇见深林，可以辟成平地的，遇见旷野，可以栽种树木的，遇见沙漠，可以开掘井泉的。问什么荆棘塞途的老路，寻什么乌烟瘴气的乌导师！

"联合起来"，自己寻路，开辟新路；而不要把自己的命运交给他人，对"挂着金字招牌的导师"尤其要保持警惕。——这就是鲁迅给年轻人的最重要的告诫。

拒绝充当"导师"——这也是鲁迅与青年关系的一个基本点。

但也还有另外一面。这是他在《鲁迅译著书目》中提出的。文章谈到了他"被'进步的青年'们所口诛笔伐"，并且流露出了少有的"倍觉凄清"之感。鲁迅回顾说："我在过去的近十年中，费去的力气实在也并不少，即使校对别人的（首先是许多无名的青年们的——引者注）译著，也真是一个字一个字的看下去，决不肯随便放过，敷衍作者和读者的，并且毫不怀着有所利用的意思"，而且"我那时却每日必须将八小时为生活而出卖，用在译作和校对上的，全是此外的工夫，常常整天没有休息"。如许广平所说，如此"拼命帮人"，实在是"傻气可掬"。[1]但鲁迅万万没有想到的是，他这样为青年"陆续用去了的生命"，在一些"进步的青年"眼里，却成了"应该从严发落的罪恶"，其中的一位（高长虹）竟然宣布鲁迅是青年作者的"绊脚石"！如鲁迅所分析，这些自命不凡的年轻人"言太夸则实难副，志极高而心不专，就永远只能得传扬一个可惊可喜的消息；然而静夜一想，自觉空虚，便又不免焦躁起来，仍然看见我的黑影遮在前面，好像一块很大的'绊脚石'了"。——可叹的是，这样的青年竟也是代代相传，不仅在 1930 年代，又有创造社、太阳社的"才子"出来要"打倒"鲁迅，直到 1990 年代（在鲁迅离世六十年后）还有一批文坛"新秀"气势汹汹地要"搬开"鲁迅这块"老石头"，连用词也如此相似！

应该说，这来自年轻人的打击，对于鲁迅，是近乎残酷的。如他自己所说，"我先前何尝不出于自愿，在生活的路上，将血一滴一滴地滴过去，以饲别人，虽自觉渐渐瘦弱，也以为快活。而现在呢，人们笑我瘦弱了，连饮过我的血的人，也来嘲笑我的瘦弱了"，甚至视我为"血的债主，临走时还要打杀我"，这就"太过"了。[2]这是鲁迅的一个原则：牺牲是可以的，"废物"也无妨"利用"，但"倘若用得我太苦"，要想占有，"是不行的"。[3]这就是说，自我的独立，是一条底线，是绝对不能牺牲与让步的。因此，就有了《鲁迅译著书目》这篇文章中，"以诚恳的心"，

[1]　《第二集　厦门—广州·八四》，《鲁迅全集》11 卷《两地书》，228 页。

[2]　《第二集　厦门—广州·九五》，《鲁迅全集》11 卷《两地书》，253—254 页。

[3]　《〈阿 Q 正传〉的成因》，《鲁迅全集》3 卷《华盖集续编》，395 页。

对年轻一代所进的"一个苦口的忠告"——

> 不要只用力于抹杀别个，使他和自己一样的空无，而必须跨过
> 那站着的前人，比前人更加高大。初初出阵的时候，幼稚和浅薄都
> 不要紧，然而也须不断的（！）生长起来才好。

这里，所讨论的是前人与后人、年长者与年轻人的关系。首先是"不
要只用力于抹杀别个"。在人类发展的链条上，各代人都处在平等的地
位：他们都是按照历史对他们的要求，在历史提供的范围内，做出这一
代人生存方式的历史选择，从而获得自己应有的历史地位和价值；因
此，各代人的既具有历史合理性，又具有历史局限性的选择，都应该
受到尊重。年长一代固然没有权利因为自己年纪大、有经验、有地位
而轻易"抹杀"青年，年轻一代也同样没有权利因为自己年纪轻、思
想新，而轻易"抹杀"老一代。历史是不断进步的，不但刚刚学步的
年轻一代在处于成熟期的年长者的眼里是"幼稚和浅薄"的，而且先
驱者在后来者眼里也是"浅陋"的；无论年轻一代的"幼稚和浅薄"，
还是老一代的"浅陋"，都应该得到宽容和谅解，因为他们都是一定历
史条件下难以避免的局限，而且没有这样的局限，各代人都将会同时
失去自己存在的价值。[1] 在鲁迅看来，唯有有了建筑在这种心理上的、
绝对平等基础上的相互理解和尊重，两代人之间才可能建立起健全的爱

---

[1]　鲁迅曾写过一篇题为《"革命军马前卒"和"落伍者"》（《鲁迅全集》4 卷《三
闲集》，131 页）的文章，为后人将"辛亥革命马前卒"邹容排入"落伍者"的行列而感慨万端，
在《重三感旧》（《鲁迅全集》5 卷《准风月谈》，342—343 页）中，他又忍不住要"想赞美几
句一些过去的人"：那些"'老新党'们的见解虽然浅陋，但是有一个目的：图富强。所以他
们坚决，切实"，理应受到后人的尊重。

的关系。而年轻一代也只有在尊重与理解前人的基础上，不断地"生长"起来，最终"跨过"那站着的前人，前人也在这被超越中最终实现了自己的价值。

鲁迅所期待的他和年轻一代的关系，就像他的老师章太炎当年对自己那样，是一种"若朋友然"的关系[1]——是两个独立的生命个体之间的平等的交往，而且是相互支持，既是给予者，又同时是接受者。

二

在《鲁迅译著书目》最后，鲁迅说了一句话："我又明明白白地知道：世界决不和我同死，希望是在于将来的。"他显然是将希望寄托在年轻一代身上的。而他对年轻一代的期待最集中地体现在我们已经读过的《灯下漫笔》每一则最后的一句话——

> 自然，也不满于现在的，但是，无须反顾，因为前面还有道路在。而创造这中国历史上未曾有过的第三样时代，则是现在的青年的使命！

> 这人肉的筵宴现在还排着，有许多人还想一直排下去。扫荡这些食人者，掀掉这筵席，毁坏这厨房，则是现在的青年的使命！[2]

借用本书第十、十一、十二讲的概括，"走出瞒和骗的大泽""掀掉这人

---

[1] 《330618　致曹聚仁》，《鲁迅全集》12 卷《书信（1927—1933）》，405 页。

[2] 《灯下漫笔》，《鲁迅全集》1 卷《坟》，225、229 页。

肉的筵宴""结束奴隶时代"——这就是鲁迅向"现在的青年"所提出的历史使命与奋斗目标。

但鲁迅又说:"从此到那的道路",我是不知道的。[1] 单知道一点:"无须反顾",要不断地往前"走",不断地"寻求"。他也愿意和青年一起寻求。

但鲁迅又自慰自己还有点"记性",保留了许多记忆,可以将"见了我的同辈和比我年幼的青年们的血而写"出的历史的经验,奉献给现在以及将来的年轻人。[2] 这几乎是他唯一能做的,也是鲁迅思想中特别有价值的部分。

我们就来看看:这是怎样的血的经验。

在 1925 年"五卅"惨案之后,鲁迅写了一系列的文章,总结经验,对年轻一代提出了一系列的忠告——我们就从这里说起。

这是鲁迅在《忽然想到》之十里的一段话。他指出,"中国青年负担的烦重"是"数倍于别国的青年"的,"因为我们的古人将心力大抵用到玄虚漂渺平稳圆滑上去了,便将艰难切实的事情留下,都待后人来补做,要一人兼做两三人,四五人,十百人的工作"。鲁迅由此而提出一个重要的战略思想——

假定现今觉悟的青年的平均年龄为二十,又假定照中国人易于衰老的计算,至少也还可以共同抗拒,改革,奋斗三十年。不够,就再一代,二代……。这样的数目,从个体看来,仿佛是可怕的,但倘若这一点就怕,便无药可救,只好甘心灭亡。因为在民族的历

---

[1] 《写在〈坟〉后面》,《鲁迅全集》1 卷《坟》,300 页。

[2] 同上书,299 页。

史上，这不过是一个极短时期，此外实没有更快的捷径。[1]

这里提出的中国的"抗拒，改革"的长期性，必须经历几代人的"奋斗"的思想，是建立在对中国问题的特殊复杂性、艰巨性的清醒认识基础上的；从鲁迅说这话的 1925 年到现在，已经经过了近百年的奋斗（远远超过了鲁迅说的起码"奋斗三十年"的时间），但距离当初的目标也还依然遥远，恐怕真的还要"再一代，二代……"地奋斗下去。我们也终于明白，鲁迅当年所说的"现在青年的使命"——"走出瞒和骗的大泽""掀掉这人肉的筵宴""结束奴隶时代"，是一个长期奋斗的战略目标，也依然是今天的青年的使命，而且很有可能是以后很多代的中国青年的使命。如果说鲁迅时代的青年开始了这样的奋斗，我们今天的任务就是"坚持"下去，敢于面对新的问题，做出新的"抗拒，改革，奋斗"，并且把这样的奋斗精神一代一代地传下去。

正是出于这样的"长期奋斗"的战略思想，鲁迅提倡一种"韧性战斗"的精神。他因此批评"真诚的学生们"的"一个颇大的错误"："开首太以为有非常的神力，有如意的成功。幻想飞得太高，堕在现实上的时候，伤就格外沉重了；力气用得太骤，歇下来的时候，身体就难于动弹了。"针对这样的"五分钟热"，鲁迅告诫青年——

自己要择定一种口号——例如不买英日货——来履行，与其不饮不食的履行七日或痛哭流涕的履行一月，倒不如也看书也履行至五年，或者也看戏也履行至十年，或者也寻异性朋友也履行至五十年，或者也讲情话也履行至一百年。记得韩非子曾经教人以竞马的

---

[1]　《忽然想到·十》，《鲁迅全集》3 卷《华盖集》，96 页。

要妙，其一是"不耻最后"。即使慢，驰而不息，纵令落后，纵令失败，但一定可以达到他所向的目标。[1]

鲁迅在很多文章里，都反复申说这一点——

无论爱什么，——饭，异性，国，民族，人类等等，——只有纠缠如毒蛇，执着如怨鬼，二六时中，[2] 没有已时者有望。但太觉疲劳时，也无妨休息一会罢；但休息之后，就再来一回罢，而且两回，三回……。血书，章程，请愿，讲学，哭，电报，开会，挽联，演说，神经衰弱，则一切无用。

…………

我们听到呻吟，叹息，哭泣，哀求，无须吃惊。见了酷烈的沉默，就应该留心了；见有什么像毒蛇似的在尸林中蜿蜒，怨鬼似的在黑暗中奔驰，就更应该留心了：这在豫告"真的愤怒"将要到来。[3]

世间有一种无赖精神，那要义就是韧性，听说拳匪乱后，天津的青皮，就是所谓无赖者很跋扈，譬如给人搬一件行李，他就要两元，对他说这行李小，他说要两元，对他说道路近，他说要两元，

---

[1] 《补白》，《鲁迅全集》3卷《华盖集》，113—114页。鲁迅后来在《这个与那个》里也表达了类似的意思，并感慨"中国一向就少有失败的英雄，少有韧性的反抗，少有敢单身鏖战的武人，少有敢抚哭叛徒的吊客；见胜兆则纷纷聚集，见败兆则纷纷逃亡"。《鲁迅全集》3卷《华盖集》，152—153页。

[2] "二六时中，即十二个时辰，整天整夜的意思"，见《鲁迅全集》3卷注，53页。

[3] 《杂感》，《鲁迅全集》3卷《华盖集》，52—53页。

对他说不要搬了，他说也仍然要两元。青皮固然是不足为法的，而
那韧性却大可以佩服。[1]

没有呻吟、叹息与哀求，也没有无用的请愿、开会等，却有"纠缠如毒
蛇，执着如怨鬼"的、"锲而不舍"的、持续的、不达目的绝不罢休的
韧性战斗，这才是真正有力量的。

鲁迅因此提倡"壕堑战"——

　　对于社会的战斗，我是并不挺身而出的，我不劝别人牺牲什么
之类者就为此。欧战的时候，最重"壕堑战"，战士伏在壕中，有
时吸烟，也唱歌，打纸牌，喝酒，也在壕内开美术展览会，但有时
忽向敌人开他几枪。中国多暗箭，挺身而出的勇士容易丧命，这种
战法是必要的罢。但恐怕也有时会逼到非短兵相接不可的，这时
候，没有法子，就短兵相接。[2]

所谓"壕堑战"有两个要点。首先是要懂得并善于保护自己。这背
后有两个理念。一是深知"战士的生命是宝贵的。在战士不多的地方，
这生命就愈宝贵"；"所谓宝贵者，并非'珍藏于家'，乃是要以小本钱
换得极大的利息，至少，也必须买卖相当。以血的洪流淹死一个敌人，
以同胞的尸体填满一个缺陷，已经是陈腐的话了。从最新的战术的眼光
看起来，这是多么大的损失"，"不肯虚掷生命"，正是为了准备长期的
战斗。其二还要深知自己的对手："正规的战法，也必须对手是英雄才

[1]　《娜拉走后怎样》，《鲁迅全集》1卷《坟》，169页。
[2]　《第一集　北京·二》，《鲁迅全集》11卷《两地书》，16页。

适用"[1]，中国鬼魅正多，处处是阴谋诡计，"必须时刻防备"，"和朋友在一起，可以脱掉衣服，但上阵要穿甲"[2]，赤膊上阵是要吃大亏的。因此，鲁迅说："恕我引一个小说上的典故：许褚赤体上阵，也就很中了好几箭。而金圣叹还笑他道：'谁叫你赤膊？'"[3]

还要讲究策略，懂得必要的妥协，走迂回的路，做到有勇有谋。有这样一件事：一批山西的年轻的木刻艺术家成立了"榴花社"，希望得到鲁迅的指导；鲁迅给他们提供的意见是——

新文艺之在太原，还在开垦时代，作品似以浅显为宜，也不要激烈，这是必须察看环境和时候的。别处不明情形，或者要评为灰色也难说，但可以置之不理，万勿贪一种虚名，而反致不能出版。战斗当首先守住营垒，若专一冲锋，而反遭覆灭，乃无谋之勇，非真勇也。[4]

鲁迅的话，也说得非常"浅显"而实在，但背后却有惨痛的历史教训：中国这个民族，要么不思反抗，总是得过且过；但一旦逼上"梁山"，又容易趋于极端，"专一冲锋，而反遭覆灭"，这样的历史是不能再重演了。

---

[1] 《空谈》，《鲁迅全集》3 卷《华盖集续编》，298 页。

[2] 《350313 致萧军、萧红》，《鲁迅全集》13 卷《书信（1934—1935）》，408 页。

[3] 《空谈》，《鲁迅全集》3 卷《华盖集续编》，298 页。

[4] 《330620 致榴花社》，《鲁迅全集》12 卷《书信（1927—1933）》，409 页。

<h1 style="text-align:center">三</h1>

"五卅"运动中，有一个口号："到民间去"，引起了鲁迅的注意与
深思。

鲁迅是理解这样做的必要的，因为他深知青年学生"他们所能做
的，也无非是演讲，游行，宣传之类，正如火花一样，在民众的心头点
火，引起他们的光焰来，使国势有一点转机"[1]。而在鲁迅看来，促进
民众的觉醒，以及中国基层社会的变革，正是中国的改革事业的基础性
工作。对此，他在1930年代所写的一篇题为《习惯与改革》的文章里，
有更清楚的阐述——

> ……多数的力量是伟大，要紧的，有志于改革者倘不深知民众
> 的心，设法利导，改进，则无论怎样的高文宏议，浪漫古典，都和
> 他们无干，仅止于几个人在书房中互相叹赏，得些自己满足。……
>
> …………
>
> ……倘不深入民众的大层中，于他们的风俗习惯，加以研究，
> 解剖，分别好坏，立存废的标准，而于存于废，都慎选施行的方
> 法，则无论怎样的改革，都将为习惯的岩石所压碎，或者只在表面
> 上浮游一些时。[2]

在同一时期的一篇演讲里，鲁迅也向大学生发出这样的忠告："不
要只注意在近身的问题，或地球以外的问题，社会上实际问题是也要注

---

[1]　《补白》，《鲁迅全集》3卷《华盖集》，113页。

[2]　《习惯与改革》，《鲁迅全集》4卷《二心集》，228—229页。

意些才好。"——他说，这样的"平常话"也是"在死了许多性命之后"才知道的。[1]

也就是说，无论从中国的改革的全局，还是从青年自身的健全发展，鲁迅都是鼓励青年"到民间去"，关注社会的实际问题的。

但鲁迅提醒年轻人：真实的民间与想象中的"我们的'民间'"是不一样的；"单独到民间时，自己的力量和心情，较之在北京一同大叫这一个标语时"也是不一样的。而"将这经历牢牢记住"，"就许有若干人要沉默，沉默而苦痛，然而新的生命就会在这苦痛的沉默里萌芽"。[2]——这提醒无疑是重要的：只有打破在城市里、从书本中形成的对中国民间的一切不切实际的幻想，在"苦痛的沉默"中获得正视现实"黑暗面的勇猛和毅力"[3]，才会有"新的生命"与新的希望。

鲁迅还提醒"到民间去"的年轻人：要正确地认识和对待民间蕴蓄得"已经够多"的"怨愤"情绪。这"自然是受强者的蹂躏所致"，其正义性与应该给予同情，都是毋庸怀疑的；但鲁迅深知中国国民性的弱点，所以他同时又忧虑着怨愤没有导致"向强者反抗，而反在弱者身上发泄"，他说："卑怯的人，即使有万丈的愤火，除弱草以外，又能烧掉甚么呢？"而"历史指示我们，遭殃的不是什么敌手而是自己的同胞和子孙。那结果，是反为敌人先驱"。鲁迅因此对"点火的青年"提出希望——

　　……对于群众，在引起他们的公愤之余，还须设法注入深沉的

---

[1]　《今春的两种感想》，《鲁迅全集》7卷《集外集拾遗》，410页。

[2]　《忽然想到·十一》，《鲁迅全集》3卷《华盖集》，101页。

[3]　《习惯与改革》，《鲁迅全集》4卷《二心集》，229页。

勇气,当鼓舞他们的感情的时候,还须竭力启发明白的理性;而且还得偏重于勇气和理性,从此继续地训练许多年。这声音,自然断乎不及大叫宣战杀贼的大而闳,但我以为却是更紧要而更艰难伟大的工作。

…………

总之,我以为国民倘没有智,没有勇,而单靠一种所谓"气",实在是非常危险的。现在,应该更进而着手于较为坚实的工作了。[1]

这也是"用极大的牺牲"换来的"历史教训"。[2]

四

鲁迅还号召年轻人要甘于当"泥土"。

这是他在"五四"以后在北京师范大学附属中学校友会上的一篇演讲中提出的。[3]——我曾经在一篇文章里提到,如果将"五四"以后,胡适对青年学生的演讲与鲁迅的演讲做一番比较,是很有意思的。比如,胡适在 1920 年、1921 年连续两年在北京大学开学典礼上演讲,一再表示:"我不希望北大来做那浅薄的'普及'运动,我希望北大的同人一齐用全力向'提高'这方面做功夫。要创造文化、学术及思想,惟有真提高才能真普及"[4];"必须造成像军阀、财阀一样的可怕的有用

[1] 《杂忆》,《鲁迅全集》1 卷《坟》,238—239 页。

[2] 《今春的两种感想》,《鲁迅全集》7 卷《集外集拾遗》,409 页。

[3] 《未有天才之前》,《鲁迅全集》1 卷《坟》,174—178 页。

[4] 胡适:《提高和普及》,《胡适文集》12 卷《胡适演讲录》,437 页,北京大学出版社,1998 年版。

的势力，能在人民的思想上发生巨大的影响"，"要造成有实力的为中国造历史，为文化开新纪元的学阀，这才是我们理想的目的"[1]。这里贯穿着胡适的"精英教育"思想，他显然要引导青年学生去做对国家、人民负有指导责任的、"为中国造历史，为文化开新纪元的学阀"。

但鲁迅所提出的问题是"未有天才之前"——我们不能简单地说，鲁迅是针对胡适而言的，而且鲁迅也没有否认"天才"本身；但他确实提出了与胡适不同的思路。他强调——

> 不但天才，还有使天才得以生长的民众。
>
> 天才并不是自生自长在深林荒野里的怪物，是由可以使天才生长的民众产生，长育出来的，所以没有这种民众，就没有天才。……所以我想，在要求天才的产生之前，应该先要求可以使天才生长的民众。——譬如想有乔木，想看好花，一定要有好土；没有土，便没有花木了；所以土实在较花木还重要。花木非有土不可，正同拿破仑非有好兵不可一样。

鲁迅对民众的"泥土"作用的重视，与我们前文所讲的"到民间去"的思想，以及在第十三讲所论及的鲁迅的平民立场与自我定位都是相一致的：鲁迅的眼光始终是"向下"的。

我们在这里要着重讨论的，是鲁迅对青年的期待——

> 就是在座的诸君，料来也十之九愿有天才的产生罢，然而情形

---

[1] 胡适：《在北大开学典礼会上的讲话》，《胡适文集》12 卷《胡适演讲录》，439 页，北京大学出版社，1998 年版。

是这样，不但产生天才难，单是有培养天才的泥土也难。我想，天才大半是天赋的；独有这培养天才的泥土，似乎大家都可以做。做土的功效，比要求天才还切近；否则，纵有成千成百的天才，也因为没有泥土，不能发达，要像一碟子绿豆芽。

这里也贯穿着一种"泥土教育"意识：强调"大家都可以做"，而不是有"天赋"的少数人才能做的；强调"切近"的人生选择，而不是高远的难以实现的目标；强调与作为"泥土"的普通民众的亲近与血肉联系，而且自己也要做"泥土"。

由此形成了所谓"泥土"精神。鲁迅说了两条，首先，要"扩大了精神，就是收纳新潮，脱离旧套，能够容纳，了解那将来产生的天才"——这是新时代的泥土，是为新的时代精神所渗透的，因而能够成为真正的社会改革的基础。其次，"又要不怕做小事业，就是能创作的自然是创作，否则翻译，介绍，欣赏，读，看，消闲都可以"——这里显示的"不怕做小事业"的坚实、坚韧，脚踏实地，埋头苦干的精神，是典型的鲁迅精神，也是鲁迅在以后的著作、通信中，一再强调的。不妨再抄录一些——

我们从古以来，就有埋头苦干的人，有拼命硬干的人，有为民请命的人，有舍身求法的人，……虽是等于为帝王将相作家谱的所谓"正史"，也往往掩不住他们的光耀，这就是中国的脊梁。[1]

未名社的同人，实在并没有什么雄心和大志，但是，愿意切切

---

[1] 《中国人失掉了自信力了吗》，《鲁迅全集》6卷《且介亭杂文》，122 页。

实实的，点点滴滴的做下去的意志，却是大家一致的。而其中的骨干就是素园。

是的，但素园却并非天才，也非豪杰，当然更不是高楼的尖顶，或名园的美花，然而他是楼下的一块石材，园中的一撮泥土，在中国第一要他多。他不入于观赏者的眼中，只有建筑者和栽植者，决不会将他置之度外。[1]

那切切实实，足踏在地上，为着现在中国人的生存而流血奋斗者，我得引为同志，是自以为光荣的。[2]

直到离世前鲁迅还在给年轻作家的信中写道——

中国正需要肯做苦工的人，而这种工人很少，我又年纪渐老，体力不济起来，却是一件憾事。[3]

《韦素园全集》书影

[1]　素园，即韦素园（1902—1932），未名社成员，译有果戈理《外套》等，着力于俄国文学与北欧文学的介绍。《忆韦素园君》，《鲁迅全集》6 卷《且介亭杂文》，66、70 页。

[2]　《答托洛斯基派的信》，《鲁迅全集》6 卷《且介亭杂文末编》，610 页。

[3]　《360318　致欧阳山、草明》，《鲁迅全集》14 卷《书信（1936　致外国人士）》，48 页。

草明（1913—2002），其作品多描写工人，曾与欧阳山结为夫妻。

欧阳山（1908—2000），代表作《三家巷》。

可以说，无论是历史人物还是现实人物的评价，鲁迅都是对具有"泥土"精神的实实在在的人情有独钟，这其实已经构成了一个精神传统，鲁迅显然希望年轻一代能够延续这样的精神谱系。

因此，我们也就完全可以理解，在《未有天才之前》的演讲里鲁迅对"泥土"的作用与价值的评价——

> 泥土和天才比，当然是不足齿数的，然而不是坚苦卓绝者，也怕不容易做；不过事在人为，比空等天赋的天才有把握。这一点，是泥土的伟大的地方，也是反有大希望的地方。

鲁迅很少用大词，这里的"伟大"二字就有一种特殊的分量。

五

这是鲁迅的一段名言——

> 仰慕往古的,回往古去罢!想出世的,快出世罢!想上天的,快上天罢!灵魂要离开肉体的,赶快离开罢!现在的地上,应该是执着现在,执着地上的人们居住的。[1]

这里所提出的"执着现在,执着地上"的命题,其实也是鲁迅倡导的前述"泥土"精神的题中应有之义。

鲁迅在《两地书》里,与当时还是他的学生的许广平讨论得最多的也是这个话题——

> 我看一切理想家,不是怀念"过去",就是希望"将来"。而对于"现在"这一个题目,都缴了白卷,因为谁也开不出药方。所有最好的药方,即所谓"希望将来"的就是。
>
> 所谓"希望将来",不过是自慰——或者简直是自

《两地书》封面

---

[1] 《杂感》,《鲁迅全集》3 卷《华盖集》,52 页。

欺——之法，即所谓"随顺现在"者也一样。[1]

鲁迅这里批判的，是对"现在"（现实）的两种态度。首先是逃避现在，即制造关于"过去"与"将来"的种种神话，不过是"自欺"：将被美化、理想化的"过去"或"将来"作为逃避现实困苦的精神避难所，远离现实风浪的避风港。从另一面说，也是用"过去"与"将来"扼杀"现在"，鲁迅称之为"现在的屠杀者"。[2]

因此，鲁迅所提倡的"执着现在，执着地上"，就是一个"敢于正视现实"的精神，也就是要正视包括我们自己在内的、生活在"现在的地上"的人的生存困境。这样的困境又有两个层面：首先是现实的生存苦难，这在现在中国人是特别深重的，因此，鲁迅提出要"敢于直面惨淡的人生，敢于正视淋漓的鲜血"；同时，这也是人的根本性的生存困境。鲁迅曾说，"普遍，永久，完全，这三件宝贝"其实是钉在人的棺材上的三个钉子，是会将人"钉死"的。[3] 这就是说，"此在"的生命永远也不可能是"普遍，永久，完全"的，如果硬要在现实人生去实现这种"普遍，永久，完全"，结果反而会扼杀人的真实的生命。因此，鲁迅要我们正视：此岸世界、"现在"的生命，任何时候都是不完美的，有缺陷的、有弊端的，并且不可能永久存在。这是生活的常态，人只能正视这一现实的生存状态，然后再做出自己的选择，努力与追求，不能一不如意，一看到缺陷、弊端就逃避，把希望寄托在虚幻的种种"神话"的实现上。

---

[1] 《第一集　北京·四》《第一集　北京·六》，《鲁迅全集》11 卷《两地书》，20、26 页。

[2] 《随感录·五十七　现在的屠杀者》，《鲁迅全集》1 卷《热风》，366 页。

[3] 《答〈戏〉周刊编者信》，《鲁迅全集》6 卷《且介亭杂文》，151 页。

这里还需要强调一点：鲁迅否定的是"普遍，完全，永久"的此岸性、当下性，但他并没有否定"普遍，完全，永久"本身，早在 20 世纪初，他就提出过"致人性于全，不使之偏倚"的理想。[1]他实际上是把这种至善至美性作为彼岸世界的终极目标，可以不断趋近，却永远达不到，它是作为人的一种理想、一种追求存在的。所以不能把鲁迅的"执着现在"理解为没有理想，没有终极关怀，可以说他是怀着对彼岸世界的理想来执着现在的：我们在第八讲中已经谈到，鲁迅早在 20 世纪初就提出了他的"立人"，追求人的个体精神自由的理想；在 1930 年代他又把这样的"立人"理想发展为"几万万的群众自己做了支配自己命运的人"的理想。[2]正是在这样的"理想之光"的照耀下，鲁迅才对现实中的黑暗———一切压制人的个体精神自由的奴役现象，一切剥夺普通民众的支配自己命运的权利的反动势力，采取了不妥协的态度。了解了这一点，我们就可以懂得，为什么鲁迅在引导青年"执着现在"时，同时要强调，这绝不是"随顺现在"。正视现实的黑暗，绝不意味着对现实的黑暗采取容忍的态度，以致"随顺"，被其同化，最终自己也成为黑暗的一个部分；而应该不满，做绝望的反抗，并致力于对现实的改造。鲁迅说："多有不自满的人的种族，永远前进，永远有希望。"[3]

鲁迅的"执着现在，执着地上"，还有一个重要含义，即要始终把眼光集注在中国这块"土地"上：这是我们的根，我们的立足点；要将"现在的中国人的生存与发展"，作为我们的一切思考、一切奋斗的

---

[1]　《科学史教篇》，《鲁迅全集》1 卷《坟》，35 页。

[2]　《林克多〈苏联闻见录〉序》，《鲁迅全集》4 卷《南腔北调集》，436 页。

[3]　《随感录·六十一　不满》，《鲁迅全集》1 卷《热风》，376 页。

出发点与归宿。"眼光"放在哪里，这是一个不可小看的问题。鲁迅在
一次对大学生的演讲中，曾经感叹说："我们常将眼光收得极近，只在
自身，或者放得极远，到北极，或到天外，而这两者之间的一圈可是
绝不注意的"，恰恰忽略了现实中国社会。[1] 还有许多人眼光只是向着
外国，或者向着中国古代，也恰恰遗忘了"现在中国"。向外国与中国
古代的借鉴当然是必要的、重要的，鲁迅早就提出过"拿来主义"的
主张，但借鉴的目的是为了解决"现在中国"的问题，是为了自己的
创造。如果把自己的思考、研究，变成外国思想与古代思想（即使是
最辉煌的思想）的简单搬弄，而没有"现在中国"的问题意识，缺少
创造性，特别是原创性，其意义和价值是可疑的，至少是有限的。鲁
迅一生致力于"现在中国人和中国社会的改造"，他之强调"执着现在，
执着地上"正是为此；他期待年轻一代也能走上这条道路——一条充
满曲折的不归路。

六

但年轻一代，特别是青年学生还处在受教育的人生准备阶段，"如
何读书与写作"就是一个大问题。鲁迅也留下了许多宝贵意见。

我们一起来读鲁迅的《读书杂谈》，这是他 1927 年 7 月 16 日在广
州知用中学的一篇演讲。[2] 既是"杂谈"，涉及面自然会很广，这里想
强调几个要点。

鲁迅首先区分了"职业的读书"与"嗜好的读书"，而他主要讨论

---

[1]　《今春的两种感想》,《鲁迅全集》7 卷《集外集拾遗》, 409 页。

[2]　《读书杂谈》,《鲁迅全集》3 卷《而已集》, 457 页。

与提倡的是后者。他强调，这是"出于自愿，全不勉强，离开了利害关系"的阅读。他打了一个很独特的比方——

> 我想，嗜好的读书，该如爱打牌的一样，天天打，夜夜打，连续的去打，有时被公安局捉去了，放出来之后还是打。诸君要知道真打牌的人的目的并不在赢钱，而在有趣。牌有怎样的有趣呢，我是外行，不大明白。但听得爱赌的人说，它妙在一张一张的摸起来，永远变化无穷。我想，凡嗜好的读书，能够手不释卷的原因也就是这样。他在每一叶每一叶里，都得着深厚的趣味。自然，也可以扩大精神，增加智识的，但这些倒都不计及，一计及，便等于意在赢钱的博徒了，这在博徒之中，也算是下品。

乍一看，鲁迅把如此"神圣"的读书，与人所不耻（至少是上不了"台盘"）的赌博联在一起，似乎有些不伦不类；但仔细一想，却不能不承认，这是一个很深刻的体认，我甚至认为这是一个经典比喻，是道破了读书的真谛的：读书本质上就是一种"游戏"，它的魅力就在"超越了功利"目的的"深厚的趣味"。真正的读书，不仅在读"书"，而在"读"中所达到的"境界"，只要进去了，就会感到无穷的乐趣。

因此，鲁迅提倡一种"随便翻翻"式的阅读："就如游公园似的，随随便便去，因为随随便便，所以不吃力，因为不吃力，所以会觉得有趣，如果一本书拿到手，就满心想道，'我在读书了！'那就容易疲劳，因而减掉兴味，或者变成苦事了。""随便翻翻"的另一层意思就是"读闲书"，什么书都读，"开卷有益"就是。"譬如我们看一家的陈年账簿，每天写着'豆付三文，青菜十文，酱油一文'，就知先前这几个钱就可买一天的小菜，吃够一家；看一本旧历本，写着'不宜出行，不宜沐浴，不宜上梁'，就知道先前是有这么多的禁忌。""讲扶乩的书，讲婊子的书，倘有机会遇见，不要皱起眉头，显示憎厌之状，也可以翻一翻；明知道和自己意见相反的书，已经过时的书，也用一样的办法。"鲁迅由此而提出"比较的阅读法"："翻来翻去，一多翻，就有比较，比较是医治受骗的好法子"，"我看现在的青年的常在问人该读什么书，就是要看一看真金，免得受硫化铜的欺骗。而且一识得真金，一面也就真的识得了硫化铜，一举两得了"。[1] 所谓"真金"，就是原著，特别是经典作家的原著，一读经典原著，就知道许多所谓"注经"之作是如何荒谬了。

这里已经涉及"读什么书"的问题。鲁迅在《读书杂谈》里，提出了这样的建议——

> 爱看书的青年，大可以看看本分以外的书，即课外的书，不要只将课内的书抱住。……应做的功课已完而有余暇，大可以看看各样的书，即使和本业毫不相干的，也要泛览。譬如学理科的，偏看看文学书，学文学的，偏看看科学书，看看别个在那里研究的，究竟是怎么一回事。这样子，对于别人，别事，可以有更深的了解。

直到 1936 年，鲁迅还在一封写给一位文学青年的信中提出忠告——

> 专看文学书，也不好的。先前的文学青年，往往厌恶数学，理化，史地，生物学，以为这些都无足重轻，后来变成连常识也没有，研究文学固然不明白，自己做起文章来也胡涂，所以我希望你

---

[1] 《随便翻翻》，《鲁迅全集》6 卷《且介亭杂文》，140—145 页。

们不要放开科学，一味钻在文学里。[1]

这也是鲁迅的经验之谈。鲁迅是学医出身，转而从文，他的知识结构中体现着一种文、理的交融。就像我们在本书的第八讲里所说到的那样，他在年轻时候就对文学与科学都同样有着深刻的理解，这就为他以后的发展开拓了一个广阔的视野，奠定了宽厚的基础。因此，鲁迅所说读一点课外的书，不仅是为了扩大知识面，更可以提高每一个人的文化教养、精神境界，是不可以掉以轻心的。

在《读书杂谈》的结尾，鲁迅对学生们还有两点提醒，也非常重要。一是读书时要"自己思索，自己做主"，他引用叔本华的话说，不能让自己的"脑子给别人跑马"，读书的结果如果是使自己变成"书橱"，那就一点意思也没有了。但如果只是读书，即使能够思索，也还"不免是空想"；"更好的是观察者，他用自己的眼睛去读世间这一部活书"，"实地经验总比看，听，空想确凿"。鲁迅的最后一句话是——

> 专读书也有弊病，所以必须和实社会接触，使所读的书活起来。

关于写作，鲁迅说得更多，比如他在《答北斗杂志社问》里所说的几条："写不出的时候不硬写""写完后至少看两遍，竭力将可有可无的字，句，段删去，毫不可惜""不生造除自己以外，谁也不懂的形容词之类"[2]，就曾被毛泽东所引用，作为"反对党八股"的有力武器。我

---

[1]　《360415　致颜黎民》，《鲁迅全集》14卷《书信（1936　致外国人士）》，357页。

[2]　《答北斗杂志社问》，《鲁迅全集》4卷《二心集》，373页。

们这里主要读两篇：《无声的中国》与《作文秘诀》。

《无声的中国》是鲁迅在香港青年会的一篇演讲。[1]他提出了两条
基本的写作原则。首先是——

> 我们要说现代的，自己的话；用活着的白话，将自己的思想，
> 感情直白地说出来。

这看起来是一个起码的要求，但真正要做到却并不容易。鲁迅说："我
们已经不能将我们想说的话说出来。我们受了损害，受了侮辱，总是
不能说出些应说的话。"这里的原因是多方面的。从文化上来讲，现
代中国人面临着两个强势文化，一是古人所创造的文化，一是外国人
所创造的文化，如果缺乏足够的文化消化力与创造力，就很有可能被
这两种文化所俘虏，一味地模仿，按照古人或外国人的思维去想问题，
按照古人或外国人的表达方式去说话、写文章，"即使做得像，也是唐
宋时代的声音，韩愈苏轼的声音"，美国人、法国人的声音，"而不是我
们现代的声音"，处于鲁迅所说的"被描写"的状态[2]，即让别人（古
人、外国人，或某个意识形态权威）来代表自己，用别人的话来描写自
己。这样的中国，看似有声，其实是"无声"的。

于是，鲁迅发出了这样的召唤——

> 青年们先可以将中国变成一个有声的中国。大胆地说话，勇敢
> 地进行，忘掉了一切利害，推开了古人，将自己的真心的话发表出

---

[1]　《无声的中国》，《鲁迅全集》4卷《三闲集》，11—17页。

[2]　《未来的光荣》，《鲁迅全集》5卷《花边文学》，444页。

来。——真，自然是不容易的。譬如态度，就不容易真，讲演时候就不是我的真态度，因为我对朋友，孩子说话时候的态度是不这样的。——但总可以说些较真的话，发些较真的声音。只有真的声音，才能感动中国的人和世界的人；必须有了真的声音，才能和世界的人同在世界上生活。

这里所提出的是另一个重要的写作原则："说些较真的话，发些较真的声音。"——我们在第十讲《走出瞒和骗的大泽》已有详尽的讨论，就不再多说。需要补充介绍的是《作文秘诀》所说的"白描"的十二字诀——

有真意，去粉饰，少做作，勿卖弄。[1]

这不仅是作文的秘诀，更是做人的秘诀：鲁迅的思考的最后归结点依然是"立人"。

本讲阅读篇目

《导师》（收《华盖集》）

《北京通信》（收《华盖集》）

《鲁迅译著书目》（收《三闲集》）

《"革命军马前卒"与"落伍者"》（收《三闲集》）

《〈阿Q正传〉的成因》（收《华盖集续编》）

《写在〈坟〉后面》（收《坟》）

---

[1] 《作文秘诀》，《鲁迅全集》4卷《南腔北调集》，631页。

《致许广平》（二）（四）（六）（八四）（九五）（收《两地书》）

《忽然想到》（十）（十一）（收《华盖集》）

《杂感》（收《华盖集》）

《补白》（收《华盖集》）

《空谈》（收《华盖集续编》）

《习惯与改革》（收《二心集》）

《今春的两种感想》（收《集外集拾遗》）

《杂忆》（收《坟》）

《未有天才之前》（收《坟》）

《中国人失掉了自信力了吗?》（收《且介亭杂文》）

《忆韦素园君》（收《且介亭杂文》）

《答托洛斯基派的信》（收《且介亭杂文末编》）

《随感录　五十七·现在的屠杀者》（收《热风》）

《林克多〈苏联闻见录〉序》（收《南腔北调集》）

《读书杂谈》（收《而已集》）

《随便翻翻》（收《且介亭杂文》）

《答北斗杂志社问》（收《二心集》）

《怎么写》（收《三闲集》）

《无声的中国》（收《三闲集》）

《做古文和做好人的秘诀》（收《二心集》）

《作文秘诀》（收《南腔北调集》）

后　记

　　本书是应我的老同学温儒敏先生之约，专为他主持的《名家通识讲座书系》而写的，是"计划外"的写作。但写作过程中，却越来越认识到它的意义，并且越来越投入、认真，可以说是花了大力气，成了我的一项重要的学术工作。

　　关于"向青少年学生普及鲁迅的意义"的认识，我在本书"前言"里，已有简要说明。由本书的写作引发了我的一个向不同年龄的学生——中学生、大学生与研究生"讲鲁迅"的计划，即所谓"走近鲁迅三部曲"，本书主要是为大学生写的，2002年还同时根据北大研究生选修课的讲稿整理了一部《与鲁迅相遇》，为中学生写的一本则希望在今年能够完成。

　　由于我这些年一直在关注中学语文教育，因此，本书还是为中学老师写的，也可以说是继1996年写的《名作重读》之后，献给中学老师的又一本书。随着中学语文教育改革的逐渐深入，中学教师自身的素质与业务水平的提高，已经是一个刻不容缓的任务。本书希望为中学老师的业务进修提供帮助，其中有些部分是对收入语文教材的鲁迅作品的分析，或许可以作教学的参考。而根据新的课程标准和教学大纲，今后高中将逐步扩大选修课的分量，本书也可以作为开设"鲁迅作品选讲"课的参考。

坦白地说，一年之内写两本关于鲁迅的书，确实有些勉为其难。体力与心力的超支且不说，在内容上也难免有部分的重复，这是我最感不安，并且要对同时买了这两本书的读者深致歉意的。

但无论如何，还是完成了任务，可以交差了。此刻我确有如释重负之感，同时也颇觉欣慰，我因这两本书的写作，几乎与鲁迅朝夕相处了一两年，这也算是人生中可遇不可求的一大快事吧。

2003 年 1 月 15 日